세 개의
잔

세 개의
잔

도진기 장편소설

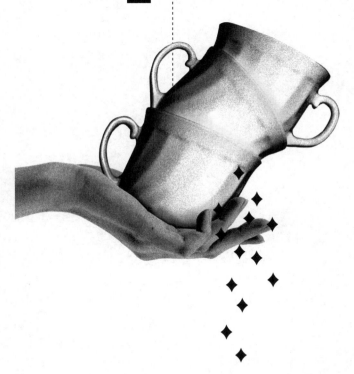

시공사

프롤로그

새로 들어온 미결수는 이상했다. 구부정한 등판에 굽은 목, 머리카락은 듬성듬성한 영락없는 노인인데, 행동거지가 남달랐다. 구치소에 오면 누구나 자대에 갓 배치된 신병처럼 주눅 들기 마련이건만 노인은 교도관의 눈치를 보지 않았다. 기분 나쁜 날에는 화를 냈고, 좋은 날에는 웃었다. 재촉해도 자신의 걸음걸이로만 걸었고, 하고자 하는 말은 끝까지 했다. 소장실에 갔을 때, 상석 소파에 털썩 앉아 커피를 달라고 한 일은 교도관들 사이에서도 화제였다. 자신의 세계에 몰두해 있다고나 할까. 나락으로 떨어진 인생들 가운데 홀로 권좌에 오른 사람처럼 살았다. 아마도 바깥세상에서는 거물이었던 모양이다. 정확히 말하면 본인이 그렇게 취급받고 싶어 했다.

사회에서 어떠했든 간에 수의를 입은 철창 안의 그는 어느 모로 보나 초라한 노인일 뿐이었다. 중범죄로 재판을 받고 있었고, 전망도 나빴다. 구치소 안에는 흔히 '사설 판사' 같은 존재가 있다. 그들은 수없이 구치소와 교도소를 들락거린 경험으로 미결수들의 재판 결과와 형기를 기막히게 맞추어냈다. 노인이 갓 들어와 한 방에 여럿이 섞여 대기할 때에는 그에게 최소 실형 3년이라는 '사제 판결'도 받은 터였다.

그런데 그는 당당했다. 다른 수감자들은 그를 상황 파악 못하는 영감이라고 여겼다. 하지만 뒤에서 수군댈 뿐이었다. 노인의 표정과 몸짓에는 뻐기는 태도가 배어 있었다. 믿는 구석이 있는 모습이었다. 가끔은 뜬금없이 히죽히죽 웃기도 했다. 사회에서의 배경과 남다른 행동거지 때문인지 동료 수감자들은 그를 불편해하고 두려워했다. 사고를 우려한 구치소 측은 수감된 지 며칠 만에 명분을 만들어 그를 독방에 수용했다. 그 뒤에도 태도는 바뀌지 않았다.

그는 주로 밤에 웃었다. 그리고 이상한 짓을 했다. 혼자 뒤척이다가 일어나 사물함 구석에 숨겨두었던 조그만 물건을 꺼내 들었다. 그것을 몰래 손에 쥐고 눈알을 번득이며 히히덕거리곤 했다.

"뭐 합니까, 어서 자요!"

순찰 돌던 교도관이 쇠 창틀 사이로 핀잔을 줘도 노인은 손을 슬그머니 뒤로 감출 뿐이었다.

그는 그날 밤도 잠자리에 들지 못했다. 일어나 앉아 또다시 작은 그것을 사물함 뒤 틈에서 꺼냈다. 손바닥에 올려놓고 마치 보석을 감상하듯 지긋이 바라보았다. 눈가에 희미한 만족이 감돌았다. 노인은 손가락을 쥐었다 폈다 했다. 조그만 흥분이 손

끝으로 전해진 것 같았다. 텅 빈 독방에서 그가 얻을 수 있는 유일한 낙인 모양이다.

노인은 조금 지나치게 흥분했다. 구부렸다 펴는 손가락에 걸려 손바닥 안의 물건이 순간적으로 튀어 나가버렸다. 물건은 손가락을 빠져나와 바닥을 구르고, 그 기세로 두어 번 더 튕기었다. 그러더니 벽과 바닥 사이의 깨진 틈으로 쏙 들어갔다.

노인은 다급하게 손을 뻗었지만 늦었다. 틈은 작았고, 길고 깊은 균열이 있었다. 노인은 눈을 틈새 가까이 대보았다. 물건은 안쪽 깊은 곳에 자리 잡고 있었다. 빤히 보였지만 끄집어낼 도리가 없었다. 손가락은 안쪽을 비집고 들어가기엔 어림없이 굵었다. 시멘트여서 손톱으로 긁어낼 수도 없었다. 바깥이라면 송곳이든 뭐든 가져와서 어렵지 않게 꺼낼 수 있겠지만, 이곳은 감옥 안이다. 자살에 쓰일 수 있는 길고 딱딱한 물건 따위가 있을 리 만무하다.

그는 주변을 두리번거렸다. 하지만 벽에 걸린 옷가지 말고는 아무것도 없다는 사실을 확인했을 뿐이다. 행거 또한 플라스틱 재질이라 쓸모없다. 다급히 사물함을 뒤졌다. 역시 속옷 정도뿐이다. 도구로 쓸 만한 물건은 없었다. 노인은 마치 맹인이 지팡이를 찾듯이 처절하게 구치소 바닥을 손으로 훑기 시작했다. 하지만 애당초 휑뎅그렁한 독방 바닥에 손에 걸릴 무언가가 있지 않았다.

노인은 마침내 도구 찾는 일을 포기했다. 대신 닿을 리 없는 손가락을 다시 한번 갈라진 틈새에 집어넣어 보았다. 하지만 틈

언저리에서 하염없이 꾸물댈 뿐이었다. 새끼손가락을 넣어보려 했지만 끝부분 몇 밀리미터조차 들어가지 않았다. 그의 눈에 서서히 절망감이 깃들었다.

순찰을 도는 교도관의 발소리가 들렸다. 교도관이 창살 달린 조그만 창문에 눈을 대는 기척이 느껴졌다. 노인의 움직임이 멈췄다.

"뭐 합니까?"

대답이 없다.

"어디 아파요?"

노인은 등을 보인 채 고개를 힘없이 저었다. 남자의 태도에 교도관은 짜증이 난 듯했다.

"빨리 자요! 취침 시간이에요!"

고압적인 목소리가 날아들었다. 그제야 노인은 웅크린 채로 스르르 바닥에 누웠다. 그런다고 잘 생각은 없는 것 같다. 교도관의 질책 때문에 마지못해 그러는 것 같았다. 몇 개 남지 않은 머리카락이 뻣뻣한 목을 따라 곤두서 있다.

교도관은 방문 앞을 떠났다.

그가 완전히 사라진 후, 노인은 다시 일어났다.

틈 앞에 웅크리고 앉아 다시 손가락을 뻗었다. 처절하리만큼 꾸물거렸지만 아무 소용이 없었다. 손가락은 여전히 틈새 입구만을 긁어댔을 뿐이다. 손톱은 거의 갈라졌다. 한동안 시간이 흘렀다.

어느 샌가, 짧은 탄식과 함께 그의 꾸물거리던 손가락은 멎었다.

노인은 틈에서 몸을 물렸다. 뻣뻣했던 등이 축 늘어졌다. 온몸에서 힘이 빠져나가는 모양새였다.

그는 쭈그리고 앉은 채 소리를 죽이며 양손으로 자신의 머리를 마구 헝클었다.

우우우우…….

아아아…….

목을 푹 꺾은 노인의 입에서 신음이 새 나왔다.

탄식 같기도 하고, 짐승의 숨죽인 울부짖음 같기도 했다.

"너무 그렇게 티 안 내셔도 돼요."

여자는 톡 쏘아붙이고는 옆자리에 둔 백을 당겼다. 일어나려는 태세다. 진구는 입을 멍하니 벌리고 여자를 쳐다보았다.

"예? 무슨……."

"제가 맘에 안 드는 거 티 안 내도 안다구요."

여자는 단단히 화가 난 모양이다.

"아니, 그런 건 아니구요……."

여자는 진구의 말이 채 끝나기도 전에 일어나 또각또각 발소리를 내며 떠나버렸다. 주점의 출입문이 왈칵 열리더니, 문 뒤로 여자의 모습이 자취를 감추었다.

진구는 얼떨떨한 얼굴로 뒷모습을 쳐다보다가 체념한 듯 시선을 되돌렸다.

잠시 후 송치수가 이쪽으로 왔다. 조금 전 여자가 앉아 있던 의자에 털썩 앉았다.

"또냐?"

"보시는 대로."

진구는 막걸리 잔으로 손을 뻗었다. 여자가 앉았을 동안엔 한 번도 입에 대지 않았던 잔이었다.

"너 임마 요즘 왜 그래?"

송치수가 진구를 빤히 올려다보며 나무라는 어투로 말했다.

"뭐가 왜?"

"멀리서 분위기만 봐도 알겠더라. 너 말을 안 하더만. 그럼 누가 좋아하냐."

"이 자식, 엿보고 있었냐."

진구는 송치수에게 주먹을 쥐어 보였다.

"태도도 미지근했어."

"내 태도가 어쨌는데."

"턱을 내내 당기고 있더군. 우울한 각도야. 각도가 태도야. 고로 너의 태도는 틀려먹었어."

"금방 저 여자 성질 봤지? 턱을 올렸다간 건방져 보인다고 통째로 뽑혀 나갔을지도 몰라."

"여자 탓이 아냐. 열 받아서 갈 만도 하지."

진구는 대꾸하지 않았다.

"왜 그래."

여전히 대답이 없다.

"왜 그러냐고."

송치수가 한 번 더 다그치자 진구가 마지못해 입을 열었다.

"아, 정말. 대화가 안 이어지는 게 내 탓만은 아니잖아."

"첨인데 어떻게 대화가 술술 이어지냐? 어색한 게 당연한 거야."

"넌 되잖아."

"이 형님은 예외적인 존재지. 감히 날 경쟁 상대로 생각했단 말이야?"

"하여간 나도 노력했어."

"노력? 김진구가."

송치수가 하, 하고 헛웃음을 크게 웃었다. 이어 탁자에 오른 팔을 괴고 상체를 기울이며 진구를 미심쩍은 눈으로 노려보았다.

"애가 맘에 안 드냐? 내 눈엔 해미보다 예쁜데."

"그 정돈 아냐."

"이 자식이."

송치수는 혀를 끌끌 찼다.

"쟤 괜찮은 애야. 성격도 화끈하고. 오늘처럼 너무 화끈해서 좀 문제긴 하지만."

송치수가 진구한테 여자를 소개해준 게 오늘로 벌써 두 번째 다. 그리고 비슷한 장면도 두 번째 반복되고 있다. 여자들은 진구의 첫인상을 마음에 들어 했다. 군살 없는 몸은 회초리처럼 날렵하고, 얼굴은 갸름하면서 희다. 언뜻, 아니 크게 잘못 보면 솜사탕 같은 감성을 가진 남자로 오해할 만하다. 겉으로 보이는 '귀티'에 호감을 느낀 여자도 있었다. 하지만 진구의 선한 눈매는 미묘한 거부반응을 보였고, 진구는 그걸 모르지만 상대는 알 수 있었다.

진구는 여자를 만나면 말수가 적었다. 질문도 거의 없었다. 한다 해도 미세한 의무감이 깃든 말투. 상대 여성이 이 남자가 날 맘에 안 들어 하나 생각하는 것도 당연하다. 뜨뜻미지근한 진구의 태도에 여자들은 금세 질려서 먼저 자리를 끝내버렸다. 오늘 만난 여자는 좀 과감하게 자리를 박차고 나갔다는 점만이 다를 뿐이다. 첫 번째 여자와 마찬가지로 저 여자와도 다시 만나는 일은 없을 것이다.

"아무래도 소개팅 장소에 문제가 있어."

진구는 모르타르가 벗겨진 주점의 허름한 벽면을 문질렀다. 송치수는 항상 자신이 운영하는 민속주점 〈나그네〉에서 약속을 잡았다. 진구한테 보이는 의리는 의리고, 이왕이면 매상도 올리겠다는 장사꾼 기질 또한 포기하지 않는 점이 그답기는 하다.

"헛소리 마. 너 임마, 해미를 못 잊는 거지?"

신경이 굵은 송치수의 눈에도 그래 보였던 모양이다. 진구는 별 볼 일 없는 인생이 되어가고 있었다. 어차피 사회의 뒷길을 어슬렁거리던 진구였지만 해미가 작별을 고한 뒤부터는 아예 싱크홀로 떨어진 꼴이었다. 송치수한테 '지하 인간', '어둠의 백수'라고까지 불리게 되었으니 모습이 오죽했으랴.

해미는 어학연수를 간다고 했다. 그건 사실일 것이다. 밴쿠버행 항공권까지 내밀어 보였으니까. 하지만 진구는 그게 이별의 이유라고는 믿지 않았다. 연부 때문일 것이다. 연부는 진구 앞에 잠깐 나타났다가 떠나갔지만 그사이에 있었던 일이 어떤 경로로든 해미에게 상처를 남긴 것 같다.

진구가 짐작하는 건 그 정도일 뿐, 더 정확한 이유는 알지 못했다. 물론 연부와 그날 밤 같이 있었다는 사실을 해미가 알았다면 분명한 이유가 되었겠지. 비록 아무 일이 없었다고 해도. 하지만 해미가 알 거라고는 생각지 않았다. 그 프라이드 강한 연부가 말했을 리는 없다. 무시무시한 자존심의 성채, 연부는 상처를 입었고, 그것은 더 오래전 두 사람이 서로 호감을 가졌을 때부터 예견되었던 건지도 몰랐다. 성채는 문을 여는 순간 무너지기 시작했다. 마치 수많은 과거의 유령이 내민 손이 아래에서 뻗어 나와 잡아당기는 것처럼. 연부는 사라지기 전 진구를 미치도록 증오한다는 말을 남겼다. 해미는 그 사실도 모른다. 그렇기에 진구는 해미가 변한 이유를 알 수 없었다.

진구는 중학교 동창인 송치수가 운영하는 주점 〈나그네〉에 자주 들렀다. 해미는 송치수가 여자를 너무 밝힌다며 싫어했는데, 송치수는 몰랐다. 그만큼 둔했기에 그가 편했다. 역시 신경이 약해졌을 땐 신경이 굵은 녀석 곁에 있어야 해. 진구는 그렇게 생각하자 마음이 느긋해졌다.

송치수는 그 꼴도 보기 싫었던 모양이다. 못 봐주겠군, 하며 혀를 끌끌 차더니 여자를 소개해주었다. 안 그래도 경기가 바닥인 판에 진구가 혼자 테이블을 떡하니 차지하고 있으니 장사에 방해된다고 툴툴거리면서. 진구는 군말 없이 응했다. 큰 기대감은 없었지만 그렇다고 굳이 안 한다며 허세 떨 이유도 없었다.

그게 오늘까지 두 번이었지만 모두 짧은 시간 안에 허무하게 끝나버렸다. 그건 누가 봐도 진구의 탓이었다.

"세상에 여자가 한둘이야? 해미 한 명밖에 없어?"

송치수는 늘 뻔한 말만 하지만 왠지 위안이 된다.

"그보단 좀 많겠지."

"근데 왜 그렇게 못 잊어?"

"잊었어. 그러니까 소개팅도 하잖아."

"근데 왜 애들이 다 가버리냐구?"

"제 발로 간다는데 어떡하냐?"

"다 너보다 잘난 애들인 거 알지?"

"알아. 만나보니까 더 알겠고."

"요즘 누가 백수를 만나? 다 이 형님 봐서 나와준 거야."

진구는 막걸리를 들이켰다. 여자 쪽이 아니라 자신 때문인 건 알고 있다. 해미가 사라지니 마음이 허했고, 굳이 혼자 있을 필요는 없다고 생각했고, 아니, 어쩌면 해미가 남겨놓은 빈 곳을 조금은 채울 수 있을지 모른다고 여겼고, 그래서 친구가 소개해준 여자를 만났다. 하지만 도통 흥이 나지 않는다. 상대가 그런 진구를 감지하지 못할 리 없고, 같이 있을 리도 없다.

"해미하고 헤어지고 나선 영 맛이 간 거 같아. 정신 차려."

얘기가 자꾸 이쪽으로 흘러가선 곤란하다. 신경이 굵다는 건 대개 장점이지만 이런 때 피곤하다. 송치수는 눈치도, 브레이크도 없다. 진구는 화제를 돌렸다.

"그건 그렇고, 넌 요즘 더 신나 보인다."

"나?"

송치수는 돌연 웃음을 실실 흘렸다.

"이 형님이 또 연애를 시작했거든. 끝내주는 여자야."

"또 짝사랑이군."

"어허, 무슨 소리."

송치수는 사뭇 정색을 했다.

"여자들이 날 가만 놔두질 않는단 말야, 으하하하!"

하긴 송치수에게는 여자가 끊이지 않았다. 여자들이 그의 멀끔한 외모와 언변에 넘어가기도 했고, 무엇보다 그가 여자를 엄청나게 좋아했다. 여자가 송치수를 유혹하기란 라면 끓이기보다 쉬울 것이다.

"엄청 예뻐. 보면 깜짝 놀랄 거야. 내 긴 평생에 이런 여자는 처음이거든. 이 형님이 방황을 그만두고 이번엔 정말 정착할까 싶어."

"지난번에도 들은 소리야."

진구는 심드렁하게 대꾸하며 파전으로 젓가락을 뻗었다. 진구가 호응하지 않으니 그도 김이 샌 모양이다.

"안 부럽냐."

"부러워. 대충."

무성의한 대답이었다. 송치수는 진구를 빤히 들여다보다가 탁자를 탕 하고 쳤다.

"알았어!"

"뭐가."

송치수는 손을 뻗어 진구의 머리를 헝클었다.

"이 자식, 걔들이 너무 착하기만 했다 이거지? 아무래도 넌 몸매 빵빵한 애가 맞을 거 같다. 담번엔 그쪽으로 알아볼게."

"바라는 바야."

송치수는 악역 레슬러처럼 흰 이를 잔뜩 드러내고 엄지로 목을 긋는 시늉을 해 보이고는 자리를 떴다.

진구는 건대입구역에서 부평구청 방면의 7호선 전철을 탔다. 집으로 가려면 부평구청역에서 인천대학교 방면으로 가는 인천선으로 갈아타야 한다.

왕십리 언덕배기에 아파트가 있지만, 그곳은 마음 편히 지내기엔 해미와 추억이 너무 많이 묻어 있었다. 당분간 그 아파트를 떠나 있기로 했다. 왕십리 아파트는 전세를 주고, 인천 송도에 원룸을 따로 얻었다.

처음엔 괜찮을 줄 알았다. 해미가 돌연 캐나다로 어학연수를 간다고, 언제 돌아올지 모른다고 했을 때 진구는 큰 저항 없이 고개를 끄덕였다. 그 말을 하는 해미는 평소와 달랐고, 이미 잡을 수 없을 것 같았다. 어느새 두 사람은 만나면 불편해져 있었다. 해미의 마음이 식은 건 느낌으로 알 수 있었다. 정확히는, 식었다기보다 손에 닿지 않고, 눈에 보이지 않는 장벽 같은 게 어느 틈엔가 세워져 있다고 느꼈다. 그리고 그건 분명히 연부와 만나고 작별을 고한 무렵, 혹은 그 직후였다. 그게 해미가 변한 이유란 걸 알기에 차마 캐묻지도 못했다. 그랬다간 잊고 싶은 과거로 불가피하게 해미를 데리고 가야 했고, 그건 해미와는 하고 싶지 않은 이야기였다.

잠시는 후련하기조차 했다. 차라리 잘된 건지도 몰라. 괄괄한 성격에다, 사사건건 간섭만 하고 항상 전부를 가지려고 하는 욕심꾸러기였어. 정 심심하면 또 누군가를 만나면 되지. 진구는 게을러질 이유와 아무것도 하지 않을 자유를 얻었고, 조금은 즐겼다. 그런데 시간이 흐르면서 후회가 스멀스멀 뒷덜미를 타고 올라왔다. 같이 본 영화, 자주 가던 카페, 해미가 좋아하는 브랜드의 옷, 그리고 왕십리 아파트. 이런 것들은 마치 기억의 자동판매기처럼 보는 것만으로도 해미를 떠올리게 했다. 그건 늘 따끔거리는 아픔과 허한 상실감을 같이 불러일으켰다. 옅어지지 않았다. 활짝 웃는 입술. 반갑게 뛰어오던 모습, 얼굴을 부드럽게 만지던 손길. 그것들의 색이 바래지려면 얼마나 시간이 흘러야 할까. 도저히 떨쳐버릴 수 없는, 진절머리 나는 추억이었다.

잡을걸 그랬어.

하지만 잡았다면 과연 떠나지 않았을까.

진구는 자신이 없었다.

진구는 인천대학교 뒤편에 있는 자신의 원룸으로 곧장 가지 않았다. 송도 해양경비안전본부 맞은편 골목 7층 바에 들렀다. 가는 길목인 데다가 집에 일찍 들어가는 게 고역인 탓에 요즘은 거의 매일 찾는 곳이었다.

홀이 넓고 음악 소리가 크다. 많이 어둡지만 손님이 20대,

30대가 대부분이어서 칙칙한 느낌이 없다. 카운터에 혼자 앉아 술을 홀짝여도 눈치 보이지 않아서 좋다. 조명 속에서 자신이 지워지는 기분도 든다.

해미 생각이 날 때마다 집으로 곧장 가지 않고 이리로 새곤 했다. 그것이 거의 매일이 되었다. 캐나다 밴쿠버에 있는 해미 집 전화번호는 알고 있다. 룸 셰어를 할 거라고 했던가. 전화번호를 남기고 간 걸 보면 해미도 완전히 정나미가 떨어진 건 아닌 것 같다. 진구가 미웠겠지만, 남은 미련 때문에 조금은 갈등한 거 아닐까. 그래서 연락이 닿을 수 있는 최소한의 접점을 남기고 간 게 아닐까. 그런 희망도 실낱같지만 있었다. 하지만 전화번호를 건네주는 해미의 말은 그랬다.

"혹시 필요한 일 있으면 연락해."

필요한 일. 차가운 단어였다.

해미는 진구의 시선을 외면했다. 말투에 그리움이나 미련 같은 종류의 기미는 안 보였다. 적어도 진구가 느끼기엔 그랬다. 그래서 연락처를 알면서도 한 번도 전화를 걸어보지 않았다. 아니, 걸 수가 없었다. '필요한 일'이 없었기에. 그런 일은 생각하거나 발명해낼 수도 없었다. 진구가 가진 용건은 기껏해야 '그냥 생각나서' 정도에 불과했다.

하지만 전화번호를 가지고 있는 한 해미와 이별이 불가역적인 건 아니라는 막연한 위안이 있었다. 그게 더 마음을 끊지 못하게 하기도 했지만. 연락처를 남기고 간 해미가 위안이 되다가도 원망스러웠다. 우린 헤어졌잖아.

맥주 세 병째를 마시는데, 여자 바텐더가 반가운 얼굴로 다가와 말을 건넸다.

"안녕?"

여자의 발랄한 목소리에 상념에서 깨어났다. 동시에 어느새 꽤 알코올에 젖었다는 걸 깨달았다. 기분이 몽롱했다.

"안녕."

진구는 가볍게 오른손을 들었다.

"오빠, 오랜만이야."

"어제도 왔는데."

"어젠 나 근무 안 했어."

여자가 입을 삐죽 내밀었다.

"그저껜 왜 안 왔어?"

"와아."

진구는 맥주잔을 집어 들던 팔을 내렸다.

"이틀 전에 하루 쉬었다. 내가 여기 근무하냐?"

"하여간, 무조건 오랜만이야."

여자가 혀를 날름 내밀었다.

"날 좀 기다렸단 말 같다?"

"그러엄. 단골이잖아."

"매상도 많이 못 올려주는데."

"아냐. 매상보단."

"매상보다?"

"오빤 늘 혼자 와서 좋아."

"왜. 쉬워 보여?"

"피이."

여자는 입을 삐죽 내밀었다.

"아무 남자한테나 그러지 않는다구. 오빠 어딘가 있어 보여. 퇴폐적이구 묘해. 얼굴은 하얀 게 꼭 샌님 같은데 말이야."

"대단한데. 나도 모르는 내 개성을 짚어내잖아."

"술이 아니라 외로움을 마시는 거 같은, 그런 느낌적인 느낌이랄까?"

"젊은 여자가 무슨 신파 대사야."

진구는 피식 웃고 말았다. 들르면서 얼굴을 익혔는데, 이 여자는 특히 진구에게 살갑게 굴었다. 그녀의 귀여운 얼굴은 해미를 떠올리게 하는 면도 있어 진구도 입이 쉽게 열렸다. 적어도 오늘 소개팅에서보다는 더 많이 말했다.

손님이 더 들어왔고, 여자 바텐더가 자리를 떴다. 진구는 잔을 다시 들었다.

묘한 시선을 느낀 건 진구가 네 번째 맥주병을 비운 유리잔을 내려놓을 무렵이었다. 누군가가 주시하고 있다는 느낌을 받았다. 진구는 굳이 돌아보지 않았다.

역시나, 잠시 후 한 남자가 다가와 슬그머니 옆자리에 앉았다. 자리가 없어 그런 것 같지는 않다. 진구는 그제야 옆을 돌아보았다. 모르는 얼굴이다. 이 동네에 친구는 없다. 남자가 말했다.

"잠시 얘기 좀 할 수 있을까요?"

진구는 자기에게 말을 건넨 게 맞나 싶어 주변을 둘러보았다. 다른 이는 없었다.

"누구……?"

"전혀 모르는 사람입니다."

"그건 알고 있습니다."

"재밌지 않습니까? 우리가 모르는 사람인데, 그건 알고 있단 게. 그럼 우린 아는 사람인가요?"

진구는 황당해져서 남자를 뚫어지게 보았다. 30대 초중반 정도로 보였다. 양복 차림에, 동글동글한 얼굴이 위험하지 않은 인상이다. 스툴에 앉은 채로도 꽤 키가 작다는 걸 알 수 있었다.

"미남이시네요. 키도 크고."

남자의 뜬금없는 칭찬에 진구는 몸을 뒤로 조금 물렸다. 남자로부터는 그다지 듣고 싶은 말이 아니었다. 그는 아는지 모르는지 말을 이었다.

"게다가 무언가 호감을 주는 아우라가 있네요. 위험하지 않은 느낌, 편안하고 안락한 분위기랄까요. 그러면서도 태도는 무심한 듯 시크해 오히려 더 상대를 끌어당기죠."

진구는 그래서요? 라고 물으려다 말았다. 퉁명스럽게 나가기엔 이르다. 본능적인 호기심이 발동해 조금 더 얘기를 들어보고 싶어졌다. 남자가 말했다.

"성함이 어떻게 되시죠? 전 라동우라고 합니다만."

"김진구라고 합니다."

"그렇군요. 김진구 씨."

라동우라고 밝힌 남자는 웃음기를 머금고 가볍게 고개를 끄덕였다. 진구가 쉽게 이름을 밝혀준 게 마음에 드는 모양이었다.

"전 돈이 아주 많답니다."

그래서요? 라고 묻고 싶은 걸 한 번 더 참았다.

"이런 허름한 바에 들어온 주제에 무슨 소리냐고 코웃음 치실 수도 있지만 그건 이유가 있어서구요. 아, 그 이유는 금방 말씀드리겠습니다만. 하여튼 전 부잡니다. 진구 씨가 상상할 수 없을 만큼이요."

"그래서요?"

결국 묻고 말았다.

"그래서…… 전 엄청나게 자존심이 셉니다. 물론 그 자존심은 제 돈에서 나와요. 사실 돈으로 안 되는 게 별로 없잖습니까? 여자도 마찬가지죠. 아 뭐, 속물적인 이야길 하는 게 아닙니다. 사람들은 돈으로 사람 마음을 사냐고 비난하지만, 그건 돈을 쓰지 않는 구두쇠들의 질투일 뿐이죠. 이건 표현의 문젭니다. 남자가 주는 물질이 곧 마음의 크기를 나타낼 수도 있죠. 동대문 백을 사주는 마음과 샤넬 백을 사주는 마음이 어디 같겠습니까. 받는 쪽은 그런 걸 더 예민하게 알지요. 그런데."

라동우는 잠깐 말을 끊고는 가져온 칵테일 잔을 조금 입에 댔다. 어쩐지 서툴게 보였다.

"최근에 자존심이 상하는 일이 좀 있었어요. 아니, 좀이라고 했지만 나 개인적으론 사실 참기 힘들었죠. 뭐냐 하면, 내가 마음에 두고 있던 여자가 날 거절한 겁니다."

이야기가 어처구니없게 흘러간다 싶었지만 진구는 모른 척 맥주잔을 기울였다.

"내가 얼마나 돈이 많은지도 잘 아는 여자였어요. 그리고 그 여자에게 샤넬이나 까르띠에를 선물하느라 실제로 내 돈을 쓰기도 했고요. 하지만 그 여자는 거절했습니다. 내가 준 선물도 다 돌려주더군요. 이유가, 내가 키가 작고 자기 스타일이 아니란 겁니다. 남자로서의 매력이 없다나요. 아예 직설적으로 말하더군요. 기분이 나빴습니다. 어마어마하게요. 자존심이 완전히 무너졌어요. 여자를 갖지 못했다는 상실감보다 그게 훨씬 크게 다가왔습니다. 내가 보통 남자인 척, 뭔가 마음을 다한 척 접근하다가 거절당한 게 아니잖아요? 내 모든 걸, 내 돈을 오픈하고 다가갔어요. 난 이런 사람이다. 나한테 와. 그런데 차인 겁니다. 내 돈이 무시당했어요. 그건 나 자신이 무시당한 겁니다."

진구는 맥주잔을 내려놓고 왼손으로 관자놀이를 짚었다. 이 남자는 이상하다. 위험한지 어떤지는 모르겠지만.

"그런데 그 얘길 저한테 왜 하시는 겁니까?"

진구가 물었다. 단지 푸념이라면 남자를 보내고 싶었다. 재미는 여기까지다. 그런데 남자가 대뜸 말했다.

"한 가지 제안을 하고 싶습니다."

"뭘요."

"이건 나로서도 일종의 도박일지 모릅니다. 하지만 난 내 감을 믿어요."

진구는 물끄러미 그를 보았다.

"진구 씨는 남자로서 남다른 매력이 있어요. 오늘 처음, 그것도 잠깐 보았을 뿐이지만 확실히 알 수 있어요. 조금 전 저 귀여운 바텐더가 진구 씨한테 와서 얘기하는 장면을 봤습니다. 그 상냥함, 그 말투, 그 태도. 분명히 비즈니스적인 선 이상의 호감이 있는 눈치였어요. 여기서 매상 올리려는 여성한테도 어필할수 있다면 정말 대단한 거 아니겠습니까? 그래서 난 내 감을 더확신했죠. 다시 말하지만 전 적어도 이론적으로는 빠삭한 사람이거든요. 그런 쪽의 센스도 남다릅니다. 아마 내 돈과 진구 씨의 캐릭터가 합쳐졌다면 미란다 커쯤은 몰라도 세상 어떤 여자도 거절하지 않았을 겁니다."

라동우는 잠깐 쉬었다가 말했다.

"저 여자를 유혹해주십시오."

"네?"

자기도 모르게 진구의 목소리가 커졌다. 라동우는 칵테일 잔을 들더니 천천히 팔을 옮겼다. 어두운 바의 구석 방향이었다. 잔이 향한 쪽에는 여자 둘이 마주 앉아 술을 마시고 있었다.

"날 거절한 그 여자입니다. 왼쪽입니다. 새빨간 립스틱을 바른 여자."

칵테일 잔 속에 여자가 있었다. 진구는 시선을 조금 옮겨 여자를 직접 보았다. 라동우가 들고 있는 블러디 메리처럼 강렬한색을 가진 여자였다. 얼굴은 달빛을 받은 눈처럼 희고, 입술은피처럼 붉었다. 미모를 떠나 그 색감만으로도 여자의 존재감은 확실했다. 라동우는 진구가 뭐라 대답하기도 전에 말을 이었다.

"저 여자를 몰래 따라왔습니다. 막연한 복수심도 있고, 그냥 어떤 남자하고 만나나 싶어서요. 근데 남자는 아니더군요. 그러다 우연히 여기 앉은 진구 씨를 봤습니다. 저 여자가 호감을 가지는, 딱 그런 스타일이었어요. 내 감은 틀리지 않거든요. 그게 내가 돈을 번 이유이기도 하고요. 아, 각설하고, 좀 즉흥적인 생각입니다만, 그래서 제안하고 싶어졌어요. 지금 진구 씨와 얘기를 나눠보고는 더 확신했습니다."

남자는 지갑을 꺼내더니 5만 원짜리 다발을 꺼내 카운터 위에 놓고서 진구 쪽으로 밀었다.

"난 정치가는 아니지만 이렇게 지갑에 손을 넣어 한 번 턱 집으면 대충 맞는 액수를 꺼내는 재주가 있지요."

진구는 멀거니 남자의 손을 보았다.

"대략 200만 원쯤 될 겁니다. 일단 작업하는 데 쓰시고요. 성공하면 천만 원 채워드리죠. 어떻습니까?"

진구는 돈에 힐긋 눈길을 준 다음 말했다.

"저 여자를 유혹하라고요……."

"그렇습니다."

"유혹해서 뭘 어쩌란 겁니까?"

"잠을 자십시오. 여자를 정복하는 게 바로 그거 아니겠습니까? 마음 같은 건 필요 없어요."

"잃어버린 자존심을 그걸로 회복하고 싶으신 겁니까."

"이해가 빠르시군요."

라동우는 돈에서 슬쩍 손을 떼며 후훗, 하고 음침하게 웃었다. 이 돈은 이제 네 거라는 뜻인가.

"내가 돈을 준 남자에게 유혹당해 잠을 잔다. 멋지지 않나요? 자기가 거절했던 남자가 바로 자신이 몸을 준 남자의 의뢰인이란 걸 알면 기분이 어떨까요?"

"여자의 기분이 어떨진 모르겠지만 선생님의 기분이 어떠실진 알겠네요."

라동우는 흰 이를 드러내고 웃었다.

"자존심을 되찾기 위해서라면 천만 원 정도야 아깝지 않습니다."

"성공한다면 그럴 거 같네요. 하지만 제가 오늘 제안을 받아들이고 이 200만 원을 받고서는 그냥 사라질 수도 있겠죠."

"그렇다면 그것도 사람을 잘못 본 내 잘못이죠. 이런 게임에 그 정도 돈을 바닥 베팅하는 건 기본 아닐까요. 솔직히 200만 원 정도야 내 하룻밤 술값도 안 돼요. 뭐 먹튀하려면, 그래도 좋습니다. 내 실수로 인정하겠습니다. 어쨌든 거기까지가 내 게임이니까요."

진구는 쓴웃음을 지었다.

"……착잡하네요. 자신을 믿어주는 사람을 만나는 건 늘 기분 좋은 일이지만, 그게 이런 일이래서야……."

"그럴 거 뭐 있습니까?"

"그래도 좀 그러네요."

"애매한 태도는 조금 실망인데요. 진구 씬 그냥 여자를 만난다고 생각하면 돼요. 이 돈은 보너스입니다."

두 사람 사이에 잠시 대화가 끊겼다. 라동우는 진구에게 생각할 시간을 주려는 듯 카운터 위에 양 팔꿈치를 괴고 조용히 정면을 응시했다. 라동우는 '실망' 운운하며 슬쩍 발을 빼는 화법을 구사하고 있었다. 당신한테 그렇게 매달리는 건 아니야, 하는 태도. 이런 밀고 당기기를 한다는 건 상당히 노련한 인간이란 얘기겠지. 진구는 맥주잔이 따뜻해질 만큼 쥐고 있었다. 고개를 돌려 여자를 한 번 더 보았다. 그러고는 다시 라동우에게로 고개를 돌렸다.

"만약에."

남자도 진구를 보았다.

"제가 저 여성한테 빠지면 어떡하시겠습니까?"

"그건 상관없어요."

"질투 나지 않을까요?"

남자는 단호하게 고개를 저었다.

"말했잖습니까. 난 저 여자가 내가 고용한 남자하고 잤다는 것만 알면 만족한다고요."

하긴 그렇게 되면 어차피 여자와의 관계는 끝이다.

진구는 자신이 생각해도 놀라울 정도로 빨리 고개를 끄덕였다. 조금 전에 이미 마음은 굳혔다.

"좋습니다. 해보죠."

여자는 라동우가 제안하지 않더라도 남자라면 한 번쯤 말을 걸어보고 싶을 만큼 매력적이었다. 현실감이 없을 정도로 하얀

게 빛나는 얼굴, 파우더리하면서도 광택이 나는 화장술, 물결치는 머릿결. 다리를 꼰 고혹적인 모습까지. 그런데 그 여자에게 앙심을 품은 어떤 남자가 돈까지 주겠다고 한다. 그 여자와 잘되어도 문제 삼지 않겠다고도 한다. 아무튼 손해는 없지 않나. 최악의 경우엔 여자한테 차이고도 200만 원이 남는다. 예전 대리기사 아르바이트를 하던 시절, 원주에 가서 전화 한 통을 해달라는 엉뚱한 제안을 받았던 일이 문득 떠올랐다.* 그때도 이상한 의뢰를 받아들였고, 결국 큰돈을 거머쥐었지. 이런 종류의 일은 나한텐 늘 행운이었어. 그렇게도 생각해보는 진구였다. 될 대로 되라지. 그답지 않게 징조나 징크스에 기우는 운명론적 사고를 하고 있었는데 진구는 깨닫지 못했다. 어쩌면 해미가 떠나고 낯선 도시에서 방황하는 진구의 공허한 마음이 이런 정체를 알 수 없는 게임이 내미는 손을 잡게 했을지도 모른다.

라동우는 흐뭇하게 웃었고, 두 사람은 휴대전화 번호를 교환했다. 남자는 진구의 휴대전화 번호를 메모장에 기록만 했을 뿐 발신해보지 않았다. 그런 다음 진구를 향해 싱긋 웃어 보였다. 그만큼 믿는다는 신호일까. 자신의 통 크기를 보여주기 위한 제스처 같기도 했다.

"연락은 될 수 있는 한 하지 않는 걸로 하지요. 나도 하지 않겠습니다. 일을 맡기고는 기다리지 못하고 안달복달 전화하는 사람이 얼마나 짜증 나는지 잘 아니까요. 일을 성공한 후에 충분

---

* 《순서의 문제》 중 〈순서의 문제〉

히 즐기다가 느긋하게 연락해주시면 됩니다."

그 말을 남기고 라동우는 자리를 떴다. 카운터에서 굳이 현금으로 계산하는 그의 모습이 보였다.

진구는 힐끔힐끔 라동우가 가리킨 여자 쪽 테이블을 훔쳐보았다. 말을 붙이려면 아무래도 여자가 혼자 있을 때여야 할 것 같았다. 20분쯤이 지났다. 무슨 일인지 여자의 맞은편에 있던 여자가 먼저 일어서서 밖으로 나갔다. 여자는 혼자 남아 한동안 술을 마셨다. 평온한 낯빛으로 보아 다툰 건 아닌 모양이다. 진구는 그 틈을 노려 다가가 볼까 싶었지만 일단 기다려보기로 했다. 차라리 여자가 더 마시고 더 취한 쪽이 나을 듯했다.

여자는 맥주를 두 병 더 마시더니 일어섰다. 미세하게 흔들리는 걸음걸이였다. 역시 조금 취한 듯했다.

여자가 입구에서 계산을 마치는 동안 진구는 여자를 지나쳐 밖으로 나가 엘리베이터 하강 버튼을 눌러두었다. 진구의 술값은 라동우가 미리 지불해둔 터였다. 진구는 여자가 문을 열고 나오는 낌새를 느끼고, 그 타이밍에 맞춰 열린 엘리베이터 안으로 들어갔다. 어쨌든 진구가 여자를 따라가는 모양새가 아니니 여자가 조금은 더 안심할 것이다.

여자는 엘리베이터 앞으로 걸어왔다. 열린 문 안에 있는 진구를 힐긋 한 번 보았다. 진구가 그 여자의 취향이라던 라동우의 말이 맞는 걸까. 이성에게 호감을 느꼈을 때의 반짝임을 본 것 같기도 했다. 여자는 엘리베이터 안으로 쑥 들어왔다. 진구가 눌러놓은 1번에 불이 들어온 걸 확인하고는 몸을 옆면에 기댔다.

"아…… . 피곤해."

여자가 불쑥 말했는데, 혼잣말치고는 너무 컸다. 여자의 고개가 흔들거렸다. 헝클어진 머리카락이 어깨 위에서 춤을 추었다. 시트러스 향이 났다. 하필이면 해미에게 사주었던 딥티크의 향과 비슷해서 진구는 문득 아득해졌다. 여자의 허스키한 목소리는 속삭이는 것처럼 들렸다. 비스듬하게 꺾인 몸의 굴곡은 묘하게 선정적이었다. 가까이서 본 옆얼굴은 입체감이 살아난 데다 표정이 흐트러져 있어 더 매혹적이었다.

남자와 단둘이 있는 엘리베이터에서 굳이 혼잣말한다? 자신을 어필하고 싶은 거겠지?

그렇게 상황을 분석하면서 진구는 얼굴이 후끈거리는 걸 느꼈다. 곁눈질을 해보았다. 여자는 꽤 취해 보였다. 볼이 발그레하게 상기되어 있다. 술 탓일 거야. 아니면…… 그런 중에도 왠지 진구를 의식하고 있다는 느낌이 들었다.

엘리베이터는 느렸다. 피곤해, 하는 여자의 혼잣말 뒤로 더이상 말은 없었다. 조용했지만 시간과 공기는 달리의 그림 속 시계처럼 늘어졌고, 그 혼돈의 시공간 안에서 어떤 감정이 오가고 있다는 기분이었다. 그리고 왠지, 여자도 그렇게 느낄 거라는 기묘하고도 분명한 확신이 들었다.

천천히 내려가던 엘리베이터가 3층에 섰다. 문이 열렸지만 복도 양옆으로 닫힌 가게 문만 보일 뿐, 아무도 타지 않았다. 피곤하다고 했던 여자는 여전히 벽에 머리를 기대고 있다. 문이

다시 닫힐 무렵 진구가 말을 건넸다.

"한 잔 더 못 할 만큼이요?"

여자가 진구를 돌아보았다. 상대를 빨아들일 듯이 깊은 눈빛이었다. 취한 갈망이 담겨 있었다. 에로틱―이란 건가. 진구는 직감했다. 망설일 시간이 아니란 걸. 얼마 동안 알았는지가 중요하지 않은 만남이 있다. 이 여자와는 더욱 그렇다. 반 발짝 앞으로 다가갔다. 진구의 얼굴이 조금 더 다가섰다.

순간 시야가 막혔다. 여자가 먼저 진구의 얼굴을, 아니 입술을 덮쳐 온 것이었다.

읍.

진구는 짧은 신음을 끝으로 더 소리를 내지 못했다. 격렬한 키스였다. 여자의 혀는 뱀처럼 감겨들었다. 취한 만큼 놀림은 더 현란했다. 진구는 자신도 모르게 눈을 감았다. 떴다 하더라도 앞이 잘 보이진 않았을 것이다. 아득해졌다. 라동우한테서 받은 돈은 잊어버렸다.

엘리베이터가 1층에 서고 두 사람의 첫 키스는 끝이 났다. 진구는 여자의 손을 잡았다. 여자는 진구의 손가락을 헤집더니 깍지를 꼈다. 두 사람은 천천히 걸어 나갔다. 거리에는 약간의 바람이 불었다.

***

해미는 맥주잔을 기울이는 한편으로 크리스의 시선을 신경 쓰고 있었다. 눈을 돌리지 않아도 알 수 있다. 크리스는 아까부터 이 여덟 명 가운데 유독 해미를 쳐다보고 있다. 처음에는 언뜻언뜻 시선을 주다가 해미가 모른 척하자 이제는 아주 뚫어져라 보고 있다.

'훗.' 해미는 속으로 코웃음을 쳤다. 남자들은 바보 같아. 시선만 마주치지 않으면 자기가 쳐다보고 있단 걸 여자가 모를 거라고 생각한단 말이야.

느끼한 눈빛은 아니다. 좋게 해석하자면 솔직해 보이고, 나쁘게 해석해도 그저 단순한 남자라는 정도의 느낌이다. 교포 2세라고 하는데, 운동으로 단련된 건장한 몸, 구릿빛 피부, 선명한 말투를 보면 '건전한 길'을 택한 인간 같다. 그래, 건전한 길. 누구하곤 다르게 말이지. ……아냐, 무슨 생각을. 해미는 눈을 끔벅여 막 끼어드는 진구 생각을 떨쳐버렸다.

나이, 학교가 각기 다른 유학생과 교포 아홉 명이 뒤섞인 술자리였다. 밴쿠버 게스 타운에 있는 시끌벅적한 이 펍에서 자주 모인다고 했다. 식당 아르바이트로 바쁜 해미는 그동안 유학생 모임에 거의 끼지 못했다. 이날도 친구인 채아에 끌려 해미가 이곳에 도착했을 땐 아는 사람이 채아 달랑 한 명뿐이었다. 하지만, 해미 특유의 친화력으로 모임의 중심에 서기까지는 그리 오래 걸리지 않았다. 유학생보다 교포들이 더 호감을 드러냈는데, 아마도 해미가 캐나다에서는 드문 캐릭터인 모양이다. 크리스는 그중에서도 특히 친근하게 굴었다. 해미는 의례적인 칭찬을 한마디 던졌다.

"오빠 한국말 유창하네요."

"어, 그런가?"

"혀가 멀쩡해서요. 교포 중엔 한국말 3년 공부한 외국인 같은 사람들도 많던데."

"내 한국어는 부모님 덕분이야."

크리스가 어깨를 쭉 펴고 말했다.

"부모님이요?"

"어머니, 아버지는 다른 어떤 것보다 우리말을 우선하셨거든. 집에서 영어 썼다가 벌선 게 한두 번이 아녔어. 3층까지 몇 번을 오르락내리락 시켰고, 운동장만 한 정원 잔디를 종일 깎기도 했지."

3층? 운동장 같은 정원? 좀 부잔가 봐.

"와, 대단하시다. 애국자 가정이네."

해미는 '부자 가정' 대신에 더 기분 좋을 말로 불러주었다. 크리스는 신이 났는지 말을 이어갔다.

"한국 오디션 프로 보면 말이야, 엄마든 아빠든 한쪽이 한국인이라면서 한국말 전혀 못 하는 애들이 있어. 난 좀 보기 그렇더라. 한국어 한마디도 안 가르쳐놓고는, 케이팝이 뜨니까 한국에서 가수 시키려고 애 보내는 거잖아."

"그래, 그래. 맞아. 베트남에서 한국에 온 엄마들, 애한테 베트남어도 꼭 가르치잖아. 많이 달라."

해미는 호들갑 떨며 맞장구쳐 주었다. 자기의 환심을 사려는 모습이 뻔히 보이니, 조금은 호응을 해주고 싶었다.

크리스는 한국에의 자부심 넘치는 부모 밑에서 한국 문화를 접하면서 자란 티가 역력했다. 유학생과 교포는 잘 어울리지 않는다고 들었다. 그런데 크리스는 이 자리에 있는 유일한 교포이면서, 분위기에 잘 섞였다. 아니나 다를까, 크리스가 해미의 생각을 읽은 듯이 말했다.

"난 현지 애들보다 유학생 친구들이 더 잘 맞더라."

"왜요?"

"어떤 개척 의지 같은 게 느껴지거든."

"웬 건전."

해미는 장난스레 대꾸했다. '좀 오버하는데?' 하는 생각도 들었다. 하지만 크리스는 정색했다.

"아냐. 너는 정말 대단한 거 같아. 혼자 여기까지 유학 온 거잖아."

'너는'이 생소하게 들렸다. 문득, 진구는 항상 말할 때 '해미는' 아니면 '해미 너는'이라고 했는데, 하는 생각이 떠올랐다.

"유학은 아니구, 어학연수죠."

"공부하는 건 같지."

"너무 띄운다. 내일 한국으로 돌아갈 수도 있어요. 힘들어서."

"그럼 안 돼. 혹시라도 힘든 거 있으면 얘기해. 도와줄게."

친절하지만 그 맥락에서는 어색한 느낌의 말이었다. 워워. 주변에서 야유가 들렸다. 투 머치다, 사귀어라, 하는 소리도 섞였다. 크리스는 아랑곳하지 않는 태도였다. 교포이면서도 한국 남자 특유의 허세가 있단 게 거슬리면서도 재밌다. 뭐 이 정도는 어쩔 수 없는 거 아냐? 점수를 좀 깎는다고 해도 합격선인데?

해미는 문득 크리스가 술을 마시고 있지 않다는 걸 깨달았다. 술이 엄청 세다고 아까 누가 그랬던 것 같은데? 이유를 굳이 물어보진 않았다. 그가 또 물었다.

"어디서 살아?"

"조이스 역 근처에서 룸 세어를 해요. 부엌 겸 거실 하나. 방 두 개."

"방을 따로 쓰겠군. 룸메는?"

"태국에서 온 타샤라는 앤데, 착해요. 한류 팬이라서 한국어도 쬐금 해요."

이 남자가 자신에게 호감이 있단 건 분명하게 느낄 수 있었다. 해미가 말을 할 때 또렷하게 마주 보거나, 자신이 말하면서 굳이 해미와 눈을 맞추려 들 때가 아니어도 그랬다.

"전 먼저 일어날게요."

밤이 깊었고, 해미가 일어섰다.

"크리스가 차로 바래다줘."

"그래, 밤인데."

크리스의 친구가 말했고, 채아도 거들었다. 크리스는 서슴없이 일어섰다. 해미도 굳이 거절하지는 않았다.

펍 밖으로 나간 그가 해미를 돌아보았다.

"시끄러워 죽는 줄 알았네. 둘만 있으니까 더 좋은데."

'응?'

말투, 어감이 미묘하게 달라졌다. 조금은 더 은근한 분위기.

크리스는 해미보다 조금 앞서 걷더니 도로가에 주차된 차로 향했다. 그가 키를 꺼내 버튼을 누르자 푸른색 차의 헤드라이트가 번쩍했다. 그가 해미를 돌아보며 말했다.

"이 차 알아?"

"비엠 5시리즈네요."

그는 정답이야, 하듯 손가락을 탁 튀기고는 능숙하게 운전석에 올랐다.

'좀 깨는데?'

해미는 근소하게 실망했지만 이내 생각을 고쳐먹었다.

'뭐 어때? 이 정돈 귀엽게 봐줘야지. 그동안 질렸어. 비전 없는 어느 백수한테.'

*　*　*

이런 데도 있군.

진구는 침대 옆에 알몸으로 누운 여자에게서 시선을 떼고 낯선 방을 둘러보았다. 바를 나온 후 여자는 자신의 혼다 시빅에 진구를 태운 후 이리로 데리고 왔다. 분명한 음주운전이었지만 그런 말을 했다간 산통 깨질 일이다.

여자는 꼬인 혀로 뭐라 뭐라 계속 말을 해대면서 외딴곳에 뚝 떨어진 조그만 집으로 진구를 데리고 갔다. 밤 시간이고 인천 지리에 어두운 터라 대체 어느 동네인지, 어느 방향인지도 알기 힘들었다. 여자는 차를 대충 집 담벼락 옆 공터에 박아놓았다.

두 사람은 나란히 집으로 들어갔고, 같이 밤을 보냈다.

술이 세지 않은 진구는 완전히 곯아떨어졌다. 그때가 새벽녘이었다.

진구가 일어난 시각은 오전 11시. 뭔가 어지러운 꿈을 꾼 것 같은데 전혀 기억이 나지 않았다. 여자는 침대에서 끙끙 소리를 간간이 내며 뒤척였다. 이불을 반쯤 걷어차 허옇게 드러난 여자의 허벅지가 없었다면 지난밤의 일을 꿈이라 생각했을지 모른다. 부챗살처럼 퍼진 머리칼에 파묻혀 여자의 엎드린 얼굴은 제대로 보이지 않았다.

진구는 이불을 마저 걷어내고 일어났다. 거실로 나가 집 안을 둘러보았다. 열아홉 평 정도 되어 보이는 아담한 집이다. 커다란 창에는 블라인드가 쳐져 있다. 살짝 걷어보니 낯선 골목이 눈앞이다. 블라인드를 절반쯤 올려놓고 뒤돌았다. 단출한 살림이었다. 거실 겸 부엌에는 냉장고, 탁자, 소파 정도밖에 없다. 여자의 말이 아니었다면 이곳이 사람이 살던 집이라고는 도무지 생각할 수 없을 만큼 삭막했다.

냉장고 문을 열고 생수를 꺼내 마시려는데, 여자가 일어나는 소리가 들렸다. 얼마 후, 새하얀 네글리제를 걸치고 여자가 침실 밖으로 나왔다.

"남자는 여자보다 먼저 옷 입는 거 아니야."

여자가 코를 찡긋하며 말했다.

"오전 11시쯤 되면 그래도 되는 거 아냐?"

"시간 같은 걸 확인하고 그래. 멋대가리 없게."

"여긴 어디야?"

"밤을 보낸 다음 날 첫마디가 그거야? 정말 갈수록 멋없네."

여자가 눈을 흘겼다. 그러고는 부엌 식탁에 걸터앉으며 대답했다.

"친구가 단기 연수로 호주엘 갔어. 석 달간 집을 비워서 그 동안 내가 좀 관리도 해주면서 쓰기로 했거든. 키도 내가 갖고 있고. 이 잠옷도 친구 거야."

진구가 컵에 물을 따라주고 ㄱ 자 위치에 앉았다. 여자가 거실 창 쪽을 보더니 눈썹을 찡그렸다.

"눈부셔. 블라인드 좀 내려줘."

진구는 블라인드를 내리고 식탁으로 돌아와 앉았다. 거실은 다시 그림자에 잠겼다. 진구가 물었다.

"근데…… 내가 말을 놔도 돼?"

여자의 얼굴에 원숙미가 흐른다. 화장이 전날 어둠 아래 보았던 것보다 훨씬 짙었다.

"뭐야. 무슨 실례의 말을. 내가 그렇게 나이가 많아 보여?"

"어젯밤보단."

"쯧, 무례한 남자잖아. 이래 봬도 20대 후반이야. 얼굴 보면 알잖아? 자기하고 비슷할걸."

아무리 진구가 그런 쪽으로 둔하다지만 20대로 보이지는 않았다. 가꾼 동안일 테니, 서른이 넘지 않았을까. 하지만 굳이 밝히려 들 필요는 없다.

"다행이야. 누나라고 부르지 않아도 돼서."

여자가 웃었다. 진구가 말했다.

"그럼 뭐라고 부르지?"

"이름?"

여자는 되뇌고는 픽 하고 웃었다.

"촌스럽게. 그깐 게 뭐가 중요해. 천천히 알려줄게."

"전화번호는?"

"것도 나중에."

진구를 향한 여자의 호감이 변한 것 같지는 않다. 하지만 신상을 공개하는 데는 조심스러워하고 있다. 어젠 술기운에 진구와 열렬한 하룻밤을 보냈지만 술이 깨고 보니 이제 경계하게 된 것일까. 하긴 필요하다면 이름은 라동우한테 물으면 알 수 있고, 전화번호도 마찬가지다. 아쉽지 않다. 다만 언제 여자가 스스로 자신을 밝히고 나올지, 그게 중요하다.

"나는……."

진구는 이름을 밝히려다가 말을 멈추었다. 여자가 신상을 알려주기 꺼려하는데 굳이 먼저 말하는 건 부담을 줄지 모른다. 질척댄다는 인상을 주기도 싫었다. 앞으로 이 여자와 관계가 발전해나갈지 아니면 오늘 끝날지 모르지만 적어도 여자가 보인 만큼의 무심함은 가지는 편이 나을 것 같았다.

"나는…… 뭐?"

진구가 우물거리자 여자가 재미있다는 듯 주먹을 괸 턱을 들이밀었다. 딱히 대체할 말이 떠오르지 않았다.

"나는 어제 그런 거 첨이었고, 좋았단 얘길 하려구."

엉겁결에 말을 해놓고서 진구는 목덜미가 벌게지는 걸 느꼈다. 급하게 둘러대느라 나온 거지만 이런 닭살 돋는 말을 하다니…… 해미가 보았다면 이미 난 산목숨이 아니었겠지. 문득 해미를 떠올리다가 진구는 씁쓸하게 웃고 말았다. 여자는 자신에게 보내온 미소로 여겼으리라.

"나도야."

여자가 활짝 웃더니 손을 쭉 뻗어 진구의 뺨을 만졌다.

그 순간 진구는 깨달았다. 어젯밤 같은 설렘이 사라졌다는 걸. 여자의 손길이 닿았지만, 아무런 느낌이 없었다. 역시 이 여자와의 만남은 어떤 '순간의 마법'이었을 뿐, 마음이 간 건 아니었던가.

아니, 여자가 바뀌었다. 정확히는 여자의 분위기가 바뀌었다. 그게 진구가 가진 솔직한 느낌이었다. 화장이나 머리 모양 같은 게 아니라 사람이 갖는 그만의 고유한 아우라가 변했다. 어제는 위험한 불티를 숨긴 여자, 선악에의 도전을 불사하는 여자였다면 밝은 대낮에 본 그녀는 그저 즉흥적인 여자 정도로 변해 있었다. 비밀이 사라진 스핑크스. 입장권을 끊는 피라미드. 은밀한 장막이 걷히고 나니 매력이 대폭 줄어들어 있었다.

하긴 인간은 밤과 낮이 원래 그만큼 다른 종족인지도 모른다. 아니면 진구 자신의 탓일 수도 있다. 그저 자기 전과 잔 후의 차이라는, 남자들의 속성을 설명하는 뻔한 말이 해당되는 건지도 모른다.

진구는 잠시 잊었던 어떤 생각이 스쳐 문득 눈을 치켜떴다.

이미 라동우와의 계약은 이행된 거잖아. 정말 어이없게 달성되었지만…… 어쨌든 이루어졌다. 그런데 이런 식이라면 반대로 여자가 진구를 유혹했다고 해도 어폐가 없다. 이것도 라동우가 원한 방식 안에 들어갈까? 라동우는 이걸로 만족할까? 물론 그에게 다 알릴 필요는 없다. 일단 당장은 어느 선까지든 알리고 싶은 생각이 들지 않았다. 라동우도 충분히 즐기다가 느긋하게 연락하라 하지 않았던가. 나중에 말해도 불만은 없을 것이다. 그리고 대체로 세상일은 기다릴수록 좋다. 그게 진구가 터득한 이치 중 하나였다.

여자가 잠옷 앞섶을 여미며 일어섰다. 3월이었다. 금방 일어난 몸은 초봄에 남은 한기를 느낀 모양이다.

"출근 안 하지?"

여자의 질문에 진구는 고개를 끄덕였다. 11시에 일어난 걸 보면 누구라도 할 수 있는 짐작이다.

여자는 술이 덜 깼다면서 침실에 도로 들어가 버렸다. 피곤하기는 술이 약한 진구도 마찬가지다. 딱히 할 일이 있는 것도 아니다. 진구도 결국 다시 침대에 기어들어 가 나란히 누웠고, 곧 잠이 들었다.

배가 꺼지다 못해 등에 붙을 지경이 되어서야 일어났다. 오후 늦은 시각이었다. 여자는 그제야 샤워를 했다. 배가 고파왔다.

"배달시킬까?"

진구가 물었지만 여자는 "아니, 밥해 먹자" 하더니 덜 말린 머리를 늘어뜨린 채 곧장 쌀을 씻었다. 그 모습을 지켜보던 진구는 조그만 위화감에 젖어 들었다. 오전에 가졌던 것과는 또 다른 종류의 이질감이었다.

처음 본 남자와 엘리베이터에서 키스를 나누고는 곧장 침대로 직행하는 여자와 집에서 쌀을 씻고 밥을 하는 여자.

분명 그럴 수 있겠지만, 부조화가 느껴졌다.

냉장고에 밑반찬은 있었다. 두 사람은 김치와 햄, 달걀부침으로 식사를 했다. 마주 앉아 차를 마셨고, 소파에 나란히 앉아 TV를 보았다. 여자는 냉장고에 있는 맥주를 가져와 또 마셨다. 진구는 자기보다 술이 센 이 여자를 어떻게 상대해야 할지 아득해졌다.

바깥이 완전히 어두워진 무렵 여자가 말했다.

"집에 갈래."

"집?"

"내 집."

"어딘데."

"오봉산 쪽. 여기보다 더 외딴곳이야. 같이 좀 가줘."

여자의 눈망울이 흔들린다고 진구는 생각했다.

"가족은?"

"있는데 거긴 없어. 혼자 살아."

진구는 여자를 물끄러미 바라보다가 말했다.

"꼭 집에 무서운 사람이 있어서 들어가기 싫어하는 애 같다."

"혼자 있다 보면 그래. 사실 나 보기보다 겁이 많아. 그래서 어제도 일단 친구 집으로 가자고 한 거야. 아무래도 첨 본 남자니까. 근데 두고 보니 너 나쁜 놈은 아닌 거 같아. 오늘은 우리 집에서 같이 지내자."

"괜히 미안한데."

"내가 믿어준 걸 영광으로 생각해."

진구는 결국 그러기로 했다. 자신을 간절히 원하는 여자를 버려두고 돌아가야 할 만큼 급한 용무는 없다. 아니, 요즘의 진구에겐 용무 자체가 없다. 여자는 어젯밤과 달라 보였지만 당장 떠나고 싶을 만큼 싫어진 건 아니다. 아니, 종류는 다르지만 호감은 여전히 있다.

여자가 샤워를 한 번 더 했다. 집을 나온 때는 완전히 밤이었다. 휴대전화로 시각을 보니 10시가 넘어 있다.

여자의 혼다 시빅에 올라탔다. 도로표지판을 보니 이곳은 남촌도림동인 것 같다. 여자는 운전에 능숙했고, 내비게이션 없이도 요리조리 핸들을 잘도 꺾어댔다. 여자의 집에 도착한 건 출발한 지 불과 20여 분 후였다. 산으로 올라가는 등산로에 접한 큰 도로를 따라갔다. 그러다 언덕 쪽으로 꺾어 들어가 조금 더 올라갔다.

여자의 말대로, 전날의 그 집보다 더 외딴곳이었다. 주택가에서 떨어진 길가에 2층 주택 한 채가 덩그러니 서 있다. 겁도 많다면서 왜 이런 곳에? 의문이 들었지만 굳이 묻지 않았다. 어쩔 수 없는 사정은 금방 밝혀졌다.

"부모님이 1층에 사셨는데, 지금 외국 나가셨어. 내 방은 2층이야."

이런 한갓진 곳의 큰 집이라면 겁이 날 만하다. 부모 나이쯤 되면 전원주택을 선호할 수 있겠지만 발산하는 젊음에는 부담스러운 고성이다.

2층의 여자 방에 들어갈 때부터 둘 사이의 분위기는 조금 서먹서먹해졌다. 그 미묘한 변화를 진구는 느꼈는데, 여자는 무언가가 확실히 변해 있었다. 이제야 완전히 술이 깬 것일까. 낯선 남자와 하룻밤을 지내고 집까지 데리고 온 자신의 행동에 부끄러움과 두려움을 갖게 된 걸까.

방 한가운데 침대가 있고, 커튼이 걷힌 큰 창이 있어 바깥이 내다보였다. 방금 올라온 넓은 길과 그 옆에 갈라진 또 하나의 길, 그리고 조그만 가로등이 창을 통해 건너다보이는 전부였다. 그 멀리는 껌껌했고, 좀 더 멀리는 도심의 불빛이 떠 있다.

"머리가…… 아파."

여자는 침대에 앉아 말했다. 이마에 손을 짚는 시늉을 했다. 정말 머리가 아픈지는 좀 의심스러웠다. 이 집에 오기 전 차 안에서는 콧노래를 부르던 그녀였다. 괜히 그러는 거라면 진구와 같이 있는 게 불편해졌단 얘길까.

여자는 일어서더니 거실로 내려가 사과를 쟁반에 담아 왔다. 그걸 진구에게 내밀었다.

"사과 좀 깎아주라. 난 좀 어지럽네."

진구는 과도를 들고 서툴게 사과를 깎아 여자에게 내밀었다. 여자는 사과를 한 입 베어 물더니 내려놓았다. 금세 입맛이 떨어진 모양이다. 여자는 손으로 또 이마를 짚었다. 진구가 물었다.

"왜 그래?"

"갑자기 두통이 심해졌어. 가끔 이럴 때가 있어."

"집에 진통제 없어?"

"응."

여자는 이맛살을 찌푸렸다. 통증이 상당해 보인다. 진구가 일어섰다.

"내가 약 사 올게. 조금만 기다려."

"고마워. 이왕이면 수면제로 사다 줘."

여자가 손을 이마에 댄 채 진구를 올려다보며 말했다.

"수면제? 머리 아프다며."

"내 증상은 알아. 이럴 땐 수면제 먹고 자야 낫거든."

여자는 약국의 위치를 알려주었다.

"우리가 올라온 길 말고 다른 길이 하나 더 나 있거든. 그 길을 따라 큰길까지 내려가. 그다음 오른쪽으로 꺾어서 한 500미터쯤 가면 있어."

위치를 들어보니 갔다 오려면 시간이 꽤 걸릴 판이다. 이어 여자는 처방전 없이 살 수 있는 수면제 품목을 일러주었다.

"근데 지금 시간에 약국이 열었을까?"

"오늘이 그 약국 야간 당번일 거야. 두통 땜에 자주 약 사러 갔다 와서 알아."

여자는 침대에 아예 등을 대고 누웠다.

"창문 좀 열어줄래? 기운이 하나도 없어서."

진구는 창가로 가서 창문을 활짝 열었다. 따뜻한 봄기운이 들어왔다. 역시 전원지대에 가까운 덕에 공기가 좋다.

"다녀와."

여자는 상체만 일으켜 앉은 채 손을 흔들었다.

"현관문 안 잠가?"

여자가 움직이지 않는 걸 보고 의아해진 진구가 물었다. 들어올 때 기억으론 분명 자동 잠금장치가 없었다.

"잠깐일 텐데, 뭘 귀찮게. 그냥 닫아놓고 다녀와."

역시 이 여자답다. 잠깐인데 무슨 일 있으랴. 진구는 가볍게 생각했다.

"알았어."

진구는 방문을 닫고 계단을 내려갔다. 거실로 나와 현관문을 열고 집을 나섰다.

언덕을 내려가며 진구는 생각했다. 여자의 표정이 변했다. 어쩐 일인지 이 집에 들어온 뒤부터 진구를 귀찮아하는 기색이 역력하다.

어차피 큰 기대는 하지 않았다. 이 여자는 낮에 본 얼굴이 본모습이리라. 빨리 뜨거워지고 빨리 식는다. 변덕은 이 여자처럼 자유분방한 생활을 하는 사람의 특징이다. 상대방은 기분 나쁘겠지만 악의는 없다.

아마 오늘이 마지막이겠지. 미련은 생기지 않았다. 질척대는 것, 그건 진구가 가장 싫어하는 일이다. 약만 사다 주고 가야겠다고 생각을 굳혔다. 그쪽이 라동우의 의뢰에 더 맞는 일이기도 하다. 어차피 그 의뢰로 만나게 된 거 아닌가. 이제 와서 남녀 관계는 무슨…….

약국에 가서 감기약을 사 오는 데에 한 20분가량 걸렸다. 하필 손님이 좀 있었고, 뻔뻔한 인상의 중년 약사는 유독 뜸을 들였다.

진구는 약봉지를 들고 왔던 길을 되돌아갔다. 외딴집 2층의 불빛은 마치 공중에 뜬 것처럼 보였다. 창문은 나올 때 모습 그대로 활짝 열어젖혀 있었다. 사생활이 너무 노출되는 게 아닌가 하는 걱정이 문득 들었다.

소리가 들려온 건 집 바로 아래까지 왔을 때였다.

아아아아아악!

여자의 비명이 진구의 귀를 찢었다. 분명 2층 창문 너머로 흘러나온 소리였다. 비명은 짓눌려 있어 멀리 가지는 못했지만 바로 아래에 있던 진구에게는 생생하고도 분명하게 들렸다.

진구는 약봉지를 든 채 집으로 뛰었다. 현관문을 당겼다. 나올 때 그랬던 것처럼 잠겨 있지 않았다. 신발을 신은 채로 거실로 뛰어올랐다. 텅 비어 있다. 1층은 아니다. 여자의 비명은 아직도 이어지고 있었다. 진구는 2층으로 이어지는 계단을 허겁지겁 뛰어올랐다.

2층 여자의 방이 열려 있었다. 진구는 방 안으로 뛰어 들어갔다. 그러다 눈이 방울처럼 커진 채 방문 앞에 우뚝 서버리고 말았다.

"이게 무슨 일이야?"

여자는 창문턱 아래 쭈그리고 앉아 주먹으로 입을 막고 소리를 지르고 있었다. 비명은 조금 전보다 현저하게 작아져 신음처럼 변해 있었다. 여자는 몸을 벌벌 떨었고, 흰 네글리제가 온통 피로 얼룩져 있었다. 여자가 흘린 피는 아니었다. 바닥에 남자가 엎드려 있었고, 그 아래 피가 홍건했다. 피는 계속 흘러나오고 있는 것 같았다. 엎어져 있어 보이지는 않지만 남자의 몸 앞에는 칼 같은 것이 꽂혀 있는 모양이었다.

진구는 충격으로 잠시 주춤했지만 이내 여자에게로 다가갔다. 떨고 있는 여자의 어깨를 감쌌다.

"일단 1층으로 내려가자."

진구는 여자를 일으켜 방을 나왔다. 시체나 피를 건드리지 않도록 여자를 부축하며 조심조심 걸었다. 여자의 다리가 후들거리고 있었다. 계단을 밟는 발끝이 자꾸만 미끄러졌다. 겨우 1층으로 내려와 거실 소파에 앉혔다. 여자는 쓰러지듯 소파에 파묻혔다.

"어떻게 된 거야?"

진구가 애써 차분하게 물었다. 여자가 힘들게 입을 열었다.

"저 남자가 갑자기 방문을 열고 들어왔어. 너무 놀라서 과도를 들었는데……, 그만 가슴을 찔러버렸어. 죽었나 봐. 어떡해?"

목소리가 갈라지고 잠겨 있었다.

"놀랄 거 없어. 일단 상황을 봐선 정당방위니깐 괜찮아. 피를 봐서 놀랐겠지만 조금 쉬고 있어."

"무서워 죽을 거 같아."

여자는 몸을 도사리고 있다가 무슨 생각이 들었는지 용수철처럼 허리를 폈다. 소파 옆 작은 테이블 위에 놓인 전화기를 집어 들었다. 허겁지겁 112를 누른 다음 다짜고짜 말했다.

"사람이 죽었어요! 빨리요!"

강도가 들어왔다고 하지 않고 왜 사람이 죽었다고 신고하는지 조금 이상했지만 길게 생각하지 않았다. 정신이 나갈 만큼 놀란 상황이다. 단어 선택 같은 건 얼마든지 이상해질 수 있다.

여자는 주소를 알려주고는 전화기를 던지듯 내려놓았다. 겁먹은 눈은 실핏줄이 터져 빨개졌고, 턱이 덜덜 떨렸다. 진구가 다독이듯 말했다.

"경찰이 곧 올 거야. 이제 걱정하지 마. 내가 위에 다시 올라가 보고 올게."

여자가 다급히 진구의 옷소매를 붙들었다.

"같이 가."

"뭐? 혼자 가보고 올게."

"아냐. 정말 죽었는지 아님 아직 살아 있는지 내 눈으로 보고 싶어."

대담한 여자다. 충격으로부터의 회복도도 빠르다. 진구는 감탄했다.

여자와 같이 2층으로 올라갔다. 시체는 그대로였다. 여자는 눈길을 한 번 보내고는 사체를 피해 침대가에 걸터앉았다. 그러고는 이 상황을 믿고 싶지 않은지 고개를 도리도리 저었다. 이윽고 한숨을 깊게 쉬더니 고개를 푹 숙였다. 진구는 어정쩡하게 문가에 섰다. 뭐라 말을 건네기 어려웠다. 경찰이 도착하기 전에 시체를 함부로 건드릴 수도 없다.

경찰은 약 5분여 만에 도착했다. 2층 창밖으로 사이렌 소리가 들렸다. 이내 현관문이 열리는 소리가 났고, 2층으로 올라오는 사람들의 어수선한 발걸음이 뒤섞였다. 먼저 모습을 드러낸 사람은 정복 경찰 두 명이었다. 현장 가까운 곳에서 순찰 중이던 경찰을 일단 현장에 보낸 모양이다.

그들도 피가 홍건한 현장을 보자 눈이 휘둥그레졌다. 이어 문가에 서 있는 진구를 보았다. 진구가 신발을 신고 있다는 데에 의아한 표정을 지은 것도 같다. 진구는 애써 태연하게 보이려 했다. 나도 모르겠다는 듯한 표정. 잘못이 없어도 경찰 앞에서는 그런 태도를 의식적으로 취하게 된다. 경찰들은 여자 쪽으로 시선을 옮겼다. 피로 물든 하얀 잠옷은 시각적으로 충격이었으리라.

경찰 중 나이 든 쪽이 여자를 보며 물었다.

"괜찮습니까?"

여자는 침대에서 튀어나와 와락 경찰들의 품에 뛰어들었다.

그다음 보여준 여자의 행동은 진구를 멍하게 만들었다. 믿을 수 없는 말이 여자의 입에서 흘러나왔다.

그녀는 진구를 손가락으로 가리키며 소리쳤다.

"저놈이에요! 스토커! 저 인간이 내 남자 친구를 죽였어요!"

***

통유리 너머로 보이는 테헤란로의 시원한 전망에 안 그래도 큰 방이 더 휑해 보였다. 방 안쪽에는 커다란 원목 책상이 있고, 그 앞에는 소파 세트가 있다. 창가에는 둥그런 테이블과 의자가 따로 놓여 있다. 그래도 빈 공간이 많아 보인다. 한 사람을 위해 만든 방이라면 그는 틀림없이 어마어마하게 큰 게 분명하다. 아니면 그 사람은 자신이 보스란 사실에 한껏 기분 내고 싶었는지도 모른다.

이 방은 장철의 집무실이었다. 그는 창 옆 테이블 가에 두 사람과 같이 앉아 있었다. 한 명은 중년의 남자, 또 한 명은 20대 후반으로 보이는 여자.

중년의 남자는 몸이 탄탄했다. 굵은 팔뚝과 허벅지가 회색 정장에 꽉 끼었다. 강인해 보이는 턱이 도드라졌고, 이마에는 깊게 주름이 파였고 낯빛은 불콰했다. 모르는 이라면 누구도 먼저 말을 붙이지 못할 것 같다. 여자는 사뭇 대조적이다. 서늘하면서도 도발적인 눈빛은 언뜻 샴고양이를 연상케 하는 그녀의 얼굴과 어울렸다. 바지 정장으로 감싼 다리를 앞으로 쭉 뻗고 있다. 조금도 거리낌 없어 보이는 태도가 그녀의 존재를 더욱 돋보이게 했다.

통통한 노인과 탄탄한 중년, 도회적인 숙녀. 미관상으로는 무척 어울리지 않는 조합이다. 테이블 위에는 카드가 흐트러져 있다. 세 사람은 막 카드 게임을 끝낸 듯했다. 각자 앞에는 두께의 차이는 있지만 만 원권과 5만 원권 지폐가 수북이 쌓여 있다. 여자가 중앙에 있는 마지막 지폐 다발을 자기 자리로 끌어갔다.

끙, 하는 소리를 낸 사람은 이 방 주인인 장철이었다. 흘러나온 배, 목과 손의 주름을 보면 영락없는 노인이지만, 낯빛만은 그가 입은 양복만큼 미끈하다. 게임이 잘 풀리지 않았던 듯 몇

올 남지 않은 머리를 괜히 손으로 쓸어 올리며 말했다.

"이런, 이런. 오늘은 안 풀리는군. 판돈을 작게 하길 잘했어."

그는 묵직한 몸을 자리에서 일으켰다. 창가로 다가가 바깥을 내다보며 고개를 이리저리 꺾었다. 뚝뚝 하는 소리가 났다. 꽤 오래 앉아 있었던 모양이다.

"눈이 시원하군. 역시 전망 하난 끝내주는 방이야."

"최고층이니까요."

중년 남자가 하나 마나 한 말을 보탰다. 장철은 대꾸 없이 품에 손을 집어넣어 담뱃갑을 꺼냈다. 막 한 개비를 꺼내다가 문득 뒤편에 앉은 여자를 힐끔 보고는 그만두었다.

"하하하. 유 실장이 있었지. 나도 모르게 그만."

딸뻘인 여자의 눈치를 꽤 보는 듯하다. 두려워서라기보다는 존중에 가까운 태도였다. 유 실장이라 불린 여자는 자기 앞에 쌓인 돈다발을 가리키고는 말했다.

"이거 드릴 테니까 담배 끊으세요."

하하하, 장철은 웃으며 다시 자리로 돌아와 앉았다.

중년 남자는 늘 이런 게 부러웠다. 자신은 장철 회장에게 어려워서 말도 잘 붙이지 못한다. 그런데 유연부 저 여자는 어떤 말이건 다 하는 것 같다. 심지어 도대체 재산이 얼마일지 짐작도 할 수 없는 저 장철 회장한테 돈을 줄 테니 담배를 끊으라는 농담을 던지고 있다. 그리고 장철 회장은 다 받아준다. 김태일은 유연부가 여자라는 것, 그리고 미모를 한껏 이용한다고만 치부했다. 그래서 더 부아가 치밀었다.

회장은 무슨 이유에선지 유연부의 능력을 높이 사는 것 같았지만 그는 인정할 수 없었다. 언젠가 직원들까지 끼어 술을 마시는 자리에서 장철 회장이 "유 실장은 우리 회사의 보배야. 여자 제갈공명이지" 하고 껄껄껄 웃으며 추켜세웠던 말이 아직도 기억에 남아 있다. 그 말 이상으로 유연부에게 보내는 신뢰의 눈빛이 느껴진다. 그러니 다른 직원들도 유연부를 함부로 대할 수가 없다.

들어온 지 1년도 되지 않는 새파란 여자인데. 단기간에 회장의 마음을 사로잡고 실세로 떠올랐다. 예전에 투자업계의 큰손이었던 상준동 회장 밑에서 일했다던가. 상 회장이 죽고 난 후, 어떤 계기인지는 모르나 장철 회장에게로 왔다. 들리는 말로는 놀랍게도 장철 회장이 유연부를 자기 사람으로 만들기 위해 공을 많이 들였다 했다.

김태일은 이가 갈릴 만큼 억울했다. 세월로 따지면 자신이 장철 회장을 위해 일한 시간이 훨씬 길다. 능력도 물론 자신이 위라고 믿는다. 여기까지 오려면 그저 주먹 하나로는 불가능하다. 그는 이쪽에서는 드물게, 두뇌로 살아왔다고 자부했다. 그리고 경험에 대한 자신감도 있었다. 새파랗게 젊은 여자가 자신보다 더 일을 잘할 수 있다고 도저히 인정할 수 없었다. 수리통계학인가를 전공했다던가, 유연부가 어디 외국 대학에서 숫자를 좀 배워 온 모양인데, 그래봤자 꼼꼼하게 계산서 체크하는 정도이지 않겠는가. 스케일 큰 투자나 배포 있는 일을 도모하는 데는 어울리지 않는다. 유연부가 큰 투자 건에서 어느 정도 성과를 보여준 건 회장의 신임이라는 프리미엄 덕분이다. 그렇게 생각했다.

"태일이."

이것도 기분 나쁘다. 회장은 기분 내키는 대로 김 전무라 했다가 젊었을 때처럼 이름을 부르기도 했다. 당장 저 문밖만 나가도 사장님, 형님, 하며 허리를 90도로 숙일 녀석들이 줄지어 있는데. 회사 등기부상은 어엿한 대표이사지만 장철이 '전무'로 부르는 통에 호칭이 강등된 것도 은근히 불만이다. 하지만 언짢은 기색을 내비칠 수야 없다. 모든 돈은 장철 회장에게서 나온다. 명목상으론 자신의 직속 수하인 자들도 결국 장철의 사람들이다. 누가 돈을 주는지 모르는 놈은 없으니까.

게다가 장철은 조직의 보스가 마땅히 가져야 할 덕목을 확실하게 갖고 있었다. 가까이 하면 상을 주고, 멀어지면 잔인했다. 눈에는 눈, 이에는 이. 얄미운 유연부가 한 번은 그런 말도 했다. "회장님 방식이 가장 효율적이에요. 게임 이론 중에서 최종 승리한 건요, 무슨 복잡한 이론이 아니라 팃 포 탯(tit-for-tat), 그러니까 당한 대로 갚아주라는 전략이거든요." 그런 회장을 수하들은 두려워하면서도 따르지 않을 수 없었다. 그러고 보면 유연부 말도 맞기는 하다. 조직의 회계 문제를 짊어지고 교도소에 잠깐 갔다 온 바지 사장에게 해외 계좌로 200만 불을 송금시켰을 때는 손 큰 김태일도 놀랐다. 회사 계좌로 거래를 남겨 경찰과 세무서의 추적을 당하게 만든 멍청한 직원은 열흘 뒤 사라졌고, 중국행 배를 탔다는 소문이 들렸다. 서해 어딘가에 시멘트 덩어리를 안고 가라앉아 있지 않을까, 추측할 뿐이었다.

아무튼 이 괴상망측하고 예측하기 힘든 인물의 비위를 맞추려면 최대한 기분을 숨기는 수밖에 없다. 김태일은 분한 마음을 털고 장철을 보았다.

"오늘 보니까 유 실장하고 둘이 내 돈을 다 땄네."

"네. 어쩌다 보니."

김태일은 자신 앞에 두툼하게 놓인 돈다발을 쳐다보았다. 오늘은 게임이 잘 풀렸다. 1시간 남짓하는 동안 풀하우스를 두 번이나 잡았다. 유연부도 잘 풀리긴 마찬가지였다. 김태일에게 좋은 패가 뜰 때마다 유연부는 눈치껏 일찍 죽어서 피해 갔고, 트리플이나 스트레이트 같은 자잘한 패를 갖고 효율적으로 돈을 긁어 갔다. 장철의 돈은 거의 바닥났고, 그걸 유연부와 김태일이 거의 반씩 나눠 가졌다.

장철 회장은 돈 많은 노인들이 그렇듯 괴벽이 있었다. 하지만 보통의 노인들처럼 그 괴벽은 정치나 여자에 있지 않았다. 그는 '내기'를 병적으로 좋아했다.

"사는 게 영 별로야. 여자도 흥미 없어. 그러면 어떻게 되는지 알아? 인생을 게임처럼 사는 거야."

얼마 전 술이 들어가자 장철이 한 말이었다. 어쩌면 터무니없는 투자를 하고 조직을 키워나가는 것도 그가 벌이는 큰 게임의 하나일 뿐인지 모른다. 그는 카드나 화투는 물론이고, 하다못해 책을 펼쳐서 홀짝 페이지를 맞추는 일도 즐겼다. 중요한 결정을 킬킬 웃으면서 동전 던지기로 정하기도 했다. 김태일은 그럴 때마다 뒤틀리는 심사를 눌러야 했다. '진짜 세상'을 살아왔다고 자부하는 그의 구미에는 맞지 않았다. 밉살스럽게도, 유연부는 그런 장철의 장단에 언제나 맞장구쳤다.

"재밌겠어요. 휴렛팩커드도 휴렛하고 팩커드가 동전을 던져서 회사의 이름 순서를 결정했다잖아요."

이런 식으로 부추기는 것이었다. 그걸 또 장철은 좋아했다.

잠시의 권태도 견디지 못하는 변태 노인. 어쩌면 그 또한 주체 못 할 부를 가진 갑부 노인의 일그러진 도락인지 모른다.

오늘도 중요한 이야기를 하기 위해 모였는데, 장철이 불쑥 포커 게임을 하자고 하여 마지못해 끼어들었다. 다행히 돈은 땄다. 그런데.

다른 사람 앞의 돈다발을 물끄러미 바라보던 장철이 돌연 말했다.

"한 사람한테로 몰아주기, 어때?"

또 내기 근성이 발동한 모양이다. 분명 유연부하고 게임을 붙일 작정이다. 자신의 돈을 두 사람이 가져갔다는 데에 심술이 나서인지도 모른다.

"아뇨. 유 실장하고 뭘 게임 같은 걸 하겠습니까. 전 이걸로 됐습니다."

김태일이 꽤나 단호하게 말했지만 노인은 물러서지 않았다.

"뭘 그래, 재밌잖아. 얼마 되지도 않는데."

얼마 안 된다니. 천 원짜리도 없다. 테이블 위에 있는 만 원권과 5만 원권을 한데 모으면 티슈 통 정도는 채울 판인데. 하긴 장철 회장한테는 얼마 안 되어 보이겠지. 하지만 김태일은 자신이 딴 돈이나마 확실하게 지키고 싶었다. 포커 게임과는 달라. 이런 종류의 도박은 취미에 맞지 않아.

"재밌겠는데요."

유연부가 또 맞장구를 치고 나왔다. 상체를 앞으로 기울이고 탁자 위에 팔꿈치를 올려놓고 있다. 어떤 게임이라도 당장 시작할 태세다. 유연부의 저 눈빛. 이미 이 돈을 자기 걸로 생각하는 태도다. 김태일은 울컥하다가 문득 생각했다. 마치 젊은 시절의 장철을 보는 듯하다고. 말도 안 되는. 그는 머리를 저어버렸다.

"뭐, 하죠."

결국 대수롭지 않은 것처럼 말하고는 의자를 당겼다. 유연부가 하자고 덤비는데 도망가는 꼴을 보일 수야 없다. 더 빼는 건 좀스럽게 보인다. 어차피 확률은 반반이다.

"좋았어. 단판 승부야. 카드 한 장씩을 빼서 낮은 쪽이 이기는 걸로 하지, 어때?"

"좋아요."

유연부가 말했고, 김태일도 동의했다. 이런 식이면 조작의 염려도 없고 공정하다. 2분의 1 확률로 저 돈이 다 내 것이 될 수 있다고 생각하니 오히려 욕심이 일었다.

장철이 테이블 위의 카드를 모두 뒤집어놓고 손바닥으로 휘적휘적 섞기 시작했다. 비대한 몸에 노회한 대머리 노인이지만 얼굴만은 장난기 가득한 악동이었다. 그 장면을 보던 김태일은 심장이 조여오는 걸 느꼈다. 비록 표 나지 않도록 조심했지만 어쩔 수 없었다. 대략 눈대중으로 보아도 천만 원이 훌쩍 넘는 돈을 따느냐 잃느냐가 이 순간에 걸려 있다. 진땀을 흘리며 유연부를 힐끔 보았다. 태연하다. 오히려 흥미로 총총히 빛나는 눈을 하고 있다. 뭐 저런 여자가 있지……. 아니, 감탄하고 있을 수만은 없었다. 어차피 포커페이스야. 저것도 연기야. 유연부도 지금 나 이상으로 심장이 조여오고 있겠지. 테이블 아래에서는 다리를 덜덜 떨고 있을지도 모르고.

노인은 재밌어 죽겠다는 표정이었다. 비록 약간의 돈을 잃었지만 이런 재미의 대가라면 괜찮다는 것일까.

장철은 뒤집은 카드 쉰두 장을 완벽하게 흩트려놓은 다음 허리를 등받이에 기대고 말했다.

"시작해볼까."

"김 전무님이 먼저 하세요. 장유유서니깐."

유연부가 말했다. 생글거리는 그 얼굴을 보노라니 울화가 왈칵 치밀었다.

"아니. 유 실장이 먼저 해."

"아뇨. 김 전무님이 먼저 하세요."

"그래. 모처럼 유 실장이 양보한다는데 태일이가 먼저 뽑아."

장철도 거들었다. 김태일은 울컥했지만 대놓고 반응하지는 않았다. 대신 짐짓 여유를 가장하면서 씩 웃었다.

"회장님은 아시잖습니까. 전 뭐든지 먼저 고르면 항상 재수가 없었다는 거."

"아 참. 그렇지. 김태일이는 먼저 뽑는 거 질색하지……."

중얼거리던 장철은 돌연 이맛살을 굳혔다.

"그래도 먼저 뽑아."

목소리가 딱딱하다.

"재밌잖아."

그 말을 덧붙이는 장철의 눈은 더 이상 웃고 있지 않았다. '내가 이미 그렇게 말했어'라는 태도였다. 장철이 이렇게 정색을 하면 더 이상 토를 달아선 안 된다. 김태일은 등골이 서늘해졌다.

"알겠습니다."

김태일은 마지못해 카드로 손을 뻗어 카드 한 장을 자기 앞으로 끌어왔다. 벌써 느낌이 좋지 않다. 정말 먼저 뽑고 싶지 않은데…… 이어 유연부도 카드를 골랐다. 조금도 망설이지 않는 몸짓이었다.

"자, 그럼 펼쳐볼까."

장철이 싱글거리며 말했다.

"카드 바꾸기 하면 어떨까요? 먼저 뽑는 게 싫다고 하셨으니깐."

유연부의 말이 얄밉게 들렸다.

"오호, 그래. 그것도 재밌겠다. 어때?"

장철도 거들었다. 김태일은 머뭇거렸다.

"먼저가 싫다면서요. 바꾸면 운이 바뀔지 모르잖아요."

유연부가 이죽거리듯 말했다. 김태일은 울컥했다. 카드 뽑는 순서까지 양보했는데, 유연부 저 여우는 또 자기 맘대로 카드를 바꾸자고 한다.

"장난해? 게임을 그렇게 유 실장 맘대로 하면 안 되잖아."

김태일이 언짢은 듯 말했다. 장철이 김태일의 등을 툭 쳤다.

"자자, 알았어. 열은 그만 내고. 그럼 게임이 재미없어지잖아."

"그럼 뭐, 바꾸지 말죠."

유연부도 합세했다. 김태일은 상황이 불만스러웠지만 자신이 원한 대로 카드를 바꾸지 않겠다는데 더 화낼 수도 없었다.

"김 전무가 먼저 까봐."

장철이 턱짓했다.

"오픈도 제가 먼저 합니까?"

김태일의 말투에서 싫은 티가 역력히 묻어났다. 유연부가 냉큼 끼어들었다.

"그럼 제 거 먼저 보죠. 어차피 이제 카드는 정해진 거 아니겠어요?"

그러면서 카드를 휙 뒤집었다. 천만 원짜리 카드를 보는 건데, 유연부에겐 일말의 망설임이나 긴장감이 없었다.

클로버 9였다. 어중간한 숫자. 낮은 쪽이 이긴다고 했으니, 2에서 8이 나오면 된다. 김태일이 이길 확률이 조금 더 높다. 김태일은 희망을 품었다. 유연부를 힐긋 보았지만 표정의 변화가 드러나지 않았다.

두근거리는 마음을 숨기고 김태일은 천천히 카드 귀퉁이를 집어 올렸다. 아무리 유연부에게 지기 싫다고 하지만 차마 그녀처럼 훌렁 뒤집을 수는 없었다.

장철은 자못 흥분되는지 자리에서 일어나 김태일 쪽으로 다가왔다. 유연부는 천천히 손가락을 움직이는 김태일을 주시했다. 카드 귀퉁이가 그들 쪽에선 보이지 않으니 그보다 먼저 보이는 김태일의 표정을 보고서 승패를 알아내려는 모양이다.

김태일은 그러지 않으려 했지만 귀퉁이의 숫자를 보는 순간 어쩔 수 없었다. 양미간이 저절로 찌푸려지고 얼굴이 벌겋게 달아올랐다. 욕이 튀어나오려는 것을 간신히 참았다.

하트 10.

화사한 핑크색이 마치 자신을 놀리는 듯했다.

김태일은 카드를 테이블 위에 내던졌다.

"오호."

옆에서 장철의 감탄이 먼저 들렸다.

"제가 이겼네요."

유연부는 옅은 미소를 띤 채 주저 없이 긴 팔을 뻗어 김태일 앞에 수북이 쌓인 돈을 통째로 걷어 갔다.

"클클."

장철의 웃음소리가 들렸다.

"역시 김 전무는 먼저 뽑으면 안 되는구만."

"젠장, 차라리 카드를 바꿀걸."

김태일은 참으려 했지만 그만 본심이 입 밖으로 새 나오고 말았다. 장철은 연신 웃어댔다. 놀리는 것처럼 들렸지만 꾹 참을 수밖에 없었다.

"고마워요, 김 전무님. 잘 쓸게요. 에르메스 하나 정돈 사겠네요."

유연부가 돈을 한데 모아 귀를 맞추며 말했다.

"그래, 김 전무가 유 실장한테 백 하나 선물한 셈 쳐."

장철이 호탕하게 웃으며 김태일의 등을 툭 쳤다.

"그러죠, 뭐. 핫핫핫."

김태일은 가슴을 펴고 애써 웃음을 만들어 보였다. 물론 마음
은 달랐다.

제기랄 영감쟁이.

남의 돈으로 잘도 인심을 쓰는군.

김태일은 손으로 이마를 문지르는 척하며 일그러지는 입술
을 가렸다.

* * *

경찰에 체포되어 이틀간 조사를 거친 후 구속영장이 청구되
었다. 진구는 눈앞이 캄캄했다. 박민서 사건* 때 한 번 영장심사
를 받은 적이 있었지만 그때는 나름대로 대비가 되어 있었다.
하지만 이번은 상황이 다르다. 혐의는 완벽했다. 제삼자의 눈으
로는 그렇다는 걸 인정할 수밖에 없었다. 그러니 믿어주지 않는
형사들을 원망하는 마음조차 생기지 않았다.

여자가 왜 거짓말을 하는지 그 이유는 알 수도 없고, 당장은
중요하지도 않다. 일단 사실을 입증해 누명을 벗는 일이 최우선
이다. 하지만 도무지 방법이 없다. 여자의 증언은 날조된 것치
고는 너무나 앞뒤가 맞아 들어갔다.

여자의 진술은 그랬다. 진구가 얼마 전부터 자신의 주변을 맴

* 《나를 아는 남자》

도는 스토커라고 했다. 여자는 사귀는 남자가 따로 있었고, 그날 밤도 남자 친구가 집에 와 반갑게 맞이했고 2층 방에 같이 올라가 있었는데, 진구가 흥분해 뛰어 들어오더니 방에 있던 과도로 남자 친구의 가슴을 찔렀다는 것이었다.

터무니없는 거짓말에 도리어 마음이 차분하게 가라앉았다. 어처구니없는 일도 정도가 넘으니 화조차 나지 않았다. 진구와의 대질신문에서도 여자는 진구의 눈을 똑바로 쳐다보며 같은 진술을 반복했다. 표정과 태도에 조금의 거리낌도 묻어 있지 않았다.

"내가 찌르지 않은 거 알고 있잖아. 왜 거짓말이야."

진구의 말은 기가 막혀서인지 오히려 어설펐다. 반면에 여자는 몸을 떨 정도로 흥분해서 소리를 질렀다.

"찔렀어! 네가 찔렀어! 찔렀다구!"

형사들이 달래느라 애를 먹을 정도였다. 여자의 거짓말을 되돌릴 가망은 도저히 없어 보였다. 상대적으로 차분하게 변명하는 진구의 말투에는 처절함이 빠져 있다는 것도 불리했다. 진구에겐 생래적으로 없는 부분이다. 이런 경우에는 호들갑스럽고 흥분 잘하는 성격이 차라리 유리하다. 경험이 적은 형사라면, 아니 경험이 많은 형사라고 해도 여자의 박력 있는 증언을 의심하기 어려울 법했다. 더구나 모든 정황이 여자의 진술에 부합했다.

경찰서 유치장에서 보낸 첫날은 예전의 나쁜 기억을 떠올리게 했다. 이곳만은 아직 봄이 도착하지 못한 것 같다. 바닥에서 올라오는 찬 기운을 느끼며 진구는 생각했다.

도무지 이해할 수 없었다. 왜 그런 거짓말을 하는 걸까. 가벼운 장난으로 창피를 주거나 낭패를 보게 하는 수준이 아니다. 애먼 사람을 살인자로 만들었다. 서프라이즈! 장난이야! 하고 없던 걸로 할 일이 아니다.

머리에 떠오른 유일한 가능성은 그거였다. 여자가 남자를 찔러놓고서 정당방위가 인정되지 못할까 봐 진구에게 뒤집어씌웠을 가능성. 진구가 찔렀다고 하면 자신은 수사 대상에서 완전히 빠져버리니까.

죽은 남자가 애인이라는 여자의 말은 아마도 사실일 것이다. 현관문이 열려 있었으니 남자가 무단침입을 했을 수도 있겠지만, 그가 무단침입자라면 여자 측의 정당방위 주장이 한층 쉬워진다. 그렇다면 굳이 남자 친구라고 거짓말하지는 않았을 것이다. 진구가 약 사러 잠깐 나간 사이에 남자 친구가 집에 찾아오면서 일이 꼬인 것 같다. 여자가 당황해서 둘러댔지만 남자는 막무가내로 집 안으로 밀고 들어온 모양이다. 어쩌면 여자의 기색에서 이상한 눈치를 채고 더 그랬는지도 모른다. 잠시 후에 약을 사러 간 진구가 돌아오면 두 남자가 만날 테니까 여자는 초조했을 테고, 여자의 불안정한 태도에 의심을 품은 남자가 따져 물었을 수도 있다. 2층 침실에서 결국 싸움이 벌어졌고, 여자가 남자를 찔렀다. 그랬을 가능성이 있다.

어쩌면 정당방위 상황이 아니었을지 모른다. 남자가 먼저 덤벼들었다고 생각할 만한 정황은 전혀 없다. 그래서 살인죄를 면하기 위해 여자는 아예 새빨간 거짓말을 했다. 진구가 찔렀다고. 마침 진구는 어제 만난 뜨내기인데다 이름도 전화번호도 모른다. 스토커라고 몰아붙이기 딱 좋은 상황이다.

설령 정당방위 상황이었다 할지라도, 여자는 걱정했으리라. 현장을 본 사람이 없다. 자신의 정당방위 항변이 받아들여지지 않을 수도 있다고 생각했을 것이다. 그래서 진구를 끌어들여 살인자로 누명을 씌웠다.

남자가 왔을 때 반갑게 집 안으로 맞아들였다는 여자의 말은, 뒤이은 다툼과 살해와는 좀 안 맞는 진술이다. 반갑게 집 안에 들인 남자 친구를 몇 분 후 칼로 찔러 살해한다? 대체 어떤 갈등이 있어야 그런 사건이 벌어질 수 있단 말인가. 여자는 자신을 하이드로 만드는 약물이라도 마신 걸까? 결국 그 진술부터가 거짓말인 것이다. 김진구가 돌연 침입한 스토커라고 주장하려면 어쩔 수 없었을 것이다.

아무튼, 놀랐다. 여자는 남자를 칼로 찌르고 진구가 돌아오기 전, 그 짧은 몇 분간에 감쪽같은 거짓말을 구상한 셈이다. 그리고 그 거짓말이 정황으로 뒷받침될 수 있을지 어떨지에 관해 머릿속 검증까지 마쳤던 것이다. 겉보기보다 훨씬 교활하고 머리 회전이 빠른 여자야.

그러면서도 진구는 그런 이유라면 여자로 하여금 얼마든지 진술을 되돌리게 할 수 있을 거라는 낙관을 품었다. 객관보다는 희망이었겠지만 그런 마음의 방어기제를 굳이 들여다보고 싶지는 않았다. 그런 채로 유치장 안에서 쿨쿨 잠들었다.

진구가 놀라 넘어갈 일은 더 남아 있었다.

영장 재판일이었다. 오후 2시. 자신을 수사한 형사 두 사람에게 이끌려 법정 옆방에서 대기하고 있다가 법정으로 들어갔다.

진구는 뚜벅뚜벅 걸어서 판사 앞에 섰다. 판사는 실눈을 뜨고서 지그시 내려다보았다. 영장전담판사에게도 살인사건이란 그리 흔한 일이 아니다. 판사는 사람을 죽였다는 김진구가 어떤 자인가 먼저 인상으로 평가하려는 듯이 얼굴을 찬찬히 들여다보았다. 그는 입을 열어 살인죄로 영장 재판을 받는다는 사실을 고지하고는 물었다.

"피의자 김진구는 윤수애 씨를 스토킹했다고 되어 있습니다. 맞습니까?"

여자의 이름이 윤수애인 건 처음 알았다. 하지만 그런 말은 할 수 없다. 의심만 짙어질 뿐이다.

"스토킹하지 않았습니다. 전날 처음 만나서 하루를 같이 보낸 사이입니다."

"그런가요. 하지만 윤수애 씨는 남자 친구가 있었죠. 피의자는 그 남자 친구인 송치수를 현장에서 살해했고요."

"네?"

충격이었다.

"송치수라고요?"

설마. 하지만 그 이름이 절대 흔하지 않다. 진구가 하도 놀라니 판사도 덩달아 눈썹을 치켜올렸다.

"혹시 사진을 볼 수 있습니까?"

이 말이 저절로 튀어나왔다. 영장 법정에서 피의자가 하기에는 전혀 어울리지 않는 말이었다.

"사진을요?"

"제가 죽였다는 사람이니까 얼굴을 확인하고 싶습니다."

판사도 처음 겪는 일인 모양이다. 그는 잠깐 생각하더니 기록을 법대 아래 참여관에게 건넸다. 참여관은 기록을 건네받아 진구에게 사진을 보여주었다.

부검 직전에 찍은 것들이었다. 발가벗고 부검대 위에 올라 마치 잠들어 있는 듯 누운 그 남자는 다름 아닌 진구의 중학교 동창이자 허름한 민속주점을 운영하며 얼마 전까지 진구에게 열심히 여자를 소개해주던 그 송치수였다.

일순간 온갖 생각이 쳇바퀴를 필사적으로 타는 다람쥐처럼 진구의 머릿속을 팽팽 돌았다.

얼마 전 '끝내주는' 여자를 만났다고 자랑했는데……. 설마 그게 저 윤수애……?

영장심문은 40여 분 만에 끝났다. 판사는 이것저것 물었는데, 주로 경찰에서 수사한 내용의 확인이었다. 진구의 대답에 판사는 고개를 절레절레 젓거나 피식 웃지는 않았지만, 눈동자가 흔들리거나 하지도 않았다. 죽은 송치수가 진구의 친구라는 사실을 말할 때만 딱 한 번 표정이 드러났다.

진구는 판사의 결정이 있을 때까지 인천남동경찰서 유치장에서 대기해야 했다. 그리고 참담한 기분에 젖어 들었다.

바로 조금 전 푸르죽죽하게 변한 송치수의 얼굴 사진을 보았다. 늘 시시껄렁하게 웃던 얼굴이었다. 때론 이죽거리기도 했다. 한 번도 무게를 잡거나 심각한 목소리로 진구를 부르지 않았다. 그래서 편안했다. 그런 그의 얼굴에서 표정이 사라져 있었고, 너무 낯설었다. 벌거벗은 몸은 차가운 스테인리스 부검대 위에 있었다. 직후엔 날카로운 칼날이 곳곳을 헤집어놓았을 것이다. 진구는 눈을 질끈 감았다. 송치수는 그런 대접을 받아서는 안 되었다.

눈앞이 하얘지다가 이내 캄캄해져 갔다. 누명과 절친의 죽음. 참기 힘든 두 가지 일이 덮쳤다. 무언가 터져 나올 것 같은데, 터뜨릴 수 없었다. 진구는 뼈가 불거질 만큼 주먹을 꽉 움켜쥐었다. 마음을 식히기 위해 할 수 있는 일은 그게 유일했다.

몸이 완전히 탈진되면서 마음의 격통도 어느 정도 가라앉았다. 진구는 유치장 벽에 되는대로 등을 기댔다. 지난 이틀간의 경찰 수사를 되돌아 보았다. 그나마 낙관적인 생각을 품고 잠들었던 유치장에서의 첫날 이후, 희망은 거의 사라져 있었다. 경찰의 신문을 통해 진구는 상황이 얼마나 악화되었는지를 온전히 깨달았다. 증거는 완벽했고 정황은 넘쳤다. 그리고 처음에 알고 있던 것과는 완전히 국면이 달랐다. 여자의 의도도, 사건의 얼개도.

인천 송도의 7층 바에서 라동우라는 남자를 만나 어떤 제안을 받았고, 여자와 외딴집에서 하룻밤을 보냈고, 다시 그 여자의 집으로 막 자리를 옮긴 참이었다는 진구의 변명은 일소에 부쳐졌다.

"라동우? 전화번호 대봐."

형사의 추궁에 진구는 말문이 막혔다. 그는 전화번호를 휴대 전화에 기록만 했지, 발신을 해보지 않았었다. 라동우가 알려준 전화번호는 경찰이 조회한 결과 전혀 다른 사람이었다. 바의 종업원 중에서도 라동우를 기억하는 사람은 없었다. 그는 사람에 섞여버리면 유독 눈에 띄지 않는 인상이기는 했다. 카드로 결제를 했다면 인적 사항을 알 수도 있었겠지만 그는 현금으로 술값을 치렀다. 안 그래도 그날 지갑에서 현찰 다발을 보았다. 무엇보다 그가 그런 의뢰를 했다는 이야기 자체가 경찰의 실소를 자아냈다. 아무도 믿지 않았다.

"그래서, 그 의뢰를 받고 엘리베이터에서 여자와 눈이 맞아서 잤다, 이거야? 이 자식이 삼류 소설 쓰는구만."

그날 밤을 보냈던 여자의 친구 집이 어딘지부터 일단 알 수 없었다. 남촌도림동 어디란 것만 알 뿐, 밤에 술이 취한 채 여자가 운전하는 차를 타고 갔고, 밤에 그 차를 타고 나왔다. 정확한 위치를 대기란 불가능했다. 진구는 여자가 굳이 배달 음식을 주문하지 않고 밥을 지어 먹었던 게 기억났다. 위화감을 느꼈는데, 이제는 이유를 알 수 있을 것 같았다. 주문 기록을 남기지 않고, 둘이 같이 있는 모습을 배달부에게 보이지 않기 위한 거였다. 그리고 집의 위치도 자연스레 숨겼다.

"하룻밤 지낸 사이라고? 그런데도 여자의 이름이나 전화번호도 몰라? 말이 돼?"

여자가 이름과 전화번호를 알려주지 않은 부분도 치명적이었다. 진구는 알지 못하고 통화 기록도 없다. 이건 진구가 윤수애의 주장처럼 일방적인 스토커라는 반증이었다. 아무리 만난 지 얼마 되지 않았다지만 함께 밤을 보낸 커플이 서로 이름이나 전화번호조차 모른다는 건 이미 중년에 접어든 형사들에게는 이해하지 못할 일이었던 것이다. 반면에 죽은 남자와 여자 사이에는 수많은 통화 기록이 있었다. 남자 친구라는 증거였다. 진구는 완벽한 거짓말쟁이가 되어버린 셈이다. 동시에 완벽한 살인 용의자이기도 했다. 진구의 정신감정을 해야 하는 거 아니냐며 형사들끼리 수군거리는 대화가 들렸다.

진구는 서서히 깨달았다. 이건 여자가 자신의 죄를 면하기 위해서, 혹은 정당방위를 인정받지 못할까 봐 겁나서 진구에게 뒤집어씌운 게 아니라는 것을. 처음부터 철저하게 계획된 함정이었다는 것을. 그건 오늘, 법정에서 죽은 남자가 송치수라는 걸 확인하고서 더욱 확실해졌다.

여자의 차에는 블랙박스가 없었다. 그래서 진구가 여자의 차에 같이 타고 움직였다는 사실 또한 증명할 수 없었다.

여자의 집 현관에는 방범 카메라가 설치되어 있었다. 그런데 이상하게도 진구가 약을 사러 나간 장면을 포함해 그 이전은 녹화가 안 되어 있었다. 고의로 지운 것 같았지만 입증할 수 없다. 남은 영상은 처절하리만큼 진구에게 불리했다. 남자 친구, 즉 송치수가 현관 벨을 누르고, 여자가 문을 열고 그를 반갑게 맞이하는 장면부터였다. 얼마 후, 진구가 얼굴이 시뻘게져서는 현관으로 뛰어와 문을 벌컥 열고 서둘러 들어가는 장면이 찍혔다.

여자의 진술, 그리고 형사의 관점에서는 여자 집에 남자 친구가 들어가는 모습을 보고 눈이 돌아버린 진구가 뛰어 들어가는 장면일 뿐이었다. CCTV 영상은 형사가 보여주지 않아 영장 재판 법정에서야 확인할 수 있었는데, 진구는 눈앞의 영상을 두고도 판사에게 해명할 도리가 없었다. 여자의 비명을 듣고 뛰어 들어간 거라고 주장했지만, 여자가 비명을 질렀다는 증거가 없었다. CCTV에는 음성녹음이 지원되지 않는다. 그건 법률상 도청으로 간주하기 때문이다. 그러니 그때 진구를 뛰어들게 만든 여자의 비명 또한 당연히 녹음되어 있지 않았다.

진구가 현장에 신발을 신고 뛰어들었다는 점도 불리하게 해석되었고, 지갑에 200만 원이라는 많은 돈을 소지하고 있었다는 것도 라동우와 있었던 일을 믿지 않는 이상 수상한 인간이라는 방증일 뿐이었으며, 약봉지 안에 하필이면 수면제가 든 것도 여자를 재워서 범죄를 저지르려던 게 아니냐는 의심을 받게 했다. 여자가 수면제를 사다 달라고 했던 것 또한 이런 의심을 유도하려던 거겠지. 무엇보다 결정적이었던 건 흉기인 과도에 찍힌 진구의 지문이었다.

여자가 남자를 찔렀고, 자신은 그 뒤에 뛰어 들어갔을 뿐이라고 내내 변명했지만, 형사들은 일축했다. 죽은 남자는 여자의 애인이고, 여자가 반갑게 집 안에 들었고, 그 직후 발생한 살인사건이다. 남자에 뒤이어 시뻘건 얼굴로 뛰어든 진구가 남자를 찔렀다고 보는 게 누가 봐도 사리에 맞았다. '스토커'로 낙인찍힌 진구가 아닌가. 여자가 반갑게 맞이한 애인을 몇 분 만에 변심해 찔러 죽였다는 것보다 그쪽이 백만 배는 이치에 맞았다. 형사들의 관점을 바꿀 수는 없었다.

지금 생각해보면 창문을 열어둔 것도 진구가 비명을 듣게 하기 위한 거였고, 현관문에 자동 잠금장치가 없었던 것도 진구가 비명을 듣고 뛰어들 수 있게끔 하기 위한 거였다. 흉기는 그 집에 있던 과도였고, 거기엔 진구의 지문이 찍혀 있었다. 여자의 지문은 없었다. 물론 사과를 깎아달라며 과도가 담긴 쟁반을 넘긴 것도 진구의 지문을 묻히기 위한 결정적인 함정이었다. 완전한 올가미였다.

CCTV에 찍힌 장면, 상반된 통화 기록, 수면제, 누가 들어도 말이 안 되는 진구의 변명, 흉기인 칼에 찍힌 진구의 지문, 결정적으로 사건을 목격한 증인인 여자의 확고한 진술이 있다. 여자가 거짓말할 이유는 없어 보였고, 적어도 진구는 찾아낼 수 없었다.

모든 증거와 정황이 가리키는 방향은 '김진구가 살인범'이었다. 형사들이 가졌던 그 확신을 영장 판사라고 가지지 않을 리가 없다. 판사의 결정에는 예상대로 그리 많은 시간이 걸리지 않았다.

진구는 당연하게도, 살인죄로 구속되었다.

가장 먼저 고민한 일은 그거였다. 구속이 집행될 때 가족이나 지인에게 통지하는 절차가 있는데, 진구는 딱히 알릴 사람이 떠오르지 않았다. 가족은 없으니 아예 패스. 연락하는 친척도 없다. 실은 해미가 제일 먼저 떠올랐지만 머리를 흔들어 지웠다. 헤어진 여자 친구한테 이런 꼴을 보이러 굳이 연락한다? 진구의 남은 자존심이 허락하지 않는다. 친구 중에는 송치수라면 자기 일처럼 힘써줄 만했지만, 죽었다. 그리고 떠오른 인물, 고진 변호사.

법정에 나가지 않으며 오로지 뒷길에서만 의뢰를 받아 어떤 방법을 써서라도 목적을 달성하고야 마는 법의 늑대. 그는 믿을 수 있다. 한때 대립하기도 했지만 그건 우연이었고,* 진구는 고진이 비록 뒤틀린 형태지만 자신에게 호의 비슷한 것을 갖고 있다고 느꼈다. 그러면 어떤 정체 모를 악의가 파놓은 교묘한 함정을 파헤치고 진구를 구치소에서 꺼내줄 수 있으리라. 진구는 경찰에게 고진의 이름과 전화번호를 알렸다. 하지만 잠시 후 돌아온 경찰의 대답은 절망적이었다.

"이분한텐 연락이 안 됩니다. 남미 쪽에 나간 걸로 되어 있어요. 착신 정지 상태고요. 다른 사람 없습니까?"

소송사건을 하지 않다 보니 의뢰가 없을 때는 누구보다 한가한 사람이긴 했다. 그래서 마음 가는 대로 훌쩍 떠난 모양이었다. 하필 이런 때. 진구는 아랫입술을 질끈 깨물었다.

그때 어이없는 인물이 불쑥 떠올랐다. 이탁오 박사. 인간을 한낱 장기판의 말처럼 여기며 일체의 선악을 조롱하는 백발의 미치광이 의사.

그는…… 부적절하다. 진구도 모를 리 없다. 하지만 지푸라기라도 잡는 심정이었다. 그와는 악연이 있다. 이탁오 박사의 집

---

* 《가족의 탄생》

에서 죽을 뻔했고, 그가 결국 살려주었다.* 하지만 그건 호의와는 다른 감정이었다.

잠시 후 진구는 그를 머릿속에서 지웠다. 그 또한 진구의 위기를 해결해줄 수 있으리라. 하지만 오직 그의 마음이 내키는 한에서다.

이탁오의 방에서 겨우 회복해 짧은 이야기를 나누었을 때, 진구는 이탁오에게 물었다. 지금까지 이탁오의 덫에 걸려 죽은 자들은 결국 그의 인체 검사를 통과하지 못했던 것이겠지만, 만약 그 검사에 들어맞는다고 하더라도 결국 죽어야 했던 게 아니냐고.

이탁오는 진구를 빤히 들여다보다가 말했다.

"이 모든 건 내 필생의 목적을 위해서라고 해두지."

"필생의 목적……이라고요?"

진구는 의아해져서 박사의 말을 되뇌었다.

"더 묻지 않는 게 좋아. 자넬 위해서라도."

"그건 왜 그렇습니까?"

이탁오는 대답 없이 그저 하얀 이를 드러내고 소리 없이 씩 웃었다.

그때 진구는 깨달았다. 자신이 잘못 물어보았다는 것을. 알게 되면 정말로 그곳에서 죽었을 것이다.

진구는 에둘러서 겨우 한마디를 건넸다.

"혹시…… 돈이 목적이신건가요."

* 《가족의 탄생》

"돈?"

훗, 하고 이탁오는 웃었다.

"필요하지. 상상치도 못할 만큼 많이. 어디까지나 수단이지만."

진구는 더 이상 묻지 않았다. 이탁오 앞에서 꺼낼 수 있는 호기심은 거기까지가 한계였다.

이탁오는 악을 추구하는 인물은 아니다. 그렇다고 도덕을 의식하는 인물도 아니다. 진구는 그렇게 판단했다. 그는 옳고 그름을 그저 레고 블록으로 쌓아 올린 장난감 정도로 여기는 것 같았다. 귀찮아지면 툭 쳐서 무너뜨리면 되는 어떤 것. 하물며 진구하고는 그날의 짧은 만남이 인연의 전부여서 의리 같은 게 쌓인 처지가 아니다. 도움을 구해봤자, 오히려 악랄한 장난을 쳐서 돌이킬 수 없게 만들지도 모른다. 그렇게 되면, 아마도 끝이다. 박사가 진구에게 호의를 베풀지 어떨지는 굴러가는 동전이 어느 쪽으로 누울지와 마찬가지로 전혀 예측할 수 없다. 승률을 알 수 없는 도박이다.

진구는 결국 마음을 정했다.

싫고 면목도 없었지만, 마지막 선택이었다.

경찰에게 말했다.

"구속 통지는 주해미에게 해주세요. 연락처는……."

예상보다 더 견디기 힘들었다. 전국의 구치소와 교도소가 대개 비슷하지만 인천구치소는 유독 열악했다. 시설은 좋았지만 수용 인원이 문제였다. 정원의 150퍼센트를 넘는 인원을 수용하다 보니 미어터지고 있었다. 혼거방은 서너 평 되는 공간에 스무 명이 엇갈려 칼잠을 자야 했다. 잠자리는 아예 수감자 서열대로 번호를 매겨 엄격하게 정해놓았다. 신입은 무조건 맨 안쪽 냄새나는 화장실 옆이였다. 나머지는 문간에서부터 서열 순서대로 발을 엇갈려 잤고, 최고참 두 명은 엇갈려 자는 무리의 머리 위에서 방의 벽면을 옆에 두고 가로로 취침했다.

불편도 불편이지만 낯선 이들의 호기심 어린 질문을 받는 일도 고역이었다. 다행히 그 방에는 유별나게 악질적인 인간은 없었지만 그렇다고 사교를 할 마음이 들지는 않았다. 7시에 일어나고 9시에 잠드는 생활은 갑자기 떠난 지구 반대편 나라에서 시차에 적응하는 것만큼 어려웠다. 노역을 나가지 않는 미결수라 낮에는 아무 할 일이 없었다. TV가 한 대 부착되어 있지만 법무부에서 추리고 추린 프로그램만 방송해 위로가 안 되었다. 사람을 심심하게 만드는 것도 유용한 고문이 될 수 있을 것 같았다. 재판에 대한 불안감은 시시때때로 엄습했다.

도저히 이해할 수 없었다. 도대체, 왜, 나를 상대로 함정을 판단 말인가. 이 여자는 원한이 쌓일 만큼 오래 만난 사이가 아니다. 채권 채무로 얽힌 관계도 아니다. 애당초 처음 본 여자다. 수렁에 빠뜨릴 만한 원한이든 금전 관계든 성립할 수가 없다. 여자가 주인공이 아니라면, 다른 이의 사주를 받은 걸까. 하지만 한낱 백수에 불과한 진구를 상대로 이만큼의 사람과 물적 자원을 동원해 치밀한 함정을 팔 의지와 능력을 가진 사람을 도무지 생각할 수 없었다. 그럴 이유도 상상할 수 없었다. 혹시 송치수에게 원한이 있었고, 그를 죽이는 게 목적이었던 걸까. 그리고 그 친구인 나에게 살인죄를 뒤집어씌워 완전범죄를 노린 걸까. 하지만 그 가설은 아무래도 무리였다.

라동우라는 남자부터 한 패였다. 진구에게 엉뚱한 제안을 하고 여자를 유혹하라고 했지만, 실상은 달랐다. 여자가 자신을 살인 현장으로 이끌고, 누명을 씌웠다.

이렇게나 복잡하고 섬세한 범죄 안에 들어왔으면서도 이렇게나 아무런 짐작이 안 되는 일도 처음이었다.

이대로라면 무조건 유죄를 받겠지. 살인죄로 징역 30년? 무기징역? 아니면 혹시 무죄를 받아내는 게 가능할까? 어떻게? 생각할수록 비관적이었다. 윤수애라는 여자와 치밀하게 설치되었던 함정에 대해서도 몇 번을 곱씹었다.

후회되었지만 생각할수록 진구가 달리 선택하지 않았을 것 같았다.

다시 그 상황이 되더라도 그렇게 행동했을 거라는 기분이 들었다.

그래서 함정인 것이다.

살인죄는 형사소송법상 변호사 없이 재판할 수 없다. 진구는 사선변호사를 선임하지 않았으니 국선변호사가 붙었다. 인천지방법원 전담 국선변호인인 그는 한 달에 스무 건 이상의 형사사건을 한다고 했다. 구치소로 면회를 한 번 왔었다. 머리카락이 뻣뻣하게 선 서른 후반의 남자 변호사였다. 진구가 함정에 빠졌다고 역설했고, 그는 열심히 고개를 끄덕였다. 그러더니 말했다.

"자백하고 선처를 받는 쪽이……."

그의 낯빛은 진지했다.

진구는 더 이상의 주장을 포기하고 그를 돌려보냈다.

진구는 구속된 뒤 경찰에 세 번 더 출두해 진술했다. 세 번째 출석했을 때 진구는 열심히 타이핑하고 있던 형사 윤동민의 머리 위로 불쑥 말을 던졌다.

"형사님, 여자는 왜 조사하지 않습니까?"

"뭐?"

형사가 고개를 들었다. 만만한 타입은 아니었다.

"여자가 칼로 찔렀을 가능성도 있잖습니까."

진구는 항의로 들리지 않도록 어조를 고르며 말했다.

"그러니까, 네가 범인이 아닌 걸 넘어서 여자가 범인이다, 이젠 이런 주장까지 할려구?"

"조사를 해봐야 하지 않나요?"

윤동민은 피식 웃었다.

"조사했어."

진구는 침을 삼켰다.

"경찰이 그렇게 어설픈 줄 알아?"

"조사해도 혐의가 없었단 얘깁니까?"

"여자한테 뒤집어씌울 작정이면 포기해. 이메일, 전화, 계좌 다 뒤졌는데 이상한 점 없어. 송치수하고 사귄 거 맞고, 열렬히 연락했고, 너하고는 한 번도 연락한 적이 없고. 즉, 넌 일방적인 스토커였단 거지."

"혹시 돈이 들어왔다거나, 이상한 이메일이나 전화, 메시지 같은 건요?"

"있었겠냐!"

윤동민이 짜증 난다는 듯 소리를 높였다.

진구는 침묵했다.

이 형사는 성질머리가 더럽고 편견이 강했지만 뭐든 대충하는 사람은 아니었다. 진구가 조사를 받으면서 느낀 바는 그렇다. 이 형사가 윤수애의 신변을 다 조사했지만 눈에 띄는 게 없었다면 인정할 수밖에 없다. 윤수애가 누구로부터 돈을 받거나 지시를 받은 흔적이 없었다는 얘기다. 그렇다면 더 오리무중이다. 윤수애가 지시를 받은 것도 아니고, 돈을 받은 것도 아니라면, 왜 생면부지의 진구한테 이런 덫을 놓고 거짓말을 했을까. 도무지 알 수 없었다.

"형사님은 제 말이 거짓이 아닐 가능성은 전혀 없다고 믿으십니까?"

진구의 도발적인 말에 윤동민이 키보드에서 손을 떼고 고개를 들었다.

"제 직업은 아세요?"

"알아. 백수잖아."

"제 전과 조회도 해보셨겠죠?"

"전과는 없더군. 원래 욱하는 살인은 전과 없는 놈들이 해."

윤동민은 대수롭지 않게 말했다. 진구가 또 물었다.

"윤수애의 직업은 아십니까?"

"……회사 다닌대."

"본인의 말이잖아요."

"본인이 그렇다면 그런 거지."

"윤수애 전과는요?"

윤동민이 헛웃음을 날렸다.

"뭐, 전과? 윤수애가 피의자냐? 피의자는 너야, 너."

윤동민이 검지를 들어 진구를 이마를 두어 번 찔렀다. 진구는 정색했다.

"요즘 수사는 통화 내역, 이메일, 계좌부터 뒤진다는 거 알고 있어요. 그거 다 깨끗했다고 해도요, 그런 기술적인 부분 말고 윤수애가 어떤 여자인지 알아봐야 하지 않습니까?"

기술적으로 깨끗하다고 하니, 남은 건 윤수애라는 사람에 대한 신빙성을 흔드는 것밖에 없다. 그렇게 생각한 진구의 실낱같은 호소였다.

"시끄럿! 경찰이 그 정도도 안 하는 거 같아?"

윤동민이 언성을 높였고, 진구는 입을 닫았다.

진구가 수감된 방에는 다양한 인간들이 뒤섞여 있었다. 폭력배와 건달, 주정꾼, 사기꾼은 여럿 있었고, 성추행범, 짝퉁 가방 공장을 돌리다 온 사람, 청계천에서 전파사를 하면서 대포폰을 팔다가 검거되어 온 이도 있었다.

그중에 얼굴이 퉁퉁 붓고 불그스름해 '개불'이란 별명이 붙은 서른 중반의 남자가 있었다. 밖에서 무얼 하다 왔는지는 아무도 몰랐다. 스스로 입을 닫은 탓인데 자기 자랑을 일삼는 그곳에서는 다소 별난 일이었다. 어느 날 그가 의류대 가방 안에 음식물을 넣고 손잡이에 내복 끈을 묶어 화장실 창문 밖으로 늘어뜨려 놓았다. 진구가 물으니, "고양이를 잡을 거야" 하며 씩 웃는 것이었다. 어디로 들어왔는지 화장실 너머 벽 사이로 길고양이들이 왔다 갔다 하는 일이 있었다. 개불은 그 고양이를 잡으려 한다는 것이었다. 과연 가능할까 싶었는데, 바로 다음 날 걸려들었다. 마치 낚시하듯이 벽 너머에 있는 고양이를 포획해서 방으로 데리고 온 개불은 고양이를 의류대 가방 안에 넣고 키우다시피 했다. 다른 사람들도 귀엽다며 고양이를 한 번씩 건드렸다. 진구가 또 물었다.

"동물 키우는 게 취미신가 봐요."

"그런 거 아냐."

"그럼요?"

"훈련시킬 거야. 금방이야."

"무슨 훈련 말입니까?"

"바깥하고 연락하는 훈련. 여기서 자꾸 냄새를 맡게 해. 그다음엔 같은 냄새를 가진 바깥의 인간을 찾아가게 하는 거야. 그렇게 하면 이 녀석을 통해서 바깥하고 연락할 수 있지. 목에 주머니를 걸면 거기다 물건을 넣어 올 수도 있어."

"그게 잘 될까요?"

"이런 건 내 전문이야. 기다려봐."

개불은 자신만만하게 말했다. 하지만 실험은 곧 중단될 수밖에 없었다. 생활지도반한테 들켜버린 거였다. 거실 수검을 할 때 고양이가 의류대 가방 안에서 삐죽이 얼굴을 내밀어버렸다. 개불은 금치 20일의 처분을 받고 독방으로 옮겨졌다.

일주일에 한 번 30분간 더운물 샤워를 하는데, 몇 개 방의 수감자를 묶어서 한꺼번에 샤워실에 들여보냈다. 진구가 다른 방의 혼거 수용자들과 대면하는 시간이기도 했다. 그 첫날이었다.

"형씨는 뭐로 들어왔어요?"

진구가 비누칠을 하고 있는데 옆에서 서른쯤 되어 보이는 마른 남자가 빼꼼히 얼굴을 들이밀며 말했다.

"살인이요."

남자는 흠칫하는 기색이었다. 그 남자뿐 아니라 다른 방에서 온 남자들 몇몇도 고개를 돌려 진구를 힐끔 보았다.

"신입인 모양인데…… 아직 재판도 시작 안 되었겠네요."

"2주 뒤랍니다."

"변호사는요?"

"국선변호사가 있어요."

"돈이 없으시구만."

진구는 대답하지 않았다. 대신 생각했다. 이 사건에서는 국선이 아니라 선임료가 비싼 사선변호사를 쓰더라도 마찬가지다. 뻔한 변론으로는 결과를 되돌릴 수 없다. 역시 고진이나 이탁오 같은 인간이 아니면…….

"살인이 벼슬이야?"

남자의 뒤쪽 편 어디선가 굵은 음성이 들렸다. 진구는 대답하지 않았다. 그쪽으로 굳이 시선을 보내지도 않았다. 그게 남자를 더 자극한 모양이다.

"살인이든 개뼈다귀든 여기선 인사를 해야지!"

명백하게 시비를 거는 말투다. 거친 숨소리도 섞였다. 결국 이런 상황을 만나게 되는군. 그렇지 않아도 잔뜩 머리가 복잡한데.

진구는 소리 난 곳으로 시선을 보냈다. 이쯤 되었으니 더 무시하다간 쓸데없이 시끄러워질 것 같다. 주의를 기울이는 시늉이라도 해야 한다.

머리를 짧게 깎은 얼굴이 네모난 남자가 이쪽을 보고 있다. 옆의 남자보다 더 어려 보였는데, 레슬러 같은 덩치가 나이를 뛰어넘는 무게감을 던져주었다. 팔뚝과 가슴에 커다란 용 문신이 이어져 있다. 그림은 조잡했다.

상대할 인간이 아니다. 진구는 그 남자를 잠깐 바라보다가 앞으로 고개를 돌렸다. 하지만 문신의 남자는 이미 흥분해 있었다.

"뭐라고 했어!"

그는 진구가 자신에게는 들리지 않게 말대꾸를 했다고 여긴 듯했다. 아니면 무시당했다는 생각에 굳이 시비를 걸고 나온 것 같다. 그는 자신의 힘 앞에 진구가 굴종하기를 바라고, 그래서 주변 방의 지배자로서의 권위를 사람들에게 확인받고 싶어 한다. 아마도 이유는 그 정도겠지만 어쨌든 이유 따윈 중요하지 않다. 그가 싸움을 걸어오고 있다는 사실이 중요하다. 여기서 폭력 사태가 벌어진다면 진구에게 우호적으로, 아니 사실대로라도 증언해줄 사람은 거의 없으리라.

"다른 사람들은 잠깐 다 나가 있어."

문신의 남자가 말했다. 잔뜩 무게를 잡은 목소리다. 다른 이들이 주섬주섬 샤워기를 끄고 밖으로 나갔다. 그중 몇 명은 걱정스러운 시선을 진구에게 보냈다. 너 이제 큰일 났다는 듯.

진구는 의외로 마음 한편이 차분히 가라앉는 걸 느꼈다. 그 이유가 자신의 죄명이 살인이라는 데에 있단 걸 깨닫고는 이 황당한 위안에 웃음조차 나왔다. 어차피 살인인데 더 나빠질 일이 있으랴. 그리고 이 폭력배의 허세는 진구가 지금 겪고 있는 상황에 비하면 애교 수준이다. 다혈질의 성격파탄자는 어디에나 있고, 더욱이 여기는 범죄자들을 모아놓은 구치소다.

어차피 무기로 될 만한 것은 없다. 맨주먹 몇 대 정도라면 그리 타격이 크지 않다. 코피 정도. 아니면 코뼈? 살인자로 낙인찍힌 판에 그깟 코뼈가 대순가. 구치소에서 싸움을 벌였으니 징계를 받을 수도 있겠지. 하지만 그래봤자 진구의 재판에는 아무런 영향이 없다. 반성하고 있으니 선처해달라는 입장이라면 구치소에서 사고를 치지 말아야 한다. 하지만 진구는 무죄를 주장하고 있다. 안에서 징벌을 받든 착실하게 지내든 유무죄와는 관계가 없다. 결과에 따라서는 인생이 막 내릴 판인데 그까짓 구치소 징벌방 정도는 문제도 아니다. 하지만 이자는 어떨까. 아마 폭력 건으로 들어왔겠지? 이 안에서도 폭력 트러블을 일으키면 재판에서 치명적일 텐데. 구치소에서 주먹질하다가 징계를 받으면 감형은 물 건너간다. 혼거방에서 폼 잡고 싶어 하는 이자에게는 독방 징계도 큰 괴로움일 것이다. 싸움을 피해야 하는 모든 이유를 가진 건 이자다. 그런 상황 파악도 안 되는 얼뜨기다.

남자가 진구 쪽으로 다가왔다. 진구는 오른손을 슬쩍 뒤로 뻗어 몰래 비누를 묻혔다. 이자는 아마도 폭력의 프로다. 정면 대결은 승산이 낮다. 아무래도 도구를 이용할 수밖에 없다. 샤워실 내 유일한 흉기는 비누다. 눈에다 문질러버리면 덩치도 소용없겠지.

남자는 몸을 뒤로 휙 젖히더니 갑자기 앞으로 돌진했다. 진구는 재빨리 한 발자국 뒤로 몸을 뺐다. 비누를 잔뜩 문지른 손을 뒤로 숨긴 채였다. 그런데 곧 시야에서 남자의 몸이 사라졌다. 타일과 물기로 미끄러운 목욕탕 바닥을 달리다가 꽈당하며 바닥에 자빠져버린 것이다. 남자의 두 다리가 일순 허공에서 버둥거렸다. 어지간히 세게 넘어진 모양이다.

그는 덩치에 어울리지 않게 새된 비명을 질렀다. 이어 바닥에 누운 채로 머리를 감싸 안고 신음을 뱉기 시작했다. 그 상태로 풍뎅이처럼 뱅뱅 돌았다. 남자의 뒷머리에서 흘러나온 피가 바닥의 물과 섞여 소용돌이무늬를 그렸다.

비명을 들었는지 나갔던 사람 중 한 명이 샤워실로 머리를 들이밀었다. 아마도 진구의 비명이라 생각했으리라. 그는 바닥에 흥건한 피를 보더니 어이! 하고 외치면서 다급하게 달려왔다. 그 소동에 다른 사람들도 전부 샤워실로 밀려 들어왔다. 사람들은 쓰러진 덩치의 주변에 하나둘 모여들었다. 동료로 보이는 남자가 그를 일으켜 세웠다. 뒤통수에서 줄줄 피가 새고 있었다. 사람들은 어떻게 된 일이냐는 듯 진구를 쳐다보았다. 하지만 진구도 영문을 모르겠다는 듯 양팔을 치켜들었을 뿐이다.

문신의 남자는 뒤통수가 심하게 깨졌다. 전치 16주의 중상해였다. 그의 진술은 어처구니없었다. 그저 이야기를 좀 하려 했는데, 진구가 돌연 자신의 다리를 걸고 자빠트렸다고 했다. 그가 다치는 현장을 직접 목격한 사람은 없었지만, 모두 입을 모아 두 사람이 한판 붙을 거 같아 자리를 피했다고 했다. 진구가 아니라고 했지만 소용없었다. 어이없게도 남자는 비대한 몸을 떨며 이렇게 말했다.

"그놈은 미친놈이에요. 사람들이 나가고 나니깐 눈이 희번덕 돌더라고요. 바닥에 머리를 쾅쾅 찧었어요. 제 머리 깨진 거 보세요. 하지만 괜히 고소 같은 걸 해서 시끄럽게 만들고 싶진 않습니다. 제 재판도 앞두고 있고요. 다만, 그 녀석을 제발 안 보게 해주세요. 미쳐서 무슨 짓을 할까 무섭습니다."

그가 어떻게 사주했는지는 모르겠지만, 현장에 있던 사람들, 심지어 진구의 같은 방 동료들까지 소름 끼친다며 호소했다고 한다. 샤워실에 흥건한 피를 직접 본 탓인지도 모른다.

진구를 두고 징계 절차가 진행되었다. 진구의 항변은 통하지 않았다. 세 명이 말을 맞추면 호랑이도 만들어낸다 했는데, 그 많은 이들이 이구동성으로 진구를 미친개로 만들었으니 버틸

도리가 없었다. 진구는 결국 독거실로 분리 수용되었다.

　독거실은 계호독거실과 처우독거실로 나뉜다. 자해 가능성
이 있는 수용자의 경우엔 특별 제작된 계호독거실에 들어간다.
여기는 벽이 스티로폼으로 되어 있고, 변기도 한쪽 옆에 구멍만
뻥 뚫어놓은 형태다. 아무런 물품도 주어지지 않는다. 자해나
소동을 일으킬 만한 소지 자체를 없앤 것이다.
　반면에 처우독거용 방은 일반 방이나 별다를 게 없다. 혼거
방과 마찬가지로 바닥이 마루로 되어 있고, 개인 물품도 상당히
비치해놓을 수 있다.
　진구는 다행히 처우독거실에 수용되었다. 조금 이상하다고
느꼈지만 곧 수긍했다. 교도소 나름의 이유가 있겠지. 그게 나
한테 유리하게 작용한 것뿐이겠지. 다른 사람에게 폭력을 행사
할 가능성은 있을지 몰라도 자해 위험 같은 건 없다고 판단한
모양이다.
　이런저런 잡념이 좀 많이 든다는 단점을 빼면, 독방행은 오히
려 다행이었다. 혼거실이 너무 비좁고 다른 이들과 지내면서 받
는 스트레스도 크기 때문에 많은 재소자들이 실제로 독거실을
원한다. 일부러 입실 거부 같은 행동을 반복해 징계를 받아 독
방으로 옮겨 가기도 한다. 예전 청송제2교도소로 불렸던 경북
북부제2교도소는 대부분이 독방이어서, 기결수 중에는 고의로
폭행 같은 사고를 일으켜서 그곳으로 이감을 기도하는 일도 있
다. 물론 진구는 재판이 진행 중인 미결수이니 인천구치소 내의

독방으로 옮기는 선에서 그칠 수밖에 없다.

독방 2일째 오후의 운동 시간이었다. 구치소 건물 안쪽에는 직사각형의 널찍한 부지가 있는데, 중앙 정원이라고 불리는 그곳에서 재소자들은 뒤섞여 족구를 하거나 산책을 했다.

진구는 한쪽 벽에 기대고 앉아 볕을 쬐었다. 날은 화창했고, 바람이 기분 좋게 뺨을 훑고 지나갔다. 바깥이라면 마음껏 즐겼겠지만, 담장 안에서 좋은 날씨는 오히려 고역이다. 저 청한 하늘 저 흰 구름이 왜 나를 울리냐고 갇힌 시인은 언젠가 노래하지 않았던가. 또 다른 누군가는 이 좋은 봄날을 '지랄 맞다'고 표현했다.

문득 발걸음이 진구 옆에서 멎는 게 느껴졌다. 진구는 고개를 들었다.

홀쭉한 남자와 나이 든 남자.

"며칠 전에 동규 머리 깼지?"

동규는 문신의 남자 이름이다.

"그랬나 봅니다."

"그랬나 보다고? 하."

홀쭉한 남자가 어이없다는 듯 웃다가 정색을 했다.

"너 엿 됐어."

나이 든 남자는 우물쭈물하고 있었다. 시켜서 따라온 듯하다.

진구는 울컥 무언가가 치밀었지만 내색하지 않으려 대신 발로 바닥을 슬슬 문질렀다. 날씨만으로도 충분히 스트레스야. 저리 가주지? 하지만 남자들은 진구에게 용건이 있었다.

홀쭉한 남자는 교도관이 보지 못하도록 배 앞에서 조그맣게 손가락을 구부려 반대편을 가리켰다.

"저분이 좀 보자시는데."

목소리에는 두려움과 함께 일종의 경건함마저 깃들어 있었다.

진구가 고개를 들어 그 방향을 보았다. 한 남자가 계단처럼 솟은 곳에 앉아 있었다. 그 아래쪽에 서너 명이 더 앉아 있었지만 홀쭉이가 가리킨 건 그 남자가 분명했다. 뱃사람처럼 굵고 검은 팔뚝이 먼저 시야에 들어왔다. 단단하고 각진 턱. 흔들림 없는 시선. 다만 모범생이나 쓸 법한 검은 뿔테 안경은 강인한 인상에 어울리지 않았다. 그런 이질감을 감안해도, 폭력조직의 보스 정도는 되어 보였다. 아마 이 구치소 사회에서도 그럴 것이다. 그는 마치 검투사의 경기를 관람하는 황제처럼 조금 높은 곳에 걸터앉아 족구에 열중한 수용자들을 내려다보고 있었다.

정신을 차리고 보니 족구를 하지 않는 다른 이들은 대부분 진구 쪽을 바라보고 있었다. 남자가 진구를 데려오라고 명령했다는 사실을 모두가 알고 있다. 그들의 시선에는 걱정, 호기심, 두려움 같은 것들이 교차하고 있었다. 남자가 구치소 안에서 차지하는 무게감과 위치를 알 만했다. 진구는 이 상황이 이례적이며, 중대하다는 걸 직감했다.

나이 든 남자가 진구의 귀에 대고 몰래 소곤거렸다.

"조심해. 알지? 여기서 제일 무서운 사람이니까."

그는 이어 동정 어린 눈빛을 보냈다.

"죽는 거 아냐?"

진구가 걸어가는데 누군가가 다리를 경박하게 달달 떨며 말했다. 머리가 긴 어떤 남자가 말을 받았다.

"최소한 눈알 하나쯤은 빠지겠지."

자기들끼리 수군거리듯 했지만 진구가 들으라는 투였다.

진구는 계단 위의 남자에게 다가갔다. 그는 주변에 자기만의 세력권을 가진 것 같았다. 보이지 않는 파장이라고 해도 좋았다. 폐쇄된 샤워실에서 문신의 남자가 덤벼들었을 때보다 공개된 운동장에서 남자를 만나는 지금이 더 긴장됐다. 이 남자는 조무래기가 아니다. 뒷머리가 쭈뼛했지만 숨기며 무심하게 말했다.

"할 말 있으시다고요."

남자는 진구를 힐끔 보더니 주변에서 시선을 보내는 사람들을 향해 손을 휘이 내저었다. 그를 중심으로 썰물처럼 사람들이 물러났다. 그와 진구의 주변은 마치 초승달 모양의 텅 빈 모래사장처럼 변해버렸다.

"옆에 잠깐 앉아."

다짜고짜 폭력을 행사할 기미는 없다.

진구는 조금 멀찍이 앉았다.

"좀 더 가까이 앉아. 할 이야기가 있으니까."

진구는 엉덩이를 조금 옮겼다.

"황동규 일이라면……."

"아니, 그건 됐고."

남자는 또 한 번 손을 내저었다. 그 일이 아니라고? 진구는 의아했다. 주변을 둘러보는데, 다른 이들은 떨어져 있어 대화를 못 듣는 것 같았다.

"살인으로 들어왔다고?"

"네."

그러자 남자는 청천벽력 같은 말을 던졌다.

"여자가 거짓말하지?"

진구는 고개를 돌려 물끄러미 남자를 보았다. 혼란스러웠다. 국선변호사도 믿어주지 않은 진구의 말이다. 그런데 이 남자는 알고 있다. 어떻게? 혼거실에 있을 때 같은 방 재소자에게 그런 이야기를 한 적은 있었다. 하지만 이 남자는 오늘 처음 보았다. 설마 소문이 돈 건가. 하지만 사연 많은 구치소에서 진구 이야기가 그렇게 특별하지는 않을 텐데.

섣부른 반응을 삼가고 그의 말을 더 들어보기로 했다. 남자가 또 말했다.

"지금부터 하는 얘길 잘 듣는 게 좋을 거야."

그렇지 않아도 잘 들을 수밖에 없다.

"여기서 나가고 싶어?"

장난기가 실린 말이 아니었다. 초면에 헛소리할 이유도 없다. 왠지 근거가 있을 것 같았다. 이 남자의 말이라면.

"탈옥 같은 걸 얘기하시려는 겁니까?"

남자는 고개를 저었다.

"영화 같은 소리 하지 마. 현실에서 탈옥은 없어."

잠깐 쉬었다가 남자가 말을 이었다.

"먼저 내 소개를 하지. 이름은 이경호. 밖에서는 이 이름만 대도 알 만한 사람은 알아. 대충 분위기 봐서 알겠지만 보통 사람들이 사는 세상에서 살아오진 않았어."

진구는 무심하게 듣기만 했다. 이경호는 동요하지 않는 진구의 태도가 마음에 들지 않는 듯 운동화를 신은 발로 계단 끝을 한 번 툭 찼다.

"귀찮아. 길게 말하는 건."

그는 쓰고 있던 검은 뿔테 안경을 벗었다. 손에 쥔 안경을 진구 쪽으로 내밀었는데, 가까이서 보니 모범생도 처치 곤란할, 학자들이나 쓸 법한 테가 두꺼운 안경이었다.

"이걸 써."

"네?"

진구가 멍하니 있자 이경호는 성가시다는 표정을 지었다.

"길게 말하기 귀찮으니까 일단 시키는 대로 해. 살고 싶으면."

문득 살기 어린 표정이 드러났다. 깊게 파인 눈두덩 아래 검은자위가 번득였다. '살고 싶으면'이라고 하는 그에 말은 소름이 끼쳤다. '누명을 벗고 싶으면'이라는 뜻과, '똘마니인 황동규를 다치게 한 책임을 지고 싶지 않으면'이라는 두 가지 뜻으로 겹쳐 들렸다.

진구는 안경을 받았다. 눈썹 부분이 일자로 길었고 아래는 둥글게 만들어진 조금은 특이한 모양의 뿔테 안경이었다. 얼굴에 걸쳐보았다. 세상이 약간 위축된 듯 보이긴 했지만 쓰기 전이나 거의 다름이 없었다. 알에 도수가 거의 없는 모양이다.

"그걸 꼭 쓰고 있어. 교도관한텐 적당히 둘러대고."

진구는 주변을 둘러보았다. 다들 멀찍이서 딴청을 피우고 있다. 우리는 절대 당신들의 말을 들으려 하지도 않았고 듣지도 못했다는 걸 온몸으로 어필하는 듯하다. 이경호의 말이 다시 진구의 시선을 되돌렸다.

"내일 육남진이란 변호사가 면회 올 거야. 그 사람이 너의 사선이야."

"내 변호사요?"

"국선은 해임됐어. 육 변호사를 만나."

어안이 벙벙했다. 돌연 변호사를 선임해주었다? 호의에서 그런 건 분명 아니다. 무슨 수작이지. 솜털이 곤두섰다.

"누가 선임했단 겁니까? 왜요?"

"알 필요 없어."

"내 변호사라면서 내가 모른다는 게 말이 되겠습니까."

"넌 그냥 뭐든 그 사람이 말하는 대로만 해. 그럼 무사히 여길 나갈 수 있어."

"대체 무슨 일입니까."

"더 알 건 없고."

진구를 마치 모르모트나 마리오네트 정도로 여기는 투였다. 진구가 이 역할극에서 어떤 위치인지가 남자의 태도에서 드러났다.

"알아야 뭘 하든 말든 할 거 아닙니까."

"그 양반이 다 설명해준다니까."

용건을 마친 이경호는 귀찮아하고 있었다.

"그래도……."

"여기서 시끄럽게 만들고 싶나?"

이경호는 눈을 치켜뜨며 낮게 그르렁거리는 목소리를 냈다. 진구는 입을 닫았다. 그도 입을 닫을 것이다. 더는 쓸모없는 도발이다. 이경호는 주먹계에서는 나름 윗줄에 있을지 모르지만 어떤 거대한 의지가 설계한 이 게임 안에서는 수족에 불과하다. 굳이 말단과 충돌할 필요는 없다.

진구는 안경을 추켜올리고 그 자리를 떠났다. 이경호로부터 예상되는 폭력 대신 나름의 정중한 대접을 받은 사실이 진구를 다시 보게 했을까. 사람들은 주섬주섬 비키며 길을 만들어주었다.

운동을 마치고 진구가 독방에 들어가기 전에 교도관이 불렀다.

"잠깐요."

진구는 문 안으로 발을 들이밀다 말고 멈춰 섰다. 교도관이 검지를 들어 진구의 안경을 가리켰다.

"눈에 그거 뭡니까?"

"안경이죠."

"안경인 건 알아요. 근데 원래 안경을 안 쓰지 않았어요?"

"안 썼죠."

"어디서 났습니까?"

교도관의 목소리가 날카로워졌다.

"이경호 씨가 줬어요. 눈이 나쁘다고 하니까 자기 걸 줬어요."

"줬다고?"

"예. 원래 사회에서 안경을 꼈어요. 여기 급하게 들어오느라 못 갖고 왔거든요. 이거 없으면 잘 안 보이는데 어떡합니까."

구치소에서 거의 없는 일이긴 하리라. 교도관은 미심쩍은 표정으로 안경을 달라고 하더니 이리저리 한참을 뜯어보았다. 다리를 당겨보고, 렌즈를 두드리기도 했다. 눈에 대보았는데 약하게나마 도수도 있다. 아무리 봐도 평범한 안경이다. 눈이 나쁘다는 재소자의 안경을 빼앗았다간 인권침해니 뭐니 귀찮게 될 게 뻔하다. 그는 고개를 갸웃했지만 별수 없이 안경을 진구에게 돌려주었다.

저녁 식사를 마치고서 진구는 팔베개를 하고 바닥에 누웠다. 안경은 벗어서 옆에 두었다. 눈은 천장 어딘가를 훑었지만 생각은 딴 데로 흘러갔다. 이경호의 호출, 돌연한 사건 이야기, 뜬금없는 안경. 이게 다 무얼까. 도무지 연결되지 않았다.

진구는 이내 머리를 저었다. 어차피 지금은 판단하고 가설을 세우거나 결론을 내릴 수 있는 재료가 없었다. 내일 찾아온다는 그 변호사를 만나본 다음 생각해도 늦지 않다. 그럴 수밖에 없다.

문득 해미 일에 생각이 미쳤다. 아마도 해미가 변호사를 선임하겠다며 당장 달려오는 장면을 내심 기대하고 있었던 것 같다. 캐나다에 있는 해미에게 구속 통지를 해달라고 했는데, 아무런 소식이 없다. 통지가 도달하지 않은 걸까. 하지만 그랬다면 연락이 안 된다고 경찰이 말해주었을 텐데, 그렇지 않은 걸 보면 분명히 알림은 갔다.

예전의 '의리녀' 해미였다면 당연히 두 팔 걷어붙이고 달려와

펑펑 울고, 어떻게 된 일이냐며 다그치고, 변호사를 선임하겠다고 이리저리 뛰어다녔을 것이다. 어쩌면 어떻게든 수소문해서 남미를 여행 중인 고진 변호사를 앞에 데려다 앉혀줄지도 모른다. 해미의 극성이라면 가능하다. 그런데 국선변호사가 선임된 걸 보면 면회는커녕 기대와는 달리 진행되는 것 같다. 따로 사선변호사를 선임하지 않고 국선변호사한테 맡기고 있었던 것도 해미가 달려와서 변호사 문제를 해결해줄지도 모른다는 기대감을 알게 모르게 가졌기 때문이었다. 변호사가 중요한 게 아니라 해미가 그만큼 마음을 써준다는 게 중요했다. 그런데 면회인은 없고, 국선은 그대로고, 상황도 그대로다. 엉뚱하게도 수상한 인물들이 변호사를 선임했다면서 접근하고 있다. 물론 해미가 한국으로 오려면 현지 일정도 정리해야 하고 항공권도 구해야 하고 시간이 걸릴 거다. 하지만 그런 최소한의 필요 시간을 감안하더라도 시간이 많이 지났다.

하긴 돈에 넘어가 다른 여자와 하룻밤을 보낸 걸 안다면 재판이고 뭐고 그 전에 해미한테 맞아 죽을 수도 있다. 혹시 그 사실을 알고 화가 나서 오지 않는 걸까. 하지만 우린 헤어졌는데. 나는 그저 전 남자 친구인데. 해미가 떠났기 때문에 그랬던 건데. 변명을 웅얼거려보지만 소용없다.

그러고 보면, 난 역시 전 남자 친구다. 관심을 기대하는 게 바보짓이다…….

해미가 가진 미움이 생각보다 깊은 것 같아…….

벌써 저녁 9시였다. 진구는 취침 시간에 딱 맞춰 잠에 빠져들었다.

* * *

타샤는 한국어에 나름대로 자신 있었다. 아니, 자신 있다고 생각했다. 태국에서부터 케이팝과 한류 드라마에 심취해 한국 어를 공부했다. 이제 드라마도 웬만큼은 알아듣는다. 자막 없이 완벽하게 듣고 싶다고 아쉬워하던 차에, 룸 셰어를 하는 해미가 한국인이어서 기뻤다. 낮에는 영어 공부를 해도 밤에는 생활하 면서 자연스럽게 한국어를 더 배울 수 있을 것 같았다. 해미하 고 대화할 기회가 생각보다 적어 기대만큼 늘지는 않았지만, 지 금도 일상적인 회화는 자신 있다. 한국에서 해미를 찾는 국제전 화가 걸려 왔을 때도 띄엄띄엄 한국어로 대화를 나누며 충분히 이해했고, 해미한테 그대로 전달할 수 있다고 믿었다.

해미는 밤늦게야 들어왔다. 요즘 늦는 날이 많다. 남자를 만 나는 것 같기도 하다. 서로 바쁘기도 하고 언어의 장벽도 있는 탓에 개인적인 이야기를 깊게 나누는 사이는 아니다. 그래서 자 세히 물어보지는 못했다. 오늘따라 해미는 술 한잔했는지 볼이 발그레했다.

타샤는 소파에서 TV를 보고 있다가 해미가 들어오자 리모컨 을 내려놓고 서투른 한국말을 던졌다.

"한국. 전화 왔어."

"누구?"

"경찰."

"경찰? 무슨 일인데?"

해미가 화들짝 놀라 물었다. 부리나케 기억을 헤집어봐도 경찰이 연락할 일은 없었다. 교통 위반 딱지인가? 아냐. 난 차도 없는걸.

"친구가 체포됐다. 그렇게 말했어."

"친구? 누구?"

"이름은 이야기 안 했어. 그냥 친구."

해미는 의아했지만 오히려 경찰의 용건이 자신이 아니라는데에 안도감이 들었다. 아니, 경찰이 아니다. 친구가 누구며, 왜 가족도 아닌 해미한테 경찰이 그런 얘길 전한단 말이야. 터무니없는 전화다. 해미가 물끄러미 타샤를 바라보다가 흥미 없다는 듯 고개를 저었다.

"쳇, 말도 안 돼. 신종 보이스 피싱인가 보다."

"보이스 피싱? 메이비."

타샤는 무심하게 리모컨을 다시 집어 들었다. 해미는 옷을 갈아입으러 방에 들어갔다. 그러면서도 한국말에 서툰 타샤가 '진구'를 '친구'라 잘못 들었을지도 모른다는 생각은 전혀 하지 못했다. 진구가 아니라면 경찰이 해미의 인생과 얽힐 일이 전혀 없다는 생각도 해보지 못했다. 해미는 대신 지금 막 헤어진 크리스를 생각했다.

만남은 비교적 천천히 진행되었다. 크리스가 교포라 개방적인 사고에 젖어 있을 거라 생각했지만 의외였다. 아마 보수적인 부모님의 영향이 큰 것 같았다. 그게 차라리 편했다. 처음부터 커다란 감정으로 시작한 사이가 아니었다. 해미는 남자가 서

두르면 곧 질렸다. 서서히 가까워진 건 크리스가 해미의 성향을 알아서가 아니라 그저 상황과 우연이었지만 어쨌든 다행이었다. 만나서 밥을 먹고, 차를 마시고, 영화도 보았다. 영어라서 다 이해하지 못했는데 크리스가 중요한 장면에서는 소곤거리며 해석해주는 센스를 발휘했다. 조만간 자동차 여행도 가기로 했다. 친구에서 남자 친구로 발전해나가는 계기가 될지 모른다.

괜찮은 남자.

그것이 현재 해미가 느끼는 솔직한 감정이었다. 건장한 체격, 멀끔한 얼굴, 유들유들한 말솜씨와 매끈한 매너, 교포 특유의 열린 사고, 탄탄한 경제력까지. 외적인 조건으로는 거의 완벽했다. 결혼을 생각하건 하지 않건 그와의 만남을 마다할 이유를 찾긴 어렵다.

그런데.

불타오르게 만드는 무언가가 없다. 스파크가 튀지 않는다. 그게 해미와 남녀 관계를 발전시키려는 의도가 빤히 들여다보이는 크리스의 자잘한 시도에도 불구하고 좀처럼 가까워지지 않는 이유였다. 그 정체가 무언지는 알 수 없었다. 하지만 분명히 뭔가가 빠져 있다. 미지근한 게 딱 질색인 해미는 성에 차지 않았다. 후추 안 뿌린 고기, MSG가 빠진 국물. 향기 없는 향수……. 아, 이건 좀 과한 비유려나. 크리스와의 관계를 향수에 비유해보던 해미는 문득 진구가 사준 향수를 떠올렸다.

언젠가 유연부를 처음 만났던 날, 해미는 조말론 향이 난다며 지나가듯 말했다. 샹젤리제를 거닐다 온 듯 온몸이 세련으로 뒤덮인 연부를 보면서 조금은 불뚝 성질이 나서 던진 말이었다. 진구는 얼마 후 딥티크 오 데 썽을 불쑥 내밀었다. 분명 해미의 그 말을 신경 쓴 모양이었다. 친구들이 이 향 뭐야? 너무 좋다며 호들갑 떨면 은근히 기분 좋았다. 이 인간이 나한테 어울리는 물건은 좀 볼 줄 안단 말이야.

진구의 그런 면은 기특했다. 본인이 물질에 무관심해서 그렇지, 해미가 원하는 건 어떻게든 해주려 애썼다. 전철과 버스를 갈아타고 라면 끓여 먹기가 일쑤면서 1주년 기념이라며 비싼 백을 사 들고 왔다. 해미가 한 번쯤 스쳐 지나가듯 말했던 물건이었다. 물건보다 그런 마음 씀씀이가 좋았다. 부자인 남자 친구가 신용카드를 던져주며 가방 하나 사라고 했다면 아무런 감흥이 없었을 것이다.

기분은 좋았지만 생각해보면 집도 차도 없는 주제에 그 씀씀이는 이해하기 어려웠다. 더 생각해보면, 그건 해미를 소중히 여겨서라기보다는 진구가 절약이나 저축, 축재에 그다지 흥미가 없기 때문인지도 모른다. 내가 아니라 어떤 여자한테라도 그렇게 했을 거야. 자기한테 중요하지 않은 걸 나한테 해줬을 뿐이라구. 돈 씀씀이에 균형 감각이 전혀 없어. 저축이란 건 아예 모르고, 돈 중한 줄 모르는 인간이었으니까. ……아니. 해미는 고개를 저었다. 그럴 리는 없어. 진구가 돈 이외에 눈을 빛낸 적이 있었는가 말이다. '코스대로의 인생은 지루해. 나만의 방법으로 성공하는 모델을 보여주겠어.' 진구의 허풍에서는 어떤 의지도 보였다. 그런데 정작 사는 걸 보면 돈에 아등바등하는 것 같진 않아 보이니, 또 헷갈렸다.

하긴 그래서였다. 진구와 금이 간 건. 진구 그 인간은 여자 친구인 나를 그저 선물이나 해주는 정도의 상대로밖에 여기지 않았어. 마음을 다 열지 않았어. 난 진구에 대해서 아무것도 몰랐어. 그저 껍데기밖에. 그 귀신같은 여자 유연부는 진구를 꽤 잘 아는 척했다. 아니, 분하지만 정말 잘 알았다. 해미는 연부의 긴 이야기를 듣는 내내 어떤 부정도 할 수 없었다. 그렇지 않아요, 언니가 잘못 알고 있어요. 오빠에 관해 모르시는 부분이 있는데…… 이런 말조차 할 수 없었다. 어릴 적 친구? 웃겨. 10년이나 떨어져 있었으면서 어떻게 나보다 진구를 더 잘 알지? 어떻게 유연부가 해미에게 진구에 관해 가르쳐주게 만드냐고.

처음엔 화가 났지만 시간이 흐르고 흥분은 식었다. 하지만 젖었던 흙이 마르면서 갈라지듯이 서운함은 회복하기 힘든 균열을 만들어냈다. 그 틈은 좀체 메워지지 않았다. 진구라는 인간을 어느 순간 이해할 수 없게 되어버렸다. 몇 년이나 알았던 남자 친구를.

아, 복잡해. 그리고 귀찮아.

어학연수는 핑계였을지 모른다. 진구를 떠나는 명분이 필요해 되는대로 부여잡은 밧줄이었는지 모른다. 그게 해미를 어디로 데려다줄지는 생각지도 않은 채.

해괴한 인간…….

아냐, 해미는 고개를 흔들었다.

눈앞에 새로운 사람이 있는데, 진구의 기억을 떠올릴 필요 없어. 현재의 인연에 충실해야 해.

해미는 에어팟을 귀에 꽂고 음악을 켰다.

**

변호사로부터 면회 알림이 온 건 다음 날 오전 10시 30분경
이었다. 이렇게나 일찍 올 줄은 몰랐다.

진구는 교도관의 안내를 받아 변호인 접견실로 향했다. 영화
에서는 큰 방에서 일대일 대면을 하는 것처럼 종종 그리지만 실
상은 다르다. 하루에도 수십 수백 명의 재소자가 접견을 하는데
그런 호사스러운 공간은 가능하지 않다. 변호인 접견실은 마치
독서실 혹은 벌집 같다고나 할까. 동시에 수십 명의 재소자가
제각기 조그만 아크릴 방 안에서 자기의 변호사에게 때로는 무
죄를 때로는 억울함을 열렬히 토로하는 곳이다.

접견실 칸막이는 투명 아크릴로 되어 있어 들여다보이지만,
교도관이 입회할 수도 없고, CCTV도 없으며, 녹취도 허용되지
않는다. 접견 시간 제한도 없다. 7분여 만에 끝나며 교도관이 입
회해서 대화를 기록하는 가족 면회와 다르다. 피의자의 방어권
을 보장한다는 절대 명제 아래 변호인 접견은 '언터처블'이 되
어 있다.

중년을 조금 넘은 사내가 와이셔츠 사이로 삐져나온 배를 내
밀고 테이블 너머에 앉아 있었다. 이마가 좁고 머리숱이 적은
게, 나이 든 손오공 같은 모습이다. 기름진 얼굴 위로 늘어진 뺨

을 실룩거리고 있었다. 그나마 지적인 인상을 만들어주는 코 위에 걸친 커다란 안경이라던가 가슴에 달린 변호사 배지가 아니라면 딱 협잡꾼 인상이다.

진구가 자리에 앉자 그가 말했다.

"내가 육남진이다."

다짜고짜 반말이다. 목소리는 쉬었고, 다그치는 억양이었다. 진구는 왠지 한숨이 나왔다.

"뭐야, 그 한숨은?"

그는 눈에 쌍심지를 켰다.

"내가 우습게 보여?"

이건 또 웬 히스테린가. 진구가 말했다.

"내 처지가 한숨이 나오지 않겠습니까?"

육남진은 이것 봐라, 하는 표정이었다.

"다 아실 거 아닙니까."

진구의 말에 육남진은 위아래 입술을 엇갈리며 비릿하게 웃었다.

"왜 내가 알 거라고 생각하나?"

"변호사님은 기계부품이라고 생각합니다."

"뭐?"

"부품도 자기가 어떤 기계에 들어 있는지는 알지 않겠습니까?"

육남진은 피식 웃었다. 거기엔 과장이 섞여 있었다. 감정 상하는 말에 말려들지 않겠다는 몸짓 같았다. 육남진은 허세를 부리는 스타일이었고, 그의 자존심을 긁어두는 게 유리하다고 진구는 판단했다. 자신이 그 이상의 존재임을 과시하고 싶어져 뭐라도 더 떠벌리지 않을까.

육남진은 말투를 확 바꾸었다.

"일단 용건을 얘기하지. 잘 들어."

육남진은 양팔을 탁자 위에 턱 올려놓았다. 어딘가 으스대는 몸짓이었는데, 자신의 말에 약간의 권위를 부여하고 싶은 것 같았다. 하지만 육남진의 쩍 벌린 입에서는 박하 향과 동태찌개 냄새가 뒤섞였고, 그저 불쾌할 뿐이었다.

"이곳 인천구치소에는 몇 달 전 생긴 어떤 관례가 있어. 살인 죄로 들어온 놈 중에 사고를 더 칠 것 같은 놈은 601동 9호 독방에 수용하는 관행이지. 여기서 사고를 친다는 건 감방 동료들한테 위협이 될 수 있다는 걸 뜻해."

진구는 이 대목에서 흠칫했다. 살인죄 미결수이자 동료한테 위협이 되는 자는 바로 자기 자신 아닌가. 그리고 601동 9호 독방은 지금 자기가 들어가 있는 방이다.

"알겠지만, 지금 네가 들어가 있는 그 방이야."

육남진은 바닥에 침을 한 번 탁 뱉더니 다시 상체를 기울였다.

"9호 독방에 관해서 해줄 이야기가 좀 있어."

진구는 몸을 뒤로 물려 의자에 등을 기댔다. 심리적으로 위축되지 않으려는 몸짓이기도 했지만 육남진과 물리적으로 가까워지는 것도 싫었다.

"아, 먼저 네가 쓴 안경을 벗어 테이블 위에 놔."

의외의 말에 진구는 움찔했지만 구태여 이유를 묻지 않았다. 일일이 캐묻는 게 오히려 바보처럼 보이는 상황이다. 진구는 잠시 육남진을 응시하다가 이경호로부터 받은 안경을 벗어 탁자 위에 조용히 놓았다. 육남진은 안경에 눈길을 한 번 준 다음 말했다.

"8개월쯤 전이었을 거야. 어떤 연쇄살인 미결수가 잡범들 방에 같이 수용되었어. 살인자라고 따로 독방을 주거나 하진 않으니까. 연쇄살인마답게 그놈은 인성이 개였어. 어차피 사형이라면서 막 나갔지. 하루는 칫솔을 갈아 뾰족하게 만들어서는 자는 틈에 마음에 안 드는 인간들의 아킬레스건을 잘라버렸어. 구치소가 발칵 뒤집혔어. 교도관들은 물론이고 수감자들도 그 사건으로 겁에 잔뜩 질렸지. 녀석이 살인자라서 막장으로 행동했다 이거지. 이해도 갈 법해. 도저히 겁나서 아쉬울 것 없는 인간하고 같은 방 쓸 수 있겠나. 수감자들은 살인죄 미결수와는 같은 방을 쓰지 못하겠다며 집단으로 반발했어. 이런 쪽 일은 그래. 시끄러워지는 게 젤 무섭거든. 외부에 알려지면 그것도 곤란하고. 공무원이 다 그렇잖아. 알지? 그 일을 계기로 소장은 아예 살인 미결수 전용 독방을 하나 만들었어. 그게 601동 9호 독방이야. 말하자면 특별 관리용 시설이지. 죄명이 살인죄라 하더라도 이유 없이 독방에 넣을 순 없어. 그래서 살인 미결수를 평소에는 혼거방에 두었다가 위험한 행동을 하거나 폭력 같은 거로 사고를 치면 즉시 그 방에 처넣어버렸어. 그 방이 특별 독방으로 선택된 건 위치 때문이었지. 교도관들이 감시하기 가장 좋은 코너에 있고 다른 방들과도 동떨어져 있어. 사건 사고를 일으킬 만한 아무런 건더기가 없도록 철저히 분리된 방인 거지. 독방은 중앙통제실에서 CCTV로 감시하는 거 알지? 그 방은 특히 교도관들이 24시간 유심히 들여다보고 있지."

그래서? 진구는 마음으로 물었다. 그 물음을 알기라도 한 듯 육남진이 말했다.

"그래서 네가 지금 그 방에 들어가 있는 거야."

육남진은 이를 조금 드러내고 웃었다.

"너도 꽤 눈치가 있어 보이는 녀석이니 알겠지. 이 일엔 어떤 조직의 힘이 개입하고 있어. 나도 그 조직과 긴밀한 관계에 있는 사람이고. 이를테면 자문이라고나 할까."

이 일이 의도된 것이라는 걸 깨달은 후부터, 특히 전날 이경호를 만난 후부터는 어떤 조직이 개입되어 있다고는 짐작하고 있었다. 함정을 판 일도 그렇지만 구치소 안에서까지 사람들을 동원할 정도라면 개인으로선 힘들다. 그러면서 진구는 속으로 말했다. 자문은커녕, 육남진 당신 정도의 인물은 조직의 말단에서 뻗은 촉수에 불과해.

"우리 조직은 인원은 많지 않지만 큰 장점이 하나 있어. 네가 상상할 수 없을 만큼 자금력이 풍부하단 거야. 그 돈을 바탕으로 한국의 정·재계에 거미줄처럼 커넥션을 만들려고 하고 있지. 그렇게 되면 더 이상 동네 조직이 아니게 돼. 일본 야쿠자 이상의 영향력 있는 조직으로 클 거야. 아니, 어쩌면 그 이상, 한국을 배후에서 지배하는 네트워크가 될 수도 있겠지."

육남진은 마치 한국 기업이 뉴욕에 마천루라도 세운 것마냥 감격스러운 표정을 지었다.

"그 계획을 세운 사람이 장환 회장이라고 하는 우리 조직의 전 보스야. 장 회장의 수법은 주로 그거였어. '약점 잡기.' 유력 인사들과 정치인들의 약점 같은 것들 말이야. 그런 덴 역시 도청이 제일이거든. 뇌물이건 여자 문제건 다른 은밀한 대화건, 유력자들의 뒷구멍 생활을 모두 다 손에 쥐었어. 공개되면 세상이 발칵 뒤집힐 내용도 많아. 이전과 이후의 한국이라는 나라 모습이 달라질 정도의 것들이야. 그걸로 협박해서 돈 뜯었냐고? 아니, 그건 너무 유치해. 협박으로 돈을 받아내는 건 주는 쪽의 손실이 크기 때문에 저항이 심해. 말하자면 협박하는 쪽도 굉장히 위험해진단 얘기지. 한 번의 실패로 전부가 끝장날 수도 있어. 또 그런 거로 뜯어내 봐야 푼돈이야. 그딴 것보다 더 확실한 게 있지."

진구는 열심히 듣는 척했다. 실제로도 귀를 기울이고 있었지만, 이 우쭐대기 좋아하는 남자를 자극해 더 많은 이야기를 끌어내야 했다. 육남진은 자기 이야기에 진구가 빠져드는 모습을 보자 기분이 좋은 듯 톤이 높아졌다.

"그건 바로 정보야. 대한민국의 극소수만 아는 초고급 정보. 은밀할수록 더 돈이 되지. 협박해서 돈을 달라고 하면 그놈들도 가만히 앉아서 당하고만 있진 않았을 거야. 하지만 정보를 주는 건 별 저항감이 없거든. 나눠준다고 줄어드는 것도 아니고 직접 손해 보는 건 없으니까. 오히려 이 정도면 다행이다, 하고 가슴을 쓸어내리면서 기꺼이 정보를 주었지. 지금껏 뒤탈도 없었어. 이렇게 얻어낸 정보를 활용해서 큰돈을 번 거야. 이거야말로 불법이니 뭐니 귀찮아질 걱정이 없는 클린 머니지. 주식이든, 부동산 개발이든, 회사 상장이든 온갖 정보를 바탕으로 돈은 눈덩이처럼 불어났어. 이런 식으로 조직의 자금을 거의 전부 장 회장이 마련해왔어."

이야기가 끝나자 진구는 심드렁하게 말했다.

"정보가 돈이란 말은 자기계발서에서 흔히 보던 얘긴데요."

육남진은 눈썹을 찡그렸다가 말을 이었다.

"장 회장은 돈을 벌 때마다 아주 특별하게 모아두었지. 대단히 희귀하고 값비싼 '정보'에 기초해서 말야."

진구가 멀뚱멀뚱 쳐다보자 육남진은 서류 가방에서 백지 한 장을 꺼냈다. 이어 볼펜으로 그 위에 무언가를 쓱쓱 쓰기 시작했다.

L16Es6JfK4Jh385Nvk59VF8Q7uN4dfdke64uksjHUuh7d
k987akHG

"이게 뭔 줄 알겠냐?"

육남진이 종이를 내밀었다. 진구는 숫자와 알파벳이 나열된 문자열을 물끄러미 보았다.

"암호인가요?"

"아니야."

하긴 육남진이 막 갈겨쓴 걸 봐서 암호는 아닐 것 같았다.

"이게 뭡니까?"

진구는 귀찮았다. 의미가 있다고 해도 굳이 생각할 마음이 없었다.

육남진은 비릿하게 웃었다.

"젊은 녀석이 나보다 모르는군. 이거 얘기가 길어지겠는데."

뻐기는 듯한 그의 표정에 무언가를 더 얹어주고 싶지 않았다. 진구는 말없이 그의 얼굴을 바라보았다. 객담 그만하고 어서 말해보시지.

육남진은 의기양양하게 말했다.

"이건 비트코인 개인키야."

"비트코인요?"

의외의 단어가 튀어나오는 바람에 진구는 자신도 모르게 되물었다.

"쉽게 말해서 비트코인 계좌번호야."

"……."

"이건 하나의 예야. 개인의 비트코인 전용 계좌 주소 같은 건데, 이런 식으로 되어 있단 거지. 모양을 봐서 알겠지만, 같은 키는 있을 수 없어."

진구가 입을 꾹 닫고 있는 모습을 확인하고는 육남진이 득의양양하게 말을 이었다.

"비트코인 프로그램을 다운 받아 깔면 개인키가 만들어져. 외부인은 알 수도 없고, 알려서도 안 되지. 여기에 자신의 비트코인이 모이는 거야."

진구는 입을 닫고 눈알을 굴렸다. 그러다 천천히 입을 뗐다.

"그럼…… 그쪽 보스가 모은 돈이 이 비트코인 계좌, 아니 개인키에 들어 있단 겁니까?"

"비슷해. 보스는 가진 돈 대부분을 은행에 넣는 대신에 비트코인으로 바꿔두었어. 물론 비트코인이 크게 터진다는 정보를 오래전에 입수했기 때문이지. 몇 년간인가, 꽤 오래 기다렸지만 결국 암호화폐 시장이 폭발적으로 뛴 건 너도 알 거야. 물론 비트코인이 그중 대장이고."

"암호화폐가 뜬 게 그저 흘러 흘러 된 우연이 아니라, 누군가 거의 확실하게 예측하고 있었다, 그런 건가요?"

"그렇지. 어중이떠중이야 뜨고 나서 아, 그런가 보다 하고 덤벼들지만, 고급 정보, 그중에서도 초고급 정보란 건 따로 있거든. 우리나라에서도 몇 명밖에 안 되지만 암호화폐가 곧 뜬다는 걸 거의 일백 프로 알고 있던 자들이 있었어. 물론 장 회장 영감님은 그 정보를 도청이든 협박이든 뭐든 여러 경로로 캐치했던 거고."

진구는 허리를 곧추세우고 팔짱을 꼈다. 이야기를 더 들어보고 싶었다.

"비트코인이 수년간 얼마나 뛰었는지 알지? 몇천, 몇만 배야. 주식하곤 비교가 안 돼. 예전 몇백 원, 천 몇백 원 하던 시절부터 비트코인으로 모아놨어. 그때 천 원대에 산 것만 해도 아마 수십억 원어치는 될 텐데, 지금은 비트코인 가격이 못해도 천만 원대지. 우리 조직 계좌에도 비트코인이 조금 있지만 대부분은 장환 보스의 개인 계좌에 들어가 있어. 현 자산이 대체 얼마가 될지 아무도 몰라. 1조는 분명히 넘을 거라고 하는데, 2조쯤 될지도 모르지."

"개인키로 접속해서 확인해보면 알잖아요?"

육남진은 손바닥으로 탁자를 탕 내리쳤다.

"그게 안 되니까 문제야!"

말하다가 돌연 흥분하는 육남진은 구치소 안에서 단연 희극적인 존재였다.

"그 개인키를 장 회장 본인만 알고 있거든. 그 양반은 개인키를 철저히 비밀로 한 건 물론, 대략적인 금액조차 알려주지 않았어. 돈이 쌓이는 기분을 혼자만 누리고 싶었는지 몰라……. 하여튼, 금액이 중요한 건 아니잖아!"

육남진이 짜증을 냈다. 진구가 끼어들어 이야기의 흐름을 끊는 게 싫은 모양이었다.

"장 회장은 합법이든 불법이든 마구 끌어모은 돈을 전부 비트코인으로 바꿔두었어. 또, 은밀한 거래, 알지? 그런 걸로 돈 받을 때도 가능하면 비트코인으로 받았어.

장 회장이 우리한테는 얼마쯤 되는지조차 이야기 안 했다고 했는데, 실은 본인도 정확한 액수를 모른다고 봐야 할 거야. 다른 사람이 보낸 비트코인 중에는 아직 수령 안 된 금액도 상당하거든."

"보냈는데 수령은 안 되었다고요?"

진구가 묻자 육남진은 우쭐해서 말했다.

"송금한 비트코인은 바로 수령자한테로 들어가는 게 아니라 일단 블록체인이라는 네트워크상을 떠도는 상태가 돼. 장 회장이 개인키로 블록체인에 접속해야 비로소 그 비트코인이 계좌로 모이는 거지. 마치 자석에 쇳가루가 착 들러붙듯이 말이야. 장 회장은 최근에는 네트워크에 접속하지도 않았다는군. 그래서 장 회장 계좌로 들어갈 날만 기다리면서 블록체인을 떠돌고 있는 비트코인도 막대해. 이런 건 전부 개인키로 접속해봐야 금액을 확인할 수 있어. 뭐, 아직은 그러기 전이니까 전체 금액이 얼마일지는 본인도 모르는 거지. 우리나라 경제 한구석에 작은 지진이 일어나게 할 정도의 돈이란 건 확실하지만 말이야."

"……뭐 부러운 얘기네요."

진구가 잠깐 끊었다가 물었다.

"그런데 그 일이 저하고 무슨 상관입니까?"

육남진은 맹랑하다는 듯이 진구를 쳐다보았다.

"문제는 비트코인 개인키, 즉 계좌번호를 잊어버리면 다 끝장이란 거야."

"그렇게 되나요."

"그렇지."

육남진의 말에 다시 짜증이 묻어났다.

"비트코인은 실물이 없고, 어디에 보관하는 물건도 아니야. 네트워크상으로만 존재하고, 어떻게 보면 전자의 깜빡임에 불과하지. 은행에 맡기는 게 아니라 숫자로 블록체인 네트워크에 기록될 뿐이야. 결국 개인키를 입력해야 그 네트워크에, 자기 계좌에 접속할 수 있다는 거지.

여기에 은행과는 다른 특수성이 있어. 은행 계좌야 까먹어도 신분증만 확인하면 얼마든지 계좌번호를 알 수 있고, 통장도 재발급이 돼. 근데 비트코인 개인키는 잊어버리면 그걸로 끝이야. 네트워크에 접속할 수조차 없으니까. 정보를 기록하고 컨트롤하는 중앙 기관도 없어. 개인키를 모르면 자기 계좌를 잃는 거고, 안에 든 비트코인도 모두 잃는 셈이야. 그 계좌에 모인 비트코인은 주인 없이 영원히 네트워크를 떠도는 유령이 돼버린단 말이지."

육남진은 조금 전 글씨를 썼던 종이를 툭툭 내리쳤다.

"지금 예시로 적은 이 키를 봤지? 무지 복잡해. 기억한다는 건 어렵고, 재발급도 안 되고, 나중에 알아낼 수도 없어. 그래서 어딘가에 기록해두어야 하는데, 이게 문제야. 컴퓨터나 휴대전화의 비트코인 프로그램에 저장해두는 건 불안해. 개인키나 주소를 낚아채는 바이러스도 있고, 트로이 프로그램이나 랜섬웨어도 있지. 가장 안전한 방법은 오프라인에서 물리적으로 저장하는 거야. 이를테면 개인키를 종이 같은 데에 써서 금고에 넣어두는 거지. 어떤 전문가는 돌에 새겨놓는 게 가장 안전하다고 할 정도야. 최첨단의 블록체인이 가장 원시적인 방법으로 보안을 확보한다는 게 웃기지 않나?"

여기서 육남진이 말을 끊고 진구를 보았다. 진구는 무표정했고, 육남진은 헛기침을 한 번 하고는 이어 말했다.

"장 회장도 곤조를 발휘했어. 주변 사람들을 믿지 못해서겠지만, 늙은이 특유의 옹고집을 부렸지. 장 영감은 비트코인 개인키를 텍스트 파일에 써놓고 그걸 USB 메모리에 담아서 자신만아는 장소에 보관했어. 금방 말했듯이, 컴퓨터 같은 데에 파일을 두었다간 해킹당할 수 있고, 종이 같은 데에 적어서 보관하는 건 내구성에 문제가 있으니까. USB 메모리에 파일을 넣고서그 파일에 비번을 걸어둔 거지. 그렇게 되면 메모리만 잘 보관하는 한 안전하다고 생각했겠지. 이 영감님이 지독한 것이, 가족이 물어도 보관 장소만은 절대 안 알려줬다는군.

하여튼 영감님의 지나친 조심성이 문제였어. 생각지도 못한돌발 사태가 일어났거든. 신사동 나이트클럽 지분 문제로 사장한 놈을 손봐준 일이 있었는데, 그게 갑자기 터지는 바람에 덜컥 범죄단체조직죄로 긴급체포돼버린 거야."

"메모리 처리가 제일 문제였겠군요. 전 재산이니까."

육남진은 히죽 웃었다.

"경찰한테 걸리면 바로 압수지. 메모리를 목숨처럼 여기던 장회장은 체포 직전에 그걸 삼켜버렸어. 그러고는 그 상태로 구치소에 들어간 거야……."

육남진은 잠깐 말을 끊었다.

"장 회장이 들어가 있던 곳이 601동 9호 독방이야. 바로 지금네가 있는 곳이지."

"……그런가요. 하필이면."

진구의 말에 육남진은 씨익 웃었다.

"처음에는 혼거실에 있었는데, 곧 독방으로 옮겨졌어. 조직의 거물인 만큼 혼거실 수용은 관리하기 힘들었겠지. 뭐 그 영감님이 유독 별나기도 했어. 어쨌든 메모리를 몸 안에서 빼낸 보스는 독방에서도 그걸 애지중지하고 있었던가 봐. 이것만 있으면, 돈만 있으면 나중에 얼마든지 재기할 수 있다, 기대한 거지. 그러다 조그만 실수, 아니 사고가 생겼어. 장 회장이 그걸 벽면 틈새에 떨어트려 버린 거야. 벽과 바닥 사이 틈으로 떨어졌는데, 꽤 깊었나 봐. 밤새도록 파봤지만, 도통 빼낼 수가 없었다는군. 다음 날 천천히 시간을 두고 도구를 마련해서 꺼낼 요량으로 일단은 그날 밤을 보냈어. 근데 바로 다음 날 오전, 교도소의 조치로 다른 방으로 이감돼버린 거야. 다른 애들 말로는 그 틈은 시멘트로 메워져 버리기까지 했다는군. 그 뒤엔 아까 얘기했듯이 곧이어 일어난 살인 미결수의 린치 사건으로 그 방이 특별관리 독방으로 지정되었지. 보스는 곧 재판을 받았는데, 한 2, 3년 살고 나올 줄 알았더니만 10년 형을 받아버렸어. 계좌 금액 한 번 확인 못 해보고 완전히 한 방에 골로 간 거지."

육남진이 어느 순간부턴가 흔들리는 영상 속의 인물처럼 현실감이 없게 보였다. 그가 태연하게 주워섬기는 이야기는 너무나 어처구니없었다. 눈앞이 아득했고, 머릿속이 멍해졌다. 완벽하고 황당한 가설이 금세 떠올랐다. 설마.

"설마……."

그만 생각이 말이 되어 나와버렸다.

"눈치가 빠른 녀석이군. 맞아. 그 때문이야. 네가 지금 그 방에 들어가 있는 게."

육남진은 거들먹거리며 말했다.

"비트코인 계좌번호 파일이 든 USB는 지금 9호 독방 틈새에서 잠자고 있어. 넌 그걸 꺼내 와야 할 사람이고."

육남진의 말은 진구의 귀에 들어오지 않았다.

"살인죄로 함정을 판 것도, 구치소 안에서 폭력 사건을 꾸며 그 방에 들어가게 한 것도 전부……."

진구는 차마 말을 끝맺지 못했다. 입이 바보처럼 벌어졌다고 느꼈지만 다물어야 한다는 생각조차 들지 않았다. 육남진은 이야기를 계속했다.

"교도관을 매수하는 방법도 생각해봤지만 너무 위험했어. 요즘 공무원들은 몸을 너무 사려서 말이야, 그런 제안에 응하는 인간을 찾기도 힘들어. 또 그런 제안은 아니면 말고 식이 통하지 않는단 말이야. 상대가 응하지 않는 경우는 우리 계획이 완전히 틀어져 버리는 거지. 메모리의 존재만 가르쳐주는 셈이 되고, 당장 교도소 측에서 회수해버릴 거 아냐. 우린 닭 쫓던 개가 되는 셈이고. 또 사람들 눈을 피해서 시멘트를 깨고 메모리를 꺼내 오려면 동료의 눈을 의식해야 하는 교도관보다는 그 방에 거주하는 재소자가 훨씬 나으니까. 그래서 이 방법을 생각해낸 거야. 그리고 네가 선택된 거지."

육남진은 동태찌개 냄새가 나는 입을 바짝 들이대고서 또박또박 말했다.

"확실한 우리의 꼭두각시로서 말이야."

진구는 온몸에서 힘이 쏙 빠져나가는 것을 느꼈다. 눈앞이 침침하고 입이 바짝바짝 말라왔다. 심장이 뙤약볕 아래에서 말라가는 젖은 가죽처럼 조여왔다. 겨우 그런 이유로 나를? 정신이 아득했지만 티를 내지 않기 위해 무진 애를 써야 했다.

"너한테 굳이 장환 회장의 이름을 숨기지 않은 것도 그 이유야. 어차피 이 이야기를 들으면 이전에 그 방에 있었던 사람이 장환이란 것도 알게 될 테니까."

육남진은 말을 마치고서 몸을 뒤로 물렸다. 그러고는 지금까지와는 다르게 인상을 무섭게 굳히며 말했다.

"그 방 안에 묻혀 있는 메모리를 꺼내 와. 그럼 여자가 진술을 바꾸어준다."

"겨우…… 그것 때문에……?"

진구의 목소리가 떨려 나왔다. 이자 앞에서 그러고 싶지는 않았지만 어쩔 수 없었다.

"겨우라니. 돈이야, 돈. 게다가 우리 회사의 사활이 걸렸어."

육남진은 두꺼운 입술을 치켜올렸다. 뱀이 먹이를 물기 전의 입 같았다.

"메모리를 꺼내서 우리 측 사람한테 건네줘. 그럼 여자가 증언을 다시 할 거야. 네가 남자를 찌른 게 아니라, 남자가 돌연 자기를 폭행하려 하길래 칼로 찔렀다고 말이야. 이를테면 정당방위 주장이지. 그동안엔 겁이 나서 너한테 뒤집어씌웠다고 하면 돼."

진구는 아득한 기분에서 한동안 빠져나오지 못했다. 말문이 막혔다. 그러다 불끈 화가 치밀었다. 하지만 이자한테 따져봐야 아무 소용 없다. 육남진이 여기서 뻐기고 있지만 그도 장기말에 불과하다. 조직의 보스, 그림을 그린 자는 따로 있다. 담장 바깥 어딘가에.

진구는 침을 꿀꺽 삼켰다. 아찔해진 머리를 진정시킨 다음 최대한 평정을 유지한 목소리를 냈다.

"어떤 조직입니까?"

육남진은 선뜻 입을 열지 않았다. 진구가 재촉하듯 또 물었다.

"새로 조직을 인수한 보스는 누굽니까?"

육남진은 맹랑하다는 느낌을 받은 모양이다.

"네가 알 필요 있을까?"

육남진은 다리를 떨며 거들먹거렸다.

"내가 겁을 먹을수록 더 열심히 일하지 않겠습니까?"

"바보가 아니라면 알겠지. 이 정도로 치밀하게 계획하고 과감하게 실행할 수 있는 사람들이야. 어떨 거 같아?"

"그 계획은 변호사님이 만드신 겁니까?"

사실 이 질문은 불필요했다. 육남진이 그렇다고 대답하더라도 진구는 믿지 않을 것이다. 무게 잡기 좋아하고 술과 여자만이 인생의 낙일 듯한 이 기름진 중년 남자가 유머스러울만큼 섬세한 그런 계획을 세웠다고? 어불성설이다. 역시 육남진은 고개를 저었다.

"난 전달자에 불과해. 그러니 나한테 더 이상 묻지 마. 어차피 알지도 못하고 안다 해도 말해줄 리가 없잖아."

진구는 주먹을 턱에 괴고 잠깐 생각하고는 물었다.

"내가 그 제안을 받아들인다고 해도요."

"받아들이지 않을 자유가 너한테 있나?"

"알겠습니다. 그럼 말을 좀 바꾸죠. 내가 그렇게 하려 해도, 시멘트로 덮여 있다면서 그걸 무슨 수로 꺼냅니까?"

"파야지."

"망치나 호미라도 써야 합니까? 구치소 안에 그런 게 있을 리도 없지만, 있다 해도 그런 짓을 하면 당장 표가 나요. CCTV가 거의 24시간 그 방을 감시하고 있는데."

육남진은 이빨을 드러내며 씩 웃었다.

"너한테 불가능한 걸 요구하지 않아. 확실하게 꺼내는 건 우리한테도 중요한 부분이니까."

육남진은 안경을 벗어 탁자 위에 놓았다. 진구가 놓아둔 안경의 옆이었다. 진구는 그제야 깨달았다. 그의 안경도 검고 두꺼운 뿔테였다. 두 안경은 같았다. 거의 완전히.

"내 걸 가져가 써."

진구가 설명을 요구하듯이 육남진의 눈을 쳐다보았다.

"같아 보이지만 다른 안경이야. 내가 쓰고 온 안경테 눈썹 일자로 된 부분에는 강철심이 들어 있어. 한쪽 끝은 송곳처럼 갈려 있고, 탈착이 가능해. 테 가장자리에서 철심 끝을 당겨 꺼낼 수 있게 돼 있어. 그거라면 충분히 시멘트를 갈든지 깨든지 해서 메모리를 꺼내올 수 있을 거야."

진구는 육남진이 내려놓은 안경을 들었다. 진구가 쓰고 있던 것보다 조금 무거웠다. 철심의 무게 탓이겠지. 안경테 위쪽 가장 자리에 조그맣게 금이 가 있었다. 그 부분을 당기면 철심 모양의 송곳이 나오는 모양이다. 철심을 테 윗부분 속에 숨기려고 굳이 눈썹 부분이 길게 일자로 디자인된 안경을 준비했던 거였군.

진구는 안경을 집어 들어 천천히 코 위에 걸쳤다.

"걱정되는데요."

"뭐가?"

"코가 내려앉을까 봐서요. 무거워서."

육남진의 콧볼이 실룩했다.

"재밌는 놈이네."

육남진은 테이블로 손을 뻗어 진구가 벗어놓은 안경을 집어 들어 썼다.

"접견을 마치고 들어갈 땐 '촉수검사'라고 해서 교도관이 손으로 주머니나 옷 위를 훑는 정도의 검사를 할 거야. 하지만 안경을 면밀히 검사해보거나 하지는 않지. 더구나 네가 처음부터 쓰고 접견장에 들어왔던 거니 말이야."

육남진은 일어서려 했다.

"잠깐만요."

진구가 앉은 채로 위를 올려다보았다.

"뭐야."

"궁금한 게 있습니다."

"뭐가 더 있어? 성가신 녀석이군. 해봐."

육남진은 다시 자리에 앉았다.

"잘 아시겠지만 정당방위는 잘 인정 안 해줍니다. 정당방위로 인정 못 받으면 처벌되는 거죠. 재판에서 그 주장이 인정될지 어떨지 알 수 없는데, 여자가 처벌받을 위험을 안고 그런 진술을 해준다는 보장이 있습니까?"

육남진의 얼굴에 곤혹스러운 빛이 스쳤다. 예상 못 한 질문인 모양이었다.

"우리가 그 정도 힘은 있다고 했지?"

"힘의 문제가 아니잖습니까. 살인입니다. 여자도 바보가 아닌 이상 자기가 살인죄로 들어갈 수 있단 건 알겠죠. 그런데 그렇게 진술을 바꿀 거라고 어떻게 장담하죠?"

"우리가 보상을 할 거야."

"돈으로요?"

"돈이 안 되면 힘으로라도 돼."

"협박으로요?"

대답하던 육남진은 후회의 빛을 띠었다. 너무 많은 말을 했다는 생각이 든 모양이다. 그는 장막을 치듯 오른 손바닥을 세웠다.

"알 필요 없는 것까지 알려고 하지 마. 네가 알아야 할 건 우리가 그런 일을 할 수 있다는 것뿐이야."

육남진은 뒤뚱거리며 문 뒤로 사라졌다.

진구는 그날 밤 쉽게 잠들지 못했다. 독방에 누워 회색 천장을 멀뚱히 쳐다보았다. 그러다 다시 몸을 돌려 엎드린 채 머리맡으로 손을 뻗어 안경을 만져보았다. 면회실에서 육남진의 것과 바꿔치기해 온 그 안경이었다. 위쪽의 틈을 잡아당기면 단단한 철 송곳이 나오는 건 이미 확인했다.

육남진의 말은 대부분 사실일 것이다. 이 방 틈새에 빠진 메모리를 꺼내기 위해 진구를 함정에 빠뜨렸다는 이야기. 지금까지 사건이 일어난 경과와 완벽하게 맞아 떨어진다. 진구는 그런 목적이 아니라면 설명할 수 없는 기묘한 인과관계로 이 독방에 와 있고, 눈앞에서 송곳을 숨긴 안경을 보고 있지 않은가.

하지만 나머지 부분은 도저히 믿음이 가지 않았다. 진구가 메모리를 꺼내 건네주면 윤수애가 진술을 바꾸어줄 거라는 약속.

그건 결코 쉽지 않다. 적어도 조직의 말 한마디에 윤수애가 손바닥 뒤집듯 해줄 만큼 가벼운 일은 아니다. 윤수애가 이 계획의 일부를 담당한 건 분명하다. 아마 계획의 전모를 알지는 못한 채 그저 거짓말을 해주면 큰돈을 준다는 정도로 포섭했으리라. 물론 송치수와 진구를 시차를 두어 유혹하는 일도 포함되겠지만 그건 거짓말보다 오히려 쉬운 부분이다.

어지러운 생각들이 일었지만 진구는 몇 가지 의문들을 잠시 미뤄두었다. 지금 중요한 건, 윤수애가 진술을 바꿀 이유가 있는가 하는 점이다.

진술을 바꾸면 여자는 꽤 귀찮은 상황에 놓인다는 게 하나의 장애물이다. 정당방위는 대단히 좁게 인정된다. 남자 친구가 폭행하러 덤벼들었기 때문에 방어를 위해 칼로 찔렀다는 항변은, 살인자가 이제는 말하지 못하는 피해자에게 책임을 덮어씌우기 위해 만들어낸 조작으로 여겨질 소지가 다분하다. 송치수가 윤수애를 폭행하려 했다는 증거는 없을 테니 말이다. 있는 거라곤 그가 죽기 직전 같이 화기애애하게 집으로 들어간 CCTV 영상뿐이다. 설사 방어 행위로 인정받는다고 해도, 단순 폭행에 대항해 칼로 찔러 살해했다면 무죄까지는 꿈꾸기 어렵다. 상황을 참작한다 해도 '과잉방위'로 인정될 뿐이고, 그건 유죄다. 다시 말해, 윤수애는 진술을 뒤집는 순간 잠정적으로 살인 피의자 신세를 면하기 어렵다는 거다. 그 여자에게 이런 법률 지식이 없더라도 주변 사람이나 전문가한테 간단한 조언이라도 받을 것이고, 그렇다면 누구나 그렇게 말해주리라. 증언을 뒤집는 순간 당신은 명목상 '살인자'가 된다고.

여기서 조직이 윤수애에게 증언 번복의 대가로 얼마간의 금액을 제시한다면 애기는 달라질 수 있다. 하지만 과연 어느 정도의 금액에 움직일까? 얼마면 확실하다고 장담할 수 있을까? 이런 연극에서 역할을 맡았다는 사실이 말해주듯 윤수애는 도시의 쾌락과 타락에 푹 젖은 여자다. 그 여자가 약간의 돈과 바꾸어 교도소에 구금될 위험을 감수한다? 그런 인생을 택할 것 같지는 않았다. 당장 하루 동안 커피를, 이틀 동안 술을 마시지 못하면 손이 덜덜 떨릴 거다. 거액이라면 물론 모르겠지만, 조직이 윤수애가 리스크를 덮고 말을 기꺼이 바꾸게 할 만큼의 거액을 지불할까? 진구를 위해?

그렇다면, 그녀를 움직일 유인책이 돈이 아니라 협박이라면? 이것도 분명하지 않다. 윤수애에게 커다란 사회적 지위나 명예가 있는 것도 아닌데, 차라리 살인 재판을 택하는 것이 나을 만한

125

협박거리를 생각하긴 쉽지 않다. 증언을 바꾸지 않으면 가족을 해치겠다는 종류의 협박? 글쎄. 가족을 위해 무시무시한 재판을 택할 만큼 이타적인 여자 같지도 않다. 그런 사람은 80년대 일본 야쿠자 영화에서나 나오는 캐릭터다. 현실성이 없다. 하지만 생각해보면 협박은 겁준다는 방식을 뭉뚱그려 가리키는 것일 뿐, 그 소재는 다양하다. 진구를 이 정도 함정에 빠트린 조직이니 윤수애 하나를 어떻게 하는 일은 간단할 테고, 윤수애도 그것을 알고 있으리라. 어쩌면 윤수애에겐 그녀 자신에게 직접적인 해코지를 할 수 있음을 알리는 게 효율적인 협박일지 모른다.

아무튼 거금이든 협박이든 윤수애의 증언을 바꾸는 일이 가능하다 하더라도, 더 근원적인 문제가 있다. 육남진이 말하는 '조직'이 과연 그렇게까지 힘을 써서 윤수애의 증언을 바꾸어줄 이유를 갖고 있는가 하는 거다. 그들이 원하는 건 메모리뿐이다. 진구가 억울하게 옥살이를 하는지 어떤지는 관심 밖이다. 애당초 아무 관련 없는 진구를 함정에 빠트린 자들이다. 진구는 이 안경테에서 끄집어낸 철 송곳과 마찬가지로 도구에 불과하다. 진구가 메모리를 건네주고 나면, 그들은 필시 나 몰라라 할 것이다. 굳이 큰돈을 들이거나 무리하게 협박해서 윤수애의 진술을 바꿀 필요가 남아 있을까. 아니, 오히려 그들이 꾸민 이 함정을 유지하기 위해 윤수애의 허위 진술을 더 확고하게 만들려 하리라. 그래야 그들이 조금이라도 더 안전하니까.

진구는 육남진이 떠나기 전 물었었다. 윤수애가 진술을 번복한다는 보장이 어디 있는지를. 하지만 그는 막연한 이야기만 했을 뿐, 답을 주지 못했다. 내뱉은 말이라곤 돈이라던가 협박을 암시하는 뻔한 대사들. 설득력도 개연성도 없었다. 진구로부터 메모리를 받고 나서 윤수애의 진술을 바꾸어주는 것이 조직의 계획 안에 있었다면 그렇게 구체성 없는 대답을 할 리가 없다. 정교한 함정을 판 그들치고는 너무 부실했다. 그렇다는 건, 윤수애의 진술을 바꾼다는 건 적어도 현 단계에서는 계획에 없다는 얘기다. 무엇보다 진구가 메모리를 건네준 후라면 조직에서 굳이 돈을 들여 윤수애의 진술을 바꿔줄 이유가 없어진다.

메모리를 건네도, 윤수애는 진술을 바꾸지 않을 것이다.

이 결론 외에는 성립하지 않는다.

그렇다면 절대 순순히 그들이 시키는 대로 응할 수만은 없다.

문제는 다른 방법이 있느냐인데…….

도무지 없다.

젠장.

그들은 잘 알고 있는 것이다. 진구 처지에서 출소를 위해 기대볼 수 있는 건 열심히 메모리를 파내 그들에게 건네주고, 적선을 바라는 거지처럼 목을 빼고 그들의 호의를 기다려보는 일뿐이란 사실을.

머릿속이 미숫가루를 탄 물처럼 뿌예져 갔다.

진구는 이곳에 들어온 이유를 알게 되었지만 상황이 나아진 건 없었다. 오히려 윤수애의 단순한 심술이 아니라 어떤 조직에서 치밀하게 설계한 일이기에 더 되돌리기 힘들다는 게 분명해졌을 뿐이다.

구절양장 어지러운 생각에 빠져 한참을 헤매던 진구는 문득 어떤 위화감에 휩싸였다. 윤수애는 분명 조직으로부터 지시를 받았다. 그런데 윤동민 형사는 흔적이 없다고 했다. 윤수애의 이메일, 전화, 메시지, 계좌 다 샅샅이 뒤졌지만 이상한 구석이 전혀 없다고 했다. 진구한테 대충 거짓말한 것일 수도 있겠지만, 그런 낌새는 없어 보였다. 윤동민의 말이 맞는다면 이상한 일이다. 누군가로부터 지시를 받은 근거, 이를테면 전화나 메시지라든가, 큰돈이 입금되었다든가 하는 게 없었단 얘기다. 돈을 주고 범행을 사주했는데, 흔적이 없을 수 있을까? 육남진도 윤수애한테 막대한 돈을 줘서 움직일 거라고 하지 않았던가. 그렇든 그렇지 않든 조직이 윤수애와 접촉하고, 지시하고, 돈을 건넨 증거가 어딘가에 있어야 할 텐데……. 공모나 지시의 문제도 그렇다. 범죄의 큰 그림이 되는 공모가 어떤 형태로든 이루어졌겠지만, 그건 물과 같아서 언제 어떻게 이루어졌는지 특정하기가 힘들 것이다. 하지만 적어도 '살인 연극'의 성격상, '언제 결행한다'는 식의 '최종 지시'는 어떤 형태로든 있어야 하지 않을까. 그런데 전화나 메시지 같은 게 전혀 없었다는 건 뭘 의미하는 걸까?

묘한 기분에 잠겼다. 돈을 건넨 흔적과 범행 지시. 이 두 가지는 있어야 한다. 드러난다면 사건의 진실과 배후를 밝히는 결정적인 열쇠다. 하필이면 이 중대한 증거가 없을까. 물론 그게 진실이 아니어서 없다고 하면 편하겠지만 그건 내막을 모르는 사람들이나 할 생각이다. 모든 게 조작된 그 무대에 어릿광대로

올랐던 진구는 증거들이 반드시 존재한다는 걸, 아니 존재해야 한다는 걸 알고 있다. 그런데 없다면…….

묘하다. 모든 것이 너무나 묘하다.

진구는 생각을 그만두었다.

구석으로 슬금슬금 몸을 움직였다. CCTV 카메라를 등지고 돌아누웠다. 손에 거머쥔 철심으로 시멘트가 덧씌워진 구석 부분을 슬슬 긁어내기 시작했다.

***

문이 열리며 줄무늬 양복을 입은 남자가 들어왔다. 30대 중반의 키 작고 살집 있는 남자. 영업사원을 연상시키는 친숙한 표정, 동글동글한 얼굴의 그는 진구에게 여자를 유혹하라며 돈을 주었던 라동우였다.

"회장님, 부르셨습니까."

라동우가 회장실 안쪽에 대고 말했다. 장철이 몸을 묻은 버건디색 가죽 소파는 마치 왕좌처럼 등받이가 높고 팔걸이가 넓었다. 앞에는 호위하듯이 김태일과 유연부가 앉아 있었다.

화려한 소파에 비해 장철은 초라했다. 양복바지는 헐렁하고, 누런색 골프웨어는 목이 늘어나 있다. 지하철 노약자석 어디서나 볼 법한 모습이다. 김태일은 몸에 꽉 끼는 감색 슈트를 입고, 예거 르쿨트르를 팔목에 감고 있다. 가죽 냄새와 사향이 뒤섞인 애프터셰이브 로션 향이 풍겼다. 앉은 자리를 빼고 본다면 누구나 김태일을 보스라고 생각할 것이다. 유연부는 흰색 블라우스에 미디엄 길이의 스커트 차림으로 다리를 비스듬히 꼬아 앉아 있었다. '도사린다'는 말이 어울리는 그 포즈에서는 어쩐지 장철과 김태일을 향해 당장에라도 독침을 날릴 듯한 날카로움이 번득였다.

창가 쪽으로는 지난번 그들이 카드 게임을 벌였던 테이블 세트가 따로 놓여 있다. 라동우는 장철과 김태일 사이 어중간한 지점에 서서 고개를 살짝 숙였다. 장철이 그제야 라동우를 보더니 말했다.

"육남진이는 뭐래?"

"김진구를 만나고 왔답니다. 알아듣게 말을 전했고, 안경도 잘 전달했다고 합니다."

"일은 잘할 것 같다는가?"

"생각보다 머리가 잘 돌아가는 친구인 것 같다고 합니다. 메모리를 캐내는 정도는 실수 없이 해낼 거라고요."

"다른 돌발 상황은 없고?"

"그런 것 같습니다."

"음, 알았어."

장철이 손을 휙 쳐들었고, 라동우는 고개를 꾸벅 숙이고는 방을 나갔다. 방문이 닫히고 나자 유연부가 말했다.

"회장님은 마치 변수가 발생했으면 하는 것 같아요."

"하하, 그럴 리가. 내가 그 메모리를 손에 넣으려고 얼마나 고생했는데."

장철은 안색을 확 바꾸었다.

"혹시라도 일이 틀어질까 봐 신경 쓰여."

"시간문제입니다. 계획에 구멍은 없습니다. 김진구는 메모리를 건넬 수밖에 없죠. 교도소에서 평생 썩고 싶은 놈은 아무도 없으니까요."

김태일이 말했다. 굵고 낮은 목소리와 거친 톤. 김태일의 자신감이 전염되었을까. 장철은 고개를 끄덕끄덕했다. 하지만 유연부의 단호한 말이 곧 분위기를 깨트렸다.

"좀 위험한 계획이지 않았나 해요."

유연부의 얼굴에서 평소의 상냥한 표정은 사라져 있었다. 김태일의 미간에 불쾌한 빛이 스쳤다. 무슨 말을 하려다 장철을 힐끔 보고는 입을 닫았다.

장철은 테헤란로의 전경이 내다보이는 창밖으로 눈을 돌렸다. 평생의 동업자이자 친형인 장환은 예상 외로 징역 10년이라는 중형을 받았다. 그는 비트코인을 저가에 쓸어 담아 결국 성공했지만 주변을 믿지 못하고 계좌번호를 혼자서 관리하다가 저 꼴이 되어버렸다. 장철은 분통이 터졌다. 장환이 긴 징역형을 사는 건 문제되지 않았다. 그가 모은 비트코인은 사실상 장철 자신이 이룩한 재산이나 다름없었다. 일루미나티인지, 프리메이슨인지, 로스차일드 가문인지는 알 수 없지만 어떤 거대한 세력이 몇 년 안에 비트코인을 폭발시킬 거라는 사실을 온갖 루트를 통해 알아낸 건 자신이었다. 그건 어쩌면 장철에게는 또 다른 거대한 게임이기도 했다. 물론 실제적인 리스크는 장환이 대부분 부담했고, 돈을 댄 것도 주로 장환이었지만, 그런 전주역은 다른 누구라도 할 수 있었다. 그저 친형이고 혈육이니 조금 더 믿을 수 있다는 생각에 장환과 같이 일했을 뿐이었다. 장환이 돈을 주고 샀기에 비트코인은 전부 장환의 개인키에 들어가 있지만, 비트코인에 모든 것을 걸었던 일생일대의 도박은 장철 자신의 것이었다. 그런데 고집덩어리 장환은 메모리의 보관 장소를 동생인 자신에게도 알려주지 않았다. 아예 숨겨버릴까 봐 그동안 강하게 압박하지도 못했다. 그 결과 지금 비트코인 개인키는 엉뚱하게도 인천구치소 안에 남겨져 있다.

비트코인이란 희한한 물건은 개인키를 잊어버리면 재발급도 안 된다고 한다. 계좌번호를 모른다고 해서 안에 든 자산도 잃어버린다는 건 은행 세대인 장철에게는 낯설었지만, 어쩔 도리가 없다. 결국 막대한 비트코인 자산이 주인을 잃고서 네트워크 안을 혼백처럼 떠돌고 있다. 그것을 가져와야 한다. 그게 오랜 기간 펼쳐온 이 게임의 마지막이다. 그리고 그 뒤부터는 자신이 키워온 이 조직, 이 회사는 이전과 완전히 달라진다. 모든 것이 걸려 있다.

"어떤 부분이 위험하단 거야? 처음부터 유 실장의 계획이었는데."

장철은 생각에서 깨어난 듯 유연부를 향해 고개를 돌렸다.

"원래 우리 생각은 교도관을 매수하려는 거였어. 근데 유 실장이 위험하다며 반대했지."

"터무니없죠. 매수된다는 보장이 없잖아요. 만약 교도관이 끝까지 거부한다면 어떻게 되겠어요. 아니면 말고 식으로 끝나는 게 아니죠. 매수 안 된 교도관은 폭탄으로 변해요. 당장 외부에 알릴 테니까요. 교도소 측에선 메모리를 당장 파내버릴 테고, 물건은 세상에 알려지고, 우리도 알려져요. 그런 불확실한 상황과 우연에 맡길 순 없죠."

"그래서 유 실장이 제안한 대로 했어. 한 친구를 골라 살인죄로 엮어서 인천구치소에 집어넣고, 진술을 바꾸어주는 조건으로 그 친구로 하여금 메모리를 파내게 한다는 시나리오. 그건 바로 유 실장이 만든 거 아닌가. 심지어는 김진구라는 친구도 유 실장이 찍어줬어."

"그렇지. 인제 와서 그게 위험했단 건 자기가 한 말을 뒤집는 것밖에 안 돼."

장철의 말에 힘을 얻은 김태일이 눈썹을 찌푸리며 말했다.

"김 전무님이 임의로 바꾸었죠."

"조금 바꿀 수도 있지. 내 판단이야."

말투에서 김태일의 불편한 심사가 드러났다.

"그게 위험하단 거예요."

유연부는 김태일을 탓하는 눈길을 보냈다. 김태일은 이마에 깊게 주름을 잡았다.

"현실성 있게 수정했을 뿐이야. 뭐가 위험해? 유 실장 안 그대로 하지 않았다고 심술부리는 것으로밖엔 안 보이는데?"

불편한 심기가 그의 말투에서 삐져나왔다.

"난 실제로 살인을 하자고는 안 했어요. 김진구가 살인죄를 뒤집어쓰고 인천구치소에 들어가기만 하면 되는 거였으니까요. 직원 중 한 명을 뽑아서 평소에 조금씩 피를 빼내 모아놓았다가 살인사건 현장에 뿌려두자고 제안했어요. 그다음 살인극을 연출한 후, 여자를 시켜 김진구가 곧장 차를 운전해 집 밖으로 나가게끔 하고요. 김진구가 살인을 하고서 시체를 은닉하고 도주한 모양새로 만드는 거였죠. 피해자 역할의 직원은 나중에 CCTV에 찍히지 않는 루트로 몰래 빠져나오면 되고요. 이 계획에선 김진구가 시체 없이 홀몸으로 도주하는 모습이 CCTV에 찍히면 안 되죠. 그래서 지하주차장이 있는 주택을 수배하라고 했어요. 김진구가 시체를 지하로 옮겨 차 트렁크에 싣고 도주한 것으로 보이게 하려고요

시체가 없어도 살인의 정황이 뚜렷하고, 현장에 사람이 죽기에 충분할 만큼의 피가 남겨져 있으면 일단 살인으로 인정돼요. 시체가 없더라도 김진구가 사람을 죽였다는 윤수애의 분명한 증언이 있고, 구체적인 상황도 뒷받침돼요. 동일인임이 판명된 피가 사람이 몇 번 죽고 남을 만큼 뿌려져 있으니까요. CCTV에는 피해자가 집에 들어오는 모습, 김진구가 뒤이어 들어오는 모습, 그리고 김진구가 운전하는 차가 지하주차장에서 나와 밖으로 나가는 모습이 찍히게 되니 정황이 다 맞아 들어가요. 그 정도라면 누가 봐도 김진구가 윤수애의 애인을 현장에서 살해하고 사체를 차에 실어 도주한 것으로 될 겁니다. 시체가 없어도 살인 및 사체유기가 충분히 '의심'되는 상황이니 오히려 확실하게 구속되었을 거예요. 김진구는 가족도 없고 떠돌이 같은

인물이니까요. 증거인멸, 도주 우려. 이런 게 바로 구속 사유거든요. 그 상황에서 바로 김진구에게 해당될 기준들이었죠."

"아니 글쎄, 번거롭게 피를 모아놨다가 뿌리고 할 게 뭐 있어? 지하주차장이 있는 집도 구하기 힘들어. 그보단 한 놈 죽이면 간편한걸."

"과연 더 간편해졌을까요?"

"유 실장은 현장에 있지 않았으니까 그런 속 편한 소릴 하는 거야."

이때 장철이 끼어들었다.

"유 실장은 혹시 사람을 죽인다는 것에 거부감이 있는 건가? 생각을 크게 먹어. 사람 하나 죽는 게 뭐 대단한 일이라고……."

"아뇨. 거부감 때문에 그런 건 아니에요."

유연부가 말을 자르며 고개를 저었다.

"그렇담 말이야, 현장에 피를 뿌려놓을 수도 있겠지만…… 실제로 시체가 있는 편이, 그러니까 실제로 죽이는 쪽이 더 확실한 건 맞지 않겠나?"

장철의 거드는 듯한 말에 김태일이 흡족한 표정을 지으며 소파 등받이에 몸을 기댔다.

"실제 살인은 그 자체의 무게가 있어요. 밝혀지기 전에도 무겁지만 밝혀진 뒤에는 더 무거워지죠. 경찰이든 언론이든 사람들을 진지하게 움직이게 해요. 계산상 그 추상적인 위험이 실리보다 커요. 굳이 감수할 필요가 없는 위험이었어요."

"그게 무슨 말이야. 좀 막연하게 들리는데?"

"만약 우리 계획대로 일이 잘되지 않고 김진구가 누명을 벗는다면 말이에요. 그땐 '살인'이 실제로 있었던 것과, 살인처럼 보이도록 '장난'친 것과는 하늘과 땅만큼 차이가 난다는 겁니다. 연극에 그쳤다면 가볍게 덮을 수도 있겠지만, 실제로 사람이 죽었다면 달라져요. 경찰은 끝까지 파헤칠 거고, 만약 드러난다면 이 조직은 끝이에요."

"아무래도 그런 걱정까진 과해. 실제로 아직까진 잘 진행됐잖아."

장철이 말했다. 하지만 유연부는 물러서지 않았다.

"백번을 양보해서, 실제로 살인을 하는 것까진 그렇다 쳐도요."

"그렇다 쳐도?"

"하필이면 대상이 왜 김진구의 친구였냐는 거예요."

"흠."

장철은 짧게 콧소리로 대꾸하고는 다시 천천히 입을 열었다.

"송치수라고, 그 죽은 녀석이 김진구 친구라고 했지. 그건 김전무가 일부러 그렇게 한 건가?"

장철은 김태일을 쳐다보았다. 김태일은 기름지게 웃었다.

"재밌잖습니까? 하필이면 살해된 여자의 애인이 자기 절친이란 게."

"악취미로군."

장철도 마주 웃었다.

"사실 그 때문만은 아닙니다. 전혀 연고 없는 여자를 스토킹했다는 것보단 그게 낫거든요. 친구의 여자 친구를 스토킹하다가 침입해서 친구를 죽였다는 쪽이 훨씬 그럴듯하지 않겠습니까?"

김태일이 뻐기듯 말했다. 유연부는 고개를 저었다.

"그게 여기서 가장 위험한 부분이에요."

"그게 뭐가?"

김태일이 언성을 높였다.

"일일이 태클 걸 거면 처음부터 이 계획을 왜 세운 거야?"

"김 전무님이 마음대로 바꿀 것까지 계획에 들어 있진 않았어요."

"대체 왜 안 된단 거야? 뭐가 위험해?"

"김진구는 내가 알아요. 그래서 추천을 했죠."

"그래. 하필 그 친구를 콕 찍어서 말하기에 조금 놀랐지. 난 유실장이 그 친구한테 뭔가 원한이 있나 보다고 생각했는데…….
아무튼 뭐, 난 유 실장 말이라면 뭐든지 들으니까."

장철이 잇몸을 드러내고 웃으며 말했다. 낯빛에 여유와 묘한 뻔뻔함이 흘렀다. 네 말을 전부 설렁설렁 받아주는 것 같지만 속을 다 짚고 있다는 듯 가볍게 주의를 환기하는 태도. 유연부가 조금 흠칫하는 기색이었다. 그러다 이내 기색을 감추며 말했다.

"만에 하나 계획대로 되지 않는 경우를 생각해보면요…….."

"김진구가 친구의 복수라도 하려 든단 거야?"

장철이 말했다.

"그런 의리가 있는 친구는 아니에요. 의리 때문이 아니라."

"아니라?"

"하필이면 자기의 친구를 죽여서 자신을 움직였단 사실이 어쩌면 그 친구 안의 무언가를 건드려버릴 수도 있단 얘기예요. 그래서 자신이 풀려났다는 사실에 만족하지 않고 우리를 추적하려 든다면, 하는 생각이 드는 거예요."

"너무 나가는군, 유 실장. 아까부터 자꾸 김진구가 석방되는 경우를 걱정하는데, 그 친구가 어떻게 나온단 거야? 메모리를 넘겨받으면 그걸로 끝이야. 살인으로 평생을 감옥에서 썩겠지. 설마 정말 윤수애가 증언을 바꾸게 해 김진구를 내보내 주려는 건 아니겠지? 그건 우리한테도 위험부담이 있어."

"물론 아니에요. 그건 애초에 우리 계획에 없었구요. 메모리를 건네받은 다음에야 증거 부족으로 풀려나든 말든 알 바 아니지만요."

"그렇담 앞서 걱정할 필요가 없잖아?"

"만일의 경우죠."

이때 보다 못한 김태일이 큰소리로 끼어들었다.

"천운으로 김진구가 풀려난다고 해도 그래. 경찰에 가서 누명을 썼다면서 호소해봤자 소용없어. 살인으로 구속되었던 놈의 말을 누가 믿어주겠어?"

"물론 그 위험은 낮아요. 수사기관은 자신들이 기소한 용의자를 범인으로 간주하지, 무죄를 받았다고 해서 판단을 바꾸진 않아요. 증거가 부족해서 풀려났을 뿐이라고 생각하죠. 무죄판결을 받아도 경찰은 대개 사건을 종결 처리하지 미제로 카운트하지 않아요. 수사를 더 하지도 않고요. 조직의 자존심이랄까요."

"그걸 알면서 뭐가 걱정이야? 경찰은 더 이상 움직이지 않아.

설령 경찰이 움직인대도 우릴 찾아내기는 어려워. 일단 사건 계획의 전모를 아는 사람은 우리 세 사람과 라동우, 육남진 정도야. 아, 라동우는 가명이지. 어쨌든 그 둘은 자기가 살기 위해서라도 철저히 조심하겠지. 그 정도 머리가 있는 인간들이고. 윤수애가 조금 찜찜한데, 그래서 그쪽은 추적이 불가능하도록 해놓았어. 제까짓 게 어떻게 우릴 추적해?"

"김진구니까요."

유연부가 차분하게 눈을 빛내며 말했다. 김태일이 어이없다는 듯이 유연부를 노려보다가 마침내 버럭 소리를 질렀다.

"그게 무슨 돼먹지 못한 소리야!"

"내가 김 전무님보단 김진구를 더 잘 아니까요."

"이거야 반대를 위한 반대잖아! 그렇게 위험한 녀석일 것 같으면 애당초 왜 그 녀석을 고른 거야?"

김태일은 화를 억누르느라 억양이 엉망이 되고 있었다.

"말했잖아요. 가족도 없이 혼자 지내고, 백수예요. 사회적 커넥션이 거의 없는 친구예요. 게다가 김 전무님이 조사한 대로라면 여자 친구하고도 헤어졌어요. 체포되더라도 바깥에서 발 벗고 도와줄 사람이 없는 거죠. 또 어떤 면으로는 함정에 빠지기쉬운 기질이 있어요. 현실감이랄까, 생활의 질감이 없어요. 그래서 그런 기묘한 제안에 오히려 확실하게 반응하는 친구거든요. 분명히 걸려들 거라고 생각했어요. 또, 우리 계획에는, 말을 잘알아듣고 교도관의 눈을 피해 메모리를 확실하게 꺼낼 수 있는 영민함이 반드시 필요해요. 김진구라면 충분하죠. 그래서 김진구를 찍었어요."

유연부는 장철을 힐긋 보았다. 그는 빙그레 웃고 있었다. 김
진구가 미워서가 아니었냐는 조금 전의 말을 떠올리게 하는 웃
음이었다. 유연부는 시선을 황급히 돌려버렸다.

"하지만 유 실장 말대로 우리를 추적해낼 수 있을 정도로 똑
똑한 녀석이라면 안 했어야지!"

김태일이 소리를 질렀다.

"그럴 경우를 대비해서 살인은 하지 말자고 했던 거예요. 그저
피를 뿌려놓은 연출이었다면 몰라도 실제로 사람을 죽였다면
우리 쪽도 위험하고 귀찮게 되니까요. 그런데 김 전무님은 했고,
심지어 김진구의 친구를 동원했어요. 그게 위험하단 거예요."

"젠장!"

김태일이 고개를 뻣뻣하게 쳐들었다. 목덜미까지 벌게졌다.

"어렵고 귀찮은 부분은 전부 내가 했어. 넌 편안하게 의자에
만 앉아 있던 주제에!"

"누가 더 편했느냐의 문제는 아니라고 보는데요."

"뭐야!"

"모든 계획을 짜서 대상자까지 찍어줬어요. 그것도 못하면 아
무런 쓸모가 없는 인간이겠죠."

김태일의 관자놀이에 정맥이 불끈 부풀었다. 유연부는 아랑
곳하지 않고 말했다.

"내가 지금 말한 건, 전무님이 중간에 독단적인 판단으로 실
제 살인극까지 벌인 부분이에요. 그게 더 쉽다는 걸 몰라서 그

러지 않은 것 같아요? 만에 하나의 경우를 생각해서 최소한의 안전을 도모하도록 안배했던 거예요. 그걸 김 전무님이 마음대로 망쳐버린 거고요."

"그래? 공은 전부 네가 차지하고, 이젠 날 아예 가르치려 들어?"

김태일이 마주 앉은 유연부를 향해 소리를 질렀다. 목에 핏대가 섰고, 양손은 소파의 팔걸이를 꽉 붙들고 있다. 장철은 어쩐 일인지 그저 흥미롭다는 듯 지켜보고만 있다.

"목소리 낮추시죠. 여기 귀머거리는 없으니까."

유연부가 싸늘하게 말했다. 장철이 큭큭 웃었다. 김태일은 보스한테 비웃음을 샀단 생각에 더 화가 밀었다.

저 여자 때문이다, 저 어린 여자가 이렇게 만들었다!

"씨팔, 나이도 어린 게. 봐줬더니 회장님 믿고 기어오르고 있어!"

유연부는 김태일을 노려보았다.

"지금 그 욕, 나한테 한 거야?"

얼음장처럼 서늘한 말투였다.

"뭐?"

김태일의 눈알이 튀어나올 것처럼 불거졌다.

"이년이! 어디서 반말이야!"

"워워."

장철이 그제야 팔을 휘저으며 나섰다.

"그만해. 우리끼리 더 싸우면 곤란해."

"회장님 면전이라 참으려고 했는데요. 어린 게 너무 건방지잖습니까?"

김태일이 씨근덕댔다.

"재밌네. 살인은 하면서 조그만 무례는 못 참는다?"

유연부가 말했다.

"뭐, 이게, 뭐?"

김태일은 화를 삭이지 못해 말을 더듬었다. 유연부는 아랑곳하지 않았다.

"예전에 나를 모욕한 남자들이 있었지. 두 사람은 부자지간이었어."

"그래서?"

김태일이 버럭 소리쳤다.

"아버지 쪽은 죽고, 아들은 거지가 됐어."

"뭐? ……지금 나한테 협박하는 거야?"

김태일이 또 소리를 쳤다.

"이제 정말 그만!"

장철이 몸을 앞으로 기울이며 양팔을 내저었다. 목소리에 두 사람을 나무라는 듯한 엄중함이 묻어 있었다.

"회장님! 지금 유 실장 말하는 거 보셨잖습니까!"

김태일이 분한 듯 소리를 높였다.

"흥분 좀 가라앉혀."

장철이 말했다. 이어 유연부를 향해 고개를 돌렸는데, 같은 말을 하려는 것 같았지만 너무도 차분한 유연부의 모습을 보더니 그만두었다. 김태일은 잠시 장철을 바라보다가 결국 눈을 내리깔았다. 유연부는 미동도 없었다. 장철의 중재 때문이 아니라 자신의 의지로 입을 닫는다는 태도였다.

어쨌든 장철은 두 사람이 조용해진 것을 확인하고서 입을 열었다. 타이르는 어조였다.

"두 사람이 잘 알겠지만 난 남과 다른 길을 걸었어."

그가 뜬금없는 말머리를 꺼내자 김태일과 유연부는 장철을 바라봤다.

"회사를 키워오면서 온갖 놈들을 만났어. 센 놈, 약한 놈, 똘똘한 놈, 멍청한 놈, 괜한 시기심에 무작정 덤비는 놈들 등등. 뭐 어떤 놈이든 상대하는 게 그다지 어렵진 않았어. 핵심은 그거였지. 걔들은 내가 어떤 방법까지 동원할 수 있는지 몰랐어. 하지만 난 걔들의 한계를 빤히 알고 있었고. 그래서 게임이 안 되는 거야."

장철은 여기서 잠깐 말을 끊고 두 사람을 번갈아 보았다. 김태일은 씩씩댔지만 입은 확실히 닫혔고, 유연부는 다리를 포개고 시선을 정면으로 향해 있었다. 장철이 만족한 듯 말을 이었다.

"하지만 말이야. 그것보다 내가 살아남은 결정적인 이유가 있어. 딱 한 가지만 조심했지."

김태일은 아직 분이 덜 풀렸는지 입술을 깨물며 장철을 쳐다봤다. 장철이 말했다.

"그건 안에서 깨지면 안 된단 거야."

두 사람은 말이 없었다.

"신세 망치는 인간들, 전부 집안 단속 못해서 그 지경까지 가는 거야. 경리, 운전기사. 내부고발…… 알잖아?"

장철은 잠시 말을 끊고 두 사람을 번갈아 보았다.

"이 정도에서 그만들 해. 알아들을 거라고 믿어. 김 전무는 성질 좀 죽여. 유 실장도 걱정하는 마음은 알겠는데, 그렇게까지 신경 안 써도 돼. 아무리 유 실장이라도 미래를 예측할 순 없는 거잖아."

조금 더 침묵이 흘렀다. 이윽고 김태일은 다음에 보고를 하겠다며 자리에서 일어섰다. 장철에게 깊이 고개를 숙여 보이고는 회장실 문으로 향했다.

방을 나서는 그의 눈이 여전히 이글거렸다. 라동우는 부속실 소파에 앉아 기다리고 있다가 김태일을 보자 벌떡 일어섰다. 김태일은 라동우에게 나가자는 듯이 신경질적으로 손짓을 보냈다. 김태일은 방을 나서며 이를 갈 듯 말했다.

"언젠간 저년을 죽여버리겠어."

여비서가 놀라서 벌떡 일어섰다.

김태일의 성난 발걸음이 점점 멀어져 갔다.

김태일이 씩씩거리며 떠나고, 곧 유연부도 방을 나갔다. 흥분해서 흐트러진 김태일과 달리 유연부는 냉정한 뒷모습만을 남겼다. 장철은 회장실에 덩그러니 남아 거대한 가죽 회전의자에 몸을 기댔다. 피곤이 몰려왔다. 떨떠름한 기분도 들었다.

주변 사람들의 다툼은 늘 골치 아프다. 젊었을 때야 중재하고 타이르면서 한데 묶어 이끌어나가려 애썼지만 이제는 그게 반드시 좋지만은 않다는 생각을 하고 있다. 게다가 그런 노력들이 귀찮은 나이가 됐다. 입 아프고 신경도 소모된다. 길게 남지 않은 인생, 그럴 시간이 있으면 인생을 더 재밌게 만드는 일에 쓰고 싶다. 그래서 손쉬운 방법을 택하고 싶어진다. 이를테면 한쪽을 버린다든가. 물론 기준은 자신의 이익이다. 더 유용한 쪽을 남기는 것이다. 반대로, 위험을 남길 여지가 있을 바에야 가차 없이 잘라낸다.

문득 조금 전 유연부의 말이 생각났다. 자신을 모욕한 두 사람, 아버지는 죽고 아들은 거지가 됐다는 말. 퍼뜩 떠오르는 게 있었다. 한때 주식과 채권시장의 한 귀퉁이를 주물렀던 투자자문사 제이디에셋의 대표 상준동 회장. 유연부는 상준동 옆에서 핵심 역할을 했다지. 유연부가 말한 아버지와 아들은 상준동 부자를 연상시켰다. 상준동은 죽었고 아들 녀석은 종적이 묘연하다는 얘길 들었다. 하지만 상준동 회장은 운전기사한테 살해당했잖아. 근데 유연부는 마치 자기가 무언가 손을 쓴 양 말을 던져 김태일을 자극했다. 저런 허세라니.

재밌는 여자야.

장철은 씩 웃고는 의자를 한 번 빙그르르 돌렸다.

인천구치소는 전국에서 유일하게 법원 바로 옆에 붙어 있다. 그래서 법정 출정할 때도 호송차를 타고 나가지 않고 법원으로 이어지는 지하 통로를 걸어서 간다. 일곱 겹의 보안 설비는 탈주라는 글자를 뇌리에서 완전히 지워준다. 법원에 도착한 뒤에는 수용자용 엘리베이터와 전용 통로를 통해 법정으로 간다. 진구는 조금 전 자신이 걸어온 회로도 같은 길을 곱씹으며 암담한 기분에 휩싸였다.

진구는 법정 옆에 붙은 대기실에 손이 묶인 채 재판이 시작될 때까지 멍하니 앉아 있었다. 시간이 얼마나 흘렀을까, 사건명이 불렸고, 진구는 교도관의 감시를 받으며 법정에 들어섰다. 법대 위에 세 명의 판사가 앉아 있다는 것만 의식될 뿐, 얼굴을 쳐다볼 엄두가 나지 않았다. 빤히 바라봤다간 괜히 태도가 불량하다는 선입견을 심어줄 뿐이다.

법정이란 건 묘하다. 어디서 앉아 어떤 입장에서 바라보느냐에 따라 완전히 딴판인 얼굴을 갖고 있다. 진구가 방청석에서 바라봤던 법정은 그저 흥미진진한 영화의 한 장면처럼 구경의 대상일 뿐이었다. 증인석에 앉은 적도 있지만* 판사나 검사의 얼굴이 조금 다른 각도에서 잘 보였을 뿐, 긴장감은 그리 없었다. 하지만 피고인이 되어 법정에 들어가는 건 완전히 달랐다. 공기가 갑자기 무거워져 있었다.

본인임을 확인하는 인정신문이 있었고, 진구는 피고인석에 앉았다. 옆자리에 육남진이 변호인이랍시고 앉았지만 진구의 편은 아니다. 이 법정 안에는 진구의 편이 아무도 없다. 적대감을 품은 사람은 찾아보면 몇 명 있을 것 같다.

육남진은 모른 척하는 표정이었다. 진구도 그를 보지 않았다. 육남진은 그동안 한 번도 찾아오지 않았다. 진구는 의도적이라

* 《순서의 문제》 중 〈뮤즈의 계시〉

고 느꼈다. 괜히 진구를 찾아 면회실을 들락거려봐야 그쪽에서 안달 나 있다는 인상을 줄 뿐이니까. 진구가 결심하고 교도관의 눈에 띄지 않게 메모리를 파내려면 어느 정도 시간이 걸릴 거라는 계산도 있었을 것이다.

검사가 일어서서 공소장을 읽었다. 비썩 마른 젊은 검사였는데, 임관하여 몇 년 지나지 않은 것 같았다. 수사검사는 자리에 없었다. 젊은 공판검사에게 모든 걸 맡겨놓은 모양이다. 살인 같은 중대 사건에는 종종 수사검사가 법정에도 나온다고 들었는데, 진구의 경우는 증거가 워낙 명백해서 검찰에서는 공소유지에 조금의 걱정도 않는 모양이다. 가슴이 더 답답해졌다.

"피고인은 공소사실을 인정합니까?"

쉰 듯한 판사의 목소리였다. 육남진이 일어섰다.

"인정하지 않습니다."

진구와 협의한 바는 없지만 여기까진 예상대로다. 아니, 당연하다. 변호사가 인정한다고 해도 피고인 본인인 진구가 곧바로 부인한다고 해버리면 그만이다. 또, 진구를 얼러 원하는 대로 계속 일을 시키려면 무죄판결을 받을 기회, 법정에서 다투는 기회를 유지해주어야 한다.

"피고인은 그 전날 윤수애를 술집에서 만나 하룻밤을 같이 보내고, 윤수애의 집으로 갔습니다. 저녁에 수면제를 사러 갔다오는 사이 살인사건이 벌어진 것입니다. 피고인은 범행과 관계가 없습니다."

"검찰의 의견은요?"

재판장이 검사 쪽을 보며 말했다. 검사가 패기만만하게 일어섰다.

"피고인은 윤수애를 만나 하룻밤을 보냈다는 장소조차 기억하지 못하고 있습니다. 아니, 말하지 못하는 것입니다. 왜냐하면 피고인은 윤수애와 사귀는 사이가 아니라 일방적인 스토커였기 때문입니다. 물론 하룻밤을 보낸 사실도 없습니다. 피고인은 라동우라는 인물로부터 윤수애를 유혹해달라는 의뢰를 받았다고 변명하는데, 이야기 자체도 다분히 비현실적일 뿐만 아니라 그 인물의 인적 사항을 전혀 밝히지 못하고 있습니다. 수면제는 피고인이 윤수애를 상대로 성범죄를 저지르려 구입한 것으로 추정됩니다. 무엇보다 살인 장면을 직접 목격한 윤수애의 생생한 증언이 있습니다. 그리고 움직일 수 없는 물증도 있습니다. 피고인의 지문이 묻은 칼, 지문, 혈흔, 그리고 사건 당일의 CCTV입니다. 여기에는 윤수애의 남자 친구였던 피해자 송치수가 찾아오고 윤수애가 반갑게 문을 열어주고, 얼마 후 흥분한 피고인이 뛰어드는 장면이 고스란히 찍혀 있습니다. 피해자는 피고인의 친구였습니다. 윤수애는 친구의 여자 친구였던 겁니다. 피고인은 친구의 여자 친구를 스토킹하였고, 당일에도 수면제를 사서 윤수애의 집 주변을 맴돌다가 친구 송치수가 윤수애의 집을 방문하는 걸 보고는 질투심을 가누지 못하고 집으로 뛰어 들어갔던 것입니다. 그리고 흥분한 나머지 현장에서 과도를 집어 들어 송치수를 찔렀습니다."

치정 중의 치정 사건이라 할, 참으로 불쾌하게 구성된 공소사실이었다. 하긴 그렇게 되도록 유도된 사건이었다.

검사가 말하는 도중 '피해자 송치수'를 언급하는 지점에서 방청석에서 흑 하며 눈물을 삼키는 소리가 들렸다. 방청석을 힐긋 본 진구는 심장이 덜컥했다. 송치수의 모친이 왼쪽 귀퉁이에 앉아 있었다. 울음소리의 주인도 그녀였다. 진구는 송치수 모친이 자신한테 얼마나 잘해주었는지 기억났다. 그녀는 진구를 처음보았을 때부터 인상이 좋다며 진구를 좋아했고, 진구가 부모 없는 신세란 걸 알고부터는 반찬을 챙겨주기도 했다. 그런데, 그 진구가 아들을 살해했다고 재판정에 섰으니, 어떤 심정일까. 저 울음소리는 어떤 의미일까. 진구가 정말 송치수를, 자기 아들을 죽였다고 믿는 걸까. 진구는 그렇지 않기를 바랐다.

검사가 꽤 길게 의견 진술을 했지만 육남진은 더 이상 적극적인 입장을 개진하지 않았다. 자신의 스탠스를 모호하게 만들어서 진구의 불안감을 부풀리려는 수작이다. 진구는 그렇게 생각했다.

"증거신청 하십시오."

재판장의 주문에 이어 검사의 증거신청 절차가 있었다. 제출될 증거의 목록이 판사와 육남진 변호사한테 전달되었다. 육남진은 증거 목록을 집어 들더니 "인부를 말씀드리겠습니다" 하고는 증거에 동의하는지 여부를 항목별로 읊어나갔다. 다분히 기계적이었다. 칼, CCTV, 지문, 혈흔, 국과수의 분석 같은 물증은 증거 동의의 대상이 아니고, 원천적으로 증거능력이 있다. 증거로 쓸 수 있는지 문제가 되는 건 사건 관련자들의 '진술'인데, 피고인 측이 동의해야 증거로 인정 된다. 그래서 범행을 부인하는 피고인이라면 경찰과 검찰 단계에서 이루어진 참고인의 진술 중에 자신에게 불리한 건 무조건 부동의하기 마련이다. 육남진도 그렇게 했다. 수차례에 걸친 윤수애의 진술에도 물론 부동의였다.

이 모든 절차에는 변칙이나 육성이 끼어들 여지가 없어 보였다. 판사와 검사, 심지어 변호사의 대사까지 마치 ARS의 응답처럼 착착 진행됐다. 이대로 죽 흘러간다면 유죄는 필연이다. 가슴이 답답했다.

육남진이 그동안 한 번도 면회실에 찾아오지 않았고, 이 법정에서 진구에게 눈길 한 번 주지 않으며, 범행의 인부 또한 막연하게 대처해 불안감을 증폭시킨 건 다 의도적이었던 게 아닐까 싶었다. 법정에서 살인사건의 무게를 느끼게 해서 더 쉽게 조종하려는 심산. 어느 정도 효과가 있는 것 같다. 개인이 어찌해볼 수 없는 불도저 앞에 마주 선 느낌이니까. 거대한 기계장치 같은 형사절차의 위압감에 벌써부터 숨이 턱턱 막힐 지경이니까. 무죄추정이 지배한다는 형사소송법 원리는 법정의 환상이다. 이만큼의 증거가 있는데 그래도 유죄일지 무죄일지는 판결이 나와봐야 안다고 생각할 사람이 이 법정에 누가 있을까. 진구의 살인을 거의 기정사실화해놓고, 요식 절차를 거쳐 진구를 심판하려는 사람들로 겹겹이 둘러싸여 있다.

유일한 탈출구는 윤수애의 증언이다. 진구를 구렁텅이에 빠트렸으면서 동시에 사건 전부를 바로잡을 수 있는 핵심. 윤수애만 사실을 말해준다면 모든 게 뒤집힌다. 그러려면 육남진에게 메모리를 건네주어야 한다. 윤수애는 체스판의 말에 불과하다. 그들의 요구대로 따르지 않으면서 재판을 뒤집을 가능성이 지금으로선 보이지 않았다.

제출된 증거 목록만 보아도 진구의 유죄는 피할 수 없었다. 형사재판에서는 '합리적 의심 없는 증명'이 이루어져야 한다지만, 증거가 이 정도라면 공염불이다. 판사도 이미 심증을 굳힌 듯, 범행을 부인하는 진구를 그다지 좋게 보지 않는 눈치였다. 급기야 이런 말을 했다.

"피해자의 모친이 피고인을 엄벌해달라는 탄원서를 제출했습니다. 만약 범행이 인정되면 가중처벌할 수밖에 없음을 피고인 측에 참고로 알려드립니다."

판사는 종이 몇 장을 쥐고 흔들었다. 아마도 송치수 모친이 제출한 엄벌 탄원서인 모양이다. 판사의 그 말은 진구의 마음에 납을 매달고 말았다. 역시, 그녀는 진구가 아들을 죽였다고 믿고 있다.

이어 검사는 윤수애를 증인 신청했고, 재판장은 기다렸다는 듯 증인으로 채택했다 그녀가 증언할 다음 공판기일은 3주 후로 잡혔다.

육남진은 등을 휙 돌려 법정을 떠나갔다.

그는 결국 공판 내내 한 번도 진구를 보지 않았다.

재판을 마치고 돌아와 독방 벽에 등을 기대고 앉은 진구의 마음은 착잡했다.

예상대로였다. 공판에는 조금도 우호적인 흐름이 없었다. 이대로라면 무죄는 기대할 수 없다. 변호인이랍시고 출석한 육남진의 태도도 딱 그러리라 생각한 수준이었다.

진구가 마음에 걸린 건 재판 내용보다는 송치수 모친의 모습이었다. 그렇게 진구를 좋아하고 잘해주었는데, 크나큰 배신감에 몸을 떨고 있을 것이다. 그게 싫었다. 진구는 판사에게만큼이나 송치수 모친에게 말하고 싶었다. 자신이 한 게 아니라고. 하지만 전달할 수 없다. 편지를 쓴다고 해도 자신이 아니라고 믿게 할 도리가 없다. 미움을 받는다니 마음이 불편해 혈관이 뒤틀릴 지경이었다. 진구는 자신이 송치수에게 도움되는 인간이라고는 생각하지 않았다. 하지만 해가 된다고도 생각하지 않았다. 후자 쪽으로 여겨지고 싶지 않았다.

갑갑한 마음 탓이었을까. 진구는 자신도 모르게 펜과 종이를 찾았다. 왜 그러고 싶었는지 정확히는 자신도 알 수 없었다. 희망 없는 공판, 송치수 모친에 대한 막연한 미안함과 불편함, 뒤엉켜버린 배선 다발처럼 어지러운 마음이 그렇게 하도록, 기댈 수 없는 곳에 기댈 마음이 들도록 했을지 모른다. 진구는 편지를 쓰기 시작했다.

사건에 연루되었던 전말, 정교한 함정, 그리고 그 모든 게 비트코인 개인키를 되찾기 위한 조직의 시나리오였다는, 아무도 믿지 않을 그 이야기들을.

글은 거미줄 뽑아내듯 줄줄 흘러나왔다. 읽어보니 흐름도 자연스럽다. 지어낸 이야기가 아니라 직접 보고 들은, 경험한 것이기에 그랬다. 읽는 이도 그걸 알아줄까.

주소는 그 집에 침입하기 전에 사전 작업을 하며 외워두었었다. 그 일이 있은 후에는 잊으려야 잊을 수 없을 만큼 기억에 각인되었다.

그게 다행일지 아닐지 지금으로서는 알 수 없었다.

수신자는 이탁오였다.

육남진이 다시 면회를 온 건 첫 공판으로부터 4일이 지난 때였다. 아크릴 문을 열고 들어갔을 때, 육남진은 지난번과 다름없는 모습으로 앉아 있었다. 흐트러진 양복 차림에, 파이프 의자 옆으로 한쪽 다리를 쭉 내밀고 있었다.

"앉아."

진구가 자리에 앉으려는데 육남진이 굳이 거만하게 말했다. 육남진은 비스듬한 자세 그대로였다.

진구의 얼굴에서 안경이 사라져 있다. 그들의 제안을 안경과 함께 폐기 처분해버린 것일지, 아니면 이제 메모리를 파내서 송곳이 필요 없어진 것일지, 육남진은 순간적으로 머리를 굴렸으리라. 그는 한껏 뻐기듯 말했다.

"꺼내 왔나?"

진구는 육남진을 잠깐 바라보다가 허리춤에서 메모리를 꺼냈다. 그것을 손바닥 아래로 숨겨 테이블 위에 올려놓았다. 손바닥을 육남진 쪽으로 살짝 들어 메모리를 보여주었다. 오래된 모델이어서 크고 낡았지만 두툼한 보호 캡도 그대로 남아 있을 만큼 멀쩡했다.

육남진의 눈이 반짝였다. 허세를 부렸지만 아마 그도 진구가 메모리를 정말 파내 왔을지 마음을 졸였으리라. 손을 뻗어 진구의 손을 잡는 척하며 메모리를 집으려 했다. 누가 보았다면 피고인과 공감하다 못해 손을 잡고 같이 우는 인간미 넘치는 변호사로 생각했을 법하다.

진구는 메모리를 쥔 손을 슬쩍 뺐다. 육남진이 움찔했다. 도로 자신의 손을 물렸다. 여기서 억지로 뺏으려 소동을 피우진 못할 것이다. 진구가 말했다.

"이거 교도관 몰래 파내느라 고생 좀 했어요."

육남진은 대꾸 없이 진구를 쳐다봤다. 바라던 물건이 이제 코앞까지 왔다. 감추느라 애를 썼겠지만 표정에서는 초조함과 안달이 묻어났다. 눈꺼풀이 움찔거리고 있었다. 이들이 얼마나 이 물건을 탐내왔는지 짐작할 만했다.

"현물을 보여드렸으니 저도 협상할 자격은 있다고 생각하는데요."

"무슨 협상."

육남진이 참지 못하고 입을 열었다.

"저도 안전을 보장받아야 한다는 거죠."

"정신 차려. 지금보다 더 위험할 수 있나. 살인범으로 최소 무기징역이 예약돼 있는데."

"제가 선택지가 없단 건 알고 있습니다. 이게 마지막 기회인 만큼 확실하게 알고 싶단 겁니다."

육남진은 입을 꾹 닫고 턱으로 다음 이야기를 재촉했다. 그는 아마 일상적인 대화에서조차 섣부르게 자신의 처지를 먼저 드러내고 나오지 않을 것 같았다. 꾹꾹 눌러 담는 듯한 태도는 법률가로서 자연스레 익힌 것이리라. 바깥이라면 1초도 상대 않을 유형의 인간이지만 여기서는 어쩔 수 없다. 진구가 말했다.

"저도 상대의 장단에 맞춰 춤만 출 수는 없는 거 아니겠습니까."

"그래서."

"어떻게 윤수애의 진술을 돌려놓겠다는 건지 납득할 만한 계획을 이야기해주십시오."

"그게 궁금한 거야?"

육남진은 일부러 피식하는 소리를 내며 웃었다. 의도적인 연출임이 빤히 보였다. 힘을 빼려는 수작. 진구는 움츠러들지 않았다. 대신 손바닥 안에 있는 메모리를 그러쥐어 주먹을 슬쩍 만들어보였다. 메모리가 바로 눈앞에 있다는 제스처.

"이야기 못 해주실 이유는 없겠죠. 정말 그런 계획이 있다면 말이죠."

육남진은 성가시다는 표정을 지으며 몸을 탁자 위로 숙였다.

"윤수애가 왜 이 일에서 역할을 맡았다고 생각하나?"

진구가 대답이 없자 육남진이 다시 입을 열었다.

"돈이야. 커다란 돈. 그것 이상으로 사람을 움직이는 건 없지. 윤수애는 무슨 열사가 아니야. 그저 반반한 얼굴을 자산으로 한 평생 편하게 살 기회를 호시탐탐 엿보는 여자지. 우리는 돈을 약속했고, 이미 건네주었어. 진술을 바꾸어주면 더 많은 돈을 줄 거야. 돈맛을 이미 봤는데, 안 할 리가 있어?"

육남진이 말을 일단 마치고 진구를 똑바로 쳐다봤다. 하지만 반응이 없자 진구가 미심쩍게 여긴다고 생각했는지 또 덧붙였다.

"어차피 무슨 뜻이 있어 끼어든 게 아니야. 애당초 돈으로 움직인 여자야. 이번에도 그럴 거야."

"변호사님이 그렇듯이요?"

"뭐야?"

육남진이 이맛살을 찌푸렸다. 진구는 그 반응을 무시하고 말했다.

"윤수애가 진술을 어떻게 바꾼단 겁니까? 지난번 변호사님의 정당방위 시나리오처럼 남자 친구가 갑자기 덤벼들었고 겁이 나서 칼로 찔렀다고 말입니까?"

"그렇지."

"하지만 법정에서 받아들여진다는 보장이 없지 않습니까. 남자 친구가 덤벼들었다는 정황을 입증하지도 못할 거고요. 고의 살인까진 아니더라도 과잉방위로 인정될 수도 있어요. 그것 또한 유죄고, 처벌받죠. 그렇다면 위험을 감수하면서까지 여자가 그런 진술을 해줄 수 있겠습니까? 조직에서 그런 리스크를 덮을 만큼 충분한 돈을 윤수애에게 준다는 보장이 있습니까? 이미 단물 다 빨고 난 저를 위해서?"

육남진은 입을 실룩했다.

"넌 아직 우리를 너무 몰라."

"그럼 누군지 알려주시죠."

육남진은 진구를 빤히 바라봤다. 이런 건방진 놈이, 하는 눈빛이었다. 그대로 약간의 시간이 흘렀다. 머리 굴릴 시간을 벌려는 걸까. 이윽고 육남진이 입을 열었다.

"윤수애는 정당방위를 입증할 필요가 없어."

"무슨 얘깁니까."

"네 친구 송치수를 누가 찔렀을까, 생각해봐. 윤수애가 찔러 죽였을 거 같나?"

물론 아닐 것이다. 윤수애는 돈을 받고 진구를 유혹해주기로 했을지는 몰라도 킬러 역할까지는 아니었을 것이다. 이 치밀한 조직에서, 힘이 상대적으로 약한 여자에게 송치수를 살해하는 중대한 역할을 맡겼을 리도 없다. 육남진이 계속 말했다.

"우리 쪽 사람이 미리 그 집에 들어가 숨어 있었어."

진구는 흠칫했다.

"그럼 치수를 죽인 건?"

"그렇지. 그 친구야. 경찰에 제출된 CCTV에는 알다시피 네가 수면제를 사러 밖으로 나온 이후, 그러니까 송치수가 집으로 들어간 후부터만 찍혀 있지. 그 이전 부분은 파일이 손상되었는지 없다는 둥 핑계를 대고는 일부러 제출 안 한 거야. 물론 그 부분에 김진구 네가 윤수애와 함께 희희낙락하며 그 집에 들어가는 모습이 나와 있어서지. 그리고 거기엔 네가 들어가기 전, 이미 우리 쪽 애가 그 집에 들어가는 장면이 찍혀 있기도 해."

진구가 윤수애와 같이 그 집에 들어갔을 때 이미 살인자가 숨어 있었단 건가. 그것도 모르고 진구는 그 집에서 윤수애와 유유히 여유로운 시간을 보냈었다. 진구는 모골이 송연해졌다.

"그 친구는 너하고 윤수애가 집에 들어와서 활동하는 동안 2층 구석방에 숨어 있었어. 그러다 네가 약을 사러 나가고 송치수가 들어왔지. 윤수애가 송치수를 2층으로 유인했고, 그 친구가 그 자리에서 칼로 죽였어."

진구는 잠시 침묵했다가 천천히 입을 뗐다.

"그럼 윤수애는 다른 침입자가 있었다는 증언을 한단 얘깁니까?"

"그렇지. 정당방위처럼 인정될지 어떨지 모르는 불확실한 증언을 할 필요 없어. 그때 너무 놀라 잘못 보았다. 김진구하고 같이 집에 들어왔으니 그 사람이라고만 생각했던 건데, 다른 침입자가 있었다. 뒤늦게 CCTV 화면 파일을 발견해 복구했고, 거기서 미리 들어와 있던 침입자가 있단 걸 알았다. 그리고 기억을 더듬어보니 송치수를 죽인 건 김진구가 아니라 제삼의 침입자였다, 그렇게 증언을 하게 되겠지. 물론 잘라내 두었던 CCTV 화면도 같이 검찰을 통해 증거로 제출하면서 말이야. 거기엔 침입자가 먼저 집에 들어오고, 그다음 너와 윤수애가 들어오는 장면이 차례로 찍혀 있어. 그 상황에서 윤수애의 증언은 절대적인 힘을 발휘하지. 법학을 부전공했다니 너도 알 거야. 의심스러울 때는 피고인의 이익으로, 합리적 의심 없는 증명 같은 형사소송법 원칙 말이야. 눈앞에서 목격한 여자가 범인이 네가 아니라 다른 놈이라고 증언을 번복했어. 절대로 널 유죄로 할 수 없지."

"그 침입자는 누굽니까?"

"알 필요 없는 걸 자꾸 알려고 드는군."

"라동우……입니까?"

육남진은 재밌다는 듯 양 팔꿈치를 탁자에 올려 손을 맞잡았다.

"왜 그렇게 생각하지?"

"이런 델리키트한 계획이라면 등장인물을 될 수 있는 한 적게 쓰려고 할 거니까요. 사람이 많으면 많을수록 실수도 많아지고 누설의 위험도 커지죠. 킬러 역할을 굳이 또 다른 사람한테 맡겼을 것 같지가 않아서요. 중구난방으로 여러 인간을 갖다 쓸 이유도 없고요."

"꼭 네가 이 계획을 짠다면 그렇게 할 것 같다는 얘기로 들리는군."

진구는 말이 없었다. 그러다 고개를 들고 물었다.

"윤수애는 지금껏 저와 만난 적이 없다고 했습니다. 일방적인 스토커로 몰고 갔죠. 그런데 저와 함께 집에 들어간 CCTV를 증거로 내면 거짓말한 게 밝혀지게 됩니다."

"그거야 전혀 문제될 것 없어. 수사기관에서 거짓말한 건 우리나라에서 아직 처벌대상이 아니니까. 오직 법정에서 선서한 후에 거짓말한 때만 위증죄가 되지. 그동안 거짓말한 이유는 둘러대기 나름이야. 경황 중에 잘못 보고 김진구가 남자 친구를 찔렀다고 믿었기에 너무나 미웠다, 그래서 아예 스토커라고 거짓말했다. 또, 남자 친구가 있으면서 만난 지 하루 만에 김진구

159

와 잤다는 얘기를 하기가 부끄러웠다, 뭐 그렇게 말이야. 법정에서 증인 선서를 하고 나니 양심의 가책상 더 이상 거짓말을 할 수가 없게 됐다, 이 정도로 얘기하면 더 극적일 거고."

육남진은 자신의 시나리오에 만족한 듯이 빙그레 웃었다. 두 사람이 마주한 탁자 위로 침묵이 흘렀다. 진구가 할 수 없다는 듯 말했다.

"알겠습니다."

육남진의 눈썹이 기대감으로 휙 올라갔다.

"그렇게 하시죠."

진구가 말하면서 손을 폈다. 메모리가 손바닥 아래, 탁자 위에 다소곳이 놓였다. 육남진은 접견실 아크릴 판 너머를 보았다. 아마도 교도관이 이쪽을 보고 있나 확인하려는 것 같았다. 접견실은 교도관이 앉은 곳에서 비스듬하게 보이는 곳에 위치해 사각지대에 가까웠고, 교도관은 이쪽을 신경도 쓰지 않고 있었다. 육남진은 고개를 바로 하고 오른손을 슬그머니 뻗었다. 마치 의뢰인의 손을 잡고 위로하듯 진구의 손을 훑었고, 그 순간 메모리는 육남진의 손아귀로 빨려 들어갔다. 그는 손을 슬쩍 양복 오른쪽 바깥 주머니에 넣었다. 진구는 조금 감탄했다. 대개 밖으로 나와 있는 상의 호주머니 깃이 안으로 접혀 들어가 있었다. 메모리를 받았을 경우 표나지 않게 집어넣을 수 있도록 미리 접어놓고 온 것 같았다.

"근데 메모리에 약간 이상한 점이……."

진구가 말을 하다가 우물쭈물 얼버무렸다. 육남진은 숙원이던 메모리를 손에 넣은 환희 때문인지 진구의 말에 아무런 관심도 없어 보였다. 그는 이제 더 이상 진구와 대화할 필요성을 느끼지 못하는 듯했다. 육남진은 진구의 말을 무시하고 큰 소리로 말했다.

"이 친구. 믿으라구. 무죄 만들어줄 거니까!"

마치 저 멀리 교도관이 들으라는 투였다. 육남진은 진구의 등을 툭 치고는 껄껄 웃음을 남기고 비대한 몸을 뒤뚱거리며 접견실을 빠져나갔다.

진구는 저녁 식사 후 독방에 팔베개를 하고 누워 생각했다.

지난번 면회 때에는 육남진이 사건의 진상을 말해주고 협박을 했다. 진구는 눈을 빤히 뜨고 당황한 채 귀 기울여 들을 수밖에 없었다. 오늘은 어떤 면에서 정반대의 상황이었다. 진구가 메모리를 파내 왔을지, 그걸 건넬지 어떨지 육남진은 진구의 말을 기다릴 수밖에 없었던 상황이다. 이 경우라면 대화의 주도권을 쥘 수 있다고 생각했고, 어느 정도는 그렇게 되었다. 이를테면 육남진이 방심했을 때 예기치 못한 말을 던져, 그 이후 그가 내뱉는 말의 진정성을 가늠해볼 수 있을 만큼.

진구는 오늘 육남진을 만나기 전 대화의 시나리오를 작성해 놓고 있었다. 육남진이 준비가 되지 않은 상황에서 어떤 방향으로 윤수애의 진술을 바꿀 것인지 먼저 물었다. 그 문답은 진구가 유도한 거였다.

자기가 찔렀다고 정당방위 주장을 할 겁니까?

육남진은 그렇다고 대답했다. 그런데 뒤이어 진구가 정색을 하며 윤수애의 진술을 바꿀 구체적인 방안을 묻자, 이야기가 달라졌다.

제삼의 침입자가 송치수를 찔렀다고 진술을 바꿀 거라 했다.

육남진은 자신의 진술이 바뀌었고, 모순되어 있단 걸 의식하지 않는 듯했다. 당장 메모리를 건네받기 위해 둘러대는 데에만 급급해 있었다.

뒤의 진술이 진짜라면, 윤수애가 자기가 찔렀음을 전제로 정당방위 주장을 할 거냐는 진구의 유도 질문에 그렇다고 대답한 것은 거짓말이다. 진구가 그렇게 물어올 거라고 예상 못 했을 것이다. 준비 안 된 상태에서 일단 그렇다고 답한 게 된다. 제삼의 침입자가 찔렀다며 윤수애가 말할 거라는 계획은 그럴듯하게 들린다. 하지만 정당방위로 주장할 거라는 앞의 대답에 비춰 보면, 그건 진구가 캐묻자 설득력 있게 들리도록 급조한 이야기에 지나지 않는다. 원래부터 그런 계획이었다면 윤수애가 정당방위 주장을 할 것인가, 하는 처음 진구의 질문에 그렇지 않다, 제삼의 침입자가 찔렀다고 진술할 것이다, 하고 대답했어야 하지 않는가.

육남진은 거짓말을 했다. 그런 계획은 원래 있지 않았다.

육남진, 아니 그를 고용한 배후의 조직은 약속을 지키지 않을 것이다.

윤수애는 증언을 번복하지 않을 것이다.

하나의, 그리고 가장 쉬운 방법은 깨졌다.

진구는 땀이 배어난 주먹을 불끈 거머쥐었다.

크리스와는 벌써 다섯 번 만났다. 생각했던 것보다 유쾌하고 자유분방한 남자였지만 여전히 짜릿함은 없었다. 말하자면 열렬한 감정이라기보다는 굳이 안 만날 이유가 없어서, 마음을 빼앗는 다른 이성이 없어서 만나는 남자.

두 번째 데이트하고 헤어질 땐 키스를 했다. 해미의 집 앞에서였다. BMW 헤드라이트를 등지고 해미를 지그시 바라볼 때 크리스가 키스를 할 거라고 생각했었다. 그의 얼굴이 다가왔다.

어.

아무런 느낌이 없다. 그냥 살이 닿았구나, 하는 정도? 눈이 감기지도 않았다.

해미는 사무적으로 입술을 떼고, 손을 흔들고는 집에 들어와 버렸다. 마치 막 집 앞에서 마지막 일을 처리하고 귀가한 직장인처럼.

그 뒤로 몇 번 더 키스를 했지만 여전히 느낌이 없었다. 깊은 키스를 해도 마찬가지였다. 가장 최근에 만났을 때는 결국 입술을 넘어 더 가까이 다가오려는 크리스를 밀어내고 그의 집을 나오고 말았다. 다른 이유는 아니었다. 끝내 마음이 열리지 않았던 탓이었다.

그 무렵 학교 앞 스타벅스에서 유학생 임구르미를 만났다. 크리스에 관해 색다른 평가를 들었다.

"해미 너 요즘 크리스하고 만난다며?"

임구르미는 아이스 바닐라라테에 꽂은 빨대를 한 번 쭉 빨아
당기고는 말했다.

"응, 몇 번."

"사귀기로 했어?"

"아니. 아니, 좀 약간."

"흥. 썸은 좀 지난 단계인 모양이구나."

그러더니 입술을 잔뜩 비틀어 올렸다.

"걔 짠돌이지?"

"어?"

맞는 말이긴 했다.

"너 어떻게 알아?"

"한 1년 전에 잠깐 사귀었거든."

"뭐? 너하고?"

해미가 화들짝 놀랐지만 임구르미는 무심하게 말했다.

"신경 안 써도 돼. 이미 끝났는데 무슨 상관이야."

"글킨 하지……."

해미는 조금은 싱숭생숭한 기분이 들었다. 크리스의 전 여자
친구가 눈앞에 있는데 그렇게 서운하지 않다는 것도 이상했다.

"집 자랑, 차 자랑 잔뜩 하고는 늘 더치페이하고. 쪼잔한 놈."

"야, 진정해."

해미는 웃음으로 얼버무렸다.

"나 말고도 만난 여자애들 많다. 근데 되게 짧게 만나. 항상 그
래. 비엠 끌고 있는 척은 엄청 해. 그래서 뭐랄까, 착시 현상을

일으키는데, 실제로는 돈 안 써. 아, 자기한테는 엄청 써젖히지. 옷에다 차에다. 왜, 약은 애들 있잖아? 경제적으로 여자 꼬시려는 애들. 뭔가 있는 것처럼 거들먹대지만 정작 돈 낼 때는 십 원 단위로 계산기 두드려. 돈 자랑 했으면 쓰든가, 안 쓸 거면 자랑을 말든가. 남들이 모를 줄 아나 봐? 여자들이 지 차에 반한다고 믿어. 지랄, 짠돌이. 정나미 떨어져선."

해미는 임구르미의 삐죽거리는 말에 반박하지 못했다. 크리스를 옹호하려는 마음에 앞서 같은 것을 느끼고 있었기 때문이다. 아니, 임구르미와는 조금 달랐다. 돈을 쓰는지 안 쓰는지를 떠나, 좀스러운 남자. 그게 해미가 받은 인상이었고, 어쩌면 그게 크리스에게 흠뻑 빠지지 못하는 이유인지 몰랐다.

정원이 있는 저택에 살며 BMW 5시리즈를 몬다고 해서 크리스를 만나는 건 아니었다. 물론 그와 함께 있으면 부자의 생활 안으로 들어간 기분 정도는 들었다. 하지만 만남을 거듭해도 도무지 깊어지지 않았다. 그는 남녀 관계에서조차 늘 계산했고, 그것을 캐나다식 합리주의로 포장했는데, 생각해보면 결국 자신이 유리할 때만 써먹었다. 털털한 해미는 뒤늦게야 눈치를 챘다. 그와 만나다가 노란 싹수를 감지하고 일찌감치 헤어졌던 여자들보다는 많이 늦었다.

크리스가 보여주는 야무지고 물샐틈없는 모습은 바람직한 인간상일지도 몰랐다. 하지만 왠지 수가 낮아 보였고, 늘 뻔했다. 가끔은 토네이도를 봤으면 하는데, 기껏해야 컵 안에서 뱅뱅 도는 물이었다.

해미는 크리스와 만날수록 한 가지를 서서히 깨달아가고 있었다.

그건 해미 자신이, 영민한 것 같지만 구멍이 있고 어딘가 허술하면서도 예측이 안 되는, 그런 남자를 더 좋아한다는 사실이었다.

육남진이 다시 면회를 온 건 하루 만에였다. 잔뜩 화가 나 있다는 건 표정을 보지 않아도 알 수 있었다. 비대한 몸이 안절부절못하고 있었다.

진구가 자리에 앉자마자 육남진은 벌게진 얼굴을 쑥 들이밀고 탁자 위에 양팔을 쾅 내려치듯이 올려놓았다.

"뭡니까?"

진구가 몸을 움찔 뒤로 빼면서 말했다.

"어떻게 된 거야?"

"어떻게 된 거라뇨?"

"메모리 말이야. 제대로 준 거 맞아?"

"받지 않았습니까."

육남진은 여기서 한 박자 쉬듯 몸을 뒤로 물렸다. 의심스럽다는 눈초리로 진구를 쳐다보았다. 먹이를 노리는 뱀처럼 진구의 표정과 기색을 살피고 있었다.

"제대로 파낸 거야?"

"그럼 뭐겠습니까? 구치소 안에서 온라인 주문했겠습니까?"

육남진은 다시 진구를 지그시 노려보았다. 진구의 말투가 꽤 씸하지만 반박할 말도 없다. 그가 말했다.

"안 돼."

"안 되다뇨."

"에러만 떠. 컴퓨터 여러 대에 넣어봤는데 어디서도 인식이 안 돼."

"너무 오래돼서 고장 난 거 아닙니까?"

"오래 두었다고 가만히 있는데 고장이 나나?"

진구가 고민스럽다는 듯이 오른손을 이마에 댔다.

"설마. 메모리가 안 된다고 해서 약속을 지키지 못하겠단 건 아니겠죠? 그건 제 책임이 아니지 않습니까."

"그런 이야기는 아냐. 하지만."

"하지만."

"네가 메모리를 제대로 건네줬는지부터 확인해야겠지."

"제대로 건네줬습니다. 다시 말씀드리지만, 어디서 다른 메모리를 구하겠습니까? 여기는 감방이에요."

"근데 왜 안 되냐, 이거야."

진구가 문득 이맛살을 찌푸렸다가 천천히 입을 뗐다.

"혹시 약속 안 지키려고 쇼하는 거 아닙니까?"

"뭐야?"

"메모리가 이상하다. 그러니 약속을 못 지키겠다. 이렇게요."

"우리가 거짓말을 한다?"

이어 육남진은 코웃음을 치더니 팔짱을 꼈다.

"이거야 황당하군."

육남진은 '우리가 약속을 안 지키면 그만이지, 너한테 뭐가 아쉬워서 거짓말을 하겠어?'라고 말하고 싶었을지 모른다. 하지만 그렇게는 말하지 않았다. 진구에게 '이 조직이 약속은 지킨다'는 기대감을 무너뜨리고 싶지 않은 것이다. 그 전제를 진구는 더 이상 믿지 않지만, 어쨌든 육남진은 그 전제하에서 이야기를 할 모양이다. 아직은 진구에게 쓸모 혹은 이용 가능성이 남아 있다는 얘기다. 물론 그건 메모리다.

"내가 생각해봤는데, 네가 우리한테 뭔가 감추는 게 있는 거 같아."

진구는 티 나게 움찔했다.

"제가 뭘 감추었죠?"

"곰곰이 생각해보니 내가 메모리를 받아갈 때, 넌 메모리에 뭔가 이상한 점이 있다고 했어."

"그런 말을 했죠."

"그게 뭐야?"

"그때는 안 듣다가 왜 이제 와서 그러시죠?"

"인식이 안 되잖아."

"메모리에 이상한 점이 있다고 인식이 안 될 줄이야 몰랐죠. 아무렴 여기 안에서 메모리를 꽂아볼 컴퓨터는 없으니까."

"그러니까 그 이상한 점이 뭐였는지 말해봐. 그럼 그게 메모리 오류하고 관계있는지는 우리가 알아보고 판단할 테니까."

"이상한 거 없었어요."

"이상한 게 없었다고? 그럼 그런 말은 왜……."

육남진의 말이 채 끝나기도 전에 진구가 돌연 눈을 부릅뜨고 말했다.

"이런 식이면 곤란합니다. 전 분명히 약속을 이행했습니다. 그런데 메모리가 안 된다면서 약속을 못 지키겠다고요? 메모리가 인식이 되는지 어떤지는 약속에 없었고요, 솔직히 말하면 제 알 바도 아닙니다. 아니, 그것보다 그쪽에서 약속을 안 지키려고 메모리가 인식이 안 된다면서 거짓말하는지 어떻게 압니까?"

진구의 목소리가 점점 높아졌다. 육남진, 아니 그의 조직 측을 향해 처음으로 높이는 언성이었다. 그들에 대한 분노를 얹은 건지도 몰랐다.

육남진은 두툼한 주먹을 얼굴에 잠시 대더니, 할 수 없다는 듯 옆에 내려놓은 가방을 열었다. 그 안에서 날렵한 형체의 태블릿을 꺼냈다. 거의 종잇장처럼 얇았다.

"놀라지 마. 원래 이런 건 접견실에 못 들여오게 되어 있지만, 그래봤자 가방 검사를 하는 것도 아니니까."

육남진과 진구가 마주 앉은 방은 아크릴 판으로 구획된 수십 개 접견실 중 하나다. 교도관은 진구의 접견실이 전혀 보이지 않는 사각지대에 한 명 앉아 있을 뿐이다. 그는 시선을 책상 위로 보내고 서류를 읽고 있다. 그나마 교도관의 가능한 시야조차 육남진은 거대한 덩치로 완벽히 가리고 있다. 종잇장 같은 태블릿을 쓴다고 교도관이 알아채고 달려올 일은 없었다.

은회색 태블릿을 보며 문득 가지고 싶다는 어처구니없는 생각을 진구가 하는 동안, 그는 탁자 위에 태블릿을 올려놓고 전

원을 켰다.

육남진은 양복 바깥 주머니에 오른손을 넣더니 무언가를 거머쥐고 손을 꺼냈다. 그는 USB 메모리를 탁자 위에 슬그머니 놓았다.

"봐. 네가 건네준 거 맞지? 이게 안 된단 말이야."

진구가 의심하는 경우를 대비한 듯했다. 그래서 '진구와의 약속을 안 지키려고 메모리가 고장 났다고 거짓말한 게 아니다. 메모리는 실제로 고장 나 있다'라는 사실을 몸소 보여주기 위해 메모리를 다시 가지고 온 모양이었다.

태블릿에 USB를 꽂고서 진구 쪽으로 화면을 돌려주었다. 진구는 앞으로 몸을 기울여 유심히 화면을 들여다보았다. 인식 오류 메시지가 떠 있었다.

"이상하군요."

진구는 팔을 불쑥 뻗어 태블릿을 쥐고는 메모리를 뽑아내 들어 올렸다. 육남진은 눈썹을 찡그렸지만 별말은 하지 않았다. 우선은 진구의 말을 들어보려는 태도였다.

진구는 메모리를 들어 이리저리 둘러보았다. 물론 그건 진구가 육남진에게 건네준 메모리였다. 대충 보아도 알 수 있다. 모양, 색은 물론 구석의 조그만 흠들까지도. 몇날 며칠을 공들여 파낸 그 물건을 잊을 리가 없다.

"제가 드린 거 맞네요."

"그럼 어떻게 된 거야. 무언가 장난 친 거 아냐?"

"아닙니다. 장난이라뇨. 저도 여기에 남은 인생이 걸렸는데요."

육남진은 의심스런 눈초리를 거두지 않았지만 그보다 낭패의 빛이 더 두드러져 있었다. 진구가 메모리를 쥔 손을 슬쩍 거두어들이며 말했다.

"제가 다시 가지고 가서 한 번 더 찬찬히 살펴보죠."

"안 돼!"

육남진이 화들짝 놀라며 메모리 쪽으로 손을 뻗었지만 이미 늦었다.

"다음번엔 제대로 된 걸 가져다드릴 수 있을 겁니다."

진구는 메모리를 허리춤에 꽂고는 상의로 덮어버렸다.

"뭐 하는 짓이야? 어서 내놔."

육남진이 톤을 죽여 으르렀지만 진구는 꿈쩍도 하지 않았다. 이어 육남진이 손을 뻗었고, 진구는 단호하게 밀쳐냈다. 아크릴 문 너머 교도관이 작은 소동을 감지했는지 이쪽을 힐끔 건너다봤다. 급기야 그는 자리에서 일어나 진구의 접견실을 향해 걸어왔다.

육남진은 뒤돌아 힐끗 보더니 급히 등을 돌려 태블릿을 가방에 집어넣었다. 교도관이 문을 열었다.

"무슨 일 있습니까?"

"아, 아닙니다."

육남진이 쩔쩔매며 대답했다.

"몸싸움하신 거 같던데."

교도관이 의심스러운 눈초리를 보냈다. 이어 육남진의 가방에도 눈길을 보냈다. 걸어오면서 육남진이 가방을 건드리는 모습을 본 모양이다. 하지만 변호사한테 가방을 열라고 다그치기도 어렵다. 진구가 말했다.

"제가 시계 좀 보여달라고 했어요. 싫다고 뿌리치시더라고요. 그게 뭐라고."

교도관은 육남진의 왼 팔목에 시선을 주었다. 거기에 감긴 금장 롤렉스를 힐끔 보고는 진구에게 말했다.

"김진구 씨. 사고 치지 말아요. 지금도 독방에 있잖아요."

진구는 알겠다고 했고, 교도관은 문을 닫고 돌아갔다. 육남진은 교도관이 자리에 앉은 후 시선을 완전히 돌린 걸 확인한 후에야 진구를 향해 낮은 음성으로 말했다.

"죽고 싶나? 어서 메모리 내놔."

"같은 말 반복이네요. 같은 상황을 또 반복해볼까요? 다음번에는 교도관이 그냥 갈 거 같지 않은데."

육남진은 손을 움츠리고 볼을 실룩거렸다. 진구가 양팔을 벌리고 어깨를 으쓱했다.

"교도관한테 메모리고 뭐고 다 뺏길 텐데, 괜찮으시겠어요?"

물론 진구가 약자지만, 적어도 이 상황에서는 진구 말을 들을 수밖에 없다. 소리를 칠 수도, 소란을 피울 수도 없다. 교도관이 달려왔다간 당장 분쟁의 씨앗이 된 메모리를 압수당할 것이고, 조직의 염원은 영원히 물 건너간다. 진구의 손에 도로 들어가버린 메모리를 완력으로 회수하는 건 곤란하다. 이 녀석은 무슨 생각인 건가. 이렇게 다시 가져갈 거라면 애당초 메모리를 건네줄 이유도 없지 않나. 그럴 리가 없다는 생각에 메모리 관리를 느슨하게 했다. 그 틈에 김진구가 다시 메모리를 낚아챈 것이다. 돌발 행동이었다.

육남진은 진구를 노려보았다. 인식되지 않는 메모리지만 다시 진구가 가져가도 괜찮을 리가 만무하다. 상대적으로 진구는 느긋했다. 몸을 뒤로 쭉 빼고 말했다.

"걱정하실 필요 없습니다. 변호사님 측은 어차피 잃은 게 없거든요."

육남진은 숨을 고르고 진구를 빤히 보았다.

"처음부터 제대로 된 물건을 갖고 가신 게 아니었으니까요."

육남진의 눈썹이 올라갔다.

"실은 말이죠, 이 메모리는 다른 겁니다. 벽에서 파낸 메모리는 제 독방에 고이 모셔져 있거든요."

"이 메모리가 다른 거라고?"

육남진이 놀라 말했다.

"네. 제가 지난번엔 거의 똑같이 생긴 모델로 하나 더 구해서 드렸던 거죠."

육남진은 잠시 멍해 있다가 훗 하며 웃음을 흘렸다.

"수가 얕아도 너무 얕군. 그딴 거짓말에 내가 넘어갈 거 같아?"

"왜 거짓말이라고 생각하시죠?"

"그런 장난에 맞춰줄 기분 아니야. 대꾸할 기분도 아니고."

"이게 거짓말이 아닐 이유도 머리 한편에 충분히 떠오르셨을 것 같은데요."

173

마침내 육남진이 참지 못하고 언성을 높였다.

"독방에 있는 녀석이 어디서 메모리를 구한단 거야! 그것도 종류별로 골라가면서. 그딴 어리석은 말에 내가 장단 맞춰줄 거 같아?"

"거짓말이라고요……, 제가 거짓말할 이유가 있습니까?"

"그게 진품이 아니라면 나한테 안 돌려줄 이유도 없지. 지금 네가 그걸 품 안에 쥐고 안 내놓고 있는 게 바로 진품이란 증거야. 자, 장난은 그만하지. 씨알도 안 먹히는 짓 그만하고 어서 내놔."

"진품은 아니지만 돌려드릴 수는 없겠네요."

"이 녀석이 돌았나?"

육남진이 눈썹을 치켜올렸다.

"마지막 경고야. 네 처지를 생각해. 우리가 정말 화나는 걸 보고 싶지 않을걸."

"제가 처음 여기에 왔을 때는 말입니다."

진구가 돌연 엉뚱한 이야기를 꺼냈다.

"20여 명이 서너 평밖에 안 되는 방에서 같이 지냈죠. 늘 복작댔고, 저는 신입이어서 화장실 옆에서 몸을 세로로 누워 잠을 잤어요. 서로 이야기도 많이 했지요."

육남진이 멍하니 쳐다보다가 신경질적으로 손을 내저었다.

"쓸데없는 얘긴 그만둬. 그딴 식으로 말 돌리는 게 통할 거 같나?"

"쓸데없지 않습니다. 이 물건에 관해 얘기하는 겁니다."

진구는 메모리를 꽂은 허리춤을 가리켰다. 육남진은 입술을 움찔하다가 그대로 닫아버렸다.

"스무 명이 넘다 보니까 별의별 사람들이 있더군요. 그중 개불이란 별명을 가진 사람이 있었죠. 이 사람은 구치소 담벼락 사이를 다니는 고양이를 잡았어요. 그러고는 의류대 가방 안에 넣고 키우면서 훈련을 시키더군요. 바깥의 누군가와 왔다 갔다 할 수 있게요. 고양이 목에 방울, 아니 주머니를 단 채로요."

맥락 없는 진구의 말에 육남진은 미간을 찌푸리고 눈을 끔뻑 끔뻑했다.

"저는 운동 시간에 개불 씨를 만났습니다. 담장 밖 사람에게 어떤 물건을 맡겨놓을 테니 가져다 달라고 부탁했습니다. 물론 대가도 치렀죠."

육남진의 얼굴에서 긴장감이 사라졌다. 얼굴이 펴졌고, 육남진은 급기야 피식하고 웃었다.

"그게 이 가짜 USB 메모리란 거야?"

그는 김샌다는 듯 허리를 뒤로 기댔다.

"제 방에는 청계천에서 전파사를 하다 온 사람이 있었어요. 그 사람한테 제가 파낸 메모리를 보여주면서 비슷한 모델로 구해달라고 했거든요. 그걸 개불의 담장 밖 지인에다 맡기게 하고, 개불의 애완 고양이를 통해서 받은 거죠. 물론 여기에서도 돈이 들었습니다만."

육남진은 이맛살을 찌푸렸다. 진구의 말을 서서히 믿기 시작한 모양이었다.

"물론 구치소 안에서 아예 대놓고 가지가지 물건을 파는 사람도 있어요. 그쪽으로도 메모리를 구할 수야 있겠지만, 그렇겐 안 했죠. 무시무시한 이경호 씨라든가, 조직의 손이 뻗은 사람들이 안에 있으니까요. 그래서 아웃사이더들을 택했습니다. 개인적으로 부탁할 수 있는 사람, 조용한 경로로 메모리를 입수했어요. 당연히 소문이 안 났고, 이경호나 그 똘마니들도 알 수 없었을 겁니다. 궁여지책이라고나 할까요. 조직 덕분에, 구치소 안에서도 제 행동반경이 꽤 좁아져 있거든요."

"나 원 참."

육남진이 등받이에 몸을 기대며 혀를 찼다.

"무슨 의도로 그런 얘길 지어냈는지 모르겠지만, 내가 너 주변에서 상대하던 흔해빠진 멍청이들 같냐? 내가 믿겠냐구. 그런 말이 나한테 통할 거 같아?"

"그럼, 구치소 안에 바깥세상의 상식이 통할 거 같습니까?"

육남진은 즉시 대꾸할 말이 없는지 가만히 있었다.

"사람 사는 데란 참으로 신기합니다. 모든 게 차단되어도 어떻게든 구멍을 만들어냅니다. 저도 좀 놀랐습니다. 인간이란 정말 대단하구나, 하고 말이죠."

진구는 눈을 빤히 뜨고서 육남진을 쳐다보았다. 육남진이 지긋이 마주보다가 대꾸했다.

"그런 게 가능하다고 치자. 왜 그랬지? 이유가 있나? 메모리를 우리한테 건네주기 싫었으면 그렇게 하면 돼. 굳이 힘들여 가짜 메모리를 구해서 우리한테 건네주고 다시 받아가고, 이럴 이유가 있냔 말이지. 있다면 그 이유는 단 하나, 지금 네가 가져간 그 메모리가 진짜이기 때문이야. 그저 우리한테 즉석에서 지어낸 거짓말로 허세를 부려보고 싶은 거야. 나 만만한 놈 아니다, 이렇게 말이야.

아니면, 그런 거겠지. 내가 네 말을 믿고서 그 메모리가 진짜라고 생각하지 않기를 바란 거야. 내가 진짜라고 믿는다면, 교도관이 뛰어오든 말든 내가 필사적으로 그걸 빼앗으려 너한테 덤벼들 수도 있으니까. 그럴까 봐 겁먹은 거야. 넌 아까 교도관이 와서 메모리를 가져가면 우리 조직이 낭패를 보지 않겠냐고 협박했지만, 실은 너야말로 곤란해지거든. 여기서 나갈 유일한 가능성을 잃어버리게 돼. 그래서 허세를 부렸어. 거짓말인 거지."

이번에는 진구가 한동안 대답이 없었다. 육남진은 진구를 코너에 몰았다고 생각했는지 톤을 높였다.

"어서 도로 내놔. 네 녀석이 파낸 그대로 우리한테 건네줬다는 사실만 확인하면 됐어. 다시 가져가서 더 정밀하게 체크해볼 거야."

육남진은 오른 손바닥을 위로 펴서 뻗었다.

"어서 이 손바닥 위에 메모리를 얹어놔. 가져가서 어떻게든 오류가 고쳐지면 불문에 부치겠어. 밉상이지만 네 녀석의 석방을 한 번 더 고려해주지."

진구는 천천히 고개를 가로저었다.

"그러지는 않겠습니다."

육남진은 팔을 도로 내렸다.

"평생을 감방에서 보내고 싶나."

짜증이 잔뜩 난 말투였다.

"어서 내놔. 젊은 녀석이 센 척 나대고 싶은 건 알아. 하지만 인생이 걸린 결정이야. 그딴 건 소용없어. 나한텐 통하지도 않고."

육남진에게서 차가운 기운이 뿜어져 나왔다. 한 치의 양보도 기대할 수 없을 것 같은 음성이었다. 증오가 동결된 듯한 말투. 상대가 심약한 사람이라면 무너뜨릴 수도 있으리라.

"무섭네요."

비아냥이 실린 진구의 대답이었다. 육남진이 다시 말했다.

"잘 생각해. 이제라도 돌려주면 나갈 수 있어. 하지만 가져가면 넌 바깥세상을 볼 기회를 영영 잃는 거야. 우리를 관대한 사람이라고 착각하지 마. 나중에 후회한다면서 다시 가져와 봤자 그땐 용서 없어."

"변호사님이야말로 마지막 기회를 놓치지 말았으면 하는데요."

진구가 말했다.

"뭐야?"

"당장 절 나가게 해달란 얘깁니다."

하, 하고 육남진은 헛웃음을 내뱉었다.

"너…… 간이 배 밖에 나왔구나."

육남진은 어이없다는 듯 천장을 쳐다보았다. 여기에 대항하듯 진구도 답답하다는 듯 고개를 저었다.

"눈치가 어둡네요. 제가 왜 굳이 다른 메모리를 구해서 전달했을지, 아직 모르시겠습니까?"

"……."

육남진은 진구의 진지한 얼굴을 보고는 입을 다물었다.

"청계천 출신 감방 동료에게 USB 메모리를 구해달라고 했다고 했죠. 그때, 한 가지 더 요청한 게 있었습니다."

육남진은 진구를 노려보았다.

"메모리 안에 녹음 모듈을 넣어달라고 했었죠."

"……뭐?"

잠깐의 공백 후 육남진의 미간이 일그러졌다.

"요즘 흔하지 않습니까? 녹음 겸용 USB 메모리. 청계천에서는 아주 간단한 작업이라고 하더군요. 조그만 음성녹음 모듈을 추가해서 내부 컨트롤러에 연결하면 그만이라고요. 뭐 기술적인 건 알 바 아니고요, 어쨌든, 이 메모리는 녹음 겸용이 되었단 얘기죠. 완충시킨 상태로 받은 건데, 열흘 정도는 갈 겁니다."

"……그래서?"

"변호사님이 이걸 가져간 이후에 나눈 대화가 여기에 기록되었단 얘기죠. 일당들, 아니 같이 일하시는 조직의 그분들과 여러 이야기를 나눴을 겁니다. 아마 거기엔 범죄 계획을 추측하기에 충분한 이야기들이 들어 있겠죠? 적어도 제 살인 혐의가 함정이었다는것 정도는 밝힐 수 있을 겁니다. 경찰은 우선 변호사님의 진술을 듣겠죠. 대답을 거부해도, 변호사님과 접점이 있는 인물로 한정해서 성문 분석을 하면 대화자가 누구인지 다 드러날 테고요. 어떻습니까?"

육남진의 얼굴이 새하얗게 질렸고, 동공이 흔들렸다. 머릿속을 더듬는 것 같았다. 그 메모리를 받은 이후 조직의 사람들과 어떤 대화를 나눴는지를 떠올려보는 것 같았다. 표정은 점점 절망적으로 바뀌어갔다.

"메모리를 구하는 건 쉬웠어요. 오히려 제 입장에서 문제는 메모리의 '회수'였죠. 그래서 변호사님이 건네준 송곳으로 메모리 뚜껑을 따고 플래시메모리와 PC와의 연결선을 끊어놓았어요. 운동 시간에 청계천 전문가한테 기술 전수를 좀 받았죠. 그렇게 하면 녹음 기능엔 문제없지만 인식은 안 된다는군요.

물론 위험은 꽤 컸습니다. 이곳에 메모리를 가지고 오리라 확신할 순 없었죠. 그냥 몸만 와서는 메모리가 고장이더라고 말만 해도 그뿐이니까요. 아니면 당장 분해해서 녹음 모듈을 발견할 수도 있을 테고요. 하지만 가져올 가능성이 높다고 생각했습니다. 조직의 나이 많은 어르신들은 대체로 기계에 어두울 거고, 케이스를 따볼 생각은 안 할 것 같았거든요. 완전히 꼬리를 내린 제가 무서울 것도 없을 거고요. 약간의 필요성만 부여해주면 가지고 올 가능성이 충분히 있다고 봤어요. 그래서 지난번 메모리를 건네줄 때 '메모리가 좀 이상하더라'는 말을 슬쩍 흘렸었죠. 메모리 인식이 안 되면 그 말이 생각날 거고, 일단 메모리를 나한테 들고 올 거라 생각했어요.

또 메모리를 현물로 가지고 오지 않고서 그저 메모리가 안 되더라 하는 식으로 말하지는 않을 거라 믿었습니다. 그랬다간 제

180

가 속았다는 생각에 눈이 뒤집힐 테고, 거짓말 마라, 날 속였다면서 난리 피울지 모른다고 우려했을 겁니다. 어차피 무죄가 글러버린 판에 일체 협조를 거부하고 이런 얘기들을 떠들고 다닌다면 그쪽도 곤란해지는 거고요. 이런 거래는 서로의 이익이 맞아 조용히 이뤄져야 좋겠지요. 그래서 메모리를 가져와서 오류가 난 걸 내 눈으로 확인하게 하고, 메모리에 이상한 점이 있다는 게 어떤 건지 물어보고, 또 책임 추궁도 하려 하지 않을까 싶었어요.

그래서 베팅을 했습니다. 운에 맡겨야 했는데, 다행히도 가지고 와주셨네요. 보시다시피 깔끔하게 회수할 수 있었습니다. 그분들의 비밀스러운 목소리가 녹음된 이 메모리를 말이죠. 아, 물론 지금의 대화도 녹음되었겠네요. 뭐, 간접적인 이야기밖에 안 돼 아쉽지만요."

"잠깐."

진구가 일어서려 하자 육남진은 엉거주춤하게 엉덩이를 의자에서 떼며 황급히 팔을 뻗었다.

"왜 이런 짓을 하지? 장난질해봐야 얻을 게 없어. 그런 게 통할 조직도 아니고. 진짜 메모리를 전달해주지 않는 한 네 녀석이 감방에서 나올 가능성은 없어."

빠르게 평정을 찾는 걸 보면 역시 육남진이 어설픈 인물은 아니었다.

"메모리를 건네줘 버리면 그땐 정말 가능성이 없겠죠. 그리고 메모리를 걱정할 때가 아닐 텐데요. 지금은 제가 안에, 당신들이 바깥에 있지만 조만간 저와 입장이 뒤바뀔 수도 있습니다. 다음 재판에서 증언을 뒤집고 나를 내보내 주십시오. 그러지 않으면 이 메모리를 경찰에 보내겠습니다."

육남진은 어울리지 않게 입술을 잘근잘근 씹고 있다가 정신을 차린 듯 진구의 말을 끊으며 다급히 말했다.

"소용없어! 녹음된 대화 따윈 없어. 우리가 그렇게 허술할 것 같나? 네가 상상할 수 없을 만큼 조심성이 많아."

"이 메모리에 녹음 기능이 있을지도 모른다고 생각해서 중요한 대화를 삼갈 만큼이요? 그런 걸 예상했다면 위험한 녹음이 담겼을 이 메모리를 여기에 가지고 오지도 않았겠죠?"

육남진은 입술을 달싹거릴 뿐 더 대꾸하지 못했다. 진구는 비웃음을 흘리고는 자리에서 일어서서 접견실을 획 나가버렸다. 육남진은 샌드백처럼 의자에 축 늘어졌다.

진구는 문을 나서며 메모리를 입안에 넣었다. 아무런 질문 없이 무심한 얼굴로 겉옷을 더듬는 교도관의 형식적인 촉수검사는 금방 끝났다. 진구는 입을 꾹 다문 채 육남진에게 눈을 찡긋해 보였다. 그러고는 등을 돌려 복도 안으로 걸어 들어갔다.

크리스를 다시 만났을 때, 찜찜한 기분은 가시지 않았다.

왠지 크리스도 해미의 태도가 전 같지 않다고 느끼는 눈치였다. 드라이브를 하는 도중에도 별 대화가 없다. 어쩌면 지난번 키스 이후를 거부한 해미의 무덤덤한 마음을 읽었는지 모른다. 아무리 남자가 둔감하다 해도 그 정도는 눈치챘으리라.

크리스와는 이날 노천카페에서 샌드위치로 저녁 식사를 마쳤다.

"여기 전망 좋지? 샌드위치가 별미야."

전망은 좋았지만 맛이 없었다. 딱 봐도 돈 부족한 관광객이 저렴하게 끼니를 때우는 식당이다. 어학연수와 아르바이트로 고된 나날을 보내는 해미의 저녁 식사로는 부족한 열량이기도 했다. 커피값은 오늘도 해미가 계산했다. 아르바이트 2시간분의 돈이다. BMW에 올라탄 크리스는 차를 정비소에서 찾아오는 길이라 했다.

"어디 고장 났어?"

"아니, 그냥 머플러 튜닝 좀 하느라구. 800달러 줬어."

별일 아니라는 듯한 그 말투에는 늘 그렇듯이 은근한 자랑이 묻어 있다. 나 이 정도로 돈 쓰는 사람이야, 하는. 해미의 마음이 상대적으로 불편해지는 건 모르는 것 같았다.

응, 그래. 돈이 많긴 하나 보네. 근데, 800불 얘긴 왜 해? 나한테 썼니?

어젯밤 술값 백만 원 썼다며 자랑하고는 소줏값 만 원을 내지 않고 내빼는, 시시한 남자들이 떠올랐다.

해미가 심드렁하다 보니 데이트도 일찍 끝이 났다. 크리스도 시큰둥해져서는 핸들을 틀어 해미의 집으로 향했다. 해미가 말수가 없자 그도 기분이 꽤 가라앉은 눈치였다.

대화할 거리가 없어진 해미는 입이라도 메우려 가방에서 사탕을 꺼냈다.

사탕을 감싼 종이를 힘들여 떼어 폈다. 사탕이 녹아 진득해져 있었기 때문이다. 크리스가 힐긋 신경 쓴 거 같은 기분이 들었다. 사탕 껍질을 든 채 알맹이를 입안에 집어넣고 막 손을 내리고 있는데, 핸들에 손을 올려놓은 채 크리스가 무심하게 말했다.

"껍질은 차 안에 버리지 마."

해미는 빈정이 확 상했다. 언뜻 들으면 별말이 아니지만, 묘했다.

사탕 껍질을 버리지 말라고? 키스까지 한 여자 친구 비슷한 나한테, 지금 그런 말을 한 거야? 이깟 차가 뭐라고!

진구라면 절대 이딴 말은 하지 않았을 거야.

그런 생각이 분명하게 떠오르는 걸 굳이 억누르지 않았다. 서럽기도 했다. 사소하다면 사소한 해프닝이었지만 이상하게도 울화통이 치밀었다.

해미는 아무 말 없이 사탕 봉지를 구겨 가방 안에 집어넣었다.

집에 도착할 때까지 크리스가 몇 번 더 말을 걸었지만 해미는 건성건성 대꾸했고, 크리스도 나중에는 말 걸기를 그만두었다.

차가 집 앞에 도착했다. 그 시간이 아주 길게 느껴졌다. 해미는 조수석 문을 열고 내렸다. 그러고는 문짝에 손을 댄 채 차 안을 들여다보면서 말했다.

"이제 우린 안 만나는 걸로."

그러고는 힘껏 차문을 닫아버렸다. 쾅 소리와 함께 거대한 차체가 흔들렸다.

"뭐야! 왜 그래!"

크리스가 불렀지만 해미는 돌아보지 않았다. 뻔하다. 크리스는 해미의 결별 선언보다는 문을 세게 닫은 탓에 차가 손상을 입지나 않았을까 전전긍긍해 있을 거다.

잠시 후 8백 불짜리 배기구에서 굉음이 들렸다. 뿔이 난 듯한 소리였다. 이어 BMW가 해미의 옆을 스쳐 지나갔다. 운전석 창유리 너머로 어이없어하는 크리스의 표정이 마치 들여다보일 듯했지만 해미는 무시하고 걸었다.

"어떻게 일을 그따위로 해!"

"메모리를 가져가 보라고 한 건 김 전무잖아!"

김태일이 소리를 버럭 지르자 육남진도 맞받아 소리쳤다. 나이 어린 김태일한테 갑자기 반말을 들은 통에 더 욱했다. 김태일이 반말 투만 고쳐 또 언성을 높였다.

"그렇다고 그런 놈한테 메모리를 빼앗긴단 말입니까!"

"그럼 거기서 몸싸움이라도 벌이란 말이야? 교도관이 달려오면 다 끝인데!"

육남진은 목덜미까지 벌게진 채 마주 소리쳤다.

"그만!"

장철이 소리쳤고, 두 사람은 일제히 입을 닫았다. 사무실 안에 네 사람이 앉아 있었다. 소파 세트의 상석에 장철이 있고, 오른쪽에 김태일, 왼쪽에는 유연부가 앉았다. 육남진은 김태일의 옆에 앉았는데, 나란히 앉아 서로 책임을 다투며 소리를 지르는 중이었다. 장철은 그 모습을 보며 눈살을 찌푸리다가 결국 나섰다.

"그래요. 두 분의 싸움은 재밌지만 나중으로 미뤄요. 적어도 여기서 하실 건 아니에요."

그림처럼 앉아 있던 유연부도 끼어들었다. 육남진은 움찔했지만, 김태일은 입술을 실룩했다. 사실 김태일은 순간 참기 어려울 만큼 발끈했다. 그렇지 않아도 육남진 때문에 화가 나 있는데 거기다 훈계조로 말하는 유연부가 괘씸하기 이를 데 없었다. 하지만 장철이 이미 그만하라고 화를 낸 직후라 어떻게 할 수 없었다.

"육 선생 생각은 어때? 김진구의 말이 사실인 것 같아?"

육남진은 김태일과의 설전이 어지간히 힘들었던 듯 손수건으로 땀을 닦으며 말했다.

"사실일 수도 있지만 거짓말일 수도 있을 겁니다. 아니, 분명히 허세입니다. 감방 안에서 그런 걸 준비한다는 게 말이 되겠습니까."

그게 정말 그의 의견인지는 의심스러웠다. 김진구를 직접 만나 메모리를 빼앗긴 책임을 덜기 위해 그런 말을 할 수밖에 없는 처지다. 김태일이 장철을 쳐다보며 말했다.

"육 변호사님이 구치소란 데를 잘 몰라서 하는 얘깁니다. 이경호를 통해서 알아봤는데요……."

"이경호라면 김진구하고 같은 구치소에 있는 그 친구?"

장철이 물었다.

"예. 맞습니다. 제 밑에 있는 녀석인데, 김진구한테 안경을 전달시켰었죠. 경호한테 알아보니까, 김진구가 혼거실에 있을 때

한방을 쓰던 개불이란 녀석이 있었고, 고양이를 몰래 잡아서 기르다가 들켜서 독방에 간 일도 실제로 있었다고 합니다. 김진구하고 친하게 지낸 편이었고요. 또 청계천에서 대포폰 팔다가 온놈도 같은 방에 있었고요."

"거기까진 김진구의 말하고 일치한단 얘기군."

"그렇습니다. 육 변호사는 김진구가 만들어낸 이야기 같다고 하지만 그렇게 쉽게 단정해서는 안 됩니다. 혹시라도, 만에 하나 그게 정말이라면 조직이 박살 날 문제니까요."

"그거 너무 호들갑 아닙니까?"

"뭐요?"

육남진이 딴지를 걸었고 김태일이 눈에 쌍심지를 켰다. 장철이 다시 손을 휘저으며 나섰다.

"그럼 경호가 걔들 만나서 직접 물어보면 되겠네."

김태일은 곤란하다는 듯 고개를 저었다.

"그게 좀 어렵게 됐습니다. 대포폰은 얼마 전에 집유로 나갔는데 종적을 감췄고, 개불은 또 다른 사고를 쳐서 독방에 있는데, 운동 시간이 겹치질 않아서 만날 수가 없답니다. 아마 김진구하고 같은 시간대인가 봅니다. 또, 둘이 친하다면 아마 만나서 물어봐도 사실대로 대답해주지는 않겠죠. 결국 김진구의 말이 맞는지 알아볼 수가 없는 상황입니다. 김진구 말대로, 애들은 구치소에서도 아웃사이더더여서 우리 쪽 애들하고도 연락이 안 닿는 꼴통들이에요."

"허어, 하필."

장철이 혀를 찼다.

"구치소란 데가 워낙 들어오고 나가는 일이 빈번합니다."

"김 전무님의 구치소 경험이 도움이 된 건 다행이네요."

유연부가 불쑥 나섰다. 김태일의 속이 또 한 번 뒤집혔다. 화를 내기도, 참기도 애매한 말투. 장철이 아무렇지 않은 표정으로 유연부를 쳐다보며 다음 말을 기다리고 있으니, 결국 김태일은 참는 쪽을 택했다.

"그래, 그래. 유 실장이 말해봐. 유 실장 생각은 어때?"

장철이 유연부에게 말했다.

"유보예요."

"유보?"

"지금은 알 수 없단 거예요."

"알 수 없다고?"

"네. 김 전무님의 경험과 정보 덕분에 김진구의 말이 정황상, 또 물리적으로 가능한 이야기란 건 알겠어요. 그런데 조금은 이해가 가지 않는 부분이 있어요. 대화가 녹음된 메모리를 가져갔으면 그대로 경찰에 제출하면 될 텐데, 왜 굳이 우리한테 그 사실을 알리고, 자기를 여기서 꺼내달라고만 하고 갔을까 하는 점이에요."

"그거야 물론 녹음된 내용을 확실하게 알 수 없으니까 그랬겠지."

김태일이 화난 음성으로 말했다.

"물론 그런 불확실성이 있으니, 지금은 그럴 수밖에 없다고 해석할 수도 있어요. 우리 쪽의 범죄를 입증할 수 있는 치명적인 대화가 있는지 없는지를 알 수 없으니까, 우선은 그걸로 압박해서 확실하게 구치소에서 나가려는 생각일 수도 있겠죠. 그건 그렇다 해도, 그 메모리에 녹음 모듈을 넣어서 우리 대화를 녹음했다는 말이 단지 김진구의 블러핑에 지나지 않을 가능성을 지울 수는 없어요. 아니 아마 거짓말일 거라고 생각해요. 반대로 그 말이 진실일 가능성도 있긴 하겠죠. 그 가능성은 대단히 낮다고는 보지만, 만약 사실이라면 우리 쪽이 치명적인 타격을 입는다는 점에서 넘겨버릴 수 없는 부분이에요……."

"그래서 뭘 어쩌자는 거야? 결국 뭘 해야 할지 모른단 거잖아. 유 실장도 별 수 없구만."

김태일은 한껏 비꼬는 어조였다. 유연부는 그를 똑바로 바라보며 말했다.

"제가 말했죠."

"뭘."

"'지금'은 알 수 없다고."

"뭐?"

"이제 확인해보면 되죠."

"어떻게?"

이번에는 장철이 몸을 바짝 기울여 유연부에게 물었다.

"녹음을 듣게 하는 거예요. 김진구로 하여금."

김태일이 즉시 반발했다.

"뭔 헛소리야? 녹음을 듣게까지 한다고? 거기엔 다 들어 있

189

어. 기억 안 나? 회장님, 나, 육 변호사, 유 실장 다 있었고, 그 메모리를 두고 별 이야기를 다 나누었단 말이야! 정말로 그 녹음이 존재하기만 해도 우린 다 죽는 거야. 그나마 아직은 아무도 듣지 못하고 있는 게 다행이야. 근데 김진구가 듣도록 해서 증인을 하나 더 늘리겠다고?"

"그쪽이 덜 위험해요. 모르는 상태로 베팅하는 것보다는요."

"무슨, 말이 되는 소릴 해야 말이지!"

"제가 알았다면 그 메모리를 절대로 구치소에 다시 가지고 들어가게 하지는 않았을 거예요. 인식이 안 되는 걸 확인했으니, 전문가한테 맡겨 플래시메모리를 체크해보려 했겠죠. 근데 성질 급하고 테크놀로지 따위는 털끝만큼도 모르는 김 전무님이 우리한테도 알리지 않고 일을 저지른 거 아녜요? 메모리가 이상하다고 김진구가 말했다는데, 그게 뭔지, 구치소에 들고 가서 김진구를 올러대서 알아보라고 육 변호사님한테 들려 보냈다면서요. 그래서 이런 일이 생긴 거잖아요. 김진구 의도대로."

김태일의 얼굴이 달아올랐다.

"훈계하는 거야?"

김태일은 계속 소리칠 기세였지만 장철이 그만하라는 눈짓을 보내 막았다. 유연부가 말했다.

"일단 김진구한테 녹음을 들려주세요. 방법은 제가 육 변호사님한테 알려드리죠."

"안 된다니까요. 큰일납니다!"

김태일이 말하자 장철이 물었다.

"다른 방법은 있나?"

"······어떤?"

"김진구의 말이 정말인지 거짓말인지 알아낼 방법 말이야."

"지금 당장은······."

김태일의 말이 끝나기도 전에 장철이 육남진에게 말했다.

"육 선생은 어때? 다른 방법이 있을 것 같아?"

"글쎄요······. 이게 참, 메모리가 김진구 손에 들어가 버린 상황이라 확인할 방법이······."

육남진은 몸을 웅크린 채 손수건으로 연신 땀을 닦아댔다. 접견실에서 김진구를 앞에 두었을 때 취하던 태도와는 천양지차다.

"그렇단 말이지······."

장철은 손가락 끝으로 의자 팔걸이를 톡톡 두드리다가 마침내 결심한 듯 시선을 바로 했다. 이어 육남진을 향해 눈을 끔벅이며 고개를 끄덕였다.

유연부의 말대로 하라는 뜻이었다.

인천남동경찰서 윤동민 형사는 그 무렵 찜찜한 느낌에 빠져 있었다. 김진구를 살인범으로 조사하면서 빨리 털어놓으라고 을러댔지만, 마음속 한편이 개운하지 못했다. 김진구의 변명이 터무니없을수록 오히려 신빙성이 있어 보였다. 대다수 범죄자의 변명은 훨씬 단순했다. 김진구처럼 굳이 그렇게 믿기 어려운, 그래서 더 불리한 소설 같은 이야기는 하지 않았다. 그래서 왠지 더 마음이 갔다. 혹시 진실이지는 않을까?

"제 말이 거짓이 아닐 가능성은 없다고 생각하십니까?"

조사받을 때 했던 진구의 말이 뇌리에서 쉽게 떠나지 않았다. 피의자로부터 그런 말을 들어본 일도 처음이었거니와, 그 말을 할 때 진구의 표정, 말투 같은 것들이 그저 꾸며낸 거라고 간단히 치부하기는 어려웠다. 윤동민은 '억울함을 연기하는 범죄자'에 속지 않을 정도의 형사 경력은 된다고 자부했다. 그런 만큼 이번처럼 비이성적인 감에 이끌린다면 그건 오히려 진실일지도 모른다는 생각이 들었다.

여기에는 윤수애의 직업도 하나의 이유로 작용했다. 김진구한테는 굳이 이야기하지 않았지만, 윤수애는 룸살롱에 나가고 있었다. 물론 직업에 귀천이 없다고들 하지만, 그런 일을 하는 여성들에게는 아무래도 신뢰가 덜 갔다. 결정적으로 쐐기를 박은 건 전과였다. 윤동민은 규칙을 어기면서까지 윤수애의 범죄 전력을 조회해보았다. 문서위조 및 사기 전과 2범. 확인한 순간 윤수애에 대한 의혹은 부풀어 올랐다. 반대로, 그저 소설로 치부했던 진구의 이야기는 혹시, 하는 쪽으로 기울어갔다.

윤동민은 윤수애의 통화 내역을 한 번 더 자세히 훑어봤다. 조회된 목록에는 상대방의 전화번호, 통화 시각, 통화 시간이 드러난다. 상대방에는 이상한 점이 없었다. 가족, 친구, 직장, 손님. 가끔 미국에서 걸려온 국제전화 정도. 다 신원이 확인된 이들이었고, 국제전화는 미국으로 시집간 친구라고 했다. 문자메시지나 카카오톡 대화에도 범죄를 사주하거나 지시를 내리거나 하는 내용은 전혀 없었다.

계좌 내역 또한 그랬다. 범죄 지령은 어찌어찌해서 숨길 수 있다. 이를테면 직접 만나서 지시를 전달하면 된다. 번거롭고 의뢰자의 신원이 노출되는 위험이 있겠지만, 경찰 수사가 개시될 경우를 대비해서 그 방식을 택할 수도 있을 것이다. 하지만 진구의 시나리오대로라면 반드시 윤수애에게 '대가'가 전달되어야 한다. 윤수애 정도의 닳고 닳은 여자가 무상으로 혹은 외상으로 그런 짓을 해줄 리는 만무하다. 그런데 계좌에는 수상한 거액이 오간 흔적이 없었다. 그렇다면 직접 만나서 현금이나 수표를 건넸을 수 있다. 그걸 아직 입금하지 않았을 뿐일지 모른다. 하지만 흔적이 없는데 공상으로 '그랬다'고 입증할 순 없다. 혹시, 윤수애는 조직으로부터 어떤 약점을 잡혀서, 협박을 받아서 그 일을 해준 걸까? 하지만 그 역시 증거는 없다. '증거가 없으니 증거를 안 남기고 했을 것이다'는 가설은 흔해 빠진 음모론보다 못하다. 경찰이 취할 수 없는 관점이다.

그렇지만, 그게 분명히 맞지만, 진구의 가설은 아무 근거 없는 허황된 주장에 불과하지만, 그래도 윤동민은 찜찜했다.

비번일 때 한 번 접견이라도 가봐야겠어.

그런 생각을 굳혔다.

임숙영은 오늘도 성당에 나왔다. 아들 송치수의 죽음에 목 놓아 울던 시간은 지났지만, 지금도 하루하루 견디기 힘들었다. 가끔은 엉뚱한 짓을 벌여 속을 썩이기도 했지만 밝고 거리낌 없는 아들이었다. 고등학교 땐 방황했지만 졸업하고 자기 주점을 차리면서 엄마인 자신조차 깜짝 놀랄 정도로 열심히 살았다. 임숙영은 안심했다. 적당히 나이가 찼고, 이제는 결혼만 하면 걱정이 없을 터였다. 좋은 여자를 만나야 할 텐데. 그게 유일한 걱정거리였다. 그런데 만나던 여자의 스토커한테 죽임을 당했다니, 청천벽력이었다. 더구나 살인자가 다름 아닌 아들의 친구, 진구라고 한다. 가누기 힘든 충격이었다. 경찰의 말로는 치수가 사귀던 여자를 좋아한 나머지 질투 끝에 아들을 죽였다고 했다. 매사에 무관심해 보이던 진구가 사람을 죽여서까지 여자를 빼앗으려 했다는 말은 참으로 놀라웠다. 그만큼 사람은 겉만 보아서는 알 수 없다는 걸 새삼 절감하고, 또 통분하게 되는 것이었다.

진구가 아들을 빼앗았다. 다른 누구도 아닌, 고아라고 불쌍하게 여겨 잘해주었던 그 김진구가.

임숙영은 매일 주먹으로 가슴을 쳤다. 지금까지의 인생도 굴곡이 있었다고 생각했지만, 이 일에는 비할 바 못 되었다. 예순이 훌쩍 넘어 이런 꼴을 보게 되리라고는 상상치도 못했다. 임숙영은 한동안 집에 죽은 듯이 틀어박혔다. 그리움은 산사태였다. 거대하고, 벗어날 수 없는 흙더미에 짓눌린 것 같았다. 감당할 수 없는 것을 감당해야 했다. 도저히 이겨낼 수 없을 거라는 두려움이 일었다.

견디지 못하고 2주 전부터 집 근처 성당에 나가기 시작했다. 가톨릭 신자가 아니고, 성당에 다닌 적도 없었기에 아는 얼굴이 없어서 더 나았다. 특히 2시부터 저녁 무렵까지는 성당에 혼자 있어 좋았다. 성당 일을 보는 젊은이들이 건듯건듯 지나갈 때 말고는 안에는 사람도 거의 없었다.

임숙영은 정면의 십자가가 올려다보이는 자리에 앉아 고개를 숙이고 두 손을 모았다.

잠깐의 평화가 있었다. 하지만 이내 그리움이 물밀 듯 밀려왔다. 기억에 비친 치수의 심상은 늘 장난스럽게 웃는 얼굴이어서 더 마음이 아렸다. 그 웃음을 이제는 볼 수 없다. 목소리도 듣지 못한다. 손을 잡을 수도 없다. 머리를 작게 흔들어보지만 한번 떠오른 상념은 사라지지 않았다. 괴로움이 맷돌처럼 마음을 꾹꾹 눌렀다. 불규칙한 진동 같은 것이 심장을 거쳐 온통 머리를 두드렸다. 코끝이 시큰해졌다. 신이 있는지 없는지 알지 못하지만 부디 있어서 아들을 좋은 곳으로 인도해주기를.

문득 옆자리에 인기척이 느껴졌다.

눈을 들어보니 거리를 두고 중년 사내가 앉아 있었다. 쉰을 훌쩍 넘었을까. 금방 와 앉은 남자가 그인 모양이었다. 사실 그쯤의 나이라고 의식했던 건 남자의 넉넉한 슈트 차림과 굵은 눈썹, 붉은 얼굴빛을 보고 그리 판단했던 건데, 엉클어지면서도 빳빳하게 솟은 그의 머리카락을 보면 나이를 정확히 가늠하기 힘들었다. 임숙영은 왠지 그 남자가 성당이 아니라 자신한테 볼 일이 있다는 느낌을 받았다.

역시, 남자가 입을 열었다.

"깊은 위로의 말씀을 드립니다."

낮고 울리는 목소리였다. 임숙영이 고개를 들었다. 남자의 표정이 배우처럼 진지했다. 왠지 가벼이 내칠 수 없었다.

"송치수 군이 좋은 데 가기를 저도 빌겠습니다."

"우리…… 치수를 아세요?"

임숙영이 의아한 듯 물었다.

"비록 간접적으로 알 뿐입니다만."

남자가 잠시 쉬었다가 말했다.

"송 군은 너무나 억울하게 명을 달리했지요."

임숙영이 남자를 빤히 쳐다보았다.

"가족을 잃는 것만큼 마음 아픈 일도 없지 않겠습니까. 저 또한 평생을 식물인간으로 누워 있는 동생이 있어 남의 일 같지 않습니다."

처음 보는 사람에게 돌연 개인적인 이야기를 건네는 중년 남자가 낯설고 어색했지만, 아들의 일로 마음이 무너져 내린 임숙영이기에 경계심이 옅었다. 남자는 말을 끊었다가 성당 정면을 바라보고 마치 읊조리듯 말했다.

"경찰이 참 바보 같죠."

"네?"

"송치수 군은 눈을 감지 못하고 있을지도 모릅니다."

"무슨 말씀이세요?"

임숙영이 놀라 물었다.

"진범이 따로 있으니까요."

"네?"

"그는 어디선가 웃고 있겠지요."

"도대체 무슨…… 아니, 누구시죠?"

"아, 이런 실례했습니다."

남자는 자세를 고쳐 앉았다. 가슴께에 가만히 댄 그의 손에는 갈색 페도라가 들려 있었는데, 성당에 들어오면서 벗었던 모양이다.

남자는 슈트 상의 안쪽에서 종이를 꺼냈다. 편지 봉투였다. 그리고 안에서 편지지를 몇 장 꺼냈다.

"저는 김진구 군과는 대단히 가까운 사이입니다."

"진구……하고요?"

임숙영의 입이 조금 벌어졌다.

"이렇게 감옥에서 김진구 군이 저한테 편지를 보내올 만큼 말이지요."

임숙영은 물끄러미 편지 봉투를 내려다보았다. 발신인 김진구, 사서함 번호가 발신자 주소에 적혀 있고, 구치소 인이 찍혀 있었다. 편지의 내용은 읽지 않았지만 김진구가 이 남자에게 구구절절한 사연을 적어 보낸 건 분명해 보였다.

임숙영의 표정이 일그러졌다. 김진구는 아들을 죽인 살인자다. 그 김진구와 막역한 사이인 이 남자에게 감정이 좋을 리 없다.

"그래서 무슨 일이에요?"

임숙영의 말끝이 날카로워졌다.

"진실을 알려드리려고 합니다."

"무슨 진실이요?"

"김진구가 아드님을 죽인 게 아니라는 것을요."

"네?"

임숙영의 눈에 깊은 의혹이 드리워졌다. 이 수상한 남자는 대체 무슨 수작을 부리려는 건가. 경찰도, 뉴스도 모두 김진구가 범인이라고 하는데. 그래서 '깜빵'에 갇혀 재판까지 받고 있는데.

"이런. 실례했습니다. 아직 제 소개도 없었군요."

남자는 몸가짐을 추스르고는 말했다.

"소생은 이탁오라고 합니다."

남자는 굳이 묻지 않았는데도 이어 덧붙였다.

"의사이지요."

임숙영은 그제야 남자의 덤불 같은 머리카락이 온통 눈을 맞은 것처럼 희다는 것을 깨달았다.

육남진이 다시 면회 온 것은 메모리를 빼앗긴 지 이틀 뒤였다. 그의 얼굴에는 푸르뎅뎅하게 죽은 빛이 감돌았다. 불쾌하기까지 했던 첫 만남의 낯빛에 비하면 며칠 사이에 꽤 마음고생이 심했다는 걸 알 수 있었다. 그렇다면 이번 베팅은 어느 정도 성공적이란 건데…….

"오늘은 용건이 짧아."

진구가 자리에 앉자마자 육남진이 말했다. 삭은 얼굴빛과는 달리 말투에서 은근한 자신감이 배어 나왔다. 조직 내부에서 실컷 회의라도 하고 온 모양이군. 진구는 속으로 생각하고는 비웃었다. 어차피 저 모습은 허세다. 자신들의 명줄을 쥐고 있는 데이터가 이쪽에 있을지도 모르는데 무심할 수 없다. 정말 그렇다면 무시하면 된다. 여기까지 와서 평정을 가장한다면, 가짜다.

"우린 네 말을 믿지 않는다. 먼저 그 점을 이야기해주지."

진구 내면의 비웃음은 확실한 거부 의사로 변했다.

"그럼 이대로 돌아가시면 되겠군요."

진구가 일어나려 하자 육남진이 말했다.

"일단 끝까지 듣고 가. 나쁜 얘긴 아니니까."

진구가 도로 앉는 척을 했다.

"넌 눈치가 빠르니까 알 거야. 우리가 네 말을 전혀 믿지 않는다면 이렇게 내가 다시 올 필요도 없다는 것을 말이야. 솔직히 말하지. 네 말이 진실일 가능성이 아주 조금은 있다고도 생각한다."

"아주 조금은, 이라. 그래서요?"

"그 말대로야. 하지만 극히 작은 가능성에 기대서 널 풀어주고 메모리도 그대로 네 손에 남겨두는 바보짓을 할 순 없어. 그 점은 너도 알 거야. 너라도 그러진 않을 테니까."

진구는 묵묵히 듣고만 있었다. 어떤 반응을 보여줄 단계는 아니었다.

"정말 녹음이 있는지, 그것만 확인하면 널 꺼내주겠어."

진구는 슬그머니 웃었다.

"설마요. 녹음이 있는지 확인해봐야 하니까 메모리를 건네달라, 이런 초등학생도 넘어가지 않을 얕은수를 쓰려는 건가요? 그렇다면 실망입니다. 대단한 조직인 줄 알았는데."

"넘겨짚지 마. 열 받지만, 네가 얼마나 영리한 놈인지 우리도 이젠 알아. 그 정도가 통할 거라곤 생각한 적 없어. 다만."

"다만요?"

"녹음의 존재를 확인할 수 있는 공평하고 안전한 방법을 제안하겠어. 너나 나나 전혀 손해 보지 않는 방법이야."

"뭡니까?"

"내일 내가 다시 오겠어. 태블릿과 이어폰을 가지고 말이야. 너도 메모리를 가지고 와. 난 뒤돌아 있을 테니까 안심하고 메모리를 꽂아서 이어폰으로 녹음 파일을 들어봐."

"내가 들어보라고요?"

"음. 그다음엔 녹음 내용을 네가 말해보는 거야. 일부라도 좋아. 녹음 들은 사람만 알 수 있는 키워드 몇 개를 말해도 돼. 그럼 대화가 녹음되어 있는지 어떤지를 우리가 확실하게 알 수 있겠지."

진구는 잠시 생각에 빠졌다가 말했다.

"제가 왜 그 방안을 받아들여야 하죠?"

"내가 아까 말했지. 우린 네 말을 믿지 않아. 하지만 실오라기 같은 가능성 때문에 확인하고 싶은 것뿐이야. 너한테도 전혀 손해가 없는 방식을 제안했어. 내일 메모리를 연결해 음성 파일이 들어 있는지만 확인해봐도 되겠지만, 너같이 약은 놈이라면 감방 동료한테 시켜 아무 음성 파일이나 만들어서 넣어둘 가능성도 있어. 우리로서는 그럴 가능성조차도 없어야 할 만큼 중대한 문제거든. 정말 우리의 대화가 녹음된 건지 녹음의 내용까지 확인해야 해. 그런데, 네가 태블릿을 나한테 넘기고 듣게 해주진 않겠지. 그러다가 메모리를 빼앗겨버릴 수 있을 테니까 말이야.

그래서 서로 안전하게 확인할 수 있는 공정한 방법을 가지고 왔어. 네가 듣고, 나한테 말해주는 거야. 그럼 녹음이 정말 있는지 확인할 수 있겠지. 협상은 그다음부터고.

만약 녹음이 있다면 우리의 내밀한 대화를 들었으니 넌 오히려 큰 무기를 하나 더 가지게 되는 셈이야. 이 제안마저 거절한다면, 우린 확정적으로 판단한다. 너한테 녹음 파일이 없다고 말이야. 파일이 정말 있다면 거절할 이유가 없는 제안이니까. 그렇게 되면 우린 널 꺼내줄 이유가 전혀 없지. 우리를 믿지 않고, 우리한테 메모리를 건네줄 생각이 없다는 얘기가 되는 거거든. 아니, 실제로 그 메모리를 제대로 파냈는지도 알 수 없는 상황이란 얘기니까 말이야. 어때?"

"하지만 메모리는 내부 연결선이 끊어져 있어요. 인식이 안 되는데 녹음을 어떻게 듣습니까."

"그걸 잇는 연장도 내일 내가 가져다준다. 전문가한테 물어봤는데, 그런 정도는 휴대용 인두로 몇 초면 복구된다는군."

진구는 다시 생각에 잠겼다. 이자들도 입장을 정하고 온 게 틀림없다. 협상의 여지는 적었다. 그리고 선택의 여지는 더 적었다. 여기서 망설일수록 더 의심을 산다. 진구는 이내 고개를 들었다.

"그러시죠."

시원하게 대답했다. 그게 손 안에 조커를 가진 자의 자신감으로 비쳤을지, 고작 원페어를 들고 베팅을 하는 허세로 비쳤을지는 알 수 없었다.

육남진은 비릿한 웃음을 흘리며 먼저 떠나갔다.

진구는 접견이 끝난 수감자들과 뒤섞여 독방으로 걸어가며 생각했다. 머릿속은 한없이 무거웠다.

그가 육남진에게 건넨 메모리는 '진짜'였기 때문이다.

개불에게 녹음 기능이 있는 메모리를 샀다는 말은 지어낸 이야기였다. 한방에 있던 '개불'과 '대포폰'을 적당히 엮어서 만든 거짓말이었다. 다행히 그들은 구치소 안에서도 아웃사이더여서 조직의 끄나풀인 이경호가 진위 확인을 하기 어려웠기에 진구의 거짓말에 딱 들어맞는 인물들이었다. 정말 녹음 모듈을 넣은 메모리를 구해서 전달했더라면 좋았겠지만, 불가능했다. 감방 바깥사람들이 갖는 환상과는 달리, 구치소 안에서 그런 물건들을 재깍재깍 구할 수는 없다. 독방에서 생활하는 진구는 더 그렇다. 안경테에서 꺼낸 철심 송곳으로 힘들여 파낸 메모리의 뚜껑을 따 연결선을 끊어놓았고, 그걸 건넸다. 그러고는 이야기를 만들었다.

아무튼 진구가 꾸며낸 그럴듯한 스토리와 허세가 어느 정도는 먹혀들어 갔다. 조직은 믿지 않겠지만 비록 적은 가능성일지라도 확인하지 않고 넘어가기엔 너무 위험이 크다. 그게 그들을 움직일 것이다. 그렇게 믿었다. 육남진이 면회 오기 전까지는. 그런데 녹음을 들려주겠다고, 그런 방식으로 확인해보겠다고 하리라고는 예상하지 못했다. 그렇다고 응하지 않을 수는 없었다. 진구에게 손해가 없는 제안이었다. 그것조차 하지 않겠다고 우기다가는 거짓말이라는 게 곧바로 들통난다.

일단 응할 수밖에 없었다. 하지만 녹음은 없고, 당연히 어떤 내용이 들어 있는지 말해줄 수도 없다. 그렇다고 이를 눈치채게 해서도 안 된다. 일단은 잡아떼야 한다. 유리한 고지를 물려줄 순 없다. 이대로 밀고 나가는 수밖에 없다.

진구의 머릿속은 복잡해져 갔다.

다음 날.

접견실 문이 열리고, 진구가 모습을 나타냈다. 여느 때와 다름없는 걸음걸이, 한 치의 망설임도 없어 보이는 태도. 하지만 태블릿을 올려놓고서 진구를 기다리고 있는 육남진은 다른 쪽에 신경이 가 있었다. 귀 안쪽에는 무선 수신기가 삽입되어 있어, 필요할 때면 유연부가 지시를 내리기로 했다. 옷깃 안쪽에는 녹음기가 숨겨져 있고, 연결된 송신기를 통해 바깥의 유연부에게 대화 내용이 전달된다.

진구가 자리에 앉자, 육남진이 말했다.

"메모리 가져왔지?"

진구가 손에 쥔 메모리를 힐긋 보여주었다. 육남진은 태블릿을 진구 쪽으로 밀었다. 이어 무선 블루투스 이어폰 한쪽을 건넸고, 손가락만 한 무선 인두기와 손톱 길이의 실납, 소형 드라이버를 탁자 위에 내려놓은 다음 손으로 밀었다.

"여기서 들어봐. 메모리도 네가 연결하고."

육남진은 진구가 메모리 배선을 연결하는 동안 혹시 있을지 모를 교도관의 시선이 차단되도록 거대한 몸을 살짝 비틀었다. 그 정도면 진구의 모습이 통째로 가려지리라.

"태블릿에서 더 떨어져 주시죠. 뒤돌아서요."

육남진은 끌끌, 하고 혀를 차고는 의자에서 비스듬하게 돌아 앉았다. 육남진이 메모리를 집으려 손을 뻗는다면 진구가 얼마 든지 가로막을 수 있을 거리였다.

"완전히 돌아앉으면 교도관 눈에 띌 수 있으니까 이 정도로 하지."

진구도 동의한 듯 말이 없었다. 육남진은 비스듬히 앉은 채 말했다.

"내가 처음 너한테 메모리를 건네받고서 한 4시간 뒤부터 들어보면 돼. 우리들이 그 무렵 다 모여서 회의를 했으니까. 거기 밖엔 의미 있는 대화가 없어. 녹음이 있는지 어떤지는 그걸로 충분히 확인할 수 있어. 그 부분을 들어보고 내용을 말해."

진구는 드라이버로 메모리를 분해했다. 이어 외부에서는 거의 보이지 않게끔 능숙하게 손바닥 안에 무선 인두를 숨기듯 집어 들었다. 땜납을 지지고 연결하는 것 같은 모습도 보였다. 이어 메모리를 다시 조립했고, 그걸 태블릿의 USB 단자에 꽂았다. 마치 여러 번 해본 듯 능숙하고 재빨랐다. 그럼에도 마음이 급한 육남진은 속에서 불이 났다.

진구는 블루투스 이어폰 한쪽을 교도관 시선이 덜 닿는 반대 편 귀에 꽂았다. 그조차도 귀를 덮은 머리카락에 가려 이어폰이 거의 보이지 않았다. 잠시 후, 마침내 메모리가 인식됐는지 진구는 화면을 꾹꾹 눌렀다. 녹음된 부분을 찾는 모습이었다. 이어 손을 멈추고는 한참을 진지한 표정으로 천장 쪽에 시선을 보냈다.

정말 녹음 파일을 듣고 있는 것일까. 의심하던 육남진은 생각을 그만두기로 했다. 유연부에게 진구와의 대화를 듣게 하고 그녀가 시키는 대로 하면 그만이다. 그렇지 않아도 메모리를 빼앗긴 탓에 장철 회장을 볼 낯이 없다. 더 이상 자신의 책임으로 어떤 결정을 하고, 잘못을 저질러서는 안 된다. 장철 회장이 신임하는 유연부가 결정하고 시키는 대로만 하면 어쨌든 자신은 면책된다. 그는 진구의 말보다 오히려 귓속 수신기에서 들려올 유연부의 목소리에 신경 썼다. 아직은 아무 말도 들려오지 않았다.

잠시 후 진구는 태블릿 화면을 이리저리 클릭했고, 끄기도 했다. 말소리가 녹음된 부분을 더 찾는 것 같았다. 5분여 정도 흐른 후, 진구가 이어폰을 뺐다. 이어 메모리를 빼서 손에 거머쥐었다. 장철은 진구의 입을 쳐다보았다.

"들었나?"

"네. 잘."

"우리 대화를 들었단 건가?"

"충분히."

"그럼 이제 말해봐. 우리가 어떤 이야기를 나눴단 건지."

진구는 묵묵부답이었다. 육남진이 애가 타 말했다.

"분명히 말했지. 대화 전부를 말하란 게 아니야. 확실히 녹음되었는지를 우리가 확인할 수 있을 내용만 말해주면 돼. 그게 어떤 것일지는 영리한 네 녀석이라면 충분히 가려낼 수 있을 거야."

육남진은 말을 마치고는 꿀꺽, 하고 침을 삼켰다. 진구가 말했다.

"싫습니다."

"뭐가?"

"말하기가요."

"뭐?"

육남진은 잇달아 뭐, 만 남발했다. 그만큼 긴장하고 있었다는 얘기겠지. 진구는 의자 등받이에 몸을 기댔다.

"저도 제 살길을 찾아야 하지 않겠습니까?"

"이제 와서 무슨 소리야!"

"제가 왜 굳이 대화 내용을 말해야 되죠?"

"죽고 싶나?"

육남진은 아이들 으름장 같은 말까지 했다.

"젠장, 너 전부 거짓말이었군. 처음부터 메모리에 녹음 따윈 없었던 거야."

진구는 고개를 천천히 저었다.

"아뇨. 녹음은 분명히 들었어요."

진구의 단호한 말에 육남진이 움찔했다. 진구가 덧붙였다.

"녹음을 들려주겠다는 제안에 응한 이유는 단 하나였어요. 비밀 대화를 들을 수 있다면 내가 더 유리한 입장에 선다는 것. 어찌 됐든 하나라도 정보가 느는 거죠. 이제 내용을 알았으니 이걸로 됐어요. 난 대화를 들었고, 기억했습니다. 나중에 꽤 쓸모

206

가 있겠죠. 이 메모리에 녹음 기능이 있는지, 그래서 녹음이 되어 있는지, 잘되었는지는 알려줄 생각이 없습니다."

"너 제정신이야?"

"제정신입니다. 그래서 녹음을 듣겠다고 한 겁니다. 유리한 카드를 하나 더 손에 쥐기 위해서요."

"이런 개새끼가!"

"내가 그쪽에서 판 함정에 당했는데, 이 정도 하는 게 개자식? 그저 찍 하는 정도라고 이해해주십쇼."

진구의 말투에 육남진의 비위가 확 상했다. 육남진이 막 흥분하려는데, 마치 그걸 알아채기라도 한 듯 귓전에 차분한 말이 들려왔다. 이어폰을 통해 들려온 유연부의 목소리였다.

"거짓말이에요."

"뭐?"

육남진이 크게 말했기에, 진구는 눈을 치켜떴다. 자신에게 말한 줄 안 모양이었다.

"녹음은 없어요."

"확실해? 어떻게 알아?"

육남진은 당황한 나머지 앞에 진구가 있다는 걸 의식하지 못하고 말했다. 진구는 의심이 서린 눈빛으로 육남진을 쏘아보았다.

"시키는 대로 해요."

얼음장 같은 유연부의 목소리였다. 아무튼 원래 시나리오는 유연부가 시키는 대로 하는 것이다. 이유는 모르겠지만, 잘되었다. 유연부가 말하는 대로만 하면, 자신은 이제 면책된다. 군말 없이 따르면 된다.

"거기서 나오세요. 물론 녹음이 없단 걸 안다는 걸 김진구한 테 알리는 걸 잊지 말고요."

유연부의 명령조가 불쾌했지만 그걸 따질 상황은 아니다. 육 남진이 진구를 향해 싸늘하게 말했다.

"거짓말이군."

진구는 의문이 가득한 눈으로 육남진을 보았다. 일순, 무언가 일이 잘못되어 가고 있단 걸 눈치챈 듯했다.

"녹음은 없어. 거래 중지야."

육남진은 히죽 웃었다. 오랜만에 승기를 잡은 도박꾼의 표정 이었다.

"비트코인은 포기하면 그만이야. 녹음만 없으면 우리는 어쨌 든 본전이니까."

육남진은 태블릿을 챙겨 주섬주섬 가방에 넣고는 일어섰다. 우물쭈물하던 조금 전까지의 태도와 다르게 너무도 신속했고, 미련 없는 몸짓이었다.

진구는 멍했다.

예상치 못한 반응이었다.

육남진은 진구의 표정을 살피지도 않았다. 접견실 문을 열고 나가던 그는 문득 등을 돌려 진구에게 말했다.

"넌 감방에서 평생 썩어."

육남진은 이를 드러내고 웃었다.

윤수애는 오후 3시 넘어서 일어났다. 지난밤도 손님들 비위를 맞추느라 술을 많이 마셨지만 잠도 많이 잤기에 숙취는 없었다. 침대 옆 거울에 부스스한 머리가 비쳤다. 간밤에 화장으로 숨겼던 몇 년의 나이도 거울 속 푸석한 얼굴에는 적나라하게 드러나 있었다. 화장실에 갔다가, 냉장고 문을 열어 찬물을 들이켰다. 거실 창밖을 보니 날씨가 화창하다. 창밖 먼 구름에 시선을 주며 기지개를 켰다.

침실 문이 열리며 남자가 나왔다. 어기적거리는 걸음걸이는 무게중심이 없어 보였고, 머리는 삐죽삐죽 하늘로 뻗어 있다.

"뭐야, 왜 벌써 일어나?"

남자가 툭 던지듯 말했다. 여자가 일어나는 통에 자신도 잠이 깬 것이 억울하다는 투였다. 여자는 남자를 돌아보았다. 여자는 남자의 벗은 상체에 시선을 보냈다.

"더 자."

여자가 말했지만 남자는 대답 없이 서서 크게 하품을 했다. 남자는 오른손을 올려 왼쪽 어깨를 긁었다. 그 언저리에는 망치 모양의 문신이 있었다.

여자의 스마트폰이 울렸다. 남자가 어깨너머로 액정화면을 보았다.

0011770…….

"뭐야, 국제전화?"

윤수애는 스마트폰을 들더니 거실 소파에 앉았다.

"또야?"

남자가 말했다.

"받지 마. 보이스 피싱이야."

남자가 거듭 말했지만, 윤수애는 남자를 쫓듯이 손을 내젓고는 수신 버튼을 눌렀다.

남자는 쩝, 하는 소리를 내고는 냉장고로 향했다.

윤수애는 네, 네 몇 번 말하더니 전화를 끊었다.

"무슨 전화야?"

남자가 캔 콜라를 들고 와서 여자의 옆에 앉았다.

"미국에 있는 친구."

"친구 아닌 거 같던데?"

"아, 귀찮아. 저리 가."

남자가 소파에 퍼질러지자 윤수애가 일어나 부엌으로 자리를 옮겼다. 그녀는 식탁 위에 양 팔꿈치를 괴고 휴대전화를 들었다. 액정을 터치하고 몇 번 타이핑을 했다. 그러고는 화면을 뚫어져라 들여다보았다. 눈알을 몇 번 굴리던 그녀는 조그맣게 고개를 끄덕였다.

남자가 일어나 다가와서 또 여자의 옆에 앉았다. 휴대전화 액정을 향해 목을 내밀었다.

"뭐냐, 이게."

"신경 꺼."

여자는 짜증 난다는 듯 휴대전화 화면을 꺼버렸다.

어떻게 알았을까.

진구는 독방에서 뒹굴며 짙은 의문에 빠져 있었다.

녹음이 없단 걸 어떻게 알았을까.

없다고 의심했겠지만, 그 자리에서 어떻게 그걸 확신하게 되었을까.

아무리 돌이켜 보아도 진구가 말실수한 것 같지는 않았다. 육남진이 그렇게 확신할 만한 단서는 없었다.

그렇다면 육남진의 블러핑일까.

판을 엎고 나오면서 진구의 심리를 뒤흔들려는?

하지만 육남진의 눈빛, 말투, 행동을 봐서는 도저히 그렇게 생각할 수 없었다. 일말의 의심도 없는 말과 태도였다. 근거 없이 허세를 부려봤자 이익이 될 상황이 아니었다. 만에 하나 녹음이 실제로 있다면 그들 또한 파멸이니까. 그런데 육남진에게는 분명한 확신이 있었다.

육남진은 진구가 아닌 누군가와 대화를 나누는 것 같았다. 와이어를 숨기고 온 걸까. 구치소 바깥에서 조직의 누군가가 지휘를 한 것일까. 하지만 그렇다고 해도 녹음이 없다는 걸 바깥의 그가 어떻게 안단 말인가.

진구는 생각할수록 짙은 낭패감에 휩싸였다.

몸을 돌리고 다른 쪽 팔에 고개를 얹었다.

그런 의문은 정말 중요한 게 아닐지 모른다.

진구의 거짓말이 거의 성공 직전에 무너졌다. 그건 진구가 조직의 도움을 얻어 재판을 뒤집고 석방될 가능성이 거의 사라졌다는 말과 마찬가지다. 그것이, 그것만이 중요했다.

그렇지 않아도 어두운 독방이지만 눈앞이 더 아득해졌다.

진구는 USB 메모리를 쥔 한쪽 손에 힘을 주었다.

손에 쥔 카드는 이 메모리 하나인데…….

금세 기운이 빠졌다.

나라를 뒤흔들 만한 돈이 들어 있는지 어떤지는 몰라도 지금의 진구에게는 아무런 쓸모가 없는 물건이었다. 담장 밖으로 나가야 한다는 진구의 절대적인 지상 과제 앞에서는 그렇다.

당장 나흘 뒤가 공판기일이다.

윤수애가 나와서 증언하기로 예정된 날이었다.

진술을 바꾸어줄 가능성은 사라졌다.

끝장이다.

진구는 메모리를 구석에 던져놓고 머리 뒤쪽으로 손을 끼워넣고 천장을 보며 벌러덩 누웠다.

연부는 소파에 몸을 묻고 창밖을 내려다보며 아이스 라테를 머금었다. 진한 단맛이 입안을 감쌌다. 연부가 홀로 앉은 곳은 뉴 힐탑 호텔 맞은편 대형 커피전문점 2층의 한구석이었다. 트인 1층 한구석에는 대형 기계 여러 대가 커피콩을 볶고 있다. 위에서 그 모습을 내려다보며 커피 볶은 향을 맡고 있노라면 왠지 아늑한 기분이 들어 즐겨 찾는 자리였다. 연부는 이렇게 큰 공간 모퉁이에 자리를 잡는 것을 선호했다. 사람은 많지만 각자 자기 일에만 몰두해 있다. 개인은 개방되어 있으면서 또한 묻혀 있다. 그 느낌이 좋았다.

연부는 조금 전 일을 떠올렸다. 이곳에서 얼마 떨어지지 않은 곳, 테헤란로에 접한 빌딩 최고층에 있는 장철의 집무실에서였다. 모인 사람은 장철, 김태일, 연부 세 사람. 전날 육남진이 진구를 만나고 온 터였다. 진구에게 녹음이 없다는 걸 연부가 확인해줬고, 장철은 그다음 날인 오늘 사무실로 이들을 부른 것이었다. 장철은 김태일에게 윤수애의 진술에 대한 준비가 되었는지를 물었다.

"네. 원래대로 증언하도록 지시했습니다."

"그렇지. 이젠 김진구를 꺼내줄 이유가 없으니까."

장철은 이를 갈 듯 말했다.

"예. 괘씸한 놈. 평생 썩도록 만들어야죠."

"흔적 안 남도록 했지?"

"예……. 뭐 그런 식으로 했습니다만, 사실 그렇게까지 할 필요 없을 건데, 유 실장이 지나치게 신경을 쓰는 바람에……."

"그럼 윤수애한테 대놓고 전화하고 메시지 보낼 생각이었어요? 살인 계획을?"

연부가 김태일을 똑바로 쳐다보며 말했다. 김태일이 어이없다는 표정으로 마주 보는데, 연부가 말을 이었다.

"범죄를 사주하는데 흔적이 남지 않는다는 일은 있을 수 없어요. 직접 만나면 가장 위험이 덜하겠지만, 그렇다 해도 누군가의 눈에 띄거나 CCTV에 찍힐 수 있어요. 하지만 이 방법이라면 그나마 안전해요. 적어도 현재의 경찰 수사 관행하에서는 말이에요."

"이젠 괜찮잖아!"

김태일이 버럭 소리를 질렀다.

"김진구가 살인범으로 찍혀서 재판까지 넘겨졌고. 근데 조심해야 할 이유가 뭐야?"

"모든 상황에 대비해야죠. 세상에는 뻔하지 않은 일도 일어나니까요."

"무슨 뻔하지 않은 일?"

"만약 김진구가 무죄를 받으면?"

"뭐?"

김태일의 흰자위가 희번덕거렸다.

"김진구가 무죄판결을 받으면요. 그다음은 윤수애가 수사 대상에 오를 수 있어요. 아무래도 그날 살인 현장에 같이 있었던 또 다른 사람이니까. 그렇게 되면 윤수애의 통화 내역이나 계좌 같은 것들을 다시 조사할 수도 있죠. 그럴 때를 대비하자는 거예요. 그래도 다 대비가 되는 것도 아니지만."

"자, 잠깐! 얘기가 너무 나가잖아. 유 실장은 자꾸 그런 얘길 하는데, 김진구가 무슨 무죄판결을 받아! 말도 안 되는 소리야. 또, 무죄판결 받아도 그걸로 사건은 종결된다며? 윤수애를 또 수사하겠어?"

김태일이 소리를 높이는데, 장철이 팔을 내저었다.

"그만 그만. 유 실장 말이 맞아. 조심해서 나쁠 건 없어."

김태일은 볼을 실룩거리면서도 말을 멈추었다.

"오늘은 그 용건이 아니잖아. 녹음 건 이야기를 해야지."

김태일은 윤수애 이야기가 아니더라도 처음부터 흥분해 있었다. 육남진이 김진구를 접견하던 중에, 연부가 돌연 녹음이 없다며 육남진을 철수시키자 눈이 뒤집힌 것이었다. 김태일은 침을 튀겼다. 연부의 말을 어떻게 믿고, 녹음이 없다고 단정하고 메모리를 회수할 계획도 없이 물러나올 수 있나, 만약에 녹음이 있다면 비트코인을 가져오지 못하는 정도에서 끝나는 문제가 아니다, 모두가 파멸이다. 뭐 그런 얘기였다. 김태일은 녹음이 있을 수 있다는 의견이었던 만큼 그런 걱정은 당연했다. 아니면, 그저 연부를 공격하고 싶었거나. 연부는 이유는 자세히 부연하지 않고 잘라 말했다.

"녹음은 없어요. 절대."

"대체 무슨 근거로?"

김태일이 물었다.

"제가 김진구를 잘 알기 때문이에요."

"그게 무슨……."

김태일이 반박하려 했지만 연부가 말을 막았다.

"없습니다. 거기에 끌려 다니면 오히려 다 잃는 거예요. 있지도 않은 허깨비에 놀라 이쪽을 드러낼 수 있어요."

"그럼 메모리는 포기하는 건가?"

장철이 물었다.

"일단은 녹음이 거짓말이란 걸 확인했으니깐 안심이죠. 당장 우리가 안달할 필요가 전혀 없어요. 현재는 김진구가 거짓으로 만든 판을 깨고 다시 궁지로 몰아야 하니까요. 메모리는 나중에 다른 방법으로 얼마든지 회수할 수 있겠죠. 어떻든 절대적으로 유리한 쪽은 우리예요. 김진구는 생사가 걸려 있지만 우리는 본전인 게임이니까요. 그리고 가장 중요한 사실, 녹음이 없다면 그 메모리는 진품이에요. 손에 넣는 건 얼마 안 남았어요."

장철은 고개를 끄덕끄덕하고서 말했다.

"난 유 실장 판단을 믿어. 신중하고 명석한 유 실장이 이 정도로 말한다면 녹음은 없는 거야. 애초에 감방 안에서 그런 조작을 한다는 것부터가 거짓말일 게 뻔하잖아?"

장철은 연부가 그렇게 판단한 이유를 더 깊이 묻지 않았다. 신뢰가 어지간히 깊다. 김태일은 분통을 터뜨리며 몇 마디를 더 했지만, 장철이 입을 막아버렸다. 장철이 납득했으면 더 볼일은 없다. 연부는 바로 그 방을 나왔다.

연부는 조금 전 있었던 일들을 떠올려보고는 머그잔을 내려놓았다.

김태일이 영문을 모른 채 흥분할 만하긴 했다. 그는 몰랐으니까. 김진구와 연부의 관계를.

녹음이 정말 있었다면, 김진구는 접견실에서 그 녹음을 들었을 때 연부의 목소리를 들었을 것이다. 그랬다면 절대 그런 평온하고 밋밋한 반응을 보이지는 못한다. 기절까지는 아니더라도 좀 놀랄걸. 그렇지만 육남진의 비밀 마이크를 통해 들은 김진구의 목소리는 너무나 일상적이었다.

녹음은 없다.

연부는 빙긋이 웃음을 지었다.

육남진이 다녀간 다음 날, 교도관이 진구에게 누군가가 찾아왔다는 소식을 알렸다. 가장 먼저 머리에 떠오른 생각은, '혹시 해미?' 하는 것이었다. 그럴 리 없다는 걸 알지만, 왜 그랬는지 스스로도 알 수 없었다.

실망스럽게도 찾아온 사람은 '임숙영'이라고 했다. 모르는 이름이었다.

고개를 갸웃하면서 면회실에 들어가니, 구멍이 송송 뚫린 아크릴 판 너머로 늙수그레한 여성이 앉아 있었다. 송치수의 모친이었다. 임숙영은 송치수 모친의 이름이었다.

진구는 그녀의 모습을 보고는 가슴이 철렁했다. 이어 마음이 말도 못 하게 무거워졌다. 자신이 하지 않은 일이지만, 세상은 자신이 했다고 한다. 송치수의 모친은 진구를 좋아했고, 진구의 처지를 안타까워하며 정도 많이 베풀었다. 이것저것 반찬을 챙겨주기도 했다. 그런 그녀는 지금 진구가 자신의 아들을 살해했다고 생각한다. 지난 공판기일에는 법정에 진구를 엄벌해달라는 탄원서까지 냈었다. 오늘은 그도 모자라 진구를 직접 만나러 왔다.

직접 얼굴을 보고 미움을 쏟아붓고 싶겠지. 그 마음은 이해한다. 하지만 진구는 송치수를 죽이지 않았다. 막막했다. 이런 경우 뭐라고 말해야 할지 배우지 못했다. 그녀는 설득되지 않을 것이다. 어떤 말도 변명으로 듣고 더 화를 낼 것이다. 하지 않은 일로 거센 비난을 받을 때는 어떻게 해야 한단 말인가.

하지만, 진구는 문득 깨달았다.

임숙영이 지금 낯빛으로, 온몸으로 발산하는 감정은 분노나 저주 같은 것과는 전혀 다르다는 것을. 임숙영은 진구를 보자마자 눈물을 지었다. 낯빛은 애잔했다. 아들을 죽인 자를 향해서는 절대로 지을 수 없는 표정이었다.

진구는 바로 알 수 있었다.

지금 임숙영은 진구가 범인이 아니라고 믿고 있다.

"지난번 법정에 갔었다……."

"네. 저도 봤어요."

진구는 임숙영의 손이라도 잡고 싶었지만, 가로막혀 있다.

"남들은 진구 네가 치수를 죽였다고 하는데, 난 안 믿는다."

"물론입니다. 절대 아니에요. 누명을 썼어요."

"지난번엔 널 엄벌해달라고 탄원서도 썼지만, 그땐 경찰 말을 믿었고, 주변에서도 그렇게 써 내야 한다고 해서 그랬던 거야……."

"알고 있습니다. 당연한 거예요."

"지금은 알아. 알다마다……."

임숙영의 눈가에 눈물이 맺혔다.

"법정에서 네가 아니라고 하는데도, 아무도 안 믿었지. 너도 얼마나 마음이 답답하고 억울하겠니. 난 눈물이 나서……."

임숙영은 말을 잇지 못했다. 그날 진구 재판까지 참관한 건, 진구가 법정에서 분명하게 범행을 인정하고, 후회하고, 참회하는 장면을 보고 싶어서였을 것이다. 그런데 지금 임숙영은 진구를 믿고 있다. 별 근거 없이도, 절대 진구가 그랬을 리 없다고 철석같이 믿어주고 있었다.

"우리 치수가 그렇게 되고 나서, 제정신이 아녔어. 겨우 정신 차리고 너 재판에 가봤다. 그리고 겨우 기운 내서 여기까지 면회 오는 데에 또 시간이 걸렸어. 지난번 재판까지는 나도 오해하고 있었지만, 지금은 네가 억울하단 걸 안단다. 그걸 말해주려고 왔어. 조금이라도 맘 편하라고. 그리고 기운 내."

임숙영은 진구를 걱정해 서울에서 인천까지 면회를 온 것이었다. 어쩌면 의리 있는 송치수의 성격은 모친에게서 물려받았던 건지도 모른다. 진구가 말했다.

"멀잖아요. 서울에서 인천까진데. 이제 오지 마세요. 재판은 곧 끝납니다."

"네가 무고하단 게 밝혀지겠니?"

"걱정 마세요. 반드시 무죄를 받고 나갈 겁니다……. 그다음엔 치수를 그렇게 만든 놈을 찾아내서 법정에 세울 겁니다."

허세였다. 담장 안쪽에 있는 진구가 하기에는 가장 어처구니없는 말일 것이다. 하지만 임숙영의 얼굴에는 간절한 빛이 떠올랐다.

"그래. 꼭 그렇게 해줘. 대체 어떤 놈이 우리 치수를……."

임숙영의 눈시울이 또 붉어졌다.

"진구 넌 특출한 데가 있었어……. 그래서 우리 허풍쟁이 치수하고 어울릴 때 난 좋아했단다……."

임숙영은 손바닥으로 눈물을 훔쳤다.

면회 시간은 10분이지만 앞뒤로 시간 손실이 있어 실질적으로 이야기를 나눌 시간은 7, 8분 정도밖에 되지 않는다. 임숙영은 몇 마디 말을 더 건넸다. 마지막으로 진구가 범인이 아니니 사건을 잘 판단해달라고 법원에 다시 탄원서를 넣겠다는 말을 남기고서 돌아갔다.

진구는 한쪽 발을 절룩이며 돌아 나가는 그녀의 뒷모습을 눈으로 배웅하고는 자신도 몸을 돌렸다. 그러고는 깊은숨을 뱉어냈다. 다행이다, 정말 다행이다. 송치수 모친이 법원에 진구가 범인이 아니라는 탄원서를 낸다고 해서 재판에 실질적으로 도움될 건 없다. 하지만 진구 마음의 납덩이는 많이 줄었다. 더 이상 자신을 살인자로 생각하지 않는다고 한다. 그나마 없는, 진구의 편, 진구를 믿어주는 사람이 한 명 늘었다. 작지만 큰 위로였다.

그때 퍼뜩 어떤 생각이 섬광처럼 번득였다.

부친이 없는 송치수에게 직계 유족은 모친과 누나였다. 그중 아마도 모친이 모든 결정을 좌우할 것이다. 처음에는 진구가 자기 아들을 죽였다는 경찰의 말을 믿었을 것이다. 당연하다. 누군들 그러지 않을까. 그런데 지금은 어쩐 일인지 진구의 결백을 믿고 있다. 법원에 진구가 억울하다는 탄원서를 내겠다고 할 정도면, 확신하고 있는 듯하다. 진구가 송치수의 모친을 좋아하는 만큼 이제는 모친 또한 진구를 믿어주고 있는 것이다. 심지어 진구가 진범을 찾아내겠다는 허황된 약속에도 고개를 끄덕였다. 물론 액면 그대로야 아니겠지만.

아무튼 그렇다면.

그게 가능하다.

이 상황에서라면.

"왜 멍하니 서 있어요. 어서 가세요."

교도관의 재촉을 받고서야 진구는 생각에서 깨어나 걸음을 옮기기 시작했다.

하지만, 진구는 거기에서 더 깊이까지는 생각하지 않았다. 송치수의 모친이 더 이상 진구를 범인으로 생각하지 않게 되어 다행이라는 마음이 앞선 나머지, 왜 모친의 태도가 180도 바뀌었을지는 생각해볼 여유가 없었다. 유족이라면 경찰의 말을 그대로 믿는 게 보통일 텐데. 그러지 않는 게 이상할 텐데. 아들을 죽인 놈으로 알고 미워하다가 왜 갑자기 돌아섰을까. 그런 의문이 미처 들지 않았다.

진구는 그 무렵 이탁오에게 모든 사정을 써 내려간 편지를 보냈다는 사실조차 거의 잊고 있었다. 그렇지 않다 하더라도, 설마 이탁오가 송치수 모친을 만났을 거라고는 상상조차 하지 못했다. 그래서 당연하게도, 그가 송치수 모친의 의사나 인식에 어떤 영향을 미쳤을지도 모른다는 생각은 조금도 할 수 없었다.

육남진은 밤늦은 시각에 장철로부터 소환되었다. 진구의 2회 공판기일 전날이었다. 장소는 엉뚱하게도 선릉역 1번 출구 쪽 먹자골목에 있는 실내 포장마차였다. 육남진은 헐렁한 양복바지에 면 티 차림으로 지하철을 탔고, 선릉역에 내려 걸어 올라갔다. 비대한 몸에, 하루에 천 보도 걷지 않는 그로서는 고역이었다.

가게 안은 왁자지껄했고, 20대부터 60대까지 뒤섞여 있었다. 60대는 장철이었다. 플라스틱 테이블 위에 무심하게 놓인 해삼, 멍게 같은 해산물 접시들과 소주잔을 보니 한숨이 나왔다. 장철 옆 테이블에는 대학생으로 보이는 20대 남자 셋이서 큰 소리로 떠들며 웃고 있었다. 젠장. 육남진은 마음속으로 욕을 했다. 기분을 상하게 한 일은 더 있었다. 유연부가 장철과 동석해 있었다.

육남진은 직감했다. 이건 유연부가 만든 자리다. 기분이 확 상했다. 아무래도 오늘 만남은 공판을 앞두고 법정에 변호인으로 출석하는 자신에게 어떤 지시를 하려는 심산인 것 같았다. 당연히 유쾌하지 않았다. 법률 전문가로서의 자존심이었다. 장철이 그런다면 그래도 이해해야 했다. 노인의 노파심일 수도 있고, 무엇보다 보스이니까. 하지만 유연부한테서 어떤 지시를 듣는다는 건 불쾌하다.

모이는 장소, 시간 같은 건 대개 장철 회장, 아니 유연부의 생각으로 정해졌다. 이를테면 육남진과의 접점이 쉽게 만들어져서는 안 된다는 거였다. 적어도 해명이 어려워서는 안 되었다. 평소에 장철 회장의 집무실에 모이는 건 안전하다. 출입 내역이 CCTV에 여지없이 녹화되겠지만, 지워버리면 그만이다. 여차하면 업무상, 법률 고문으로서 출입했다고 하면 된다. 그런데 이처럼 밤 시간에는 그런 변명이 곤란하다. 그래서 차라리 이런 선술집 같은 곳을 고르는 것이다. 밤 시간에 은밀한 공간, 이를테면 회장의 별장 같은 데에 모였다간 나중에 그 사실이 알려졌을 때 해명할 말이 옹색하다. 일을 모의하기 위해 모였다는 의혹을 받기 쉽다. 더구나 김진구의 재판 바로 전날 밤이다. 그나마 이런 서민적이고 개방된 곳이라면 변명이 쉬워진다. 그저 가벼운 술자리라고 하면 그만이다. 은밀한 일을 모의하기엔 너무 뜬금없는 곳이다. 아무튼 굳이 이 밤에 소환을 한 걸 보면 갑작스런 일이었던 것 같다. 예정된 모임이라면 낮 시간 회장 집무실이 더 나았을 테니까.

장철이 육남진을 보더니 오라는 손짓을 했다. 육남진은 장철 맞은편에 유연부와 나란히 앉았다. 어쩔 수 없지만, 유연부와 동등해 보이는 이 자리도 마음에 들지 않았다.

"이런 데가 눈에 안 띄고 좋아. 얘기하기도 편하고."

장철이 말했다. 한잔하러 나온 동네 주민 같은 옷차림이었다. 김태일이 같이 있지 않은 건 조금 의외였다.

장철은 시끌벅적한 술집에 나와 들떠 있는 듯했다.

"유 실장 덕분에 참 오랜만에 와보는구만. 암, 편하게 이야기하려면 이런 데가 낫지."

육남진은 속으로 이를 갈았다. 아무리 만일의 경우를 대비한다 해도, 일 이야기를 하려면 호텔 바 룸 하나 빌려서 30년산 스카치라도 마시면서 해야지. 시장 바닥 같은 술집에, 소주하고 해삼이 가당키나 하냔 말이다!

물론 마음의 외침이었을 뿐, 입 밖으로 내지는 못했다. 동네 영감처럼 사람 좋아 보이는 이 장철이라는 인물은 절대로 관대한 보스가 아니었다. 그가 좋은 사람을 연기하는 건 상황 계산을 마치기 전까지다. 소주잔을 들이켠 장철의 객담이 이어졌다.

"난 주먹만 앞세운 무식쟁이들을 경멸해. 조폭질 하던 놈들이 만든 회사 치고 제대로 굴러가는 거 봤어? 끽해야 술 도매니, 나이트클럽 지분 같은 걸로 칼부림하지. 그렇다고 회사만 만들어 키우는 게 좋으냐 하면, 것도 아니야. 처음엔 착실하게 지킬 것 다 지키면서 해봤는데, 기업이란 게 우리 사회의 제일 밑바닥 약자더라고. 정치꾼들, 세무서에서 괴롭히지, 소비자란 놈들도 온갖 트집을 잡지. 거기서 돈 벌겠다고 더러운 꼴 참아내려니 구역질이 났어. 그래서 이 조직을 키워냈어. 일반 회사와는 달라. 그렇다고 떨거지 조폭 단체도 아니지. 껍데기는 합법. 그러면서도 어떤 수단도 마다하지 않는다. 그게 내 모토야. 그래서 육 변호사 같은 사람도, 김태일이 같은 놈도 다 옆에 둔 거야. 난 오랜 세월 잘해왔어. 이제 형님의 비트코인만 손에 들어오면 우리나라 실세들을 쥐고 흔들 만큼의 돈을 갖게 될 거야. 아니, 국내에서 아웅다웅할 거 뭐 있어? 미국에서 달러로 바꿔버릴까? 글로벌하게 가보는 거야. 어때?"

장철은 평소에 하지 않던 말까지 주워섬기고 있었다. 기분이 좋아 보였다.

여기까지는 그럭저럭 들어줄 수 있었다. 육남진이 다른 자리에서는 모두를 침묵시키는 주역이었지만, 장철 앞에서는 입장이 바뀌어야 했다. 그건 감수할 수 있고, 감내해야 했다. 마음에 들고 않고 할 문제가 아니었다. 육남진이 이 술자리가 마음에 들지 않은 건, 유연부가 내일 재판에서 해야 할 일에 관해 자신한테 말하면서부터였다.

"오늘 육 변호사님을 모신 건, 전체 그림을 알려드리기 위해서 예요. 그래야 혹시 모를 돌발 사태에 대처할 수 있을 거 같아서요."

전체 그림? 알려준다? 돌발 사태? 육남진은 기분이 나빠지기 시작했다.

"무슨 돌발 사태."

"알 수 없죠. 돌발 사태니까."

연부가 웃었고, 그만큼 육남진은 비위가 상했다.

"지금은 그래요. 김진구의 거짓말은 바닥이 드러났고, 우리는 김진구를 망가뜨릴 거예요. 내일 윤수애가 증언하면, 김진구는 유죄를 받을 거예요. 본인은 절박해지겠죠. 더 이상 상황을 재고 계산할 정신도 없을 만큼. 메모리고 뭐고, 아낌없이 던져서 자신을 구할 수 있을지도 모르는 썩은 밧줄이나마 잡으려 할 거예요. 김진구는 항소하겠지요. 그때 우리가 다시 제안하는 거죠. 이제 마지막 기회가 남았다. 더 이상 협상은 하지 않는다. 조건 없이 메모리를 건네라. 그러면 윤수애의 진술을 바꾸어준다. 항소심에서라도 진술이 바뀐다면, 물론 가능성은 많이 줄겠지만 그나마 기회가 있다, 그렇게요. 메모리를 건네주는 것 말고 다른 선택은 없겠죠. 아마 김진구는 응할 겁니다."

연부가 말하는 동안 육남진은 짐짓 정면을 쳐다보았다. 너의 이야기에 경청하는 태도를 취하지 않겠다는 옹고집이라도 부리듯이. 유연부의 이야기가 끝나고, 육남진이 말했다.

"이번 재판은 유죄로 몰고, 항소심에서 다시 거래한다는 건 나도 생각하고 있었어. 굳이 그 이야긴 할 필요 없고……."

육남진의 억하심정이 말투에서 고스란히 묻어났다.

"그 이야기를 하러 굳이 만날 필요 있었나?"

"알고 계시다면 다행이고요. 그래야 재판 중에 의외의 상황이 닥치더라도 실수 없이 대처할 수 있겠죠."

"아니 그러니까, 무슨 의외의 상황이 벌어진단 거야?"

육남진이 신경질적으로 말했다.

"글쎄요. 재판이란 게 생물처럼 늘 변한다는 말씀을 하신 건 육 변호사님이셨잖아요. 그리고 돌발 상황은 글자 그대로 돌발이니까 예측이 아니라 대응의 문제고요."

연부의 말은 얄미울 정도로 반박하기 어려웠다. 아마도 재판에서 이런 상대를 만난다면 꽤 짜증이 날 것 같았다.

육남진은 자신을 쳐다보는 장철의 시선을 느끼면서 그저 수긍의 뜻으로 고개를 가볍게 끄덕였다.

"무엇보다 메모리 회수라는 목표를 기억하세요. 그래야 재판 도중 일어나는 어떤 상황에서도 유연하고 적절하게 대처할 수 있어요."

육남진은 울컥했다.

하마터면 술잔을 벽에 집어던지고 욕설을 할 뻔했다.

감히 변호사인 내게 재판에 대해 이러쿵저러쿵해?

하지만 유연부의 태도와 말투에는 어쩐지 마구잡이식 반응을 보이기 어려운 힘이 있었다. 얼굴이 벌게진 채 꾹 눌러 참는 자신의 모습이 어색했지만 육남진은 달리 어쩔 수 없었다.

그건 그렇고 유연부는 굳이 전날 밤에 불러내서 다짐을 받아야 할 만큼 재판에 어떤 불안감이 든 걸까. 저 여자는 김진구를 잘 아는 것 같았는데……. 무언가를 감지한 걸까. 장철이 거들었다.

"김진구 놈이 막다른 곳에 몰렸어. 이런 인간들이 다 같이 죽자는 식으로 막가는 걸 난 많이 봐왔거든. 유 실장은 그런 걸 걱정하는 거야. 뭐 물론 육 변호사가 알아서 잘하겠지만 말이야."

육남진은 그 불안에 동의하지 않았지만 굳이 반박하지 않았다. 이 재판에서 무슨 돌발 상황이 일어날 수 있단 말이야. 역시 소심해. 육남진은 그렇게 마음속으로 연부를 욕할 뿐이었다.

잠시 후 유연부가 먼저 자리를 떴다. 다른 약속이 있다고 했지만, 육남진은 핑계라고 생각했다. 이어 육남진도 자리를 파하고 일어서려는데, 장철이 만류했다.

"아직 볼일이 좀 있어. 육 변호사는 남아 있지."

육남진은 할 수 없이 자리에 앉았다. 그러면서 요령 좋게 먼저 자리를 빠져나간 유연부가 또 괜히 미워지는 것이었다.

장철과 단둘이 있는 자리가 편할 리 없다. 육남진은 설교를 좋아했지만 오직 하는 쪽일 때만이었다. 듣는 쪽은 아니었다. 육남진이 장철의 일방통행식 객담을 참고 들으며 소주를 서너 잔 들이켰을 무렵, 작업복 차림의 30대 남자가 가게에 들어왔다. 그는 잠시 입구 언저리에 서서 휘휘 둘러보더니 장철을 발견하고는 성큼성큼 다가왔다. 굳은 얼굴, 다부진 걸음걸이에 육남진은 문득 위협감을 느꼈다. 반면 장철은 남자가 다가와 옆에 설 때까지 아무런 동요도 없었다. 남자가 장철에게 무언가를 말하려 허리를 굽힐 때야 육남진은 그가 조직의 말단 직원이라는 걸 깨달았다.

"회장님."

남자가 불렀다.

"무슨 일이야."

장철은 냉랭했다. 귀찮다는 기색이 역력하다. 남자는 움찔하더니 주눅 든 음성으로 말했다.

"김태일 전무님 전화입니다."

장철은 남자가 건네는 휴대전화를 받아 들었다. 장철의 표정이 조금 진지해졌다. 육남진은 직감했다. 무언가 중요하고도 위험한 용건이다. 이 조직은 늘 그랬다. 용의주도한 장철은 위험한 결정을 해야 할 때는 적어도 그 시각 자신이 지시했다는 흔적이 남지 않는 방식으로 했다. 김태일이 장철에게 직접 전화하지 않고 굳이 사람을 보내 간접적으로 통화를 하는 건 '그 용건'을 두고 장철과 접점을 만들지 않기 위해서다. 그래서 부하를 보내 그의 휴대전화로 장철과 통화하는 것이다. 아마도 그 '용건'을 처리하느라 김태일이 이 자리에 없는 거겠지.

장철은 음, 음 하면서 김태일의 말을 듣고만 있었다. 잠시 후 입꼬리가 씨익 올라갔다.

"알았어. 곧 알려주지."

장철은 통화 상태로 남자에게 휴대전화를 건네주며 말했다.

"영상 보여줘 봐."

남자는 휴대전화를 몇 번 터치하더니 장철에게 다시 넘겨주었다.

장철은 화면을 눌러 동영상을 보며 다시 한번 씨익 웃었다. 그러고는 영상을 육남진에게 슬쩍 보여주었다. 장소는 허름한 방이었다. 중년의 남자가 추리닝 복장으로 책상을 앞에 두고 의자에 앉아 있었다. 무심하고 평온하지만 어딘지 주눅이 든 것 같기도 한 얼굴. 육남진이 아는 얼굴이었다.

"김춘호를 찾으셨네요."

육남진이 반갑게 말했다. 하지만 장철이 조용히 하라는 신호로 입술에 손가락을 갖다 대는 바람에 움찔했다.

김춘호는 회사 내 거액의 자산을 빼돌려 중국으로 도피하려던 인물이었다. 조직의 감시를 피해 평택항 인근에서 밀항선을 수소문하고 있다는 얘기까진 들었다. 김태일은 그가 출국하기 전에 잡으려 혈안이 되어 있었는데, 드디어 오늘 오후에 그를 찾은 모양이다. 그러고는 바로 장철에게 보고하러 사람을 보낸 것이다. 장소는 평택 어딘가의 외딴집일까. 화면에는 나오지 않지만 아마도 김태일과 부하들이 그를 에워싸고 있겠지.

"태일이가 김춘호를 어떻게 할지 묻는군."

장철의 눈이 파충류처럼 빛났다. 육남진은 침을 꼴깍 삼켰다. 어떻게 할지라는 건 생사의 문제라는 뜻이었다.

장철은 휴대전화를 앞에 놓고서 잠시 생각에 잠겼다. 김춘호가 죽느냐 사느냐는 지금 이 자리에서 장철이 내리는 결정에 달린 것이다. 두 가지 다 가능한 옵션이었다. 김춘호는 해외로 도주하기 위해 주변을 깨끗이 정리했으니 이 시점에서 사라진다 해도 위험은 적다. 반대로, 살려두면 그대로 후환이 또 있겠지만 그래도 살인에 따르는 위험부담은 없다.

불쑥 장철이 킬킬거렸다. 육남진은 굳은 얼굴로 장철을 쳐다보았다. 혹시 장철이 자신한테 의견을 물으려나? 어디까지나 돈과 법률문제가 자신의 일인데. 살인에 직접 연관되는 일은 피하고 싶은데. 육남진은 곤혹스러웠다. 하지만 장철은 의견을 묻거나 하지는 않았다.

"펜 있나?"

장철은 김태일이 보내온 남자에게 말했다. 남자는 장철에게 펜을 건넸다. 장철은 품 안에서 명함 두 장을 꺼내더니 거기에 무언가를 썼다. 그의 주름진 얼굴에는 때 아닌 장난기가 떠올라 있었다. 육남진은 영문을 알 수 없는 그 장면들을 멍하니 지켜볼 뿐이었다.

장철은 몸을 쭉 펴더니 옆자리로 고개를 돌렸다. 옆 테이블에는 대학생으로 보이는 남자 셋이서 큰 소리로 대화를 나누며 술을 마시고 있었다.

"학생인가?"

장철은 그중에서도 가장 앳돼 보이는 남자에게 말을 걸었다. 가게 안이 꽤 시끄러웠기에 큰 소리로 불러야 했다. 남자는 스물을 갓 넘어 보였다.

"예? 예."

남학생은 친구와의 대화를 끊고 어리둥절한 표정으로 장철에게 대답했다. 다른 두 남학생의 시선도 장철에게 모였다.

"한 가지 물어보려고."

남자들 셋은 여전히 멀뚱히 장철을 쳐다보았다.

"아무래도 젊은 사람들 감각이 더 나을 테니까."

장철은 인자한 웃음을 띠었다.

"내가 명함을 새로 파려는데 말이야, 디자인이 고민돼. 샘플을 두 장 보여줄 테니까 그중에서 좀 골라줬으면 해."

남학생들은 좋다고 했고, 장철은 양손에 각각 명함을 쥐고 내밀었다.

"이쪽이 좋네요."

두 명이 왼쪽을 가리켰다.

"저는 이쪽."

가운데 학생은 오른쪽을 가리켰다.

2 대 1. 세 명 중 두 사람이 장철의 왼손에 든 명함을 택했다.

"고마워. 이걸로 해야겠구만."

장철은 왼손을 흔들어 보였다. 학생들은 가볍게 목례를 하고 이내 자신들의 대화로 돌아갔다.

장철은 탁자 위에 명함을 펴서 뒤집었다.

왼쪽 명함 뒷면에는 사(死) 자가, 오른쪽 명함 뒷면에는 생(生) 자가 적혀 있었다. 조금 전 장철이 펜으로 써넣은 글자다.

"이렇게 결정됐군."

장철은 이를 드러내며 웃었다.

육남진은 문득 한기를 느꼈다. 그리고 생각했다. 오늘 장철의 말에 한 번도 반박하거나 불편한 기색을 비치지 않았던 자신의 결정은 너무나 잘한 것이었다고.

다음 날 제2회 공판기일.

육남진은 김진구의 변호인 신분으로 법정에 섰지만, 물론 진구의 무죄 석방을 위해 노력할 생각 따위는 추호도 없다. 방청석에는 윤수애가 와서 앉아 있다. 정해진 대로, 경찰에서 했던 말과 똑같이, 김진구가 찔렀다는 말을 반복할 것이다. 그녀의 증언은 쐐기를 박는다. 메모리에 녹음을 했니 뭐니 장난쳤던 김진구는 오늘 지옥으로 떨어질 것이다. 그리고 감히 조직을 상대로 거래를 시도했던 어리석음을 처절히 후회하겠지. 절망의 구렁텅이에 빠진 그는 목숨 줄 같은 메모리를 내걸고 애걸해 오리라. 항소심에서 제발 살려달라고. 그때 달래고 얼러서 유유히 받아내면 된다.

육남진은 명색이 변호인이면서도 옆자리에 앉은 진구에게 눈길도 주지 않았다. 진구도 딱히 그를 의식하고 있는 것 같지는 않다. 육남진은 진구가 오늘쯤은 구원을 호소하는 애달픈 눈길을 자신한테 보내리라 예상했건만, 의외의 의연함이었다. 하지만 이질감은 금세 날아가 버렸다. 진구의 허세를 이미 충분히 맛보지 않았던가. 이 녀석은 여우다. 자신이 우리에게 안달하는 모습을 보일수록 처지가 어려워진다는 걸 알고 있다.

판사 세 사람이 자리에 앉았고, 재판장이 공판 시작을 선언했다.

"지난 기일까지 서증 조사를 마쳤고, 오늘은 증인신문을 실시하겠습니다."

진구가 불쑥 말했다.

"재판장님."

판사가 의아한 듯이 고개를 들었다. 피고인이 이런 식으로 돌연 튀어나오는 경우는 드물다. 검사도 눈살을 찌푸리며 진구를 쏘아보았다. 육남진도 진구가 무슨 짓을 하려나 싶어 고개를 돌려 옆자리의 진구를 보았다.

"피해자의 모친께서 엄벌 의사를 철회하고 제가 진범이 아니라고 믿는다는 탄원서를 제출한 것으로 압니다만, 확인해주셨으면 합니다."

"아, 네. 들어왔어요."

판사는 그러면 그렇지, 하는 투로 가볍게 대답했다. 피고인은 피해자 유족의 탄원서가 크게 의미 있는 줄 알고 절박한 심정으로 물었겠지만, 이 재판은 유무죄를 다투는 재판이다. 탄원서는 그저 종이 한 장에 불과하다. 검사도 웃음을 내비쳤고, 육남진은 한심하다는 듯 진구로부터 고개를 돌렸다. 어지간히 애타는 모양이군, 겨우 이 정도 녀석이었어? 그런 표정이었다.

"재판장님."

이번에는 검사가 일어섰다. 판사는 고개를 들어 검사를 보았다.

"증인신문으로 넘어가기 전에 증거를 추가로 제출하겠습니다."

"뭡니까."

"참으로 예상 밖의 일입니다만……."

검사가 운을 뗐다.

육남진은 퍼뜩 불길한 예감이 들었다. 이 재판은 예상대로 흘러가야 한다. 예상대로 뻔하게 김진구가 살인자로 확정되고, 유죄판결을 받아야 한다. 재판절차는 요식에 그쳐야 한다. '예상

밖의 무언가'는 좋은 일이 아니다. 검사가 말을 이었다.

"피고인이 증거를 하나 제출했습니다."

"피고인이요?"

판사가 놀란 듯 물었다. 검찰 측 증거를 피고인이 낸다는 일은 듣도 보도 못한 일인 것이다. 그건 재판장보다 더 법정 경력이 긴 육남진에게도 마찬가지였다.

"아, 네, 표현이 좀 잘못되었습니다. 물론 검찰이 이 증거를 제출하는 겁니다만, 피고인이 검찰에 증거를 보내왔다는 말입니다."

"어떤 증겁니까?"

"피고인이 어제 우편으로 검찰에 편지를 보내왔는데요, 범행현장 피해자의 바지 주머니에 USB 메모리가 하나 있었다고 합니다. 경황 중에 자신도 모르게 그걸 집어왔다고 합니다. 그걸 구치소 안에까지 어떤 경위로 갖고 들어가 지금까지 보관해왔다고 하고요. 그런데 아무래도 이게 중요한 증거일지도 모른다는 생각이 들어 이번에 검찰에 제출하려 한다고 알려왔습니다."

육남진은 들고 있던 펜을 떨어뜨릴 뻔했다. 얼굴은 일순 사색이 되었다.

김진구 저 녀석은 미쳐버린 걸까. 자포자기의 심정이 되어 자폭하려는 건가. 메모리를 검찰에 보내버리다니. 그러면 우리를 엿 먹일 수는 있겠지만, 자신도 최후의 카드를 내던지는 건데. 이놈은 미쳤다!

육남진의 당황한 시선이 교도관들 쪽을 스쳤다. 그들의 낯빛도 흑색이었다. 구치소 안에 수용자가 몰래 메모리를 가지고 들어가서 지금껏 보관해왔단 말이니, 기본적인 몸수색에서 허점이 있었단 얘기가 된다.

검사가 말했다.

"피고인의 편지를 받고서, 검찰수사관이 구치소에 직접 가서 피고인으로부터 임의제출물 압수 형식으로 그 메모리를 받아왔습니다. 이 메모리는 살인에 대한 추가적인 정황증거가 될 수 있습니다. 피고인은 아무 생각 없이 이 물건을 보내왔을지 모르겠습니다만, 이거야말로 피고인이 사실상 범행을 자백한 것으로 간주해도 무방하다는 것이 검찰의 의견입니다. 자신이 피해자를 찔렀기에 바지 주머니를 뒤졌고, 메모리를 가져올 수 있었을 것입니다. 그의 주장처럼 단순히 발견자나 목격자에 불과하다면 피해자의 바지 주머니를 뒤지고, 거기서 메모리를 가져온다는 일은 생각하기 어려운 일로서……."

검사의 주장이 더 이어졌지만 육남진의 귀에 더 이상 들리지 않았다. 검찰이 저렇게 주장할 만했다. 김진구는 스스로 올가미를 뒤집어쓴 셈이다. 이렇게 전개될 걸 생각 못 하고 일을 저질렀단 말인가. 김진구는 생각만큼 영리하거나 여우 같은 놈이 못 되었던 것 같다. 그저 감정에 치우쳐 일을 그르치는…….

육남진의 잡념을 깨듯 판사가 김진구에게 말했다.

"이 증거를 인정합니까?"

김진구가 검찰에 스스로 보내온 증거이니 이 말은 우스울 수도 있지만, 어쨌든 형식상은 검찰이 증거로서 제출한 것이다.

피고인이 이 증거를 인정하는지를 묻는 증거 인부 절차는 필요했다.

"범행 현장에서 그걸 가져왔다는 사실은 인정합니다. 구치소에까지 가지고 들어간 건 어떤 의도가 있지는 않았는데, 그저 재판 과정에서 도움이 되지 않을까 하는 막연한 기대에서였습니다. 이걸 내면 제가 더 오해받을지 모른다고도 걱정했습니다. 근데 아무리 생각해도 사실을 있는 대로 말씀드려야겠다고 생각했습니다. 그래서 고민 끝에 검사님한테 그걸 편지를 보냈습니다. 그 메모리 안에 뭐가 있는지, 내용 같은 건 전혀 모릅니다."

김진구가 말했다. 자신이 더 불리해진 사실도 모르는 듯 고개를 뻣뻣이 들고 있었다.

"이 메모리의 내용은 어떤 겁니까?"

판사가 검사에게 물었다.

"텍스트 파일 하나만 들었는데, 비번이 걸려 있습니다."

육남진은 그나마 조금 안심했다.

"하지만 이 재판에서 메모리의 내용은 전혀 중요하지 않습니다. 피고인이 범행 현장에서 피해자의 바지 안에 있던 메모리를 꺼내 왔다는 것, 그 사실이 중요합니다. 피고인이 살인을 했다는 정황의 하나입니다. 메모리의 '내용'이 아니라 메모리의 '현존'을 증거로서 제출하는 것입니다."

검사의 이어진 발언에 육남진은 조금 더 안심했다.

그러면서, 이건 김진구가 그저 같이 죽자는 심정으로 내던진 게 아니라, 어떤 계획에 따라서, 의도적으로 한 짓이라는 생각이 들었다. 시기적으로도 그렇다. 김진구의 물증은 윤수애의 증언이 있기 전에 재판부에 제출돼야 한다. 원칙적으로 서증과 물증의 조사를 다 마치고 증인으로 넘어가는데, 증인의 증언이 끝난 뒤에 검찰이 다시 물증을 내겠다고 하면, 재판부는 삐딱하게 볼 수밖에 없다. 잘못하다가는 늦게 냈다는 이유로 증거 채택이 기각될 수도 있다. 현장에서 가져온 물증이 있다는 김진구의 편지를 받은 검사는 바로 수사관을 파견했으리라. 김진구로부터 물건을 받아 오늘의 공판에서, 증인의 증언이 이루어지기 전에 제출하기 위해. 그리고 딱 그대로 했다. 이건 그저 우연이 아니다. 검찰에 편지를 보내려면 앞으로도 얼마든지 시간이 있었다. 절체절명의 위기 앞에 선 자신한테 어떻게 하는 것이 유리할지 가늠해볼 수많은 시간이. 그런데 서둘러 보냈고, 하필 이날, 이 시기에 증거가 제출되도록 만든 것이다. 김진구는 그걸 노린 것이다.

"윤수애는 다음 기일에 증언시켜주시죠."

새하얗게 질린 육남진의 얼굴 쪽으로 몸을 기울여 진구가 말했다. 조용하지만 단호했다. 바위처럼 튼튼하고 톱니처럼 불가역적인 말.

육남진은 진구가 말하지 않더라도 이미 그렇게 판단하고 있었다. 법률가로서 최소한의 감이었다. 돌발적이고 이해할 수 없는 상황이 벌어진 판에, 윤수애를 법정 증언시켜서는 절대 안될 일이다. 그랬다가는 김진구가 유죄의 구렁텅이로 돌이킬 수없이 굴러떨어지겠지만, 메모리를 회수할 가능성 또한 영원히 사라질 것이다. 오늘의 전략은 김진구가 무너져야 유효하다. 그런데 김진구는 의도적으로 재판을 망가뜨리려 하고 있다. 김진구의 말로 더 명백해졌다. 김진구는 증언 연기를 요청하면서 이 말을 생략한 것이다. '메모리를 회수하고 싶다면.' 재판 도중 어떤 돌발 상황이 일어나더라도 유연하게 대처해라. 메모리 회수라는 목표를 기억해라. 문득 어젯밤 선술집에서 유연부가 했던 말이 윙윙 메아리쳤다.

아마도 육남진이 요청하지 않는다면 김진구가 직접 판사에게 강력하게 요구하겠지. 그 명분은 '피고인의 방어권', '충실한 공판 준비' 같은 게 될 것이다.

육남진은 다급하게 일어섰다. 판사를 향해, 윤수애의 증언을 차회 공판기일로 연기해줄 것을 거의 필사적으로 요청했다.

'검찰이 증거를 갑작스럽게 제출했다.'

'새 증거에 대해 검토 후 변호인의 의견을 정리할 시간이 필요하다.'

'그 후에 증인신문이 이루어져야 한다' 등등 있는 대로 논리를 주워섬겼다.

검사가 예고 없이 증거를 낸 만큼 소위 '방어권 보장'을 위해 연기해달라는 요구는 판사가 쉽게 떨쳐버릴 수 없다. 만에 하나 판사가 받아들이지 않는다면 눈짓으로 윤수애를 법정 밖으로 내보내 버리기라도 할 작정이었다.

다행히 그런 무리수를 둘 필요까지는 없었다. 무엇보다 증인신문의 한 축을 담당해야 할 변호인이 오늘 증거에 대한 의견을 밝히지 못하겠다는 데야 판사도 어쩔 수 없다. 결국 "짧게 시간을 드릴 테니까, 다음에 준비하고 나오십시오"라는 선언과 함께 공판은 일주일 후로 연기되었다.

다음 날 오전 10시, 의외의 인물이 진구를 찾아왔다.

"너무 잘 지내는 거 아냐? 살인범이."

접견실 의자에 앉는 진구를 쳐다보며 윤동민 형사는 빙그레 웃었다.

"형사님 눈엔 제가 잘 지내는 걸로 보입니까?"

진구는 피식 웃었다. 한편으로는 자신을 살인자로 밀어붙인 형사가 이 시점에 찾아온 이유에 관해 머리를 굴리기 시작했다.

"그래 보이는데, 여전히 희고 미남이잖아."

"밖에 있는 사람이 안에 있는 사람한테 할 소린 아닌 거 같은데요."

"부러워서 그래. 부러워서. 어쨌든 젊잖아."

윤동민이 되지도 않는 너스레를 떠는 걸 보니 진구에게 불쾌한 용건으로 온 것 같지는 않다. 아마도 어제 공판 이야기를 들은 거겠지. 그래서 온 거라면 이 형사는 뻔한 살인사건이라는 틀과는 뭔가 다른 관점을 이제야 가지게 된 걸까.

"수사 접견으로 왔지만, 오늘은 뭘 추궁하러 온 거 아니야. 긴장 안 해도 돼."

그가 말을 꾸며대는 것 같지는 않았다. 진구는 멀뚱히 쳐다보았다.

윤동민은 어제 공판에서 말이야, 하며 몸을 앞으로 바짝 숙였다.

"그건 무슨 짓이야."

"어느 짓 말씀인가요?"

윤동민은 몸을 약간 뒤로 물렸다.

"메모리를 검사한테 보낸 거 말이야."

"아, 그거요."

"그래. 경찰에서 암 말도 없다가 불쑥 그게 뭐지?"

윤동민은 진구의 기색을 지긋이 살펴보다가 덧붙였다.

"그게 너한테 꼭 유리한 증거는 아니잖아. 아니, 아예 불리한 증거라고."

진구는 주변을 두리번거리고는 대꾸했다.

"꼭 그렇지는 않겠죠."

"설마 상황 판단을 잘못한 거야? 너 정도로 똑똑한 녀석이?"

"형사님이야 말로 판단 미스시네요. 제가 유죄여야 좋으시잖아요."

윤동민은 잠시 움찔했다. 진구에게 무언가 설명해야겠다고 느낀 모양이었다. 그는 말투를 많이 누그러뜨렸다.

"물론 네가 나한테 좋은 감정이야 없겠지만, 난 네 말이 사실일지 모른다는 가정하에 수사도 했던 사람이야."

"윤수애가 의심스럽다고는 생각하시나요?"

윤동민은 대답이 없었다. 형사 입장에서 그렇다고 할 수는 없는 일일 테지. 하지만 대답이 없다는 건 결국 긍정이다. 이 형사는 분명 우호적이다.

윤동민은 할 수 없다는 듯 입을 열었다.

"솔직히 말하지. 아무래도 나에 대한 믿음이 있어야만 너도 카드를 꺼내 보일 거 같으니까."

진구는 형사의 말을 기다렸다.

"솔직히 말하면, 윤수애도 다 믿는 건 아니야. 윤수애는 서울 강남의 술집에서 일하고 있어. 살아온 이력을 봐도 사건의 무대가 된 인천과는 관계없고. 현장의 그 집도 윤수애가 몇 달 전에 빌린 거였어. 서울에서 일하는 애가 뜬금없이 인천의 외딴곳에 그런 집을 빌렸다는 게 좀 이상하지. 본인은 왜 피해자인 자기 쪽을 뒤지냐고, 감사실에 고발하겠다고 난리를 피워서 더 파볼 수도 없었어. 나중엔 머리를 식히러 먼 데다 집을 하나 더 얻어둔 거라고 변명하더군. 뭐 돈은 잘 버는 여자니까. 하지만 수상하긴 하지. 그런데."

윤동민은 양옆 부스를 힐끔 보고는 말을 이었다.

"그런 정황 말고는 아무것도 나온 게 없어. 너 말대로라면 적어도 두 가지는 나와야 하거든. 거짓 연극의 대가로 돈을 받은 흔적, 그리고 조직에서 사주를 받고 지시대로 실행했다면 바로 그 조직에서 명령을 내린 흔적. 그런데 이메일, 전화, 메시지, 계좌 어디에도 흔적이 없었어. 이런 건 지난번에도 이야기했었지."

윤동민은 잠시 뜸을 들이고는 말했다.

"어때?"

"어떻다뇨?"

"내가 이 정도로 솔직히 얘기해줬으면 진구 너도 털어놓을 게 있을 거잖아."

윤동민의 말이 맞았다. 이 정도라면 진구가 이야기하지 않을 이유는 없었다. 지금 윤동민은, 이 살인사건 수사와 재판 절차 전 과정에서 유일하게 진구의 말을 들어주려 하는 사람이었다. 한 가지 위험한 가능성은 윤동민이 조직의 일원일 경우겠지만, 그건 얼치기 음모론 영화에나 나오는 설정이고 현실적이지 않았다. 또 설사 그렇다 한들 지금 여기서 진구가 털어놓을 이야기는 그들 조직에게 하등 새로운 정보가 없다. 메모리를 검사한테 보낸 이유만 이야기하지 않으면 된다. 아니, 어차피 그 이야기도 진구한테 불리할 요소만 빼고 상대에게 전달하면 그만이다. 어느 쪽이든 손해는 없다. 진구는 행여나 옆 접견 부스에 들릴까 몸을 윤동민 쪽으로 숙였다.

"비트코인 아시죠?"

"뭐? 갑자기 무슨 말이야?"

맥락 없는 단어가 등장하자 윤동민이 멍한 표정을 지었다. 맨 처음 진구가 육남진으로부터 비트코인이라는 단어를 들었을 때 저런 표정이었으리라.

진구는 간단하게 지금까지의 사정을 설명했다.

조직의 전 보스가 비트코인 개인키를 담은 메모리를 갖고서 구치소에 들어왔다가 독방의 틈에 떨어트린 일부터 그들이 메모리를 파멸 도구로써 진구를 택해 함정에 빠트린 이야기, 육남진이 조직의 끄나풀로서 진구의 재판을 담당하고 있다는 이야기까지.

진구의 말이 끝날 무렵 윤동민은 입을 헤벌리고 있었다. 담배가 있었다면 입에서 떨어졌으리라. 그의 꽤 오랜 형사 생활에도 이런 일은 처음인 모양이다.

"……믿을 수도, 믿기지도 않는 이야기군."

"제가 만들어낼 수는 있는 이야기입니까?"

윤동민은 마치 입을 닫듯이 손바닥으로 입술을 한 번 쓰윽 훑었다.

"이렇게 복잡하게 상황을 설계하는 범죄자는 만나본 적이 없어."

"그래서 저도 보통의 뻔한 놈들과는 전혀 다르다고 봐요. 굉장히 머리 좋은 인물이 조직 안에 있다는 생각이 들어요."

윤동민의 얼굴에 의혹, 불신, 난감함 같은 것들이 뒤섞여 떠올랐다.

"만에 하나."

윤동민은 천천히 말을 골랐다.

"만약에 너의 말이 맞는다면, 그러니까…… 지금 네 말을 믿는다는 게 아냐."

"그럴 기대는 안 했습니다."

윤동민은 비로소 현실감 있는 표정을 지었다.

"만약 네 말대로라면, 윤수애, 그리고 육남진 변호사까지 털어봐야 한다는 건데……."

"가능성이 없죠. 지금은."

"일단 육남진은 털어볼 수가 없어. 피의자도 아니고 수사 대상도 아니거든. 압수수색 같은 걸 할 수 없어. 아니 애초에 사건성 자체가 없고, 입건도 안 돼. 진구 너의 그 소설 같은 진술밖에 없으니까."

"그래서 얘기를 안 했던 겁니다. 지금 윤 형사님한테만 이야기한 거예요."

그 말을 하던 진구는 문득 떠올렸다. 윤동민 말고 이야기를 털어놓은 사람이 한 명 더 있었다. 이탁오 박사.

윤동민의 말이 이어졌다.

"윤수애도 마찬가지야. 아무튼 이 살인은 네가 범인으로 재판받고 있는데, 이제 와서 제삼자를 혐의자랍시고 조사하는 건 있을 수 없는 일이지. 이메일이든 전화든 내역 확인도 당연히 할 수가 없어. 영장은 당연히 안 나올 거야."

윤동민은 진구에게 미안한 듯 말했다.

"압니다. 여기서 더 수사할 수 없다 해도 형사님 탓은 아니지요. 하지만."

"하지만?"

"상황은 바뀔 수 있겠죠. 언제든."

진구는 잠시 말을 끊었다가 이었다.

"아니면 상황을 바꾸든가."

윤동민은 어이없다는 듯 진구를 바라보았다. 진구는 눈을 찡긋했다.

"이를테면 제가 무죄를 받아 나갈 수도 있겠죠."

윤동민은 팔짱을 끼고 진구를 지긋이 노려보았다. 희한한 인간이군, 하는 눈빛이었다. 압도적인 증거로 난타당하는 살인 재판의 피고인 주제에 천연덕스럽게 무죄 석방을 이야기하는 자는 만나본 적이 없으리라.

윤동민은 이윽고 품에서 볼펜을 꺼냈다. 그러고는 진구 앞에 놓인 종이에 자신의 휴대전화 번호를 휘갈겨 적었다.

"나한테 연락하려면 이리로 해."

윤동민한테 전화하려면, 물론 진구가 석방되어야 한다.

육남진이 접견 온 건 그날 오후였다. 전날 공판이 있었으니 오전 중에라도 부리나케 달려올 거라 예상했지만, 오전에는 윤동민의 수사 접견이 있어서 뒤로 밀렸던 모양이다.

접견실에서 기다리고 있던 육남진의 얼굴은 멀리서 보기에도 붉으락푸르락했다. 진구는 짐짓 천천히 문을 열고서 들어갔다.

"대체 뭐 하는 짓이야?"

진구가 채 자리에 앉기도 전에 육남진이 언성을 높였다. 점심 때 반주라도 했는지 입을 여는 순간 술 냄새가 났다.

에둘러 말할 필요는 없었다. 진구는 양 팔꿈치를 탁자에 올리고 정면을 응시하며 말했다.

"아시지 않습니까?"

"장난치냐?"

진구는 작게 한숨을 쉬었다. 이쯤 되면 상황을 파악할 줄 알았는데. 육남진이 말하는 본새를 보아하니 그렇지 못한 것 같다. 육남진은 그럴 수 있다 쳐도, 조직의 그 브레인은 당연히 진구가 한 행동의 의미를 알았을 텐데. 어쩌면 어제 공판 이후에 육남진이 조직의 두뇌와는 상의할 시간을 갖지 못하고 우선 진구를 만나보기 위해 허겁지겁 달려온 것인지도 모른다.

진구가 짐작한 대로였다. 육남진은 전날 공판 이후 장철과 김태일을 만나 보고를 했지만 그 자리에 하필 유연부는 없었다. 장철은 일단 김진구를 만나서 왜 그런 짓을 했는지, 이야기를 들어보고 오라고 육남진을 다그쳤고, 육남진은 초조하게 하루를 보낸 후 이날 달려온 것이었다.

진구는 어쩔 수 없다는 듯이 작게 고개를 흔들었다.

"제 메시지가 전달이 안 된 모양이네요."

"메시지? 그게 뭐야?"

"제가 검사한테 메모리를 보낸 것이 의미하는 메시지 말입니다."

육남진은 말이 없었다.

"귀찮네."

진구가 고개를 옆으로 슬쩍 돌리고 혼잣말처럼 읊조렸다.

"뭐?"

육남진의 얼굴이 벌게졌다. 진구는 육남진을 똑바로 보았다.

"설명을 해야 합니까. 구차하게."

"일단 말해봐."

육남진은 꾹 참는 얼굴이었다.

"심플해요. 제가 무죄 방면되어야 당신들이 메모리를 찾을 수 있습니다."

"뭐라고?"

"나 참. 변호사시니까 상황을 이해했을 줄 알았거든요. 의외네요."

"이 자식이!"

육남진은 흥분한 나머지 엉덩이를 의자에서 거의 떼려 했다. 진구는 양팔을 탁자에서 거두고 등받이에 몸을 기댔다. 그러고는 말없이 육남진을 올려다보았다. 육남진의 몸에서 스르르 힘이 빠졌다.

"일단 계속 말해봐."

그제야 진구는 다시 입을 열었다.

"메모리는 내가 죽은 송치수의 바지에서 꺼낸 것으로 되어 있습니다. 정확히는 내가 검사한테 그렇게 편지를 써서 보냈지요."

"왜 그랬지?"

"그렇게 되면 메모리는 공식적으로 송치수의 물건이 되는 셈이죠."

"그래서?"

"이 재판이 끝나면 어떻게 되겠습니까?"

"재판이 끝나면……?"

육남진이 눈알을 굴렸다. 진구가 잠깐 기다려주었지만 여전히 어리둥절해 보였다. 진구는 혀를 가볍게 차고는 설명을 이었다.

"증거물 중에 흉기 같은 건 몰수되지만, 나머지는 원래 소유자한테 돌려주지 않습니까?"

"그, 그렇지. 그런데?"

육남진은 사고가 완전히 정지된 모양이었다.

"메모리는 내가 송치수의 바지에서 꺼낸 것이라며 검찰에 보냈고, 그래서 송치수의 물건으로 되어 있어요. 그러니까 재판이 끝나면 그 메모리는 원래 소유자인 송치수 측에 돌아가게 되겠죠."

"음."

"그런데 송치수는 죽었으니까, 유족인 어머님이 가지시게 됩니다."

"으음."

잇달아 신음으로 대꾸하던 육남진은 문득 눈을 부릅뜨고 물었다.

"그래서?"

"제가 송치수하고 절친인 건 잘 아시죠? 치수 어머님도 절 아들처럼 생각했죠. 치수 어머님은 사건이 벌어지고 나서 얼마 전까지도 절 범인으로 생각했습니다. 그래서 한때는 재판부에 저를 엄벌해달라고 탄원서를 내기도 했었죠. 하지만, 지금은 모든 오해가 풀렸어요. 제가 절대적으로 무고하다고 믿고 계시지요. 아, 그건 변호사님도 어제 공판에서 확인했죠? 치수 어머님이 제가 진범이 아니라며 재판부에 새로 탄원서를 냈단 거."

육남진은 기억을 더듬는 기색이었다. 사실 더듬을 것도 없었다. 바로 전날의 일이다. 기억을 못 할 리가 없다. 진구는 치수 모친이 법원에 진구가 무고하다고 주장하는 새 탄원서를 제출했다는 사실을 굳이 판사에게 물어 확인했었다. 물론 진구의 의도된 행동이었다. 육남진이 들으라는 거였다.

"치수 어머님은 절대적으로 믿고 계세요. 제가 억울하게 누명을 쓰고 감방 생활을 한다며 안타까워하고 계시기도 하고요. 그러니, 겨우 메모리 하나, 제가 달라면 두말하지 않고 주실 겁니다."

"그러면?"

"그러면 제가 당신들한테 건네줄 수 있다는 거죠. 그러니까……."

"그러니까?"

"절 무죄로 만들어주십시오. 그러면 메모리를 받아 돌려드리겠습니다."

"이런……."

육남진은 말을 잇지 못했다. 진구의 말은 옳았다. 법률가인 자신이 누구보다 잘 안다. 메모리는 송치수의 바지에서 찾아냈다는 진구의 거짓말과 함께 검찰에 넘어갔다. 향후의 일은 그렇게, 진구 말대로 진행될 것이다. 진구가 말을 덧붙였다.

"아, 물론 제가 어머님한테 검찰청 가서서 메모리를 받는 즉시 그곳 변기에 버리세요, 해도 그대로 하실 겁니다. 그러니 당신들 쪽에서 어머님을 먼저 찾아가 가로채려 해도 소용없어요. 날 유죄로 내버려 두고 어머님을 협박해서 메모리를 얻어내려 한다면 바로 검찰에 알리라고 할 겁니다. 어차피 유죄로 결정된 판이라면 그러지 않을 이유는 전혀 없겠죠. 이런 선택에선 그쪽도 얻는 게 없겠죠? 뭐, 검찰청 변기에 다이빙해서 찾아낼 자신이 있으면야 그렇게 하셔도 좋겠습니다만."

육남진은 손가락을 쥐락펴락, 어쩔 줄 몰라 했다. 벗어져 가는 그의 머리에 대고 진구가 한마디를 덧붙였다.

"재판이 빨리 끝날수록 메모리를 빨리 돌려받을 수 있습니다. 그러니, 윤수애한테 증언하게 하세요. 저 아닌 다른 범인이 치수를 찔렀다고. 그러면 난 무죄를 받겠죠. 다른 범인이 있단 게 분명해진 상황이니 검찰도 무죄판결에 항소하지 않을 겁니다. 재판은 그걸로 확정되는 거죠. 그러면 메모리는 치수 어머님께 돌아갑니다. 내가 어머님한테 건네받아서 당신들한테 주겠습니다. 알아들었겠죠? 서로가 가장 손해 없는 방법입니다. 물론 조직은 윤수애한테 증언을 바꾸는 대가를 줘야겠지만, 비트코인이 왕창 들어오는 판에 돈이 문제겠어요. 아, 설마 그 정도로 구두쇠는 아니겠죠?"

육남진은 눈동자를 희번덕거릴 뿐 진구의 조롱 섞인 말에도 더는 반응하지 않았다.

아마도 마지막 공판이었다.

그사이 육남진은 한 번도 찾아오지 않았다. 구치소 안 다른 재소자들의 움직임이나 연락도 없었다. 그건 좋은 징조라고 진구는 판단했다. '무위'는 항복의 표시인지도 몰랐다.

진구의 마지막 도박. 그건 2회 공판기일 전에 송치수 모친 임숙영이 진구를 찾아왔을 때 시작됐다.

진구를 미워하며 엄벌해달라고 탄원서까지 냈던 임숙영이었다. 그런데 영문은 모르겠지만 그사이 오해를 풀었다. 억울하게 누명을 썼다며 진구를 위해 눈물까지 흘렸다.

치수 모친의 절대적인 믿음. 그 변화가 진구에게 번득이는 영감을 주었다. 메모리를 송치수의 것으로 만들어서 임숙영에게 돌아가게 한다면, 진구가 사실상 메모리의 완전한 처분권을 쥐게 된다. 검찰청이라는 가장 안전한 보관처에 두고서. 그것으로 조직과 거래를 할 수 있다.

옆자리의 육남진은 오늘도 진구와 눈길 한 번 마주치지 않고 무심하게 앉아 있다. 체념이 어려 있는 것 같기도 하다. 방청석에 낯익은 얼굴이 보였다. 윤수애. 몇 달 전, 진구를 유혹했던 그 마녀는 오늘은 티셔츠와 수수한 바지 차림으로 딴사람이 되어 있었다. 걱정스런 표정으로 앉아 있던 윤수애는 진구와 시선이 마주치자 황급히 고개를 돌렸다.

"증인 윤수애 씨. 나오세요."

재판장이 이름을 부르자 윤수애는 자리에서 일어나 주춤주춤 법정 한가운데 마련된 증인석으로 갔다. 굳은 표정이었다.

증인 선서가 있었고, 판사는 거짓말을 하면 위증의 벌이 어쩌고 하는 말을 읊었다. 법정의 클리셰지만 '위증'이라는 단어에서 윤수애의 움찔하는 기척이 느껴졌다. 아마도 위증을 하러 왔기에 그렇겠지. 그리고 그 위증은 오늘만은 진구를 위한 거다.

육남진이 일어서서 신문을 시작했다.

몇 가지 전후 상황에 관한 질문과 대답이 있었고, 이어 곧장 핵심에 들어갔다. 김진구가 송치수를 찔렀는가 하는 질문.

윤수애는 머뭇거리다가 입을 열었다.

"……찌른 건 김진구가 아니에요."

대답에 울음이 섞였다.

돌발적인 증언에 판사 세 사람을 비롯, 검사, 방청객 모두가 놀랐다. 법정 안에서 놀라지 않고 있는 사람은 단둘, 김진구와 육남진이었다.

　웅성웅성. 소요가 일었지만 이어지는 윤수애의 증언이 법정을 덮었다.

　"남자 친구하고 2층에서 이야기하고 있는데, 갑자기 어디선가 낯선 남자가 뛰어들었어요. 마침 남자 친구는 등을 돌리고 있었고, 괴한이 칼을 집어 들고 곧장 남자 친구를 찔러버린 거예요. 그러고는 도망쳐버렸어요. 전 너무 놀라 정신이 없어서 그만……."

　법정에 정적이 흘렀다. 아마 가장 놀란 사람은 그녀의 입을 통해 김진구의 유죄를 입증하려 했던 검사였지만, 그래도 그나마 그가 힘겹게 입을 뗐다.

　"하지만 경찰 조사 때는 김진구가 찔렀다고 진술했지 않았습니까? ……왜 갑자기 진술을 바꾸는 거죠?"

　"그때 너무 놀라 잘못 보고 잘못 생각했던 거예요. 지금 생각해보면 거의 정신착란 지경까지 간 거 아니었나 싶구요. 김진구 씨하고 같이 집에 들어왔으니 칼로 찌른 것도 그 사람이라고만 생각했던 건데, 다른 침입자가 있었어요. 뒤늦게 지워진 줄 알았던 CCTV 화면 파일을 찾아냈고 아는 사람을 통해 복구했어요. 거기서 미리 들어와 있던 침입자가 있단 걸 알았습니다. 그 화면을 보고서야 깨달았어요. 송치수를 죽인 건 김진구가 아니라 제삼의 침입자였단 걸요……."

"어떻게 그걸 착각할 수 있습니까? 대체 무슨……."

검사가 반박하려 했지만, 육남진이 말을 자르며 일어섰다.

"증인이 지금 말한 CCTV 화면을 저희가 넘겨받았습니다. 이 법정에 증거로 제출하겠습니다."

증거 화면이라니, 검사도 입을 닫았다. 판사는 증거로 받겠다는 뜻으로 고개를 끄덕였다. 육남진은 CCTV 자료가 담긴 메모리를 법정 참여관에게 건넸다. 판사는 즉시 틀도록 했다.

한쪽 벽면에 스크린이 내려오고, 불이 꺼지고, 화면이 떴다. 마치 정지 화면 같은 집의 모습이 한참 동안 비쳤다. 참여관이 화면을 조금 빨리 돌렸고, 이윽고 남자 한 명이 모습을 드러냈다. 진구가 윤수애와 함께 집에 들어가기 두어 시간 전이었다. 남자는 마스크를 하고, 선글라스에 야구 캡을 쓰고, 검은 옷으로 몸을 거의 감싸 매고 있었다. 그는 주변을 살피다가 집 현관문을 열고 안으로 들어갔다. 누가 보아도 막 범죄를 저지르려는 괴한의 모습이었다.

참여관은 다시 파일을 빨리 돌렸다. 그로부터 2시간 후, 김진구와 윤수애가 서로 사이좋게 집으로 들어가는 모습, 얼마 후 진구가 밖으로 나오는 모습이 찍혀 있었다. 윤수애가 부탁한 수면제를 사러 나오는 장면이다. 여기까지는 지금껏 경찰에 제출되지 않았던 부분이었다. 그 이후는 이미 경찰에 제출되어 이전 공판에서 확인했던 부분으로, 송치수가 집으로 들어가는 모습이었다.

괴한이 숨어 있다가 집 안에서 튀어나왔다는, 윤수애가 조금 전에 한 법정 증언과 완벽하게 일치하는 영상이었다. 윤수애의 증언을 반박할 거리는 어디에도 없었다. 판사가 물었다.

"저 영상에서는 괴한이 들어가고 약 2시간 후에 증인이 피고인과 사이좋게 집 안에 들어가는 장면도 확인되는데요, 그렇다면 피고인은 스토커가 아니었습니까?"

"……네."

윤수애는 고개를 떨구고 대답했다.

"전날 만난 사이에요. 하룻밤을 같이 보낸……. 아까 말씀드렸듯이, 남자 친구가 칼에 찔리고 정신이 나간 중에 잘못 보고 김진구가 남자 친구를 찔렀다고 믿었어요. 너무나 미웠어요. 그래서 아예 스토커라고 거짓말했던 거예요. 또, 남자 친구가 있으면서 만난 지 하루 만에 김진구 씨하고 잤다는 얘기를 하기가 여자로서 부끄럽기도 했고요……."

"허어…… 참."

그녀의 증언에 판사마저 감정적 반응을 보이고 말았다. 물론 윤수애의 심경 고백은 정교하게 가공된 허구라는 건 알지 못하리라. 윤수애로 하여금 증언을 번복하게 한다는 시나리오에 한 치도 어긋나지 않는 것이었다.

윤수애의 연기 또한 절정에 달해 있었다. 종내는 양손으로 얼굴을 감싸고 울먹였다. 그 모습은 혹시라도 있을지 모를 약간의 의구심마저 완벽히 잠재워 버렸다. 법정 안을 숙연하게 만드는 그녀의 표현력은 내막을 다 알고 보는 진구조차도 감탄할 지경이었다.

공판은 그날 끝났다. 형식적으로 검사의 구형이 있었지만 목소리는 김이 완전히 빠져나간 탄산수 같았다. 판사는 불과 2주 뒤로 선고 기일을 잡았다.

석방 판결이 나면 다시 구치소로 돌아갈 필요가 없다. 본인이 원한다면 그 자리에서, 바로 법정 문을 열고 집으로 돌아갈 수 있다. 다만 옷이 문제다. 보통은 수의를 입고서 법정에 출석하니, 구치소로 굳이 돌아가서 갈아입고 나가야 한다. 한시라도 빨리 나가고 싶은 사람한테는 그 시간도 고역이다.

진구의 무죄는 불을 보듯 뻔했기에, 사복을 준비해 왔다. 법정에서 무죄가 선고된 직후, 진구는 법정 옆 대기실에서 옷을 갈아입고, 곧장 밖을 나섰다. 어차피 구치소에 남겨둔 물건 중에 변변한 건 없다. 구치소의 기억이 묻은 물건들은 쳐다보기도 싫었다.

진구는 교도관들과 인사를 나누었다. 다들 웃으며 축하의 말을 건넸다. 교도관들의 웃는 얼굴을 처음 보는 것 같았다.

"나갈 줄 알았어."

지난번 공판에 왔던 교도관은 그렇게 말하며 어깨를 두드렸다. 젊은 교도관 한 명은 진구가 나갈 길을 법원 건물 출구 끝까지 안내해주었다. 갑자기 태도가 깍듯해져 있었다. 관리의 대상에서 대등한 사회인으로 지위가 변했다는 걸 실감한 순간이었다.

몇 달의 구금 생활이 눈앞에 스쳐 지나갔다. 거의 독방 신세여서 같은 장면의 반복에 불과했다. 돌이켜 보면 죽을 만큼 지루했다.

진구는 출구를 빠져나와 인천지방법원 정문으로 향했다. 지금까지는 재판이 끝나면 법정 뒤편의 수인 전용 엘리베이터를 타고 지하로 내려가 천길 땅속으로만 여겨지는 지하 통로를 거쳐 인천지방법원 바로 뒤편에 있는 인천구치소로 향했었다. 오늘은 발걸음을 반대로 바꾸어, 광명한 세상으로 나가는 날이었다. 불과 몇 발자국인데 이 길이 그렇게나 멀었다. 걷고 싶은 쪽으로 걸을 수 있다는 게 이렇게 좋은지 몰랐다. 생각했던 만큼 기뻐서 펄쩍펄쩍 뛰게 되지는 않았지만, 차분하고 편안하게 가라앉는 기분이 좋았다. 공기도 맑았고, 이제는 자신을 지켜보는 교도관이 없다는 것도 좋았다.

누군가가 앞에 서 있었다. 진구는 길을 피하려다 문득 그 인물이 지나가는 행인이 아니라 자신을 기다리고 있다는 느낌을 받았다.

진구는 눈을 의심했다. 여기, 이 시각에 서 있으리라고는 조금도 생각해보지 못했다.

해미였다.

머리 길이가 짧아졌고, 화장법도 조금 달라졌으며, 옷은 한 번도 못 봤던 거였지만, 못 알아볼 리 없다.

"해, 해미야."

진구가 더듬거렸다. 심장이 터질 것 같았다.

해미의 눈가가 빨개져 있었다. 울 듯 말 듯하면서도 어딘가 화난 듯했다. 둑이 넘치기 직전의 모습. 무언가에 북받친 얼굴.

해미는 결국 어린아이처럼 큰 소리로 울음을 터뜨렸다.

진구는 당황했지만, 이내 해미의 손을 꼭 쥐었다. 주변의 시선이 느껴졌지만, 그런 건 신경 쓰이지 않았다. 해미는 진구에게 손을 맡긴 채 울음을 멈추지 않았다.

"오빠…… 이런 데서, 이딴 재판이나 받고…… 대체 얼마나…… 등신같이…… 지낸 거야."

해미의 말은 중간중간 울음 탓에 끊겼지만 그래도 끝까지 이어졌다.

막무가내. 해미표 언밸런스의 표출.

다행이다. 변한 것 같지 않다.

진구는 팔을 들어 해미를 안으려다 멈칫했다.

해미하고는 헤어졌는데.

지금 이 자리에 해미가 와 있지만 어떤 마음인지는 알 수 없다. 한국을 떠날 무렵, 마치 눈의 결정처럼 차디차게 얼어붙었던 해미였다. 타국에 그만큼 있었으니 남자 친구가 생겼을지도 모른다.

"감옥에서 얼마나 고생했어……. 억울하게……."

진구의 갈등을 아는지 모르는지 해미는 계속 울먹였다.

해미는 돌연 울음을 멈추었다. 양팔로 거칠게 눈물을 닦아냈다. 눈물기가 겨우 가신 눈으로 진구를 쏘아보았다.

"그건 그렇고."

돌변한 해미의 말이 끝나자마자 일순간, 해미가 오른 주먹을 들어 진구의 얼굴을 강타했다. 눈앞에 별이 번쩍했다.

"억."

진구는 얼굴을 감싸 쥐고 몸을 구부렸다. 진구는 어안이 벙벙해져 뺨에 손을 대고 해미를 올려다보았다.

"딴 여자하고 잤지? 나 없다고 그새 바람을 펴?"

해미는 로봇처럼 기세등등하게 서 있었다. 눈물범벅인 채였다.

"넌 맞아야 해! 죽을래!"

"해미야."

진구는 울컥했다. 뺨에 남은 아픔은 아무것도 아니었다. 해미가 고마웠다. 이걸로 된 거였다. 주먹질 한 방에 둘 사이는 헤어지지 않았던 걸로 되었다. 진구가 했던 잘못은 두고두고 얼마든지 갚는다.

해미가 진구를 더 때릴 듯 팔을 더 허우적거렸다. 진구는 그런 해미를 꼭 끌어안았다.

인하대학교는 인천지방법원에서 차로 5분 거리다. 후문 건너편 먹자골목 돈가스 집에서 진구와 해미는 밥을 먹었다. 돈가스는 진구가 고른 음식이었는데, 두부를 먹으러 가야 한다는 해미를 설득시키는 데 약간의 시간이 필요했다.

"감방 갔다 오면 두부를 먹어야지."

"두부라니, 도대체 언제 적 얘기야."

진구는 딱히 돈가스를 먹고 싶었던 건 아니지만, 그 식당이 가장 먼저 눈에 띄었다. 이유는 없었다. 그저 안에서 먹지 못했던 음식이면 무엇이든 상관없을 것 같았는데, 돈가스가 그랬다.

"대체 어떻게 알고 왔어?"

진구가 해미에게 물었다. 어느 정도 배를 채우고 나니 질문을 할 여유가 생겼다.

"오빠가 나한테 연락 남겼잖아."

"그건 구속될 때였는데. 몇 달 전."

해미는 설명했다. 태국 출신 룸메이트와 경찰 간의 의사소통 문제로 '진구 김'이 '친구'로 둔갑했던 일, 보이스 피싱 같은 걸로만 생각했다가, 나중에야 알게 되고 부랴부랴 한국행 비행기를 탄 일까지.

"근데 여기 와 보니 벌써 재판 다 끝났고, 선고만 남았대. 오늘 나올 거라 하기에 법정에서 아까 선고 듣고 정문에서 기다렸지."

접시가 다 비워졌고, 두 사람은 자리를 옮기기로 했다.

"커피 마실까?"

"응, 테이크아웃 해서……. 아, 학교 안으로 들어가자."

진구가 말했다. 갇힌 공간은 당분간 피하고 싶었다. 커피 한 잔이라도 밝고 탁 트인 하늘 아래에서 마시고 싶었다.

진구와 해미는 각각 아메리카노와 아이스 라테를 사 들고 인하대 캠퍼스 안으로 들어갔다. 보도블록이 깔린 길을 따라가다 보니 조그만 숲이 나왔다. 우거진 녹음 사이로 앉기 좋게끔 벤치와 테이블까지 곳곳에 마련돼 있었다. 진구와 해미의 발길은 자연스레 빈자리로 향했다.

"대체 어떻게 된 거야? 어서 말해봐."

해미는 이 시간을 기다린 듯 앉자마자 진구를 다그쳤다.

"그게 말이야……."

말을 꺼내던 진구는 멈칫했다. 바에서 라동우라는 남자를 만나고, 여자를 유혹해달라는 제안을 받은 것, 그리고 그날 밤 여자와 함께 있었던 일을 이야기해야 하는데, 해미의 얼굴을 똑바로 보고서는 할 수 없을 것 같았다. 그때는 해미하고 헤어졌다고 생각했고, 실제로도 헤어진 상태였지만, 지금은 '공식적으로' 그때의 이별이 부정되어 있다. 해미가 그렇게 만들어주었다. 그런데 다른 여자와 하룻밤을 보낸 이야기라니. 아무리 해미가 알고 있다지만 눈앞에서 되새기기 힘들다.

"여자하고 잔 거부터 얘기해."

해미가 눈을 부라렸다. 어쩔 수 없었다. 진구는 처음부터 오늘 일까지 모든 것을 털어놓았다. 윤수애와 같이 밤을 보낸 부분에서 인상이 확 구겨지긴 했지만 해미는 별다른 폭발 없이 진구의 이야기를 끝까지 들었다. 나중에는 어쩜, 저런, 헉, 세상에, 하는 해미 특유의 추임새를 했고, 욕설까지 했다. 물론 진구를 함정에 빠트린 자들을 향해서였다.

"송치수 불쌍해서 어떡해……."

해미는 눈시울을 붉혔다. 여자를 밝힌다고 늘 흉보았지만, 해미가 진심으로 송치수를 미워한 건 아니었다.

"착한 오빠였는데……."

송치수는 2년 된 휴대전화처럼 친근했고, 그래서 욕도 할 수 있었다. 사람이 무겁지 않았고, 비명횡사, 살인 같은 심각한 단어와는 도무지 어울리지 않았다. 그렇기에 더 서글펐다. 진구는 해미에게 돈가스 가게에서 가져온 냅킨을 건네주고는 한동안 내버려 두었다. 감정에 잠겼다가 나올 시간이 필요했다. 해미는 냅킨으로 눈가를 찍어낸 후 퀭한 눈길을 어디론가 보냈다.

"근데 하필이면 송치수가 사귀던 여자였다니, 우연일까?"

해미가 불쑥 말했다. 진구는 입술을 깨물었다.

"아닐 거야. 처음부터 모든 게 덫이었으니까 그것도 우연은 아니었겠지."

"그럼?"

"날 함정에 빠트리려고 송치수를 이용한 거야."

"설마. 그깟 메모리 때문에 사람을 도구처럼 죽인단 거야?"

"그깟 메모리 때문에 그랬을 거야. 나를 살인자로 만들어서 감방에 처넣은 것도 그거 때문이잖아. 비트코인 가치가 대략 조 단위고, 그게 그 조직의 전부니까."

해미는 믿기 힘들다는 듯 입을 벌렸다.

"하지만 굳이 송치수여야 할 필요는 없는 거였잖아. 오빠를 살인자로 만들기만 하면 되는 건데, 왜 하필 오빠 친구를?"

"경찰에서 여자 진술이 그랬어. 자기가 치수하고 사귀었는데, 치수 친구인 내가 자기를 보고 반해서 일방적으로 스토커 짓을 했다, 그렇게 말이야. 그런 스토리를 만들어내기가 쉬우니까, 내 친구를 택한 거야."

"단지 그럴듯하게 거짓말하기 위해서 그랬단 거네. 그렇담 정말 악질이다……."

"말하자면 치수는 나 때문에 죽은 셈이지……."

진구의 말끝이 힘없이 사라졌다.

"뭐야. 자책하지 마. 나쁜 놈은 그놈들이지, 오빠가 왜. 오빠도 함정에 빠진 거잖아."

"내 잘못이란 건 아니지만 인과관계를 따지면 내가 원인이지. 치수 어머님 볼 낯도 없어. 그렇게 날 좋아해주셨는데."

"맞아 맞아. 그랬다면서……."

해미는 딱히 위로할 말을 찾지 못해 대신 진구의 손을 꼭 쥐었다.

진구는 허공을 노려보았다. 살았다는 안도감만으로 모든 것을 끝내기에는 부족했다. 자신이 겪은 구금의 괴로움은 잊을 수 있을지 모른다. 지금은 자유의 바람을 마음껏 들이마시고 있으니까. 지나갔으니까. 이렇게 해미도 옆에 있다. 하지만 송치수는. 그들은 왜 굳이 송치수를 끌어들였나. 이대로 잊어버릴 수는 없을 것 같았다. 친구의 죽음에 복수한다는 거창한 대의는 아니었다. 다만 마음 한구석에 깊고 질긴, 쉽게 지울 수 없을 흔적이 남았다. 자신 때문에 친구가 죽은 인과관계. 그건 싫었다.

낮에 진구의 이야기를 들으며 울었다 웃었다, 슬퍼했다 화냈다 하던 해미는 진구의 원룸으로 들어오자마자 침대에 누워 쌔근쌔근 잠들었다. 진구는 이불을 잘 덮어주고는 현관을 빠져나왔다. 갈 곳이 있었다.

길을 덮은 가로등 불빛 너머 큰 그림자가 져 있었다. 그 안에서 남자 한 명이 마치 관에서 빠져나오듯 천천히 모습을 드러냈다. 육남진이었다.

"내가 올 줄 알았나."

서늘한 날씨에도 지워지지 않는 얼굴의 기름기, 낙타 같은 배, 거드름 피우는 그 모습은 여전했다. 바깥세상에서까지 보고 싶지는 않았다. 하지만 진구는 피할 수 없다는 걸 알고 있었다.

"출소할 때부터 미행하지 않았습니까?"

"미행은 무슨!"

육남진이 특유의 짜증 섞인 말투로 내뱉었다.

"여자 친구인가? 같이 있어서 이야기할 기회를 찾고 있었을 뿐이야."

"뻔한 이야기, 다 양해된 거 아닙니까?"

"역시 눈치가 빠른 녀석이라 편하군."

육남진은 완전히 밝은 곳으로 나왔다. 진구는 시선을 약간 돌렸다. 언제 보아도 유쾌하지 않은 얼굴이었다.

"굳이 찾아오기까지 할 필요 있을까요? 석방되었으니까, 약속한 대로 치수 모친께 말씀드려서 메모리는 제가 받아 돌려드리죠. 난 그 비트코인 키에는 관심이 없어요. 원래 제 것도 아니었고, 관심 가질 이유가 없지 않습니까? 비번도 모르고."

육남진이 피식 웃었다.

"네가 약속을 지킬 거라고는 생각해. 이제 와 장난쳤다간 정말 목숨이 날아갈 테니까. 우리 회사가 얼마나 무서운지는 처절할 정도로 깨달았을 테고."

"그걸 경고하러 온 거라면 실망인데요."

"이젠 여유가 생겼다 이건가?"

육남진은 흥, 하며 코웃음을 쳤다.

"검사는 항소하지 않을 거야. 명백한 증언이 나왔으니까. 그럼 법에 따라서 7일 후면 판결이 확정돼. 그때는 압수물인 메모리도 송치수 모친한테 돌려주게 될 테고. 그때 다시 연락할 테니까, 우리와 같이 움직인다. 언더스탠?"

진구는 대답 대신 어깨를 으쓱하며 양팔을 들어 올렸다. 그 행동이 비위를 건드렸을까. 육남진이 화를 누른 음성으로 말했다.

"내가 이렇게 몸소 찾아온 건 네 인생에 도움이 될 조언을 하나 해주기 위해서야."

"또 있습니까? 조언이라면 충분히 받았는데요."

"이젠 비아냥거릴 여유가 생겼나? 자유의 몸이 된 걸 감사하게 생각해. 뭐 제정신인 인간이라면 감히 우리한테 앙심을 품을 생각도 못 하겠지만. 아무튼 조심해. 우리가 널 당장 해치우지 않는 건 단지 귀찮아서야."

"글쎄요, 꼭 그렇지는 않겠죠. 살인죄로 수감되었다가 무죄 방면된 젊은 남자가 살해당했다, 그러면 세상과 경찰의 주목을 끌 테니까요. 그쪽으로 경찰이 조사하기 시작하면 당신들 조직도 조금은 위험해지지 않겠어요?"

"웃기는군. 그 정도는 얼마든지 무마할 수 있어."

"개인처럼 조직에도 캐릭터란 게 있죠. 당신들은 그렇게 일하지는 않는 조직입니다. 행동보다는 계산. 리스크보다 이익이 작다면 철저히 버리죠. 그래서 그만큼 큰 것이기도 하겠지만요."

"허허."

육남진은 헛웃음을 허공에 뿌렸다.

"여전히 재밌는 녀석일세. 하지만 딴생각은 꿈도 꾸지 마. 그래도 널 이대로 두는 건 네가 무서워서가 아니야. 무해하기 때문이야. 너 때문에 우리 조직의 생존이 조금이라도 위험해질 것 같으면 절대 가만두지 않아. 만약 불온한 움직임을 보이거나 혀를 나불대고 다니다간 바로 말살에 들어간다. 조용히 있어. 그게 네가 살 길이야."

진구는 더 대꾸하지 않았다. 이 자리에선 상대방의 경계심만 높일 뿐이다. '무해한 남자'의 이미지로 남아 있는 편이 낫다.

육남진은 쯧, 하고 혀를 차고는 몸을 돌려 떠나갔다. 진구는 싸늘한 시선으로 그의 뒤를 잠깐 쫓았다.

진구는 몸을 돌렸다. 연립의 유리 현관문을 당기려는데 맞은편에 해미가 눈을 동그랗게 뜨고 서 있었다.

"누구야?"

"응, 그 변호사."

진구는 유리문을 당겨 안으로 들어가서는 해미의 어깨를 감쌌다.

"그 인간?"

"맞아, 조직 끄나풀이지."

"아니, 근데 왜 온 거야?"

"메모리가 걱정돼서지. 내가 혹시라도 딴마음 먹을까 봐."

"설마……."

해미가 진구를 노려봤다.

"돌려줄 거지?"

"꼭 그래야 하나, 하고 생각하는 중이야."

"왝! 제정신이야?"

해미가 질겁을 했다.

"제정신이라서 그런 생각하는 거야."

해미가 주먹을 들어 보이는데, 진구가 하하, 웃었다.

"아냐, 장난이야. 전혀 관심 없어."

해미는 주먹을 내렸다.

"딴생각하지 마. 그런 위험한 물건."

"응, 생각 없어."

"정말이지?"

해미가 의심스러운 눈으로 쳐다보았다.

"그렇게 보지 마. 정말이야."

"돈인데도? 게다가 엄청난 거액."

"메모리를 되찾기 위해서라면 살인은 벌레 밟아 죽이는 것보다 쉽게 여기는 자들이야. 그런 위험을 감수하면서까지 갖고 싶지 않아. 또 무엇보다."

진구는 말을 끊고 해미를 내려다보았다.

"이젠 저자들이 해미도 알고 있잖아. 해미까지 위험하게 만들순 없지."

해미는 대답에 안심했다는 듯 고개를 끄덕였다.

"그래그래, 저 인간들 이제 오빠 집까지도 알아."

"응. 굳이 집에 와서 모습을 드러낸 건 그런 경고의 의미도 있는 거야."

"그래도 그건 참 다행이다."

"뭐?"

"오빠가 여기 인천에 집을 얻어 산 거. 저 인간들은 오빠 원래 집이 여긴 줄 알 거잖아."

"그렇지. 왕십리 아파트는 모르겠지."

진구는 씁쓸하게 웃었다. 어찌 보면 인과의 아이러니였다. 해미와의 추억을 떠올리기 싫어 왕십리 언덕의 아파트를 놔두고 인천에 원룸을 따로 얻어 나왔는데, 그 덕에 약간의 안전이 확보되었다. 당분간은 왕십리로 돌아가지 않는 편이 좋을 것 같았다.

해미는 육남진이 사라진 쪽을 바라보며 입술을 삐죽거렸다.

"정말 두꺼비 같다. 생긴 대로야."

진구는 웃었다.

"그래, 맞아. 떡두꺼비지."

해미는 풉, 하고 웃고는 이내 눈을 반짝였다.

"내가 가서 신고해버릴까?"

"뭘로?"

"뭐긴 뭐야, 살인에다가…… 또 무고한 사람 함정에 빠트리기, 뭐 그런 거지."

"그게 될 것 같으면 진작 신고했지."

진구는 해미의 손을 잡고 천천히 계단을 올라갔다.

아침나절 해미는 짐을 정리하느라 분주했다. 해미가 가져온 건 커다란 여행용 트렁크 두 개였는데, 마술상자처럼 옷가지며 잡동사니가 끝도 없이 나왔다.

"도와줄까."

"저리 가. 방해돼."

해미는 손을 내저어 진구를 내쫓아버렸다.

딱히 할 일이 없어진 진구는 소파에 옆으로 누웠다. 오른쪽 주먹에 머리를 괴고 멍하니 해미의 부산한 모습을 쳐다보았다. 해미는 진땀을 흘리고 있었지만, 진구가 느낀 건 평화였다. 그리고 일상. 이제 모든 것이 돌아왔다. 모든 것을 되돌렸다. 한 가지는 빠졌다. 친구 송치수. 그는 돌아오지 못했다. 왜 하필이면 송치수였을까.

그의 죽음은 기분이 좋지 않았다. 의리. 그런 게 새삼스럽긴 하다. 진구에게는 남들과는 조금 다른 의미이기도 했다. '의리의 진구'라니, 진짜 의리파인 해미가 들으면 코웃음 칠 말이다. 분노에 불타오르거나 '피의 복수'를 맹세할 마음이 들지는 않았다. 영화 속의 히어로와 일상의 소시민은 달랐다. 분노보다는 당장 확보된 일상과 안전이 더 컸다. 하지만 실로 개운하지 못했다. 송치수의 죽음이 진구 때문이라는 사실이 그렇게 만들었다. 나 때문에. 나를 엮기 위해. 송치수의 생명이라는 원치 않는 빚이 강제로 지어져 버린 기분. 그렇게 만든 조직에 대해 말할 수 없는 꺼림칙함이 피어났다. 분노와는 다른 감정이었다. 몸에 달팽이가 치근치근 달라붙는 것 같은 더러운 기분. 이건 풀어야 한다.

얼마간의 구금 생활에 대한 원한, 재판의 불안 정도뿐이었다면 털고 잊을 수 있을지 모른다. 하지만 그게 안전할까? 그들의 살인을 감추기 위해 언젠가는, 세상이 사건을 잊을 무렵 진구에게 다시 몰래 마수를 뻗지 않을까. 그리고 해미. 해미가 문제다. 하필이면 진구가 출소한 날 해미가 나왔고, 육남진이 해미를 보았다. 사건의 내막을 알고 온전히 믿어주는 사람이 세상에는 진구 외에 딱 한 명 더 있다. 해미. 이제 조직도 그것을 안다. 조직의 안전을 위해서라면 진구를 제거하려 할 때, 해미에게도 손을 뻗을 수 있다. 아니, 그러지 않을 리가 없다. 진구가 어제 육남진에게 말했듯, 그런 게 이 조직의 캐릭터다.

육남진 쪽을 파볼까, 생각하다가 진구는 머리를 저었다. 그건 조직에 정면으로 뛰어드는 게 되고 역으로 공격당할 우려가 있다. 육남진을 조사하면 진구의 행동도 바로 드러날 것이다. 구치소에 있는 조직의 끄나풀, 이경호도 마찬가지다. 이제는 구치소 벽에 가로막혀 만나거나 조사할 수도 없다. 더 은밀하게 증거를 거머쥐려면 이들을 첫 상대로 하는 건 아무래도 좋지 못하다. 게다가 살인에 관해서라면 육남진이나 이경호는 완전히 제삼자이기도 하다. 모른다고 해버리면 그만이다. 실제로 그들은 살인의 내밀한 시퀀스까지는 모를 가능성이 크다. 그 조직이 검은돈이나 마약을 다루는지 모르지만 그건 진구가 알 수도 없고, 설사 드러난다 해도 처벌이 미약하고 꼬리를 자르면 그만이다.

역시, 조직을 파멸시키려면 '살인'밖에 없다. 그리고 살인이라면 가장 사건과 직접적으로 관련된 자를 추적해야 한다. 그렇다면 윤수애뿐이다. 진구에게 살인극의 덫을 놓은 라동우도 있지만 살인 현장에 있었다는 증거가 없고, 그가 누군지, 어디 사는지도 일절 알 수 없다. 유일하게 남은 살인의 증거는 주연이었던 여자, 윤수애뿐이다.

자유는 좋은 것이었다. 구치소 안에서 든 습관 탓인지 의외로 일찍 눈을 떴지만, 진구는 점심 무렵이 될 때까지 집에서 늘어져 있었다. 소파에 기대 TV 화면에 멍하니 시선을 던지고 있었다.

"갇혀만 있었는데, 바깥 구경하고 싶지 않아?"

짐 정리를 마치고 커피를 한 잔 마시고 난 해미가 눈을 동그랗게 뜨고 물었다. 지금 막 진구의 소매라도 끌고 밖으로 뛰쳐나갈 것 같다. 이 에너지는.

"TV도 그동안 못 봤어."

진구가 리모컨을 만지작거렸다.

"우리 바다에 가자. 마음이 확 트일 거야."

"난 여기도 좋아. 해미만 있으면."

해미가 실눈을 떴다.

"확실히 이상해졌어."

"뭐가."

"안 하던 달달한 말도 하고."

"이상한 거 없어."

"아냐, 분명 변했어. 이 인간이 도대체 그동안 누구하고 얼마나 놀아난 거야?"

해미가 진구의 몸을 김밥 말듯이 밀어붙이려는데, 진구가 쏙 몸을 뺐다.

"어디 가?"

"잠깐. 생각 난 게 있어서."

진구는 부엌으로 갔다. 식탁 옆에 앉아 어딘가로 전화를 걸더니 한참을 이야기했다. 딱딱한 어투를 보아하니 상대방이 친구는 아니었다. 진구는 통화를 끊고도 한참을 그대로 앉아 있었다.

"뭐 하는 거야?"

"응, 메시지 기다리는 거야."

잠시 후 띠리링 하며 문자가 도착한 소리가 들렸다.

액정 화면을 들여다보고 있는 진구에게 해미가 물었다.

"누구하고 통화했던 거야?"

"응. 형사."

"형사? 으윽."

해미는 마치 형사를 눈앞에 마주하기라도 한 듯 몸을 뒤로 물렀다.

"이제 그런 사람들 그림자만 봐도 소름 끼치지 않아?"

"얽히고 싶진 않지. 게다가 이 사람은 윤동민이라고, 날 엄청 족쳤던 사람이야. 성질도 더러워."

"근데 무슨 통화를 해?"

"내 말을 들어주는 유일한 사람이거든. 얼마 전에, 구치소 있을 때 면회를 한 번 왔었어. 형식은 수사 접견이긴 한데, 나한테 사건의 내막을 물었고, 연락처를 주고 갔어. 석방될지 모른다고 예감했었나 봐."

"뭐야, 그런 것도 형사의 감인가?"

"조금 전에 윤수애 전번하고 있는 델 가르쳐달라고 했어. 바로 보내주는데?"

진구가 액정 화면을 들어 해미에게 보여주었다. 어떤 전화번호와 주소가 적혀 있었다. '내가 알려줬단 말 하지 말고' 하는 문자도 덧붙여져 있다.

"이런 거 개인정보…… 뭐 그런 거잖아?"

"이 경찰 아저씨도 이제는 의혹을 넘어서 내 말을 어느 정돈 믿는 거 같아. 윤수애가 재판에 출석해서 그런 식으로 증언을 뒤집었단 게 컸겠지. 형편 돌아가는 걸 보니 모든 게 내 말대로라는 걸 인지한 거지."

"그럼 본인이 직접 수사하라고 해. 오빠가 왜 또 그런 정보를 받아."

"현재는 경찰이 할 수 있는 게 없으니까. 내가 부딪혀보길 은근히 원하는 거야."

"형사가 오빠를 그렇게나 믿는다구? 대단한데."

해미가 비꼬듯이 말했다. 휴대전화를 닫은 진구는 일어나 주섬주섬 옷을 주위입기 시작했다.

"말 좀 하고 다녀! 어디 가는 거야?"

"해미는 집에서 좀 쉬고 있어."

"글쎄 어디냐구."

진구는 어쩔 수 없이 입을 뗐다.

"……윤수애 만나러."

"그 여자?"

해미의 눈이 전구만큼 커졌다.

"혼자선 안 되지!"

"안 돼. 뭐 좋은 일이라고 같이 만나."

진구가 말렸지만 해미는 사천왕상같이 서 있었다.

"또 안 잔다는 보장 있어?"

진구를 침묵시키는 한마디였다. 결국 해미가 따라나섰다. 꺼림칙했다. 함정에 빠졌다지만 진구는 그 여자와 하룻밤을 보냈다. 도저히 해미와 만나게 하고 싶지는 않았다. 그렇다고 해미를 말릴 힘은 없다. 아무튼 꼴사나운 만남이 될지 어떨지는 모르지만 위험하지는 않을 것 같았다.

전철을 타고 인천에서 서울 강남까지 가는 긴 여행이었다. 윤수애는 선릉역 뒷길 〈에뚜알〉이라는 룸살롱에 나간다고 했다. 저녁 늦게 출근할 테니, 기다려야 했다. 전화는 하지 않기로 했다. 미리 알리면 만남을 피하려 들 것이 틀림없다. 어쩌면, 진구가 연락했다는 사실을 조직에 미리 알릴지도 모른다.

진구와 해미는 도심공항터미널 맞은편 골목 부대찌개 집에서 점심을 먹고 포스코 빌딩 1층 카페 〈테라로사〉로 갔다. 도서

관 콘셉트의 카페 주문 카운터 앞으로 긴 줄이 서 있었다. 그래도 점심시간이 막 지나 직장인의 물결이 물러가고 나서인지 그 귀한 2층 창가석을 차지할 수 있었다.

"오빠가 그 여자 만나는 거, 위험하지 않을까."

시큼한 커피를 들이켜는 진구를 보며 해미가 걱정스레 말했다.

"왜."

"그 여자가 바로 조직에 알릴 거잖아."

"그렇겠지."

"그럼 위험하잖아."

"안전하다고는 못 하겠지. 하지만 여기선 디테일이 중요해. 내가 하기 나름인 거지. 표면적으로 보면, 내게 누명을 씌운 여자를 찾아가 항의하는 거야. 그 정도는 누구나 할 법하잖아? 조직이 보기에도 그럴 거야. 그저 자신을 함정에 빠트린 여자니까 찾아가서 좀 따졌나 보다, 하고 여기겠지. 내가 조직의 범죄를 파헤칠 목적으로 여자를 만났다고까지는 생각하지 않을 거야. 육남진 같은 인물을 직접 찾아간다면야 진짜 위험해져. 그래서 육남진 쪽은 손 안 대는 거야. 하지만, 윤수애는 좀 다르지."

하지만 해미는 여전히 걱정스러운 기색이었다.

어느덧 땅거미가 내렸고, 진구와 해미는 〈에뚜알〉로 향했다.

조그맣고 흰 간판 둘레에 차분한 LED 전구가 켜져 있다. 흘려 쓴 에뚜알이라는 글자 말고는 업종이라든가 전화번호라든가 어떠한 정보도 없다. 군더더기 없는 외관만 보면 조그만 갤러리 같다. 수석 무용수를 뜻하는 상호에다, 화랑을 연상시키는 간판 디자인까지.

"이런 데가 룸살롱이야?"

해미는 예상외의 외관에 조금 놀란 듯했다. '품위'로 위장한 유흥업소는 이제 막 영업을 시작하려는 모양이다. 입구에서 지하로 계단이 뻗어 있었다.

진구와 해미는 함께 계단을 내려가 가게 안으로 들어섰다. 몸에 붙는 양복을 입은 젊은 남자들 몇 명이 진구와 해미를 보더니 경계하는 기색을 띠며 따라붙었다. 이 둘은 손님이 아니란 걸 직감한 것이다. 눈치 보기는커녕 뻔뻔해 보이기까지 하는 진구의 태도에 더 반발했을지도 모른다.

"무슨 일입니까."

그중 한 명이 다소 적대적인 음성으로 말했다.

"윤수애 씨를 좀 보러왔어요."

"윤수애……? 수애 말하는 건가?"

웨이터는 혼잣말을 했다. 가게에서는 성만 떼고 이름 그대로 쓰는 모양이었다.

"무슨 일이에요?"

웨이터는 다시 물었다. 여전히 경계하는 낯빛이었다.

"중요한 일입니다. 좀 불러주세요."

진구는 5만 원권 한 장을 웨이터에게 찔러주었다.

"그럼 여기서 기다리세요."

웨이터는 돌변했다. 한층 누그러뜨린 음성으로 진구와 해미를 입구 바로 옆의 방으로 안내했다. 두세 명 정도의 손님을 받는 방인지, 조그마했다. 작은 방 안에 또 더 작은 방이 있었는데, 소변기와 세면대가 설치돼 있었다.

"와, 여기에 화장실도 있어. 룸살롱이란 데가 이렇구나."

해미는 눈을 동그랗게 하고서 구석구석 신기한 듯 둘러보았다.

"이런가 보지."

"오빠하고 다니니까 이런 데도 다 와보네, 참."

말하던 해미가 눈을 부릅떴다.

"그동안 이런 데 자주 다닌 거 아냐?"

"아니야, 무슨."

진구는 황급히 손을 내저었다. 하지만 결국 '이런 데'에 다니던 윤수애와 하룻밤은 보낸 터라 진구는 차마 해미를 마주 보지 못했다.

두 사람이 자리에 앉아 기다린 지 7, 8분이 지났고, 이윽고 문이 열렸다. 그리고 여자가 들어왔다.

풍성한 머릿결에 짙은 화장, 가슴이 깊이 파인 드레스를 입고 있었다. 윤수애였다. 몇 달만이었다. 처음 만난 날의 신비감은 온데간데없다.

윤수애는 생각보다 훨씬 빨리 진구를 알아보았다. 수많은 손님을 상대하며 익힌 능력이리라. 1초도 되지 않은 순간, 윤수애의 얼굴이 일그러졌다. 그녀는 몸을 획 돌려 나가려 했다. 문간에 앉아 있던 진구는 재빨리 일어서서 열리려던 문을 눌러 닫았다.

"잠깐만. 우리 이야기할 거 있지 않아요?"

진구가 말했다.

"할 말 없어요. 돌아가요."

여자는 문 앞에 서서 입술을 깨물었다.

"사람을 살인자로 모함해서 감방 생활까지 하게 했으면 최소한의 해명은 해야 하는 거 아녜요?"

해미가 일어서서 화난 목소리로 말했다. 윤수애는 해미를 보더니 낯빛이 더 새파래졌다. 여자가 더 무서울 때가 있다. 지금 같은 상황일 것이다. 진구가 팔을 저으며 그만두라는 듯한 신호를 보냈다. 이런 건 미리 짜지 않아도 서로가 손발이 맞는다.

윤수애는 체념한 듯 진구 건너편 소파에 엉덩이를 살짝 걸쳤다. 조그맣게 숨을 내뱉고는 백을 열더니 담배를 꺼내 불을 붙였다. 그녀가 담배를 깊게 한 번 빨아당기고 연기를 길게 내뿜을 때까지 진구는 기다려주었다. 여자는 연기를 손으로 흩어버리고는 진구를 똑바로 쳐다보았다.

"무죄 받아 나왔잖아요. 내가 진실을 증언해준 덕분에. 고맙지 않아요?"

여유를 넘어 이건 명백히 도발하는 말이었다. 흥분시켜 실수를 범하게 하려는 걸까. 품위는 없을지 모르나 역시 만만한 여자는 아니었다.

"공격하러 온 거 아닙니다. 당신도 누가 시켜서 그랬단 건 알고 있어요."

진구가 말하는 동안 윤수애는 조용히 휴대전화를 만지작거렸다.

"육남진이 시켰습니까?"

여자는 대답하지 않았고, 휴대전화 키패드만을 꾹꾹 눌러댔다. 굳이 육남진이 시켰냐고 물은 건 여자의 반응을 보기 위해서였다. 하지만 여자는 대응하지 않았고, 어떤 의도든 진구의 시도는 수포였다.

"라동우입니까?"

역시 대답이 없다.

"송치수를 찌른 건 라동우였지?"

반말로 자극했지만 여자는 아예 입을 닫아걸고 외면했다.

"얼마 받았어?"

여자는 미동도 하지 않았다. 담배를 한 번 더 빨아당기고 내뿜었을 뿐이다. 예상했지만, 이 여자는 입을 열지 않을 것 같다. 단서가 될 말 한마디도 흘리지 않을 것이다. 살인극의 주연으로 캐스팅되었을 만큼, 결코 쉬운 여자가 아니다. 아마도 윤수애를 굴복시키는 건 돈 아니면 폭력일 것이다. 진구에겐 둘 다 없다. 진구 일행이 야만적인 방법으로 자신에게 항의하러 온 게 아니란 걸 확인하자 배짱이 생긴 모양이다. 여자가 펼친 장막 위로 한동안 침묵이 흘렀다. 이번에는 해미가 물었다.

"왜 하필 송치수였어요?"

여자는 해미를 힐끗 보더니 담배 연기를 길게 뿜어냈다. 역시 대답할 생각이 없는 것이다. 겨우 흡입 세 번 만에 조그만 방 안은 담배 연기로 가득 찼다.

그때 문이 벌컥 열렸다.

삐죽삐죽하고 짧은 머리카락이 천장으로 뻗은 남자였다. 왼쪽 팔뚝에는 반팔 티셔츠 아래로 닻 모양의 문신이 삐져나와 있었다. 윤수애는 남자를 보더니 만면에 웃음을 지으며 자리에서 일어났다.

"자기, 왔어?"

아까 진구가 이야기할 때 윤수애는 휴대전화로 이 남자에게 메시지를 보낸 모양이었다. 진구는 짐작했지만 굳이 말리지 않았다. 윤수애가 그 상황에서 누굴 부른다면 그는 혹시 조직의 인물일지도 모른다. 그렇다면 추적의 단서가 늘어난다. 하지만 자기, 라고 부르는 걸 보니, 그저 날건달 애인인 것 같다. 진구는 조금 실망했다. 하긴, 윤수애가 지금 바로 조직 측에 연락할 정도로 어수룩하진 않으리라.

"뭐야, 이 사람들."

남자가 거친 말투로 내뱉으며 진구와 해미를 향해 눈을 부라렸다.

"귀찮게 하네. 잘 타일러 보내줘."

윤수애는 눈을 찡긋했다. 남자는 진구를 보며 말했다.

"좋은 말 할 때 돌아가요."

굵고 낮은 음성이었는데, 일부러 위협적인 목소리를 낸다고 느꼈다.

"윤수애 씨하곤 무슨 관계시죠?"

"돌아가라니까."

"애인이신가요?"

"그건 당신이 알 바 아니고!"

남자는 버럭 소리를 지르며 진구의 팔을 거칠게 잡았다.

"오빠한테 손대지 말아요!"

해미가 소리를 질렀지만 남자는 쳐다보지도 않았다.

"윤수애하고 출퇴근도 같이하나 보지?"

"뭐?"

남자가 눈을 부릅떴는데, 진구는 그새 "잠깐" 하더니 남자의 손아귀에서 팔을 쑥 뺐다.

"영문도 모르고 끼어들어야 되겠어?"

"알 바 아냐. 나가!"

남자는 막무가내였다. 그는 다시 진구의 몸을 떠밀었다.

"돈이 걸려 있어. 당신은 상상치도 못할 큰돈이야. 그걸 윤수애가 갖고 있지."

진구가 차갑게 말했다. 물론 던져본 말이다. 이 남자가 어떤 부류일지 드러날 것이다. 남자는 움찔하더니 진구를 밀던 팔을 멈추고 윤수애를 돌아보았다.

"무슨 말이야?"

그의 말투에 의혹이 서려 있었고, 진구는 그걸 놓치지 않았다. 윤수애는 당황해서 다급히 말했다.

"말도 안 돼. 거짓말이야. 어서 내보내!"

남자는 잠깐 주춤하더니 진구를 밖으로 떠밀었다. 여기서 이 남자하고 몸싸움해봐야 아무 소용없다. 진구는 문밖으로 걸어 나왔다. 그 뒤를 해미도 따랐다.

복도로 나온 진구는 문 앞에 서서 남자에게 말했다.

"윤수애가 나눠 줬어?"

"무, 무슨 말이지?"

남자는 또다시 주춤했다. 남자는 진구를 밖으로 밀던 힘을 멈추고 물끄러미 바라보았다.

"윤수애는 입 닫을 거야. 알고 싶으면 전화해."

진구는 바지 주머니에서 되는대로 만들어둔 명함을 꺼내 남자에게 건넸다. 남자는 눈알을 굴리며 명함을 받아 마치 카드를 숨기는 마술사처럼 주머니에 슬쩍 집어넣었다. 순간적으로 진구와 남자 사이에 어떤 의사가 통한 것이다.

"저 인간한테는 왜?"

이제는 불야성을 이룬 선릉역 뒷길을 걸으며 해미가 물었다.

"뭔가 저 가게에서 일하는 녀석 같기는 한데, 업소 웨이터는 아닌 것 같고, 윤수애가 곤란한 상황에서 문자를 보낼 상대이면서, 그 문자 한 방에 튀어나왔어. 그리고 아까 행동을 보면 윤수애의 애인 같단 말이야. 뭐 윤수애한테 기생하는 녀석이 아닐까 싶어. 적당히 가게에 출퇴근도 시켜주면서 말이지. 해미도 봤지만, 본색은 양아치일 거고. 그래서 던져본 거야. 아니, 거의 그럴 것 같았어."

"뭘?"

"저 녀석한테 돈이 먼저일까, 윤수애가 먼저일까."

진구가 해미를 보며 싱긋 웃었다.

"하긴 내가 봐도 여자를 더 아낄 거라고는 도저히 말 못 하겠다."

해미는 조그맣게 한숨을 쉬었다.

"곧 연락 올걸. 뭘 참을 놈도 아니야. 아마 윤수애가 첫 번째 룸에 서빙 들어가자마자 그 틈을 이용해 튀어나올 거야."

진구의 예측은 맞았다. 남자로부터 전화가 온 건 〈에뚜알〉을 나온 지 40분도 채 지나지 않아서였다. 진구는 〈에뚜알〉 바로 옆 24시간 운영하는 이자카야를 장소로 정했다. 칸막이 주변의 시야가 대부분 차단된 조그만 술집이었다. 진구는 손에 쥔 파우치를 열어 해미에게 살짝 보여주었다. 5만 원권 뭉치가 은행의 띠종이로 싸여 있었다.

"헉, 이거 무슨 돈이야?"

"녀석한테 시킬 일이 좀 있어서."

진구는 눈을 찡긋했다.

남자는 최규현이라고 했다. 여전히 무례했지만 자기 이름을 건넬 만큼 조금 전보다는 그나마 격식이란 걸 갖추었다.

"수애한테 돈이 들어왔단 건 무슨 말이야. 헛소리로 시간 낭비할 거면 미리 관두고."

최규현은 조그만 공간 안에서 진구와 해미를 번갈아 보며 말했다. 상대가 어떤 사람들인지 찬찬히 관찰해야겠다는 생각이 비로소 든 듯하다. 진구가 곧바로 말했다.

"윤수애가 살인사건에 연루된 건 알고 있지?"

"살인사건?"

최규현은 허를 찔린 듯했다. 짐짓 침착한 척 애썼지만 살인이라는 단어에 당황한 기색이 역력했다. 진구는 알 수 있었다. 윤수애는 이 남자한테 돈 얘기는 물론, 살인사건 이야기도 하지 않았다. 그 일에 관한 한 철저히 비밀로 해왔다. 윤수애가 이 남자를 못 믿어서일 수도 있겠지만, 누구에게도 발설하지 말 것을 조직으로부터 강요받기도 했으리라. 무엇보다 살인극의 대가로 얻은 과실을 이 남자에게 나눠주기 싫었던 것이다. 진구는 몸을 앞으로 숙였다.

"윤수애가 최근에 어떤 재판에 증인으로 나간 건 알고 있나?"

"뭐 그런 얘긴 들었어. 왜인지 그날 일도 하루 쉬더라구."

"윤수애는 그날 재판에서 증언하는 대가로 어떤 회사에서 큰 돈을 받았어."

"증언의 대가로?"

"그 회사의 사활이 걸린 재판이었거든."

"대체 얼마를 받았단 거야?"

"그건 나도 몰라. 하지만 당신이 상상할 수 없는 액수란 건 분명해."

최규현의 눈이 빛났다. 그 안에는 돈을 향한 욕심이 담겨 있었다. 이 남자에게 생기를 돌게 하는 거의 유일한 것이리라.

"난 그 돈이 목표가 아니야. 다만 얼마를 받았는지, 그 정도만 알고 싶을 뿐이야. 그게 내겐 중요하거든."

"네가 액수만 알고 싶어 한다고? 눈앞에 있는 돈을 가지고 싶진 않다? 어떻게 그 말을 믿지?"

"나 윤수애 때문에 감방 다녀왔어. 살인으로 말이야. 며칠 전에 나왔어."

최규현은 흠칫 놀랐다.

"복수하려는 건 아니야. 윤수애도 돈 받고 시키는 대로 했을 뿐이니까. 다만 대체 얼마를 받았는지를 알고 싶을 뿐이야."

"그게 왜 알고 싶지? 그리고 어떻게 알아내겠단 거야. 수애는 나한테도 말 안 했는데."

그 말을 하는 남자의 눈에 살짝 분노의 빛이 스쳤다. 거액을 챙겨놓고 자신한테도 숨긴 윤수애를 향한 것일 테지.

"윤수애의 휴대폰을 잠깐만 보여줘."

"휴대폰?"

"가져가겠단 거 아니야. 잠깐만 보게 해줘. 그럼 윤수애가 얼마를 받았는지 알 수 있어. 내겐 알 방법이 있거든. 당신도 말이야. 물론 당신이 윤수애 폰의 잠금을 풀 수 있어야겠지만. 아, 윤수애하고는 그런 정도의 관계인 건가?"

남자는 테이블에 양 팔꿈치를 올리고 주먹을 모아쥐고 있었다. 머리를 굴리고 있는 모양이다. 진구의 말을 믿을지 어떨지를. 그의 결정에 쐐기를 박아주어야 했다. 진구는 파우치를 한 번 더 열었다. 그 안에서 500만 원 묶음을 꺼내 최규현에게 보여주었다. 조금 전 해미한테도 보여줬던 그 돈이다.

"어때? 휴대폰 한 번 보여주는 대가야. 윤수애가 이 건으로 얼마를 챙겼는지, 당신도 알게 되는 덤도 있어."

그로부터 약 20분 뒤, 진구와 해미는 같은 자리에서 윤수애의 휴대전화를 눈앞에 두고 있었다.

"수애가 룸 들어간 사이 잠깐 가져온 거야. 빠르면 1시간 안에 나올 수도 있어. 더 오래 걸리면 안 돼."

"비번 풀어줘. 그럼 돈 주지."

남자는 쩝, 하고 입맛을 다시더니 휴대전화의 액정 위에서 능숙하게 패턴을 그렸다. 윤수애의 휴대전화 화면이 진구의 눈앞에 그대로 열렸다. 진구는 돈뭉치를 건넸고, 남자는 한번 손가락으로 지폐 끝을 잡아 쓱 넘겨보고는 곧장 바지 뒷주머니에 쑤셔 넣었다.

진구는 휴대전화 화면을 찬찬히 들여다보았다. 우선 통화 목록을 확인했는데, 수개월 전의 것을 찾아보고 있었다. 기록을 확인하고는 만족한 얼굴로 고개를 끄덕이던 진구는 해미에게 눈짓을 했다. 그러자 해미가 자신의 휴대전화를 꺼내더니 돌연 윤수애의 휴대전화 화면을 찍었다. 진구와 해미가 미리 신호를 맞춰놓은 것이었다. 해미가 미리 카메라 앱을 켜놓았기에 화면을 찍는 데는 0.5초도 걸리지 않았다. 최규현이 다급하게 소리를 높였다.

"이봐, 뭐야! 이런 건 약속에 없었어!"

하지만 이미 해미의 카메라는 목적을 달성한 후였다. 해미는 재빨리 휴대전화를 가방에 집어넣었다. 해미의 휴대전화를 향해 뻗는 최규현의 팔을 진구의 팔이 가로막았다.

"어, 쏘리. 내가 기억력이 나빠서 말이야. 싫다면 이젠 안 찍을게."

진구가 양팔을 들며 너스레를 떨었고, 최규현은 이맛살을 찌푸리며 팔을 거둬들였다. 사진도 아니고 통화 목록 화면을 찍어 간다고 해서 무슨 탈이 있으랴, 싶었을 것이다. 무엇보다 조금 전에 건네받은 돈이 그를 침묵시켰다.

진구는 다시 휴대전화로 시선을 돌려 이번에는 앱 화면을 페이지를 넘기며 들여다보고 있었다. 그 모든 과정은 2, 3분도 채 걸리지 않았다. 진구가 다시 눈짓을 했다. 해미는 휴대전화를 꺼내더니 다시 화면을 찍었다. 최규현이 또 움찔했지만, 진구는 이번에도 입을 막았다.

"마지막이야. 사진도 아니고, 뭐 어때?"

최규현은 더 반발하지 않았다. 진구 말대로 해미가 찍은 건 사진이 아니라 그저 앱이 모여 있는 화면이었다. 무엇보다 여자친구의 휴대전화에서 어떤 정보가 새 나가는 것을 기를 쓰고 막아야 할 만한 이유가 없어 보였다.

진구는 고개를 들고는 최규현에게 휴대전화를 내밀며 말했다.

"이 앱 비밀번호 아나? 이걸 알아내면 돈을 더 주지."

해미가 옆에서 들여다보니 이름이 영어로 된 처음 보는 앱이었다. 최규현도 고개를 쭉 빼고 비스듬하게 돌려 화면을 보더니 고개를 저었다.

"몰라. 있는지도 몰랐어. 뭐야, 이게."

진구는 그럴 줄 알았다는 듯 휴대전화를 그대로 최규현에게 내밀었다.

"끝났어. 가져가. 물론 휴대전화를 잠시 훔쳐 왔단 걸 윤수애한테 말하지는 않겠지. 뭐 내 입장에서야 말해도 상관없지만."

"그래서 얼마야?"

"윤수애가 받은 돈 말하는 건가?"

"그래, 얼마야?"

최규현의 목소리에 조급함이 묻어 있었다.

"모르겠어."

"모르다니. 폰 가져다주면 알 수 있다면서."

"아까 보여준 앱 있지? 거기에 비번이 걸려 있어. 그걸 풀면 바로 알 수 있는데, 안 풀려. 그래서 물어본 거야. 비번 아느냐고."

"뭐야, 얘기가 다르잖아."

"비번이 있을 줄은 몰랐지. 어쨌든 난 약속은 지켰어. 휴대전화 보여준 것만으로 500만 원을 분명히 줬으니까."

"이런, 뭐야! 장난하냐?"

"비번 걸려 있는 걸 어떡해?"

진구는 어깨를 으쓱했다.

"젠장."

최규현은 불만이 가득한 얼굴이었지만 하는 수 없다는 듯 휴대전화를 받아 쥐었다. 그의 스케일은 작았다. 그는 이미 윤수애의 휴대전화를 잠깐 꺼내 와 보여준 대가로 수백만 원을 벌었다는 상황에 만족해 있었다. 윤수애가 벌었다는 돈은 얼만지 모르지만 차차 눈치를 봐가며 당겨 오면 된다, 그런 정도의 셈법을 하고 있으리라.

일어서는 최규현에게 진구가 말을 던졌다.

"윤수애한테 직접 물어볼 건가? 얼마 벌었냐고."

"물어도 가르쳐주겠어? 걔가 약 먹었냐?"

최규현은 진구에게 지나가는 투로 말했다.

"대체 어느 정도 돈을 받았단 거야? 당신은 이 정도 넘겨짚고 온 거라면 대략적으로라도 감이 있을 거 아냐."

"몇억은 될걸."

"몇억이라……."

최규현은 무표정하게 '몇억'을 되뇌었지만 적잖게 놀란 눈치였다. 자신이 생각한 단위보다 큰 모양이다. 최규현은 혼잣말처럼 뇌까렸다.

"걔년, 내가 해준 게 얼만데……."

마치 육포를 자근자근 씹는 듯한 말투였다. 아마도 돈 얘기가 나오면서부터 윤수애에게 화가 났던 듯하다. 겨우 참았던 분노가 얼추 금액을 듣고 나자 터진 것이다. 이미 여자와의 사이는 금이 갈 대로 갔다. 진구와 해미는 동시에 그렇게 느꼈다.

밤의 전철 안은 한가했다. 선릉역에서 신도림까지의 2호선은 그나마 좌석이 찼지만, 신도림에서 인천행 1호선으로 갈아탄 뒤로부터는 긴 7인용 좌석에 진구와 해미 둘만 앉아서 가고 있었다.

"500만 원은 너무 아까운 거 아냐."

해미가 주변에 사람이 없는 걸 확인하고서 말했다.

"아까워."

"알면서 왜 했어?"

"그 양아치를 상대로 일을 시키려면 그 정도는 줘야 움직였
겠지."

"그 여자 휴대폰 보는 게 그렇게 중요해?"

"지금 할 수 있는 게 그거밖에 없으니까. 하지만 돈만 날린 건
아녔어. 내가 예상했던 정보가 조금은 있었거든."

진구의 말에 해미가 휴대전화를 꺼내더니 화면을 켰다. 조금
전에 찍은 윤수애의 휴대폰 화면 사진을 꺼내 보며 말했다.

"이런 게 뭐가 중요해?"

진구는 목을 쭉 빼서 화면을 보고는 손가락으로 가리키며 말
했다.

"이 통화 목록 사진을 봐. 긴 게 있지?"

"응. 0011770…… 무슨 국제전화 같은데?"

"맞아. 국제전화야. 001 다음에 1이니까 미국이야."

"이게 왜?"

"걸려온 날짜를 봐."

통화 내역은 수개월 전의 것이었다.

"찍은 건 이거 한 건이지만, 아까 넘겨볼 때 그 무렵에 몇 건의
국제전화가 통화 목록에 있었어. 같은 번호야."

"응⋯⋯. 근데 이게 어떤 증거가 돼?"

"조사받을 때 내가 윤동민 형사한테 그랬거든. 윤수애 쪽도 조사해봐야 하지 않느냐고. 그랬더니 윤형사 말이, 윤수애 쪽도 조사를 다 해봤다는 거야. 이메일, 계좌 내역, 통화 내역 다 뒤졌는데 의심스러운 구석이 전혀 안 나왔대. 내 주장대로 그쪽이 함정을 판 거라면, 윤수애가 대가로 거액을 받은 흔적이 나오거나, 그들한테서 지령을 받거나 한 흔적이 나와야 할 텐데, 둘 다 없었어. 이메일, 전화, 문자, 계좌 어디에도 없었단 거야. 그래서 경찰이 내 말을 믿지 않았고, 윤수애에 대한 수사도 거기서 멈췄어. 근데 이 국제전화 통화 기록을 다른 관점에서 보면 얘기가 달라지지."

"어떻게?"

"연극을 해서 나한테 살인을 덮어씌우라고 사주한 진범이, 그 조직이 말이야. 그 정도 일을 꾸몄다면 웬만큼 용의주도한 범죄자가 아니잖아. 그렇다면 윤수애에게 지시할 때 금세 추적되는 전화 통화나 문자 같은 걸 이용하지는 않았을 거야. 그렇다고 직접 만나서 지시한다는 것도 위험해. 신분을 노출하게 되고, 누군가 본 사람도 있을 수 있지. 그래서 말인데, 이 조직이 추적이 거의 불가능한 국제전화를 이용해서 윤수애에게 연락하고 지시했다면 어떨까?"

해미는 큰 눈을 이리저리 굴리다가 무릎을 탁 쳤다.

"아하."

"말하자면 3각 연락이지. 미국에 범죄 조직의 끄나풀이 있다면, 뭐 아마 그 정도는 당연히 있든지 만들든지 했겠지만, 실행은 전혀 어렵지 않아. 한국의 조직에서 미국으로 연락하고, 미국의 조직원이 한국의 윤수애에게 다시 전화해서 지시를 전달한다, 이런 구도야."

해미는 고개를 끄덕끄덕했다.

"얼마든지 가능하겠는데. 하지만 국제전화는 추적이 어렵다며. 우리나라 경찰이 미국 현지의 통화 내역을 수사할 수 있어?"

"어렵긴 하지만 불가능한 건 아냐. 확실한 혐의가 있으면 미국 검찰이나 국무부에서도 협조해줄거거든."

"아직까진 짐작에 불과한 거 아냐? 국제전화 몇 통 했다고 그게 꼭 범죄 집단하고 연락한 거라고 단정할 수도 없는 거구."

"그렇지. 하지만 의혹은 더 있어."

"그게 뭔데?"

"아까 윤수애 폰 찍은 거 하나 더 있지?"

"그 앱 쭉 있는 화면?"

해미는 손가락으로 액정을 밀어 다음 사진을 띄웠다.

"이게 뭐 증거가 돼?"

"왜 내가 아까 최규현한테 비번 물어봤던 앱 있잖아? 그게 이거야."

진구가 검지로 가리킨 것은 'Blockchain'이라는 이름의 앱이었다. 네모가 몇 개 뭉쳐져 있을 뿐인, 무미건조한 디자인.

"이게 뭐야? 블록체인? 이건 그거…… 그거 아니야? 되게 복잡한."

"그래, 블록체인 개념은 좀 어렵지. 나도 잘 몰라. 근데 이건 그냥 앱 이름인 거고, 실은 비트코인 지갑이야."

"비트코인? ……아!"

해미는 뭔가 떠올랐다는 듯 휴대전화를 들고 손바닥을 마주했다.

"그래. 내가 뭣 때문에 이 고생을 했어. 바로 비트코인 때문이야. 그 조직에서 관리 중인 거액의 비트코인 말이지. 근데 윤수애가 하필 비트코인 지갑을 갖고 있어. 이게 우연일까? 뭐 굳이 직업적 편견을 얘기하고 싶진 않지만, 윤수애가 비트코인 지갑이라는 첨단 앱을 갖고 있다는 것부터 위화감이 일어. 이건 아마도……."

"조직이 비트코인으로 대가를 보내줬다?"

"그렇지. 그런 해석이지. 육남진이 처음 면회 왔을 때 그랬어. 조직이 벌어들인 대부분의 비트코인은 전 보스의 개인 계좌에 들어 있지만 조직 계좌에도 조금 있다고. 그걸 이번 계획에 이용했겠지."

"그럼……."

"그나마 내 입장을 들어준 건 윤동민 형사야. 내가 윤수애의 모함에 빠졌다가 증언 뒤집기로 무죄판결 받은 건 이제 분명해. 그것만으로 어떤 조직이 다 꾸민 일이라는 내 주장이 받아들여진다고는 못하지만, 적어도 의심의 화살이 윤수애 쪽으로는 갈 수 있는 상황이야. 그렇다면, 이 시점에서는 사건이 있기 얼마 전 몇 차례 있었던 수상한 국제전화가 충분히 의미가 있을 수 있어. 그리고 윤수애가 갖고 있는 이 비트코인 지갑. 이 두 가지를 더해보면 충분히 수사할 이유가 될 거야. 국제전화로 지시를 전달하고, 비트코인으로 대가를 지급했다, 이런 가설이 힘을 얻을 수 있단 거지."

"그럴듯해. 내일 당장 윤 형사님한테 전화해보자!"

해미는 오랜만에 활짝 웃으며 진구의 손을 잡았다.

진구의 첩보를 받은 윤동민은 재빨리 움직였다. 그 역시 기다리고 있었다. 경찰이 합법적 절차라는 틀 안에서 진행하는 수사에는 어떤 한계가 분명히 있다. 그래서 희한하지만 남다른 감각이 있는 김진구라는 인간을 통해, 그의 수완을 빌려 확인해보고 싶었다. 이를테면 윤수애의 휴대전화를 보는 일 같은 건 경찰로서는 불가능하다. 피의자도 아닌데 압수영장이 발부될 리 없다. 하지만 김진구라면 다르다. 뒷골목에 익숙하고, 절차라는 게 걸리적거리는 소맷자락 정도에 불과한 그라면 가뿐히 장애를 뛰어넘어 어떤 정보를 가져다줄지 모른다. 그렇게 생각했다. 결과는 기대 이상이었다. 이대로라면 미궁에 빠진 살인사건의 진상을 밝혀낼 뿐만 아니라, 어쩌면 그 배후에 있는 위험한 조직을 고구마 줄기 엮듯이 뽑아 올릴 수도 있다.

윤동민은 우선 미국과의 통화 내역 조회를 시도했다. 미국의 통신사 AT&T와 T-mobile에 해당 번호를 보내고 신원 조회를 요청했다. 답은 거절이었다. 다른 통신사들도 마찬가지일 것이다.

남은 방법은 검찰을 통해 미국 국무부에 요청해서 미국 검찰에게 통화 내역 조회를 위한 압수수색영장을 발부받아 통신사에서 자료를 제공받는 길뿐이었다. 윤동민은 검사에게 미 국무부에 요청해보자며 들이댔다. "아니, 여자 쪽을 왜 조사합니까!" 검사는 화를 냈지만 결국 윤동민에게 지고 말았다. 검사는 미 국무부에 서류상으로 압수수색을 요청했다. 비트코인으로 거액의 범죄 대가가 지급된 혐의가 있다는 소명자료도 같이 포함시켰다. 얼마 후, 미 국무부는 타국의 알지도 못하는 범죄 사건 수사를 위해 자국 기업을 압수수색하는 영장을 승인했다.

도대체 미국에서 걸려온 이 전화들은 과연 무엇이었을까. 추적 결과, 미국의 발신자는 김종규라는 이름으로 윤수애와 어떤 관련도 없는 인물이었다. 김종규의 통화 내역을 조회한 결과, 김종규가 윤수애와 통화하기 직전에 늘 한국에서 전화가 걸려왔다. 발신자는 한국의 '신동양리츠'라는 회사였다. 대표자로 등기된 인물은 '김태일'로 확인되었다. 그리고 김종규는 신동양리츠의 직원임도 확인되었다.

"이거 김진구의 시나리오가 거의 맞아 들어가잖아."

범죄의 실체에 근접해갈 때 느끼는 특유의 짜릿함과 함께 형사로서의 실적이 눈앞에 아른거렸다. 윤동민은 내친김에 윤수애의 비트코인 거래 내역을 확인하기 위한 압수수색영장을 신청했다. 이제 검찰은 군말 없이 승인란에 도장을 찍었다.

육남진이 다시 찾아왔다. 이번에도 전화 대신 진구의 집 앞에

서 기다리고 있었다. 오전 11시를 훌쩍 넘긴 시각, 진구가 해미
와 같이 현관 밖으로 나오는데 퉁퉁한 육남진의 몸이 앞을 가로
막았다. 해미가 놀라 반걸음 뒤로 물러섰다.

"여기서 줄곧 기다리셨나 봐요."

진구가 놀리듯 말했다. 전혀 놀랍지는 않았다. 구치소 안에서
느꼈던 육남진의 존재감은 구치소 안이었기 때문에 존재했다.
무죄 방면된 지금, 장래를 알 수 없는 두려움이 드리우는 불안
감은 더 이상 없다. 구치소 담장이라는 배경을 잃은 그는 그저
개기름이 얼굴에 번진 중년 남자에 불과했다. 물론 그의 등 뒤
에 있는 조직은 여전히 경계해야 했다.

"우리가 늦잠 자서 죄송하네요."

"장난 그만해. 그럴 기분 아니야."

육남진이 불쾌한 듯 내뱉었다.

"오실 줄 알았습니다."

"그래. 메모리 건이야. 약속대로 협조해줘야겠어."

육남진은 진구를 위협하기라도 하겠다는 듯 굳이 눈알을 부
라렸다.

"물론 약속은 지킵니다. 굳이 제가 그걸 빼돌릴 이유가 없다
고 말했을 텐데요. 내가 허튼짓 했다간 당신들 조직이 날 죽이
려 들 게 뻔한데, 그런 위험을 무릅쓸 생각은 없어요."

"상황 파악이 좀 되는 것 같아 다행이군."

육남진은 손수건을 꺼내 이마의 기름기를 닦아내며 말했다.

"경찰이 항소 포기했고 사건은 확정됐어. 검찰은 이제 곧 메

모리를 피해자, 그러니까 송치수 가족한테 돌려줄 거야."

육남진이 메모리 이야기에만 몰두하고 있는 걸 보아, 윤수애의 통화 내역이 조회되고 있다던가, 비트코인 거래 내역을 확인하고 있다던가 하는 상황은 전혀 알지 못하는 것 같았다. 물론 그런 수사는 극비리에 진행되고 있으니 알 수가 없으리라. 윤수애의 집을 수색한다든가 휴대전화 자체를 압수한다면 조직에서 알겠지만, 통화 내역 조회만 한다면 그런 수사가 진행되고 있다는 걸 상대는 알지 못한다. 그 점은 진구에게 다행이었다.

"송치수 모친한테 메모리가 도착하는 그날 네가 직접 그 할머니를 만나서 메모리를 건네받아. 우리 쪽 사람이 그 자리에 있을 테니까 그 사람한테 넘겨주면 돼."

"그렇게 하죠."

"송치수 모친을 만나러 가는 날에 우리 쪽에서 널 만나러 사람이 갈 거야. 그대로 따르면 돼."

"그러시든지."

육남진은 진구를 빤히 쳐다보았다. 괘씸하다는 눈빛이었다.

"이젠 겁이 없나?"

"조직의 목표는 메모리죠. 그게 확보되는 한 날 해치지는 않겠죠. 그건 불필요한 위험이니까. 그렇다고 육 변호사님이 날 개인적으로 해코지하시겠습니까? 그런데 내가 왜 댁을 겁내야 하죠?"

진구는 사건이 벌어진 이래 거의 처음으로 날 것의 분노를 표출하고 있었다. 이자는 정말 참아내기 힘들다!

"하여튼 알아서 해."

육남진은 진구의 기세에 눌린 듯 주춤했다가 잰걸음으로 자리를 떠났다. 자연스럽게 행동하느라 애썼겠지만 발걸음은 조급해 보였다.

"윤수애의 국제전화는 미국의 김종규라는 자한테서 온 거였고, 그 직전에 김종규한테 전화를 건 쪽은 한국의 신동양리츠라는 회사였어. 이름만 보면 부동산 투자 회사 같은데, 별 영업 실적은 없고, 업계에서도 잘 모르는 눈치야. 좀 수상하지."

며칠 후 진구는 윤동민의 전화를 받았다. 오전 11시까지 늘어져 자던 중이었는데, 그가 전해주는 소식에 정신이 번쩍 들었다. 윤동민은 '원래 알려주면 안 되지만 특별히 너한테만'이라는 단서를 달고는 진구에게 몇 가지 중요한 정보들을 알려주었다. 자신이 진구를 살인범으로 몬 마음의 빚이 있는 데다가, 이번에 진구가 중요한 정보를 가져왔고, 또 남다른 진구의 두뇌에 기대어 이번에도 수사에 뭔가 도움을 얻어볼 수 있지 않을까 하는 의도도 있는 것 같다. 윤동민은 말을 마치려다 아, 하며 말했다.

"대표이사가 김태일이라는 사람인데, 혹시 들어봤나?"

"아뇨, 전혀요."

"회장 직함은 장철이라는 사람인데, 알아?"

"역시 모르겠어요."

"그래……. 혹시 너한테 원한이라도 있는 사람인가 싶어서. 아니면 왜 너를 콕 찍어서 함정을 팠을까 궁금해."

그건 진구에게도 미스터리였다. 왜 하필 나를. 그것도 서울도 아니고 인천에 살고 있는 날 왜 찍었을까. '랜덤'이라는 설명 말고는 이해되지 않았다. 하지만 랜덤이라도 왜 하필 나를? 그것만은 도저히 풀 길이 없었다. 진구가 말했다.

"직원들 명단도 확보해보시죠. 사진도요. 육남진은 변호사니까 그 안에 없다고 쳐도, 저한테 '라동우'라고 하면서 처음 접근했던 인물은 직원 명단에 있을 가능성이 높아요."

"좋아. 가능하면 사진도 찾아서 보여주지."

"얼굴만 확인되면 이 회사가 모든 걸 다 기획한 배후 조직인 게 분명해지는 거죠."

진구는 결의에 찬 듯 말했다.

"윤수애의 비트코인 지갑에 상당한 금액의 비트코인이 입금된 것도 확인했어. 네 번에 걸쳐서 왔는데⋯⋯."

그가 말해준 네 차례의 비트코인 입금 중 첫 번째는 3월 8일, 두 번째는 3월 11일, 세 번째는 3월 19일, 네 번째는 7월 21일이었다. 진구는 고개를 끄덕끄덕했다. 그 날짜들은 잊을 수 없다. 진구가 구렁텅이에 빠져들던 때의 날짜들.

"날짜만 보면 아귀가 거의 맞아 들어가네요. 첫 번째, 두 번째는 사건이 일어나기 불과 며칠 전이었고, 세 번째는 사건이 있은 지 약 7일 후, 네 번째는 재판에서 윤수애가 증언하기 하루 전이에요. 말하자면 첫 번째, 두 번째는 선금을 나눠서 지급한 거고, 세 번째는 일이 성사된 후 잔금을 준 것일 테고, 네 번째는 증언 번복의 대가로 준 거죠."

진구는 휴대전화에 대고 슬그머니 미소를 지었다. 그러다 문득 물었다.

"얼마씩 보냈는지도 알려주실래요."

허허, 하는 윤동민의 웃음소리가 들렸다.

"왜, 본인이 얼마에 팔렸는지 알고 싶은 거야?"

"뭐 그렇다고 해두죠. 공양미 300석은 넘겠죠?"

"잠깐 기다려봐."

진구는 스피커폰으로 돌려놓고 종이와 펜을 옆에 가져다 놓았다. 약 1분 후 윤동민의 목소리가 이어졌다.

"첫 번째는 4.046247815, 두 번째는 5.03842361807, 세 번째는 9.139063890, 네 번째는 8.327106432비트코인을 각각 보냈어. 첫 번째부터 세 번째 송금 무렵까지는 비트코인 시세가 1비트코인에 약 1100만 원 정도에서 오르락내리락했어. 첫 번째와 두 번째 송금액이 합해서 대략 9.08 거시기니까 여기다가 곱하기 1100만을 하면 약 1억 원이 돼. 세 번째는 약 9.14비트코인이니까 곱하기 1100만 하면 이것도 1억 원. 네 번째 때는 시세가 조금 올라 1비트코인에 1200만 원쯤 됐고 송금을 8.32비트코인쯤 했으니까 둘을 곱하면 이때도 대략 1억 원이야."

진구는 급히 받아 적으며 말했다.

"많이도 받았네요."

"글치. 합하면 대략 3억 원이야."

"첫 번째부터 세 번째까지가 살인극 연기의 대가로 받은 것일 테니까 합계 2억 원이고, 마지막 네 번째는 날짜로 보아 재판에서 증언을 번복하는 대가로 받은 것 같은데, 그게 1억인 건가요.

그만한 돈을 약속했으니, 유혹에 넘어갈 만도 하네요."

진구는 입술을 깨물다가 물었다.

"근데 왜 이렇게 자릿수가 많아요?"

"아마도 큰 금액만 맞게 대충 보낸 거 같아."

윤동민은 현재 수사가 상당히 진척돼 있지만 신동양리츠 측에서 부인하면 애로가 있다는 이야기를 전했다. 당연한 말이었다. 살인극을 연출하기 위한 통화였는지, 그저 다른 용건의 통화였는지 내용이 드러나지 않는 한 알 수 없는 일이다. 윤수애에게 거액의 비트코인을 보낸 이가 신동양리츠 회사나 관계자로 확인된다면 코너에 몰아넣을 수 있겠지만, 우선 시간이 오래 걸릴 뿐더러, 국내에서 확실성을 갖고 진행할 수 없는 수사라는 한계가 있다.

"송금자가 누군지는 확인이 안 되는 거죠?"

"아, 그게 말이야……."

윤동민도 아쉽다는 듯 입맛을 다시고는 덧붙였다.

"윤수애 계좌에 입금된 내역 정도까지는 겨우 영장도 받고 해외 본사에 협조를 얻어서 확인했는데, 누가 보냈는지, 보낸 사람의 계좌나 인적 사항까지는 알려주지 않았어. 그나마 입금 내역 정도 알려주면서도 얼마나 애먹이던지. 나중엔 해외와 수사 공조가 될지 몰라도 현재는 이 부분이 거의 막혀 있어. 우리나라에서 비트코인 계좌를 압수수색한 적이 있긴 한데, 그건 국내의 거래소 운영 업체 압수수색이었어. 거기서 거래된 내역은 알수 있었지만, 개인이 국내 거래소를 통하지 않고 비트코인 앱을

이용해서 국경 없이 직거래하는 건에 대해서는 아직 압수수색
을 한 예가 없고, 해외 업체에 우리나라 압수수색영장을 들이밀
어 봐야 거들떠보지도 않거나 이번처럼 쥐꼬리만큼 해줘. 윤수
애 경우도 그래. 국내 거래소를 통한 게 아니거든. 비트코인 보
유자 간의 직거래였어. 송금자 추적이 당장은 안 되는 거지. 윤
수애가 쓰는 비트코인 지갑만 해도 룩셈부르크의 앱이었어."

"그래도 얼마든지 방법이 있을 텐데요."

진구가 심드렁하게 말했다.

"뭔 방법? 계좌 추적이 어렵다는데."

"잘하시는 거 있잖아요."

"뭐."

"사람 족치기. 윤수애를 불러서 쪼아 붙여보시죠. 나한테 한
것처럼."

"배가 불렀군."

윤동민은 혀를 차면서 전화를 끊었다. 진구는 그 자리에서 무
언가를 곰곰이 생각하더니 노트북을 가져와서 식탁 위에 놓았
다. 이어 의자에 앉아 화면을 켜고 무언가를 검색했다. 종이 위
에 이리저리 그림을 그려보기도 하고, 무언가를 계산해보기도
했다.

"뭐야? 아까 통화하던 거?"

해미가 어느새 깼는지 진구의 옆에 와 앉았다.

"응. 뭐 좀 찾아보려고."

"근데 왜 허구한 날 방구석에서 노트북을 뒤적거려? 탐정은

발로 뛰어야지, 응, 김진구 군!"

해미가 타박했지만 진구는 고개도 돌리지 않고 대꾸했다.

"길거리에 비트코인이 돌아다니겠냐?"

"아까 형사님하고 대화하는 거 얼핏 들어보니까, 꽤 증거가 있는 거 같던데. 이제 그 조직인가 하는 놈들 체포하면 되지 않나?"

"그럴 수도 있겠지. 하지만 오리발을 내밀 거야. 결정적인 증거는 없는 거니까. 그나마 더 가능성 있는 쪽은 여자야. 윤수애한테서 진술만 얻어내면 되거든."

"그 여자는 왜 아직 버티고 있을까? 다 들통 난 거 같은데."

"거의 그렇지. 하지만 범죄자들은 공통적으로 그래. 발 뺄 수 없는 확실한 증거가 나오기 전까지는 모두 발뺌을 해. 윤수애도 아직은 버틸 수 있다고 생각하는 거지."

"그러니까 오빠가 움직여야 하는 거 아냐?"

진구는 고개를 저었다.

"남은 건 경찰 일이야. 난 그저 한 가지 확인만 해보려구."

"그게 뭔데? 이번엔 어디로 갈 거야? 상대는 누구?"

"응, 잠깐만."

진구는 다시 노트북 화면으로 얼굴을 고정했다. 얼마의 시간이 흐른 후, 진구가 말했다.

"이건 좀 이상한데."

"뭐가, 뭐가."

해미가 달려와 진구 옆에 앉았다.

"비트코인 시세를 한번 봐봐."

진구는 화면에 비트코인 일일 시세표를 해미에게 보여주었다.

"어떤데?"

"첫 번째 송금인 3월 8일에 비트코인 가격은 대략 1114만 원이었어. 이때 보낸 4.046247815비트코인을 곱하면 금액으론 45,075,200원이 돼. 두 번째인 3월 11일 시세가 약 1094만 원이고 이때 송금한 5.03842361807을 곱하면 55,120,354원, 세 번째 3월 19일 시세는 1096만 원, 이때 송금한 9.139063890을 곱하면 100,164,140원, 네 번째 7월 21일 시세는 1203만이고, 8.327106432를 보냈으니까 100,175,090원이 돼."

"그래서."

해미는 흥미를 잃었다는 듯 말했다.

"끝자리가 좀 안 맞잖아. 5천만 원, 1억 이렇게 안 되고."

"나, 참. 진구 군. 대충 좀 살아. 사람들이 다 오빠처럼 숫자에 집착하는 줄 알아?"

해미가 진구의 등을 툭툭 쳤다.

"그런가……."

진구는 노트북을 덮었다.

다음 날 진구는 해미와 같이 전철을 타고 인천터미널역으로 향했다. 1801번 시외버스를 타고 서울 가락시장 방면으로 가기 위해서였다. 그쪽 방면에 송치수의 모친 집이 있었다. 오늘은 만나서 처리해야 할 중요한 일이 있다. 메모리. 모친 말로는 전날 검찰에서 메모리를 돌려준다는 통보를 받았고, 오늘 오전에 인천지방검찰청에 가서 받아올 거라 했다. 진구는 검찰청 앞에서 메모리를 건네받으려 했지만, '송치수 모친 집에 가서 찾으라'는 육남진의 연락이 왔다. 아무래도 검찰청 코앞에서 조직의 사람이 나와서 메모리를 건네받는 건 목격될 위험도 있고, 께름칙했으리라.

진구와 해미는 인천터미널에서 서울행 표를 두 장 사서 대합실에서 기다렸다.

출발 시각은 많이 남아 있었고, 대합실은 한산했다. 나른한 오전 시간. 해미가 옆에서 샌드위치를 먹고 있는 모습을 보니 문득 이 순간이 평화롭다는 생각이 뜬금없이 들었다.

그 생각은 곧 깨졌다.

"안녕."

누군가가 진구 옆에 다가와 섰다.

잊을 수 없는 목소리.

가슴이 철렁했다.

왜?

하필 이 순간에?

여기에서?

진구는 고개를 들었다.

목소리를 듣는 순간 바로 알았다. 유연부. 그녀였다.

생글생글 웃고 있었다. 생각해보면 연부가 진구를 만날 때, 생글생글 웃지 않은 적이 거의 없었다. 그 웃음의 의미는 그때그때 달랐고, 뜻을 알 수 없었기에 늘 서늘했다.

해미도 샌드위치를 내려놓고 연부를 보았다. 눈이 동그랗게 커졌고, 진구보다 먼저 반응했다.

"유연부!"

이어 아차, 하고 해미는 덧붙였다.

"······언니."

"해미 씨도 안녕. 같이 있을 줄은 몰랐어."

연부는 해미를 보며 방긋 웃었다.

"어학연수 간 거 아녔어요? 캐나다."

"······갔다가 잠시 왔어요. 오빠 사건도 있고 해서."

해미는 급히 입을 닫았다. 연부한테 굳이 진구가 얽힌 사건 이야기를 할 필요는 없는데, 하는 생각이 다급하게 들었다.

"그렇군요."

하지만 연부는 다 안다는 듯이 대답했다.

"웬일이야. 이런 데서 다 만나고."

진구가 비로소 입을 열었다. 하지만 이미 진구의 눈동자에는 이게 단지 우연일 것 같지 않다는 불안감이 깃들어 있었다.

"좀 앉을게."

연부는 진구 옆자리의 빈 의자에 앉았다. 진구를 사이에 둔 해미의 낯빛에 경계심이 피어올랐다. 진구의 과거를 만들었던 여자. 그리고 얼마 전까지만 해도 진구의 과거를 알았던 유일한 여자. 그래서 해미에게 진 것 같은 기분이 들게 만들었던 여자. 아니, 해미가 굳이 먼 땅으로 어학연수까지 떠나게 만들었던 한 원인이 되었던 여자. 유연부였다. 해미는 몸을 앞으로 빼꼼히 내밀어 진구를 건너 그녀를 바라보았다.

"해미 씨가 말조심할 필요 없어요. 진구가 당했던 그 사건, 나도 잘 아니까."

"네? 언니가요?"

해미는 놀랐다. 진구는 침묵 속에 연부를 보았다. 당혹스러웠다. 연부가 그 일을 어떻게 아는 걸까. 신문에 기사가 났겠지만 진구의 이름이나 신상 따위는 어디에도 없었을 텐데. 연부는 조그맣게 말했다.

"내가 기획한 거니까."

"뭐?"

"뭐라구요?"

진구와 해미는 동시에 비명과도 같은 대사를 내질렀다. 왠지 불길한 예감을 가졌던 진구도 차마 예상할 수 없는 말이었다.

"네가 계획한 거라고?"

진구가 되물었다. 연부는 조금의 망설임도 없이 고개를 끄덕였다.

"나 조금 전부터 저쪽에서 두 사람을 보고 있었어. 너나 해미 씨가 완전히 무방비 상태인 걸 확인했어. 말하자면 내 말을 녹음할 준비 같은 건 안 되었을 때를 보고 온 거야. 그러니 말 편하게 할게. 그러려고 온 거고."

"세상에……."

해미는 양손으로 입을 가렸다. 진구의 낯빛은 순식간에 검은 숲처럼 어두워졌다. 어쨌든 지금은 연부의 말을 더 들어보아야 했다. 연부가 조심하지 않더라도 녹음 따위는 시도할 수조차 없다.

"우리 회사의 목적은 다 알지? 물론 그 메모리야. 막대한, 얼마인지 계산도 안 되는 돈이 들어 있는 비트코인 주소가 담긴 그 메모리. 장환 전 회장님이 구치소 틈새에 빠트려버렸지. 그걸 회수해야 했어."

연부는 잠시 말을 끊었지만, 진구는 당장 어떤 말도 하지 못했다. 연부의 말이 전달한 충격의 속도가 진구의 이해를 추월한 탓이었다. 대신 해미의 입이 간신히 열렸다.

"언니가 그 조직, 아니 그 회사 사람이란 거예요?"

"네. 그래요."

연부는 담담하게 말했다. 해미의 목소리가 조금 떨렸다.

"……왜 하필 진구 오빠였어요?"

"왜냐구요? 글쎄……."

연부는 고개를 갸웃했다.

"특별한 이유랄 게 지금은 잘 기억나지 않네요."

연부는 손가락 끝으로 의자 팔걸이를 탁탁 두드렸다.

"아마도 조건이 맞았겠죠? 진구는 혼자고, 그땐 해미 씨가 떠났을 때라 마음이 공허한 상태고……. 또 무엇보다 구치소에서 그걸 눈에 띄지 않게 꺼내오는 어려운 미션을 하려면 믿을 만한 사람한테 맡겨야겠죠? 내가 아는 한 김진구라면 누구보다 믿을 수 있고. 그래서 대상으로 찍었던가 봐요."

해미는 괜히 미안해져서 진구의 얼굴을 조심스레 쳐다봤다. 눈을 감고 무언가를 다스리려 애쓰는 듯했다. 조직이 진구를 택한 건 랜덤이 아니었다. 재수가 없었던 탓도 아니었다. 그들이 왜 하필 나를 택했을까 하는 의문은 풀렸겠지만, 그 이유가 안긴 충격은 꽤 커 보였다. 연부는 더 말하지 않았다. 진구와 해미가 상황을 이해하기까지 조금 기다려주는 것 같았다. 세 사람 사이에 어색할 만큼의 침묵이 흘렀다.

이윽고 해미가 입을 열었다.

"변명처럼 들려요."

"변명?"

"네, 변명."

"무엇에 대한?"

"진정한 이유를 말하지 못하는 거겠죠."

"뭘까, 그게?"

"복수겠죠."

"복수?"

"그래요. 예전, 그 일 때문에……."

해미는 말끝을 흐렸다. 여기서 '그 일'을 다시 언급하는 건 무언가 부적절해 보였기 때문이다. 복수. 그럴지도 모른다. 진구도 해미와 같이 느꼈다. 하지만 진구가 생각하는 이유는 해미가 말한 '예전 그 일'이 아니었다.

그래, 아마도. 그때 진구의 집을 나섰을 때, 마지막으로 연부를 본 그때.

분명히 연부의 눈에서 깊디깊은 분노를 보았다. 자존심에 상처를 입은, 연부의 야성이 깨어난 듯한 그 순간. 그런 그녀가 하지 못할 일은 없었다. 그건 누구보다 진구가 잘 알지 않았던가. 그녀의 눈에서 읽힌 깊은 증오. 그리고 복수. 그녀는 잊지 않았다. 그리고 상황이 닥쳤을 때, 진구를 끌어들여 구덩이에 묻어버렸다. 진구는 겨우 구덩이에서 기어 나왔지만 오늘 이 순간까지 영문을 알지 못한 채 헤매고 있었다.

"······알 것 같아."

진구가 겨우 입을 열었다. 침이 메말라 긁힌 목소리가 났다.

"하지만······ 왜 송치수였지? 치수는 왜······."

진구는 연부를 돌아보았다. 자신이 겪은 건 넘어갈 수도 있다 치자. 아니, 진구는 정말 상관없었다. 다른 누구도 아닌 연부가 그랬으니까. 하지만 송치수는 왜. 단지 진구의 친구라는 이유로 죽임을 당한 셈이다. 그 때문에 진구는 커다란 마음의 짐을 떠안고 말았다. 지금껏 위험을 무릅쓰고 조직의 흔적을 파헤칠 만큼. 그것만은 연부가 원망스러웠다. 진구의 원망을 읽었을까. 연부가 가볍게 손을 내저었다.

"그건 내가 아니야."

"연부 네가 아니라구?"

"응."

연부의 대답에 진구는 왠지 안심했다. 연부가 아니라면 아니다. 그래도 그녀의 말을 더 들어보고 싶었다. 하지만 연부는 입을 열려다가 그만두었다.

진구가 퍼뜩 생각난 듯 말했다.

"그럼······ 네가 오늘 메모리 회수하러 나온 거야?"

"아니, 다른 사람이 올 거야. 난 너한테 이야기를 전해주러 온 거고."

"그래…… 근데 왜 굳이 나한테 알려주는 거야?"

"조금 전 그 이야기야. 오해하지 않게끔."

"네가 송치수를 끌어들이지 않았단 거?"

"그래."

진구가 작게 한숨을 쉬었다.

"내게 함정을 팠단 건 개의치 않는다는 말 같네."

"진구 네가 최근에 움직이고 있는 걸 난 알고 있어."

진구가 고개를 들어 연부를 보았다.

"어제 알게 됐어. 윤수애의 통화 내역, 계좌 내역이 일부 드러난 거 같더라. 경찰에서 결국 우리 회장님한테 연락이 왔더라구. 별 내용은 아니었지만 회장님은 불같이 화를 냈어. 하는 수 없이 내가 달래드렸어. 겨우 전화 한 통 온 거고, 위기감을 가질 만한 상황은 아니라고 말이야. 경찰이 가진 건 기껏해야 윤수애의 통화 내역하고 보유하고 있는 계좌 내역 정도뿐, 통화자가 누구인지, 내용은 무언지, 송금자가 누군지 전혀 밝혀내지는 못했고, 그럴 가능성도 거의 없으니까. 우리 회사를 추궁할 증거로는 무력해. 어쨌든 경찰이 우리한테까지 도달했단 건 썩 유쾌하지는 못한 상황이긴 해. 회사에서는 윤수애한테 확인해봤지. 진구 네가 왔다 갔고, 동거남이 자기 몰래 휴대폰도 빼 갔다고 말해줬어. 경찰이 자기를 불렀다면서 벌벌 떨더라."

"회장이라면…… 그 장철이라는 사람?"

"역시, 넌 벌써 알고 있구나. 하긴 뭐 네가 경찰에 모든 정보를 준 걸 테니까 당연하겠지만."

"이름으로 봐서…… 장환이란 사람의 형제쯤 되는 거지?"

"맞아. 장환 전 회장님의 동생이야."

"넌 그 장철이라는 사람이 조금은 안타까운 모양이야."

"어머, 그렇게 느꼈어?"

"네가 말하는 뉘앙스가 그랬어."

연부는 고개를 살짝 들고 가볍게 생각에 잠긴 듯했다.

"뭐 그럴지도 모르겠다. 아무튼 나한테는 잘해준 분이니까. 날 인정도 해줬고."

"그렇다면 이제 미련 끊는 게 좋을 거야. 너도 알다시피 경찰이 조직의 존재를 알았다는 것 자체가 위험해. 원래 이 계획은 조직, 그러니까 너의 회사가 철저히 숨겨져 있어야 성립되는 거 아니겠어? 근데 이젠 더 이상 아니지."

"너답지 않게 장철 회장님을 미워하는 거 같아. 퍼스널하게 받아들이진 마."

진구는 대답하지 않았다. 연부가 다시 말을 이었다.

"너의 목적은 뭐야, 친구의 복수? 그런 거야?"

진구는 조금 뜸을 들이다가 말했다.

"물론 녀석도 불쌍해. 치수는 아무 관계도 없는데 말려든 거니까. 하지만 좀 더 정확히는 내 마음이 말끔해지기 위해서인 거겠지. 이걸 해결하지 않고서는 그러지 못할 것 같아서."

연부는 작게 한숨을 쉬었다.

"오해가 크네."

진구는 연부를 빤히 보다가 고개를 저었다.

"자꾸 오해라고만 하는데…… 설마 지금 내 앞에서 구차한 변명 같은 걸 만들어내려는 건 아니겠지? 다른 사람도 아닌 유연부가?"

"아니야. 있는 대로의 이야기야. 진구 너를 함정에 빠트린 건 장철 회장이 한 게 맞아. 물론 내가 계획하고 회장은 승인한 것 뿐이지만. 아무튼 그래. 하지만 송치수의 죽음은 회장의 탓이 아니야. 내 탓도 아니고."

"아하, 그걸로 다 설명이 되네."

진구는 비아냥댔고, 조금은 상기되어 있었다.

"그렇게 책망하듯 말하지 마."

연부가 오히려 진구를 가볍게 나무랐다.

"장철 회장은 돈을 좋아하고, 내기를 지나치게 좋아하는 사람이야. 물론 메모리가 절실하긴 하지만 그걸 되찾는 내 계획을 들었을 때 게임처럼 여기면서 어린아이처럼 좋아했어. 반쯤은 즐거워하면서 이 일을 해왔어. 하지만 장철 회장이 살인광은 아니야."

"하지만 송치수 살인은 우발적인 게 아녔어. 분명 계획 살인이었어. 그 계획은 너희 회사에서 만들어낸 거고."

연부는 고개를 도리도리 저었는데, 그 행동은 왠지 모르게 진구를 또다시 안심시켰다.

"우리 회사에 김태일이라는 자가 있어."

"김태일…… 신동양리츠의 대표이사?"

"응, 너도 벌써 알고 있구나. 그 사람은 바지사장이지만 실세이기도 해. 회사 안에서는 전무로 불러. 장철 회장 바로 밑에서 일하는 간부급의 인물이야."

"그래서?"

"머리는 어중간한데, 자신은 좋다고 믿고 있어. 성격은 파탄이고."

"연부 너하곤 사이가 좋을 수 없겠군."

"네 말대로야."

"사이가 좋지 않다기보다 아마도 연부 네가 경멸하고 있겠지. 말하는 투를 보니까 그래."

"부인하진 않을게. 카드 게임을 해도 자기가 먼저 고르면 망한다는 미신을 믿을 정도의 머저리야."

진구는 처음으로 픽, 하고 웃었다.

"그렇겠네. 연부 너한테 카드 게임은 확률이고, 수학일 텐데. 그런 자가 그런 말을 했다면 너한테 경멸당하지 않는 게 이상하겠지."

연부는 돌연 고개를 반쯤 돌려 진구를 똑바로 보며 말했다.

"그 김태일이 한 거야. 살인은."

진구는 연부의 눈빛을 잠시 맞받다가 고개를 돌렸다.

"굳이 진구 네 친구를 윤수애의 상대 남자로 선택한 것도 김태일이야. 난 사건이 벌어지기 전까지 그가 네 친구인 몰랐어. 그리고 변명 같아서 다 말하지 않으려 했는데, 난 윤수애의 상대 남자를 등장시키거나 죽일 필요조차 없다고 했어. 내 처음

313

계획에선 살인이 일어났다고 믿게끔 피를 현장에 뿌려놓고 연극을 하는 거였어. 목표는 진구 너를 살인 혐의로 인천구치소에 들어가게 하는 거였지, 살인 그 자체는 아니었으니까. 그건 불필요하고 위험했어."

"그랬었나……."

진구가 어두운 낯빛으로 고개를 숙였다.

"뭐야, 아무렴 말만으로 어떻게 다 믿어?"

해미가 옆에서 끼어들었다. 하지만 진구는 고개를 천천히 가로저었다.

"연부라면, 수학 같은 너라면, 이 계획에서 굳이 필요 없는 살인 따위는 하지 않을 거야."

해미에게인지 연부에게인지 알 수 없는 말을 하는 진구였다. 어쩌면 연부의 말을 스스로가 믿기 위해 혼잣말을 하는 건지도 몰랐다. 진구는 또 혼잣말처럼 중얼거렸다.

"……그때 그 일도 이제 이해가 돼. 구치소에서 메모리에 대화가 녹음되었다면서 블러핑했을 때. 그래서 녹음이 없다는 걸 확실히 알았던 거구나. 연부 네가 밖에서 와이어로 내 반응을 들었을 테니까."

연부는 말없이 고개를 끄덕였다.

진구는 연부를 향해 말했다.

"넌 김태일을 꽤나 미워하는 것 같네."

"글쎄…… 그건 중요하지 않겠지. 하지만 미워해서 만들어낸 말이라고 생각지는 말아줬으면 해."

연부는 너무 감정을 드러냈다 싶은지 말머리를 돌렸다.

"저기 있는 남자가 오늘 동행할 사람이야."

연부는 오른쪽 대각선 방향에 10미터 정도 떨어져 앉아 있던 남자를 가리켰다. 그는 연부의 손짓을 느꼈는지 진구 쪽을 힐끔 보고는 시선을 돌렸다.

"송치수 모친한테 메모리를 받아서 저 남자한테 주면 돼. 그걸로 우리 회사하고의 인연은 끝나는 거야."

"일이 이 정도까지 됐으면 내가 굳이 너희 회사 쪽에 메모리를 건네줄 필요가 있을까?"

진구가 불쑥 말했다. 짐짓 던져본 그 말에 연부는 진지한 얼굴을 하고 고개를 크게 가로저었다.

"내가 널 끌어들였지만, 이번만은 널 위해 말할게. 알다시피 메모리는 우리 회사의 모든 것이야. 그게 잘못되면 우리 회사는 남은 게 없어. 회장은 게임 자체를 더 즐겼던 인물이야. 하지만 안전을 위협받는다면 얘기가 달라지지. 오늘 장철 회장이 그랬어. 처음으로 진지한 표정을 지으면서. 진구 널 더 설치게 놔두는 건 곤란하다고 말이야. 그 말이 어떤 뜻인지 난 알아."

"하지만 지금 내게 해를 가한다면 회사는 한층 더 의심을 받을 거야. 아니 최우선으로 수사 선상에 오르겠지."

"그럴 거야."

연부의 표정은 진지했다.

"그러니까 그럴 지경까지 갈 만큼 궁지에 몰면 위험해진단 거야. 메모리만 건지면 우리 회사는 언제든 후일을 도모할 수 있어. 그렇기 때문에 진구 네가 지금까지 한 짓이 아무리 괘씸해도 굳이 더 해를 가하려 하진 않을 거야. 하지만 여기서 메모리까지 잃는다면, 막판까지 몰린 회장은 격분할 거고, 반드시 진구, 그리고 해미 씨까지 공격할 거야. 난 그걸 막을 수 없어. 이쯤에서 메모리를 건네주고 넌 빠져. 그러지 않으면 너무 위험해져. 우리 회사가 곧 무너질 거라고 기대하지 마. 지금의 경찰 수사 정도는 별것 아니야. 회사엔 전혀 타격을 줄 수 없어. 넌 할 만큼 했어. 이젠 좀 안전하게 살아야지. 해미 씨를 위해서라도 말이야."

연부는 말을 마치고는 물끄러미 진구를 보았다. 연부의 이런 말들은 어떤 목적을 위해 철저히 계산되고 기획된 거겠지만, 왠지 약간, 한 1퍼센트 정도 진심이 들어 있지 않을까, 하고 진구는 느꼈다. 만약 이조차 연극이라면 연부에게는 진구가 미처 알지 못했던, 연기라는 굉장한 또 하나의 재능이 숨겨져 있었던 셈이다. 어쨌든, 연극이든 아니든 연부의 말은 틀리지 않았다. 오늘 약속된 메모리를 넘겨주지 않는다면, 혹은 경찰에 알리거나 해서 파탄을 낸다면, 조직은 절대 가만있지 않을 것이다. 잃을 게 없어진 자들이 어떻게 돌변할지 알 수 없다. 수단을 위해 살인을 저지른 인간들이다. 게다가 이미 진구가 앉은 자리에서 바로 10미터 떨어진 곳에 조직의 인간이 나와 있었다. 그는 진구와 해미를 감시하며 메모리를 회수할 때까지 동행할 것이다. 그 현실이 눈앞에 있었다.

'너무 충격이라서 난 할 말도 없더라. 세상에 어떻게 인간이 그럴 수가 있어?'

서울로 가는 버스 안에서 해미는 분을 삭이지 못했다. 대상은 연부였고 카카오톡으로 이루어지고 있었다. 진구와 해미의 대각선 뒤쪽 자리에 조직에서 나온 남자가 앉아 있었기 때문이다.

진구는 '응' 하는 대답만 남겼다.

"왜 안 미워해!"

해미가 버럭 소리를 내버렸다. 앞 좌석의 중년 남성이 눈을 도끼처럼 뜨고 돌아보았다. 뒤편에 앉아 있던 조직의 남자도 해미를 보았다. 해미는 움찔했다. 진구가 조용히 폰 키패드를 꾹꾹 눌렀다.

'내가 당한 건 그렇다 치고……'

"그걸 어떻게 그렇다 쳐? 왜? 왜?"

해미의 언성이 다시 높아졌다. 시선이 다시 모였고, 실수했단 걸 깨달은 진구는 황급히 말을 바꾸었다.

'아니, 내가 당한 건 당연히 화가 나는 일이란 의미야.'

'그래서 어떡할 거야?'

'어떡하다니?'

'유연부도 한패였잖아.'

'그렇지. 근데 송치수의 죽음에는 직접적인 관련이 없는 것 같아.'

'편드는 거야? 친구가 죽었는데?'

해미는 그렇게 써 보내고는 어이가 없다는 듯 진구를 쳐다보았다.

'아니, 연부의 말이 진짜일까 생각해보는 중이었어. 근데, 아무래도 그 말은 맞는 거 같아.'

'하, 참. 무슨 근거로?'

'연부가 그런 거짓말을 구차하게 할 성격은 아니야.'

'성격? 하, 이 인간이!'

'연부의 자존심이 어떤 건지를 난 알아. 아까도 봤지? 날 함정에 빠트린 걸 이야기하면서도 당당했어. 넌 받아야 할 것을 받은 것에 불과하다는 그런 태도.'

'그게 뻔뻔한 거지, 자존심이야?'

'그럴 수도 있는데, 그런 태도를 생각해보면, 굳이 회장이나 자기를 변명하려고 말을 만들어냈을 거 같지도 않아. 무엇보다 나한테 그런 말을 해서 무슨 소용 있겠어.'

'바보야, 그야 나중에 경찰한테 그렇게 둘러대려고 오빠한테 미리 밑밥 깔아두는 거잖아.'

'연부가 체포될 상황을 염두에 두고 있는 거 같진 않았어. 어떤 이유에선지 그런 일은 없을 거라는 전제하에 말하고 행동하는 거 같았어.'

'그야 그 여자가 오만한 거지.'

진구는 더 이상 답하지 않았다. 해미가 원하는 증거는 없지만, 1년 만에 연부가 그런 구차한 거짓말을 할 만큼 떨어졌다고는 도저히 믿기지 않았다. 하지만 진구와 해미 둘 다 잠시 후 벌어질 일이 이 모든 의혹이나 소동을 덮어버릴 거라고는 조금도 예상하지 못했다.

송치수의 모친 임숙영은 진구를 반가워했다.

"어서 와라!"

임숙영은 진구의 손을 잡고 눈물이 그렁그렁했다. 수척한 얼굴은 그대로였지만 진구가 와서인지 조금은 생기가 돌고 있었다. 아들의 친구에게서 아들의 그림자를 보는 것일까. 해미는 그 옆에서 싹싹하게 인사했다.

"안녕하세요. 진구 오빠 친구예요. 치수 오빠하고도 친했고요."

"그랬구나."

임숙영은 해미의 손도 덥석 잡았다. 정이 많은 건 모자가 비슷하다. 진구는 괜히 또 미안해졌다.

"이런 내 정신 봐. 어여 집으로 들어와."

아직도 현관문 앞에 있단 걸 그제야 깨달은 임숙영은 진구와 해미를 집 안으로 들이려 했다. 가락시장 옆 대단지 아파트 11층이었다. 주춤하는 진구를 본 임숙영은 그제야 진구와 해미 뒤편에 낯선 남자가 있는 걸 발견했다.

"이분은 누구?"

임숙영은 앞치마에 손을 닦으며 물었다. 남자는 인사도 없이 나무토막처럼 서 있었다. 인천터미널에서부터 따라온 조직의 남자였다.

"아, 네. 그냥 같이 온 사람이에요. 집 안에 같이 들어가는 건 좀 그렇구요. 여기서 그냥 인사드리고 갈게요."

"그래도 어떻게 그러니. 먼 길 왔는데 차라도 한잔하고 가라.

마침 누가 좋은 배도 갖다주고 갔어."

"아녜요. 그냥 메모리만 받아 갈게요."

"USB 그거?"

"네, 오늘 오전에 인천지검 가셔서 받아 오셨죠?"

"받았지."

"네. 그것만 전해주시면 갈게요. 배는 다음에 와서 먹고요."

"응, 벌써 가져갔어."

"네?"

진구는 화들짝 놀랐다. 해미는 그보다 좀 덜 놀랐고, 진구 뒤편의 남자는 진구보다 더 놀랐다.

"누가요? 언제요?"

진구가 놀란 입을 다물지 못하고 물었다.

"진구 네가 보낸 사람 아녔어?"

"……전 누굴 보낸 적이 없는데요."

"응. 그래? 인천 검찰청 앞에서 바로 건네줬는데……."

임숙영은 울상을 했다. 세 사람이 일제히 놀라니 무언가 일이 잘못되었다는 느낌이 든 모양이었다.

"어떻게 된 거요?"

진구 뒤편의 남자가 불량한 어투로 물었다.

"그, 그게……."

임숙영이 당황한 낯빛으로 더듬거리며 그를 보았다. 진구는 남자를 팔로 가로막고, 임숙영에게 친근하게 웃음을 보이며 말했다.

"어머님, 자세히 좀 말씀해주세요. 누가 받아간 거죠?"

임숙영은 조금 안심이 된 듯 낯빛을 누그러뜨렸다.

"나야 달라니까 준 거야. 진구 너하곤 서로 연락이 잘 안 된 모양이지. 하지만 너랑 절친한 사람이니까 그쪽에 전화해봐."

"저하고 아는 사람이라고요? 누구인데요?"

"그게……."

임숙영은 미간을 모으면서 말했다.

"그분을 처음 본 게…… 그러니까 진구 네가 구치소에 있으면서 그 양반한테 구구절절이 편지를 써 보냈잖아. 그분이 편지를 들고 날 찾아왔었어. 네가 범인이 아니라더라. 그러고는 나를 위로해줬어. 자기한테도 평생 식물인간으로 누워 있는 동생이 있어 가족을 잃은 슬픔을 동감한다면서……. 한참 그분 말을 듣다 보니까 이해가 되더라. 다른 건 잘 모르겠지만 적어도 진구 네가 범인이 아니란 걸, 다른 놈이 치수를 죽였단 걸 말이야. 그래서 구치소까지 널 찾아갔던 거고. 널 믿는다고, 기운 내라고 말해주려고."

"제가 보낸 편지? 그렇다면……."

진구가 미처 말을 맺지 못한 사이 임숙영이 말을 이었다.

"그분이 오늘 인천 검찰청 앞에 와 계시더라. 진구 너 대신 나왔다면서 메모리를 받아 가셨어. 그깟 메모리 하나 별것도 아니고, 진구 너하곤 그 정도로 가까운 사이인데 싶어서 나야 당연히 건네줬지. 뭐 잘못됐어? 어서 그분한테 전화해봐. 내 말맞아."

임숙영은 변명하듯 열심히 말했다. 서서히 변해가는 진구의 낭패스런 표정을 보고는 다시금 자신이 무언가를 크게 잘못했나 싶은 생각이 든 모양이었다.

"혹시 머리가 새하얀……."

진구는 얼떨떨한 채로 물었다.

"맞아 맞아."

임숙영은 고개를 세차게 끄덕였다.

"그럼 그분의 성함이……."

"이탁오 박사님이야."

조직의 남자는 욕설을 연신 뱉더니 새하얘진 얼굴로 즉시 돌아갔다. 진구와 해미는 인천으로 돌아오는 버스 안에 있었다.

"괜찮을까?"

해미가 소곤거리듯 말했다.

"괜찮을걸. 그 남자도 눈앞에서 보고 갔잖아. 내가 빼돌린 게 아니란 걸. 다른 사람이 내가 보낸 척하면서 메모리를 받아가 버린 걸 직접 들었잖아."

"그래도 조직은 오빠가 짜고 연극하는 거라고 생각할 수 있잖아."

"그럴지도 모르지."

"걱정 안 돼?"

"돼. 아마 그자들은 이성을 잃을 거야. 꼭 연부 말이 아니더라도 상상이 가."

"위험해지는 거 아닐까."

해미가 걱정을 담아 말했다.

"그래도 설마, 싶은데."

"설마는 무슨 설마."

"아까 연부한테도 말했지만, 나한테 해를 가하면 그 회사가 가장 먼저 의심받는 상황이야. 근데 그렇게 할까 싶은 거지."

"그건 이성이 있을 때 얘기고. 애당초 멀쩡한 인간들이 그런 일을 저질렀겠어? 게다가 메모리를 잃어버린 판에 어떻게 나올지 모르잖아."

"하긴⋯⋯."

아무 일 없을 거란 말은 그저 해미를 위로하기 위해서였다. 그도 자신은 없었다.

"그건 그렇고."

진구는 말머리를 돌렸다.

"이탁오 박사는 정말 무서운 사람이야."

"예전에 오빠가 그 집에 갔다가 죽을 뻔했던, 그 사람 아니야?"

"맞아. 그때 그 말이 기억나. 엄청난 돈이 필요하다던."

"대체 어떻게 된 거야?"

진구는 눈을 질끈 감았다가 떴다. 좋지 못한 기억을 떠올리는 듯했다.

"내가 구치소에 있을 때, 재판도 기울어지고 막막한 심정에 편지를 쓴 일이 있었어. 비트코인이니 그런 이야기해봤자 경찰은 내 말을 안 믿어줄 거고, 어디 말할 데가 없었지. 고진 변호사님도 남미엔가 장기 여행 중이었고, 해미도 연락 안 되고. 그래서 나도 모르게 이탁오 박사 앞으로 내막을 써서 편지를 보냈던 거야. 그 사실조차 난 거의 잊고 있었는데……."

"그래서?"

"이탁오 박사는 편지를 읽고 내 말을 믿었어. 하지만 내 살인 누명을 벗기는 데는 조금도 관심이 없었어."

"뭐야. 이탁오란 사람이 그래도 그 아줌마, 아니 송치수 어머님한테 가서 오빠가 누명 썼다고, 살인범이 따로 있다고 설득했잖아. 그래서 그 아줌마가 오빠한테 힘내라고 면회도 왔다면서."

"그랬지. 사실 그 덕분에 내가 빠져나올 수 있긴 했지. 치수 어머님이 마음이 바뀌어 내 편이 되었단 걸 알고서는 계산해봤지. 그 변한 상황을 이용할 어떤 시나리오가 떠올랐어. 메모리가 치수 어머님한테로 가도록 해두면, 이제 내가 치수 어머님을 움직일 수 있는 상황이 됐으니까, 조직하고 협상해볼 수 있는 거였어. 그래서 살인 현장에서 메모리를 가져왔다고 거짓말하면서 검찰에 보내버렸지. 그러면, 재판이 끝났을 때 그 메모리는 치수 어머님한테 가게 되거든. 나는 치수 어머님을 움직여 조직에게 메모리를 넘겨주는 대가로 윤수애의 증언을 바꿔달라고 했고, 그 딜이 통했던 거야."

"결국 이탁오 박사 덕분에 나온 셈이네. 그 아저씨가 아줌마를 설득해서 오빠가 범인이 아니란 걸 믿게 해준 덕분이잖아."

"그건 결과론적이고."

"결과만?"

"그래. 이탁오 박사의 타깃은 오로지 메모리였지. 1조일지 그 이상일지 모르는 어마어마한 돈이 들어 있는 그것 말이야. 그 메모리를 자신이 가져가기 위해 이 모든 걸 꾸민 거야. 나나 치수 어머님, 심지어 조직까지도 이탁오 박사의 장기말에 불과했어. 이탁오 박사는 내 편지를 읽고 인간과 상황을 계산하고 움직임을 미리 다 읽어낸 거야.

먼저 치수 어머님을 찾아가서 마음을 돌리게 하고, 내 편으로 만들어놓았어. 그 상황에서는 내가 그런 수, 그러니까 메모리를 치수 모친께 돌아가게 하고 조직과 협상하는 전략을 꺼내게 될 거라고 본 거야. 하긴 그게 유일한 방법이었으니까. 박사의 계산대로 나는 메모리를 치수 어머님한테 가게끔 해두었지. 박사는 기다리고 있다가 치수 어머님이 메모리를 받자마자 바로 겟.

이탁오 박사는 치수 어머님을 처음 찾아가 만날 때부터 내가 옥중에서 자기한테 보낸 편지를 보여주었고, 또 내가 억울하다고 설득하는 역할이었으니까, 치수 모친은 이탁오 박사가 내가 기댈 유일한 인물이며 철저히 내 편이라고 믿을 수밖에. 이탁오 박사의 유창한 말솜씨로 치수 어머님으로 하여금 자신을 철석같이 믿게 만드는 건 아마 이 과정에서 가장 쉬운 일이었을 거야."

해미는 버스 창가에 머리를 기대 생각에 잠겼다가 말했다.

"그 모든 걸 계획한 거라고? ……정말 그렇다면 사람 마음을 꿰뚫고 가지고 논 거잖아."

"그게 그 사람의 방식이야."

진구는 마치 회상하듯 말했다.

"하지만 메모리엔 비번이 걸려 있다며?"

"그 정돈 시간과 노력만 들이면 풀 수 있을 거야. 해킹이나 비번 푸는 전문가들도 있고. 이도 저도 안 되면 교도소에 있는 장환 전 회장을 직접 찾아가 협상하는 방법도 있겠지."

"하지만 이제 그 사람도 위험해진 거 아냐?"

"위험?"

"아까 조직의 남자도 그 사람 이름을 들었잖아. 분명히 치수 오빠 어머님이 이탁오 박사라고 똑똑히 말했거든."

"그렇지. 아마 조직에서도 미친 듯이 추적할 거야."

"그러니까 위험해진 거지."

"아마 이탁오 박사도 당분간은 숨을 거야."

"그것도 쉽지 않을 텐데."

"그렇지 않다 하더라도 정말 위험해진 걸까 싶어."

"왜? 그 조직이 어떤 놈들인지 오빠도 잘 알잖아."

"그렇긴 한데, 이제는 상황이 달라졌지. 이탁오 박사는 천문학적인 돈을 손에 넣었어. 어떤 인적, 물적 자원도 동원할 수 있다는 얘기지. 반면에 조직은 이제 거지가 됐어. 그 꼴로 뭘 할 수 있겠어? 혹시 몇 명의 물리력을 동원할 수 있다고 쳐도, 두뇌와 상대가 될 수 없을걸. 조직에 연부가 책사로 있다면 또 모를까, 하지만 아마 연부는 더 조직에 머물러 있지 않을 거야."

"그걸 오빠가 어떻게 알아?"

연부 이야기가 나오자 해미가 뾰로통해져 물었다.

"연부는 가라앉는 배에 타고 있을 만큼 어리석지 않거든."

"유연부가 되어본 것처럼 말한다?"

해미는 비아냥댔지만, 진구는 깨닫지 못하고 말했다.

"아까 얘기할 때도 느꼈어. 연부는 자신이 체포된다는 생각 따윈 조금도 하고 있지 않은 것 같았어. 이미 떠날 준비를 마쳤다는 얘기지. 돈도 없고 연부도 떠나고…… 그 조직은 이제 희망이 없어."

해미는 더 대꾸하지 않았다.

진구는 눈을 감았고, 이내 잠에 빠져들었다.

진구와 해미는 오전 내내 잤다. 전날의 서울행과 연이은 충격 탓에 몸과 신경이 버티지 못한 것이다. 비몽사몽 하는 가운데 진구의 휴대전화가 울렸다. 진구는 침대에서 팔만 뻗어 통화를 끊었다. 그래도 벨소리는 진구의 잠을 확실히 깨운 듯하다. 잠시 후, 꾸무럭거리던 진구는 침대에서 일어나 휴대전화 화면을 들여다보았다. 기지개를 크게 켜고 하품을 한 진구는 물을 마시고 샤워를 했다. 그러고는 느긋하게 부엌 의자에 앉아 걸려온 곳으로 발신을 눌렀다. 인천남동경찰서 윤동민이었다. 그가 다짜고짜 말했다.

"신동양리츠의 임직원 명단하고 사진을 다 확보했어."

"여보세요."

"시끄럽고. 명단 확보했다니까."

"빨리도 하셨네요."

"비아냥은 아니겠지?"

"전화를 빨리 하셨단 얘깁니다. 자고 있었거든요."

윤동민은 쯧, 하고 혀를 차고서 말했다.

"네가 직접 만난 그 라동우라는 남자. 이름은 아마 가명이겠지만, 얼굴은 보면 알 거 아냐. 여기 와서 직원들 사진 한번 봐봐. 이 중에 라동우 얼굴만 확인되면 이 회사가 꾸민 짓이란 게 거의 확실해지니까."

"알겠습니다. 곧 가죠. 안 그래도 저도 뭐 알려드릴 게 있어요."

"언제든."

진구가 주섬주섬 옷을 챙겨 입으려니, 어느새 해미가 일어나 옆에 딱 붙어 있었다.

"억!"

진구는 스웨터에서 목을 빼다가 해미를 보고는 놀라 소리를 질렀다.

"왜!"

해미도 소리를 질렀다.

"유령 같잖아."

"어딜 감히 혼자 나가?"

해미는 따라나서겠다고 바득바득 우겼다. 하지만 방문지가 경찰서라는 말에 일단 움찔했고, 나머지는 진구가 겨우 설득했다.

"형사들한테 또 당하는 거 아냐?"

해미는 걱정됐지만 결국 집에 있기로 했다.

사무실 안에 들어온 진구를 본 윤동민은 손짓을 했다. 윤동민은 가운데 탁자에 앉아 있었고, 그 위에는 사진들이 어지러이 펼쳐져 있었다.

"직원들 중 남자만 추렸어."

스무 장 가까이 되는 사진을 진구는 찬찬히 들여다보았다. 윤동민은 옆에서 침을 삼키며 기다렸다. 윤동민은 어떤 반응이 있기를 기대하는 듯 사진과 진구의 표정을 번갈아 보았다. 하지만 좀처럼 진구의 표정에 이렇다 할 변화는 없었다. 10여 분 후, 마침내 진구가 얼굴을 들었다.

"없는데요."

"엉?"

윤동민이 기가 막힌다는 듯 말했다.

"없어요."

"다시 봐봐."

"이미 여러 번 확인했습니다. 분명히 없어요. 라동우 얼굴이 워낙 기억에 남아서 모를 리가 없어요."

"거참."

윤동민의 얼굴에 실망한 기색이 깊게 떠올랐다.

"이럴 줄 알았어요."

진구가 말했다.

"아마도 만일의 경우를 대비해서 회사 외부인을 쓴 거겠죠."

"지독한 놈들이군."

"이번 연극을 위해 얼마나 철저한 준비를 했는지, 또 한 번 알 겠네요."

329

"아쉽군. 사진만 나왔으면 결정탄데."

"하지만 다른 실마리는 있어요."

"어떤 실마리?"

윤동민의 눈이 빛났다. 그가 겪어보기에 진구는 어쨌든 뭔가를 가져오는 인간이었다. 진구는 의자에 앉더니 자신의 휴대전화 메모장을 열었다. 이어 책상 위에 어지러이 놓인 백지를 한 장 끌어다 와서는 휴대전화에 저장된 메모를 번갈아 보며 펜으로 무언가를 쓰기 시작했다.

"이게 뭐야?"

"윤수애가 받은 비트코인입니다. 지난번에 형사님이 전화로 불러주셨잖아요."

진구가 쓴 것은 말한 대로였다.

① 3월 8일-4.046247815

② 3월 11일-5.03842361807

③ 3월 19일-9.139063890

④ 7월 21일-8.327106432

"이게 왜?"

윤동민은 얼굴을 들이밀며 흥미를 보였다.

"아무래도 숫자가 좀 길어요."

"그래서?"

"굳이 이렇게 길게 보낼 필요가 있었을까, 싶은 거예요. 지난

번에 윤 형사님은 그저 큰 금액만 맞도록 대충 보냈을 거라고
하셨죠."

"그랬지. 합리적인 추론 아냐?"

윤동민이 말했다.

"물론 그럴 수도 있겠죠. 근데, 그 설명이 딱 들어맞지는 않았
어요."

"어디가?"

윤동민은 기분이 상한 듯 물었다.

"비트코인을 보낸 날의 정확한 시세를 찾아봤어요. 첫 번째 3월
8일에는 1비트코인이 1114만 원이었어요. 송금한 4.046247815에
1114만 원을 곱하면 45,075,200원이 되고 딱 떨어지지가 않아요.
두 번째인 3월 11일에는 시세가 좀 내려가서 1094만 원이었는
데, 송금한 5.03842361807를 곱하면 55,120,354원이 되어서
역시 깔끔한 금액이 안 돼요. 세 번째 3월 19일 시세는 1096만
원이었고 이때 송금한 9.139063890을 곱하면 100,164,140원,
네 번째 7월 21일 시세는 1203만이고 8.327106432를 보냈으
니까 100,175,090원이 되죠. 어느 것도 4500만 원, 5500만 원,
1억 원 이런 식으로 딱 떨어지는 금액이 아니고 몇만 원에서
10여만 원 정도 차이가 납니다."

윤동민은 팔짱을 끼고서 진구의 계산식을 들여다보았다. 이
어 전자계산기를 가져와 첫 번째 거래의 금액을 계산해보았다.
진구의 설명대로였다. 두 번째부터는 군이 확인해보지 않아도
될 것 같았다.

"쳇."

윤동민은 실망했다는 듯 혀를 찼다.

"뭘 이런 걸 따져? 그 정도 금액의 차이에 무슨 의미가 있어? 회사 간 거래도 아니고, 범죄자끼리의 거랜데, 몇만 원이나 몇 십만 원 차이 나는 정도가 뭘."

"뒷자리를 길게 만들어 보내면서 오히려 금액이 더 부정확해 지고 있어요. 그게 이상하단 겁니다."

"금액이 더 정확하지 않다?"

"네. 그 차이에는 의미가 있는 것과 없는 게 섞여 있다는 게 제 생각입니다."

윤동민은 눈빛으로 진구의 설명을 재촉했다.

"이 숫자를 보고서 첨에 든 의문은 그거였습니다. 굳이 끝이 딱 떨어지지지도 않는 금액을 이렇게 소수점 이하까지 길게 만들 어 보낼 필요가 있을까 하는 거죠."

"음."

"그래서 다른 방향으로 한 번 생각해봤습니다. 송금한 비트코 인을 소수점 두 자리까지만 계산해서 대조하니 의미가 보이더 군요. 1번 송금을 소수점 두 자리 넘는 부분을 잘라내서 4.04로 계산하면 45,005,600원으로 거의 4500만 원이 되고요, 수치 전 부를 계산한 45,075,200원이라는 금액보다 더 4500만 원에 가 깝죠.

또, 2번 송금을 마찬가지로 5.03으로만 잘라서 계산하면 55,028,200원으로 거의 5500만 원이 돼요. 역시 수치 전부를 계산한 55,120,354원보다 5500만 원에 더 가깝습니다.

3번 송금도 9.13으로만 계산하면 100,064,800원으로 전체 다 계산한 100,164,140원보다 1억 원에 가깝고, 4번 송금도 100,089,600원으로 전체 다 계산한 100,175,090원보다 1억 원에 더 가까워요.

네 차례 다 약간의 차이는 있지만 이렇게 소수점 두 자릿수 정도까지만 계산하면, 뒤에 자릿수를 덕지덕지 붙인 것보단 훨씬 수치상 똑 떨어지는 금액이에요. 각각 4500만 원, 5500만 원, 1억 원이죠. 이게 정말 그때마다 송금하려던 금액이었을 겁니다."

윤동민의 눈빛이 또렷해졌다.

"그렇다면……."

"결국 송금에 불필요한, 아니 오히려 덧붙여서 더 부정확해지는 소수점 두 자릿수 이하의 숫자에는 송금 외의 다른 의미가 있지 않을까 하는 추론이 가능해요."

윤동민은 턱짓으로 진구의 다음 말을 재촉했다.

"이게 어떤 암호의 일종으로 조직에서 윤수애에게 전달한 것일 수도 있겠죠. 물론 검증이 필요하겠지만요."

"암호라……."

윤동민은 곰곰이 생각하는 눈치였다. 진구가 다시 말했다.

"그래서 제가 이것저것 연구해봤는데……."

"그랬는데?"

"1번 송금의 소수점 세 자리부터가 6247815이고, 2번 송금의 소수점 세 자리부터는 842361807이죠. 3번은 9063890, 4번은 7106432. 이 숫자들을 이리저리 꿰맞춰 봤습니다. 하지만, 어떤 규칙도, 순열도 없더라구요."

"으음……."

윤동민은 숫자를 보면서 아연했다. 자신의 눈에도 어떤 규칙성이 없어 보였다. 하긴 난수표 같은 거라면 어차피 뜻을 알 수 없다. 그의 생각을 읽기라도 한 듯 진구가 말했다.

"난수표 같은 걸로 암호를 전달한 거라면 우린 알 수가 없겠죠. 말하자면 특정 숫자가 특정 문자를 의미하기로 서로 약속하고, 그걸 둘만이 아는 표로 만들어서 가지고 있으면서 서로 숫자 암호로 소통하는 방식을 취했다면 그 해독표가 없는 사람은 풀 길이 없습니다. 하지만 왠지 그런 방식은 아닐 거라고 생각했어요. 우선 이 조직의 특징이, 안전을 최우선으로 한다는 거죠. 혹시라도 만에 하나, 추적의 꼬투리 같은 것을 남기지 않으려 한다는 겁니다. 더구나 윤수애는 조직의 인물도 아니고, 필요에 의해 캐스팅한 외부인이어서, 통제 불가죠. 윤수애한테 난수표를 주었다가 윤수애가 멍청한 짓을 해서 표를 들키거나, 외부에, 특히 압수수색 같은 걸로 경찰 손에 들어가기라도 하면 큰일인 거죠. 그러니까 그런 구멍이 있는 위험한 방법을 택하진 않았을 거 같았어요. 하지만, 이 도무지 의미 없는 숫자는 그런 방식의 암호일 가능성 또한 높았어요. 숫자 하나하나가 어떤 문자나 의미에 대응하는 방식 말이죠."

"그렇긴 해."

"그래서 생각난 게 그거예요. 난수표 같은 걸 보관하고 있으면 위험이 있지만, 전혀 외부에 누설되거나 공개될 위험 따위가 없는 난수표도 있죠. 오히려 공개되었기에 전혀 의심받지 않는 공용 난수표 말이죠."

"그게 뭐야? 그런 게 있다고?"

윤동민이 눈을 치켜떴다.

"있어요. 분명히."

"말해봐. 어서."

"모스부호가 있죠."

"모스부호? 아."

윤동민은 고개를 크게 끄덕였다.

"점과 선만으로 문자를 만드는 세계 공통 만인 공용의 암호죠. 이를테면 유명한 S.O.S.도 모스부호로는 '··· ▬▬▬ ···'가 되는데 가장 치기 쉽기 때문에 위급 상황에서의 구조 신호로 확립된 것이고요. 모스부호 표야 인터넷에 얼마든지 있으니까 신호가 올 때마다 그거 찾아보면 되는 거죠. 난수표처럼 보관하다가 들키거나 할 위험도 전혀 없는 거고요."

"……그렇긴 한데, 이 숫자들이 모스부호를 의미할 수 있나? 모스부호는 기본적으로 똔과 쓰, 그러니까 점과 선 두 종류로만 이루어진 거잖아. 이 숫자들은 마구잡이인데."

"만약에 0과 1만으로 숫자를 전달했다면 모스부호가 아닐까 쉽게 의심할 수도 있겠죠. 그래서 한 번 더 꼰 게 아닐까 싶었어요."

"어떻게?"

"제가 일일이 여러 가지 방법을 적용해봤는데, 이렇게 해보니까 딱 들어맞는 게 나오더라구요. 이를테면 숫자 그 자체에 의미를 둔 게 아니란 거죠. 모스부호는 딱 두 종류로 이루어진 거니까 숫자에 딱 두 종류를 둔다면 무얼까 생각해봤죠. 바로 떠오르는 게 그거더군요. 짝수와 홀수."

"흠……."

"여기서 짝수를 점으로 하고, 홀수를 선으로 치환하면 무언가 의미 있는 게 나와요. 한번 보세요."

진구는 종이 위에 쓰인 숫자 아래에 펜으로 점과 선을 표기하기 시작했다.

"3월 8일 송금 중 6247815는 짝수를 점, 홀수를 선으로 바꿔보면

· · · — · — —

가 되고 이건 숫자 310이 돼요. · · · —가 3, · —가 1, —가 0인 거죠. 원래 1은 · — — — — 로 길지만 약식으로 · — 로만 쓰기도 하거든요. 3도 원래 · · · — — 지만 약식으로 · · · — 로 쓰고요."

진구는 그 아래에 또 줄줄 써 내려가기 시작했다.

"또, 3월 11일 송금 중 842361807도 짝수를 점, 홀수를 선으로 바꿔보면

· · · — · — · · —

가 되고 이건 숫자 312가 됩니다. · · · —가 3, · —가 1, · · —가 2죠."

"그렇게 대입해보면 숫자가 나오는 건 알겠는데, 310, 312가 대체 무슨 뜻일까. 아파트 호수?"

진구는 고개를 천천히 가로저었다.

"아파트 호수는 이 사건에서 아무 의미도 없어요."

"그럼?"

"날짜일 겁니다."

"날짜? 이 날짜들은 무슨 의미가 있지?"

"살인이 일어난 때가 3월 13입니다. 두 번째의 312가 날짜라고 본다면, 3월 12일이 되고 살인이 일어나기 바로 전날이 되죠."

"살인 당일도 아니고 전날? 무슨 의미지?"

"제가 윤수애를 만난 날이죠. 그 술집에서."

"아······."

"전 그 무렵 집에 들어가기 전 송도 해양경비안전본부 맞은편 골목에 있는 바에 자주 들렀습니다. 거의 매일이라고 해도 무방할 정도로 말이죠. 근데, 생각해보면 그렇습니다. 이 정도 연극을 하려면 무대 같은 건 다 세팅되어 있었을 테고, 실행 날짜만 기다리는 상황이었을 겁니다. 역시 제일 중요한 건 제가 윤수애와 우연이라고 믿을 만난이 이루어져야 하는 거고, 그 무대로 선택된 곳이 그 술집이었을 테죠. 모든 준비를 마쳐놓고 스탠바이 상태에서 실행하는 날짜만 따로 지시를 내린 게 아닐까 싶습니다. 딴 건 몰라도 실행 날짜는 하루라도 미리 알려주었어야 했을 거예요. 아무래도 윤수애가 일을 쉬고 서울에서 인천까지

와야 하고, 또 그날 윤수애는 술집에 다른 여자와 같이 있었으니까, 친구인지 누구인지 모르지만 동행할 여자도 미리 준비했어야 할 테니까요. 날짜를 미리 알려주면 윤수애는 이런저런 준비를 마치고 인천으로 내려와 기다리고 있다가 라동우하고 미리 만나서 상황을 맞춘 다음 먼저 술집에 들어가 기다리고 있기로 했던 거죠. 그 날짜가 3월 12일이었습니다. 전 그날도 집에 들어가기 전 그 술집에 들렀다가 라동우와 윤수애를 만난 거고요. 전 단지 우연이라고 믿을 수밖에 없었지만 완전히 짜인 연극 안에 있었죠."

"그럼 그 앞에 310, 그러니까 3월 10일이 되겠군. 이건 뭘까?"

"이 메시지는 실행 날짜를 지시한 거라고 알려주는 분명한 숫자예요."

"왜 그런 거야?"

윤동민의 진구의 추론에 흠뻑 빠져 있었다.

"제가 윤수애를 만나기 이틀 전, 그러니까 3월 10일에는 그 술집에 들르질 않았어요."

"응?"

"실행을 준비했다가 실패한 날이었단 얘기죠."

"아하."

"처음에는 3월 10일을 실행일로 잡고 윤수애에게 지령을 이렇게 내렸던 겁니다. 윤수애는 인천의 그 장소 근처로 와서 기다렸을 테고요. 하지만 그날은 제가 술집에 들르지 않았어요. 그래서 수포로 돌아갔던 겁니다. 세팅은 다 되어 있고, 날짜를 많이 미루는 게 좋지 않다고 판단했을 테니, 두 번째 지령은 바로 이틀 뒤에 있었어요. 312, 즉 3월 12일에요. 전 3월 10일은 걸렸지만 그다음 날인 3월 11일하고 12일은 그 가게에 들렸고, 결국 두 번째 실행일인 12일에 제가 걸려든 거죠."

"그렇게 보면 이 모든 숫자가 맞아떨어지는데. 소름 끼칠 만큼 말이야. 하, 이런."

윤동민은 연신 감탄사를 내뱉었다.

"어쩌면 이건 지시가 아니라 단지 확인 차원에서 보낸 메시지일 수도 있어요. 구체적인 지시는 그 삼각 국제전화로 이루어졌을 겁니다. 그때 실행일까지 다 얘기했을지도 모르죠. 하지만 특히 실행일은 착각하면 안 되니까 돈 보낼 때 암호로 한 번 더 못 박아 둔 걸 수도 있어요."

"마치 병원이 진료 예약일을 문자로 한 번 더 안내하듯이 말이지."

"뭐 그런 셈이죠. 실행 때마다 일일이 국제전화로 재지시할 수도 있겠지만 통화 내역이 드러나면 아무래도 의심을 살 테니까, 비트코인 송금에 숨겨서 메시지를 남긴 거죠."

"이거야, 참. 철저하군. 어느 쪽이든 간에……."

질렸다는 표정을 하고 있던 윤동민이 물었다.

"그럼 3번, 4번으로 보낸 숫자는 어떤 의미야?"

윤동민이 물었다.

"아까 의미가 있는 것하고 없는 것이 섞인 것 같다고 제가 말했죠."

"음."

"3번의 소수점 세 자리 이하는 9063890, 4번은 7106432이죠. 이걸 홀수 짝수로 나누어 모스부호로 바꾸어봤거든요. 3번은 ─ ‥─‧ ─‧으로, 021이고, 4번은 ─ ─ ‥─‧으로 003입니다. 이 숫자들은 어떤 의미도 찾을 수 없었어요. 1번과 2번 송금을 할 때는 세팅을 마치고 거행일을 알려준다는 의미가 있었지만, 3번, 4번 송금을 할 때는 사실 지시할 만한 게 없었죠. 즉, 이때 보낸 숫자들은 그냥 허수일 겁니다. 1번과 2번에서만 소수점 세 자리 이하 숫자를 붙여 송금하고 3번, 4번 송금에서만 소수점 두 자리로 간략히 보내면 의심을 살 테니까요. 그래서 이건 의미 없이 붙인 것이라는 생각입니다."

"그런가……."

윤동민은 고개를 끄덕끄덕했다.

"야, 이거…… 그래도 첫음과 두 번째 송금 숫자가 이 정도로 상황과 맞아 들어간다면…… 이건 강력한 한 방이 될 수 있겠어."

"입증보단 확률의 문제겠죠. 이렇게 전부 설명할 수 있는 숫자가 우연히 나올 확률은 거의 생각하기 어려울 테니까요."

"그래. 어떤 증거보다 더 강한 증거일 수 있어. 그 확률이란 게."

윤동민은 고개를 세차게 끄덕였다.

"아마 조직은 안전하다고 생각했을 겁니다. 첫째, 저를 상대로 완벽하게 함정을 팠다고 믿었죠. 그렇기 때문에 제가 무죄로 되고 나아가 조직이 수사 선상에 오를 거라고는 생각 안 해보았을 거고요. 둘째, 설령 제가 무죄를 받고 재수사가 이루어진다 해도 윤수애의 비트코인 송금 내역까지는 도달하지 못할 거라고 생각했을 겁니다. 셋째, 만일의 경우 송금 내역이 드러난다 하더라도 그 작전 결행일을 이런 식으로 암호화해서 전달했으니 안전하다고 생각했겠지요."

"그게 하필이면 김진구를 만난 통에 수포로 돌아간 거고."

윤동민은 만면에 웃음을 지으며 진구의 등을 툭 쳤다. 진구는 머쓱하게 눈썹을 움찔했을 뿐 대답하지 않았다.

진구는 문득 생각했다.

'연부가 왜 이렇게까지 했을까.'

어차피 조직이 그린 계획에는 진구가 메모리를 건네주지 않고 무죄 석방된다는 건 없었을 것이다. 그렇다면 진구가 무죄판결을 받고 대신 윤수애가 수사의 표적이 되는 경우까지 대비한 이런 암호화된 전달 방식은 불필요하다. 그런데 왜 이렇게까지 했을까.

진구는 그 순간 연부의 그 말을 납득했다. 어제 만남에서 연부가 말했었다. 이 연극에서 진구에게 살인 혐의를 씌워 구치소로 보낸 것까지는 연부의 계획이었다. 하지만, 굳이 진구의 친구를 끌어들여 살해하는 부분은 계획에 없었다고. 김태일이라는 간부의 짓이었다고했다. 그 말은 진실일 것이다. 진구는 이제 분명히 알 수 있었다. 연부는 진구가 무죄 석방되는 경우까지를 대비한 것이다. 연부의 계획 아래에서는 실제로 살인을 하지는 않았으니까. 그래서 윤수애의 실행 날짜까지 만일의 경우를 대비해 암호화해서 전달한 것이다. 반면에 김태일은 그런 경우를 전혀 고려하지 않았다. 그래서 살인까지 했다. 연부가 김태일에게 하필이면 그의 친구를 대상으로 삼아 김진구를 자극하는 건 위험하다고 경고했다는 사실까진 알지 못했지만, 진구는 이제 연부를 믿었다.

"이걸로 윤수애를 확실하게 코너로 몰 수 있을 것 같아. 털어놓을 수밖에 없을걸."

윤동민의 자신만만한 말이 진구의 상념을 깨트렸다.

"나머진 형사님한테 맡기겠습니다."

진구는 코끝을 찡긋하고는 자리에서 일어섰다.

테헤란로가 내려다보이는 널찍한 집무실 안. 탁자를 사이에 두고 두 사람이 만들어내는 분위기는 무거웠다. 장철의 이마 주름이 오늘따라 깊이 패 있다.

"그동안 재밌기는 했어. 하지만 여기까지야."

장철이 천천히 말을 뱉었다. 연부는 대꾸하지 않았다. 대답을 재촉하듯 장철이 또 말했다.

"김진구 말이야."

"네."

연부가 짧게 답했다. 무어라고 길게 말할 것도 없었다. 두 사람 다 알고 있었다. 김진구가 윤수애를 찾아가서 휴대전화를 뒤진 후 경찰의 수사는 회사에까지 뻗고 있었다. 그래도 지금까진 염려할 상황이 아니었다. 경찰이 가진 증거는 보잘것없었고, 더 확보할 가능성도 적다고 봤다.

하지만 어제 결국 경찰이 윤수애를 소환해 비트코인 송금액으로 암호화해서 보낸 날짜에 관해서 물었다. 윤수애로부터 그 사실을 전해들은 장철은 화들짝 놀랐다. 수사가 어느새 핵심까지 와버린 것이다.

연부는 알 수 있었다. 비트코인 송금액과 날짜와의 상관관계를 알아낸 거라면 그건 진구일 수밖에 없었다. 첫 번째 예정했던 실행일에는 진구가 바에 들르지 않아 실패했고, 두 번째 실행일에 진구가 윤수애를 만났다는 건 그만이 아는 사실이니까. 진구가 파헤친 것이다. 더 최악은, 무엇보다 조직이 사활을 걸고 찾으려 했던 메모리가 다른 사람 손에 들어가 버린 것이다.

바보 같은 인간. 지금 연부가 비난하는 건 진구가 아니라, 이 자리에 없는 김태일이었다. 결국 그의 자만심과 독선이 일을 그르친 것이다. 장철이 말했다.

"메모리까지 다른 자에게 넘어가 버렸어. 우린 지금까지 뭘 한 건가 싶어."

그의 한탄에 연부는 굳이 대꾸하지 않았다.

"일단은 물러나야겠어. 아직 회사에 돈이 조금은 남아 있고, 사람도 있어. 조용히 기다리면 언젠가 되찾을 기회가 올 거야. 내가 살아온 건 늘 그랬어······."

장철은 헛헛한 표정으로 회한에 빠지는 듯하다가 돌연 눈가를 딱딱하게 굳혔다.

"생각보다 귀찮게 구는군. 해치워 버릴까."

유연부는 고개를 조그맣게 끄덕였다. 여기서 장철이 말한 대상은 물론 김진구였다.

"그것도 좋은 방법이에요."

연부의 얼굴에는 표정이 없었다.

"하지만 지금 김진구가 사라진다면 회사가 더 의심받을 거예요. 아마도 결정적이겠죠. 실리적으론 좋지 못해요. 왜 그런 생각을 하셨어요?"

"유 실장 말이 맞아. 그냥 해본 말이야. 김태일이가 김진구를 가만 안 둔다고 씩씩대고 있어서."

장철은 다시 허망한 얼굴로 돌아와 있었다.

"김태일 전무가 감정적으로 일을 처리할 때마다 하나씩 망가져 왔어요. 잊지 않으셨죠?"

"그럼."

장철은 가볍게 대꾸하고는 마치 허공에 읊조리듯 말했다.

"경찰이 회사에까지 닿는다고 해도 난 상관없어. 내가 직접 관여했단 증거는 없어. 잠시 회사 문 닫고 피해 있다가 천천히 돌아오면 돼. 영 수틀리면 꼬리를 자르면 되고."

연부가 빙긋 웃었다. '꼬리를 자른다'는 말이 마음에 들었기 때문이다.

"김태일 전무가 불만일 텐데요. 회사가 안전할 거라고 아직도 믿어요. 경찰이 아무것도 찾을 수 없을 거라면서 자신하고 있던데요."

장철은 갑자기 뿌드득, 하며 이 가는 소리를 냈다.

"김태일이 놈이 멍청한 짓을 했어. 괜히 김진구 친구를 끌어들이고, 귀찮게 살인도 했어."

생각할수록 자못 부아가 치미는 모양이었다.

"김진구란 인물, 꽤 재밌는 친구 아녜요?"

연부가 말했다.

"그렇지. 하지만 너무 걸리적거려서 말이야."

"김진구가 노리는 건 회장님이나 제가 아니에요."

"무슨 말이야. 우리 회사를 노리는 거잖아."

"물론 그렇죠. 하지만 정확히는 김태일이죠."

"김태일? 김진구가 김태일을 아나?"

"본 적은 없어요. 하지만 굳이 송치수를 택했고, 살인까지 한건 김태일의 계획이었다는 건 알고 있어요."

"그걸 어떻게?"

"제가 알려주었죠. 물론 믿게끔 만들었구요."

장철은 믿을 수 없다는 표정을 지었다.

"……왜 굳이 알려줬지?"

"만일의 경우를 위해서예요. 김진구는 우리 회사가 배후란 걸경찰을 통해 알게 되었죠. 그렇다면 가장 먼저 혐의를 받는 사람은 회장님이에요. 아시다시피 지금 경찰은 김진구에게 상당히 기대고 있어요. 김진구가 겨누는 화살이 곧 경찰의 화살일수 있는 상황인 거죠. 그래서 대비한 겁니다. 그 화살을 일단 김태일 전무에게 슬쩍 돌리게 한 거예요. 물론 그게 진실이기도하고요."

"하하, 그런가. 역시 유 실장이야."

장철은 오랜만에 웃음을 터뜨렸지만 공허하게 들렸다.

"말하자면."

연부가 말을 이었다.

"지금 이 시점에서 김진구가 사라지면 의심을 받겠지만 우리 쪽이 덜 귀찮게 되긴 하겠죠. 정확히는 김태일 전무가 편해지는 거고요. 하지만 그 반대도 성립이 돼요. 그러니까 김태일이 사라져도 김진구는 멈출 거라는 얘기예요."

연부의 말에 장철의 표정이 화석처럼 변했다. 생각해보지 못한 말이었을까. 구부정한 몸, 의자 손잡이를 잡은 손마디가 잘못 군은 석고처럼 일그러져 있었다.

장철은 연부를 물끄러미 바라보다가 정색을 하며 말했다.

"유 실장은 김태일이 미운 거로군."

유연부는 장철을 물끄러미 마주 보았다. 그러다가 씩 웃으며 말했다.

"그런가요?"

장철은 더 말이 없었다.

"아, 정말 좋다. 얼마만의 평화야."

해미는 자유공원에서 시가지 전망을 내려다보며 탄성을 올렸다. 인천 차이나타운에서 백짜장면으로 저녁을 마치고는 공원으로 걸어서 올라왔다. 진구는 경치에는 관심 없는 듯 난간에 등을 기댄 채 빙그레 웃으며 해미를 보고 있었다.

"날이 벌써 어둑어둑하네. 이제 가을인가 봐."

진구가 어둠이 내려앉은 산등성이 쪽을 바라보며 말했다.

"저녁을 너무 늦게 먹었어."

"그래. 이젠 밤도 빨리 오고."

"벌써 계절이 바뀌었어. 와아."

다시금 탄복하던 해미는 진구를 보며 말했다.

"감방에 있는 동안 두 계절을 보낸 거야? 안됐다."

진구는 질색하며 손가락을 입술에 갖다 댔다.

"좀 조용히 말해."

다행히 주변 사람들이 들은 기색은 없었다.

"아, 내가 그랬나?"

해미는 혀를 날름 내밀었다.

"그래도 백짜장인가 저거 의외로 맛있더라. 오빠 어땠어?"

"나야 아직은 다 맛있을 때지."

"그렇지. 콩밥만 먹다가 나온 지 얼마 안 됐으니깐."

"콩밥 아니야. 요즘 흰밥 줘."

진구는 목소리를 낮췄다. 그러고는 다시금 주변을 힐끔거리며 손가락을 입술에 대고 말하지 말라는 신호를 보냈다. 그러든가 말든가 해미는 "아, 좋다" 하며 탄성을 한 번 더 내뱉고는 바로 고개를 돌려 말했다.

"이제 내려가자. 어서."

"참 장면 전환이 빨라."

진구는 혀를 차고는 공원 아래로 발길을 옮겼다.

이곳은 진구도 해미도 초행길이었다. 두리번거리며 내려온 탓에 살짝 길을 잘못 들었다. 두 사람의 발길은 차이나타운 위쪽에 있는 송월동 동화마을로 이어졌다.

"와아, 여기도 되게 예쁘네! 정말 동화 같아."

해미는 벽에 그려진 인어공주, 백설공주나 잭과 콩나무 같은 동화 장면을 보며 감탄했다. 곳곳에는 동화 속 캐릭터의 입상도 숨어 있었다.

"잘 잘못 왔지?"

해미의 즐거워하는 모습을 보며 진구가 말장난을 했다.

"좋아, 좋아."

해미는 마냥 즐거워했다. 홀린 듯 멈춰 서서 사진을 찍으며 내려오다 보니 그새 더 어두워졌다.

큰 도로 가에 다다랐다. 도로표지판을 보니 '제물량로'라는 특이한 이름이다. 왼쪽 건너편이 1호선 인천역이었다. 진구와 해미는 마침 길가에 대기 중이던 빈 택시를 잡아탔다.

"송도 해안경비안전본부 쪽으로 가주세요."

진구가 말했다. 기사는 말없이 택시를 출발시켰다.

기사는 조금 가다가 유턴을 하더니 오른쪽 길로 들어갔다. 명백한 신호 위반이다. 의외의 운전이었지만 진구는 기사에게 굳이 뭐라 말하지는 않았다. 택시가 들어선 곳은 인천역과 반대 방향으로 뻗어 있는 좁은 길이었다. 이쪽이 지름길인가. 진구는 혼자 납득할 뿐이었다.

맞은편 차이나타운과 동화마을의 번잡함이 완전히 잊히는

어둡고 한적한 길이었다. 음산하기까지 한 길은 슬럼가를 연상시켰다. 뉴욕 할렘이 이런 모습일까. 길옆으로 낡은 트럭 말고는 차량이 거의 없었고, 인적은 통 없었다. 길이 뻗은 안쪽은 셔터를 내린 가게가 몇 개 있을 뿐, 희망 없는 검은 아가리처럼 입을 벌리고 있었다.

"기사님, 이쪽 길이 맞나요?"

진구가 결국 참지 못하고 말했다. 기사는 "예, 이쪽이 지름길이에요. 다른 기사들은 잘 모르죠" 하고 대꾸했다.

진구는 무언가 이상한 느낌에 목을 쭉 뺐다. 진행 방향으로 대형 탑차가 앞에 서 있었고, 뒷문이 열려 있었다. 진구의 시야에 들어온 것은 탑차의 뒤 화물칸에서 땅으로 걸쳐진 두 장의 철제 패널이었다. 무언가 잘못되었다고 느낀 순간, 택시는 탑차 화물칸에서 뻗어 내린 패널을 타고 화물칸으로 빨려 들어갔다. 눈앞은 어둠이었다.

패널은 곧 도로에 내동댕이쳐졌고, 화물칸 문이 닫혔다.

양복을 입은 남자들 대여섯 명이 서성이고 있었다. 점퍼를 입은 남자들 몇 명은 구석 의자에 적당히 나누어 앉아 있었는데, 진구와 해미를 납치한 이들 같았다. 진구와 해미는 한가운데 의자에 나란히 앉아 있었다. 묶여 있지는 않았다. 이 정도의 인원이 있으니 굳이 묶을 필요도 없을 것이다.

진구는 주변을 휘이 둘러보았다. 칙칙한 조명이 시야를 방해했다. 적당히 널브러진 의자 몇 개. 책상과 탁자가 아무렇게

나 놓여 있었다. 커다란 물류 창고 같았다. 어디일까. 서울은 아닌 거 같은데. 인천 근교일까. 외부와 차단된 트럭 화물칸에 실려 온 진구로서는 도저히 알 길이 없었다. 습기를 머금은 냄새도 났다. 담배 냄새가 섞이지 않은 건 다행이라는 엉뚱한 생각이 들었다. 해미는 조금 전까지 몇 마디 항의하고 소리를 질렀지만, 이내 남자들의 위세에 입을 닫고 말았다. 지금은 두려움에 질린 눈빛으로 오들오들 떨고 있다. 진구는 해미의 손을 잡았다. 그 손은 밀랍처럼 온기가 없었다.

"걱정 마."

진구의 허세를 늘 속는 셈 치고 믿어주는 해미였지만 이번만은 그러지 못했다. 진구의 말이 들리지 않는 듯 멍한 눈이었다.

삐걱 소리와 함께 문이 열렸다. 한 남자가 들어왔다. 문이 열리면서 빛이 같이 들어오지 않은 걸 봐서 밤인 모양이다. 납치되고 나서 얼마 지나지 않았다. 남자는 한눈에도 탄탄한 몸을 가진 중년이었다. 팔뚝과 허벅지가 검은 양복에 꽉 끼었고, 검붉은 낯빛은 강렬한 인상을 더해주었다. 남자들이 전무님, 하면서 주섬주섬 그에게 깊이 허리를 숙여 인사했다. 진구는 순간 직감했다. 연부가 말하던 김태일이다.

김태일은 빠른 걸음으로 진구에게 다가왔다. 옆에 앉은 해미를 보더니 부하들을 돌아보며 굵직한 목소리로 말했다.

"이 여자애는 뭐야?"

해미는 겁에 질린 얼굴로 남자를 올려다보았다.

"같이 있어서 할 수 없이 데려왔답니다."

양복 입은 남자 한 명이 대답했다.

"곁다리 낀 거야? 귀찮게."

김태일은 거칠게 말하고는 진구에게 다짜고짜 말했다.

"넌 우리를 무시했어."

"김태일 전무님이시군요."

"날 아나?"

김태일이 놀랍다는 듯 눈을 크게 떴다.

"육 변호사가 얘기해줬죠."

진구는 거짓말을 했다.

"하, 육 변호사 이거 황당한 새끼군."

김태일은 고개를 옆으로 돌리고 혼잣말로 욕을 했다. 육남진
하고도 그리 사이가 좋지는 않은 것 같다. 김태일이 다시 진구
를 보며 말했다.

"어쨌든 그 육 변호사가 우릴 찾지 말라고 충분히 경고했을
텐데."

"들었습니다."

"근데 왜 설쳐?"

"육 변호사 말이 너무 가벼워서요."

"뭐야?"

김태일은 하, 하며 콧방귀를 뀌었다.

"이것 봐라. 아직 여유가 있구만."

"사실대로 말씀드린 겁니다."

김태일은 진구를 잠시 노려보다가 앞 의자에 오른발을 올려

351

놓으며 말했다.

"너 아직 상황 파악이 안 되는 모양인데."

김태일은 앞 의자에 금방 올렸던 발을 다시 내렸다. 무언가 불안해 보였다.

"우리 회사가 그동안 너무 젠틀했지. 난 달라. 그리고 난 지금 아주 많이 화가 나 있어."

화가 나 있다는 건 말하지 않아도 지금의 태도로 알 수 있었다. 김태일은 돌연 윗도리를 와락 벗더니 뒤편 탁자에 던졌다.

"난 딴 건 생각 안 해. 네가 여기서 죽어 나가든 경찰이 오든 이젠 알 바 아냐. 네가 우리 경고를 무시했단 거. 그것만 중요해. 그리고 특히."

김태일은 진구의 눈앞에 얼굴 반만 한 주먹을 내밀었다.

"메모리를 딴 데 빼돌린 건 절대 용서 못 해."

"그건 내가 한 거 아닌데요."

"헛소리 집어치워!"

김태일이 소리를 높였다.

"날 속일 수 있을 거라고 생각해? 이탁오인지 뭔지 너하고 짜고 빼돌린 거야."

"아닙니다."

김태일은 갑자기 뒤 탁자에 놓인 일단형 책꽂이를 집어 들더니 휘둘렀다. 책꽂이는 진구의 귀 뒤편을 맞아 부서졌다.

윽, 하는 소리와 함께 진구가 머리를 감싸 쥐었고, 그 손가락 틈새로 피가 흘렀다. 해미는 오빠, 하며 양팔로 진구의 머리를 감쌌다. 김태일은 책꽂이를 바닥에 던졌다.

"왜 사람을 때려요!"

해미가 김태일을 향해 소리를 쳤지만 김태일은 눈도 꿈쩍하지 않았다.

"이제 좀 진실한 이야기가 되겠지?"

김태일은 양손을 비벼 털더니 비칠비칠 웃음을 흘리며 진구 앞에 섰다. 우선 폭력으로 굴복시켜놓고 시작하는 것이 그의 스타일인 모양이다.

"메모리 어디 있어?"

진구는 머리를 감싸 쥐고 말이 없었다. 말이 통하는 상대가 아니다. 그러니 말을 할 수가 없다. 진구는 머리를 감싼 채 생각했다. 이제 끝이다. 김태일은 납치를 하고, 얼굴을 드러냈다. 메모리를 빼앗겼다는 분노에 이성을 잃은 채다. 죽이겠다는 확실한 의지를 가진 남자가 앞에 있다. 여기서 살아 나는 일은 영화에서나 가능하다. 어차피 살 수 없다면.

진구는 해미를 생각했다. 해미를 살아 나가게 할 수는 없을까. 송치수를 말려들어 죽게 한 데다 해미까지 그렇게 만들 수는 없었다. 이탁오의 주소라도 대면서 시간을 끌어볼까. 진구가 기억하고 있는, 구치소에서 편지를 보냈던 이탁오의 그 주소. 하지만 아마도 김태일의 적의를 되돌리지는 못할 것이다. 김태일은 진구가 이탁오와 합작해서 메모리를 빼돌렸다고 믿고 있다. 여기서 진구가 이탁오의 주소를 댄다면, 김태일은 역시 진구가 이탁오와 깊은 관계라고 확신할 것이다. 돈을 내놓은 채무자를 지켜보는 채권자는 어떤 심정일까. 채무자를 봐줄 것인가. 천만에. 더 쥐어짜면 돈이 더 나올 거라고 생각하기 마련이다. 그것과 마찬가지다. 게다가 진구를 이리로 데리고 온 건 자신들의 뒤를 캔 보복이다. 애당초 살해를 목적으로 한 납치였다. 어떻든 결론은 바뀌지 않는다. 뒤엉킨 생각 가운데 다시 김태일의 음성이 날아들었다.

"메모리 어디 있는지, 이탁온지 뭔지 어디 있는지 말해."

"모른다니까."

"반말? 이 새끼가 죽으려고!"

진구가 고개를 들었다.

"어차피 죽이려고 납치한 거 아닌가?"

김태일의 눈가가 씰룩했다. 그는 거친 숨소리를 내면서 바닥에 던져진 책꽂이를 다시 집어 들었다. 셔츠 너머로도 그의 굵은 팔뚝에 힘이 들어가는 게 보였다. 김태일은 책꽂이를 위로 쳐들었다.

"그만해요!"

해미가 소리치며 벌떡 일어서서 팔을 벌리고 진구 앞을 막아섰다.

"넌 또 뭐야! 같이 묻어줄까!"

김태일은 당장이라도 책꽂이를 내려칠 듯한 모습으로 눈알을 부라렸다.

"비켜. 괜찮아."

진구가 해미에게 말했다. 김태일 앞이라 해미의 이름을 굳이 부르지는 않았다. 해미는 꿈쩍도 하지 않았다.

"야 이 새끼야. 네가 뭔데 사람을 때려!"

해미가 갑자기 김태일에게 소리를 쳤고, 진구는 기겁을 했다. 김태일의 눈알이 뒤집히는 게 보였다. 진구는 다급히 일어서서 해미 앞을 감쌌다.

그때 삐걱, 소리가 나며 문이 열렸다. 김태일은 책꽂이를 쳐 든 손을 멈추고 문 쪽을 보았다. 진구도 해미를 감싼 채 힐끔 뒤돌아 시선을 보냈다. 들어선 사람은 장철 회장과 유연부였다.

장철은 진구와 해미, 김태일을 번갈아 보더니 휘적휘적 걸어왔다. 양복을 입은 남자들은 물론, 구석 의자에 앉아 있던 점퍼 입은 남자들까지 한걸음에 달려와 도열하듯이 서서 허리를 굽혀 인사했다. 장철은 그들을 거들떠보지도 않고 말했다.

"이거 뭐야."

찻물 끓는 듯한 음성이었다.

김태일은 책꽂이를 내려놓았다. 털썩, 하며 바닥에 떨어지는 소리가 꽤 크게 들렸다.

"이게 뭐냐고."

장철이 조금 소리를 높이자, 김태일이 말했다.

"이 녀석이 김진굽니다. 옆에는 같이 딸려온 애고요."

휴우, 장철이 깊은 한숨을 쉬었다.

"지금 얘를 데리고 오면 어쩌자는 거야. 경찰이 바로 우릴 의심할 텐데."

"그대로 놔둘 순 없잖습니까."

"그래서."

딱딱한 음성이었다.

"죽여야죠. 메모리도 찾고."

"메모리는 이탁오란 자가 가져갔다면서."

"그야 이 녀석하고 짠 거죠."

장철은 고개를 저었다.

"그건 아니야."

김태일이 움찔하더니 연부 쪽을 보았다. 저 여자가 또 장철 회장에게 제멋대로 말한 건가. 연부는 평온하게 그 눈길을 맞받았다. 장철이 한탄하듯 말했다.

"김태일이…… 넌 너무 머리 없이 설쳐대."

"회장님, 머리가 없다뇨."

김태일이 발끈했다. 어쩌면 그건 김태일 마음의 아킬레스건인지도 몰랐다. 장철은 아랑곳하지 않았다.

"큰일 날 녀석이야. 아니 벌써 일을 저질렀지. 네 탓에 이 지경까지 온 거 아닌가. 내가 무너진다면 필시 너 때문일 거야……."

장철의 말은 딱히 누구에게랄 것 없이 이어졌고, 한탄조로 변해갔다.

"회장님. 그게 무슨……."

김태일은 눈을 부라리며 항의했지만 차마 말을 끝맺지 못했다. 장철이 머리를 흔들고 있었기 때문이다.

"김진구 너도 골치고."

장철은 이번에는 진구를 보며 말했다. 진구는 장철을 보았다.

늙은이의 얼굴에서는 한 점의 자비도 보이지 않았다. 김태일을 나무라고 있지만 분명히 진구의 편도 아니었다. 연부는 진구를 외면하고 고요히 서 있을 뿐이었다. 늘 보여주던 무관심한 눈빛, 그 자체였다.

"김태일이 네가 김진구를 데리고 와버렸으니."

장철은 김태일을 보며 이야기하다가 또 혼잣말로 한탄하듯 말했다.

"이거야 살려 보낼 수도 없고, 그렇다고 죽여 없애자니 경찰이 바로 우릴 의심할 거고…… 골치구만 골치야."

"걱정 마십시오. 제가 깔끔하게 다 처리하겠습니다. 경찰이 우리를 의심하지 못하도록요."

김태일이 단호하게 말했다.

"내용이 없네요."

연부가 끼어들었다.

"뭐?"

"공허하다고요. 어떻게 감당하실 거예요? 방법은?"

"유 실장, 끝까지 이럴 거야?"

김태일은 당장 연부에게 달려들 듯이 노려보았지만 연부에게 어떠한 위협도 주지 못했다. 김태일은 다시 장철에게 말했다.

"저한테 맡겨주십시오."

장철은 말이 없었다.

"회장님!"

김태일이 힘주어 다시 불렀지만 여전히 메아리는 없었다. 김태일도 더는 입을 열지 않았다. 이 변덕스러운 노인네의 심사를 더 건드리면 안 된다는 판단이 겨우 선 모양이었다. 연부는 조용히 서 있었고, 진구와 해미는 손을 쥔 채 서로를 보고 있을 뿐이었다.

"김 전무."

장철이 조용히 김태일을 향해 입을 열었다. '태일이'가 아니라 '김 전무'라고 부른 데서 오히려 심상찮은 기운이 흘렀다.

"네."

김태일이 낮은 톤으로 대답했다.

"왜 내가 명령하지 않은 일을 했지?"

조용하지만 쥐어짜는 듯한 음성이었다. 거기다 사무적인 단어. 장철이 어마어마한 분노를 누르고 있다는 걸 알 수 있었다. 김태일은 차마 대답을 하지 못하고 통나무처럼 굳어버렸다.

장철은 대답을 듣기 위해 물은 건 아니었던 모양이다. 노인은 눈을 감았다. 이마에는 지렁이 같은 주름이 잡혔고, 눈가에 혈관이 움찔거리고 있었다. 회한일까 분노일까. 표정은 조금씩 변했고 마침내 작은 분수령을 지났다. 마치 길고 긴 인생길을 더듬고 돌다 넌덜머리가 나 지나온 흔적을 지우려는 수도자의 여정을 보여주는 것 같았다. 이 많은 사람들 앞에서 혼자만의 기분에 잠길 수 있는 것 또한 보스의 특권이리라.

어울리지 않는 적막이 한동안 흘렀다. 이윽고 장철의 입에서 말이 흘러나왔다.

"질렸어⋯⋯."

아무도 대꾸하지 않았다. 장철이 또 혼잣말을 했다.

"이젠 재미없어. 정말."

김태일은 혼란스러운 표정으로 장철을 보았다.

장철은 중얼거리던 목소리에 힘을 주며 말했다.

"생각해보니 그래."

장철은 김태일과 진구를 번갈아 보았다.

"둘 다 골칫거리야."

세상에 질려 곧 짐이라도 쌀 듯한 노인의 말투는 어느새 얼음보다 차갑게 변해 있었다. 그의 입에서 진짜 얼음이 튀어나왔다.

"둘 다 죽이면 되겠군. 그게 간편한 해결이야. 그래 죽여. 둘다."

"회장님!"

김태일이 소리를 쳤다. 그러면서도 자리에 못 박힌 듯 움직이지 못했다.

진구와 해미도 놀라 노인을 쳐다보았다. 잠시 잊고 있었다. 비록 장철이 김태일을 나무라기는 했지만 그는 진구를 함정에 빠트린 조직의 보스다. 적의 적이 반드시 아군은 아니다. 그는 근원적인 악이지, 결코 내 편일 수 없는 인물이었다.

김태일과 진구를 제외한 모든 남자들은 배터리를 갈아 끼운 로봇처럼 일제히 반응했다. 그들은 장철이 뱉은 한마디에 곧바로 발걸음을 진구와 김태일 쪽으로 옮기기 시작했다.

"뭐 하는 거예요!"

해미도 일순 공간의 분위기가 변한 것을 느꼈다. 지금까지는 김태일 혼자 화를 내고 폭력을 휘둘렀다. 위험한 자이지만 미친 개 혼자 날뛰는 격이었다. 다른 남자들은 크게 관여치 않는 것 같았다. 여기서 목숨을 잃는다 하더라도 그건 김태일이 단독으로 저지르는 일이었다. 그래서 조금은 대항할 기력이 남아 있었던 건지 모른다. 하지만 지금은 달랐다. 장철의 등장과 함께 분위기는 일변했다. 개인이 조직으로 바뀌는 모습이랄까. 그의 말 한마디에 모든 남자들이 일사불란하게 반응했고, 즉각 움직였다. 그 정체가 돈의 힘이든 뭐였든지 간에 이 자리의 역학 구도는 분명하고도 무서웠다. 김태일보다 훨씬 더 피할 수 없다.

"언니……."

해미는 마지막 희망으로 연부를 불러보았다. 일부러인지 아니면 감정을 숨기고 있는 건지 연부는 그저 외면하고 서 있을 뿐이었다. 지금 자신들을 죽이려 남자들이 발걸음을 옮기고 있는데, 마치 금연 캠페인이라도 보는 듯 무심한 얼굴로 서 있었다. 그제야 해미는 떠올렸다. 연부는 애당초 진구를 함정에 빠트린 사람이란 걸. 연부는 진구가 이 게임을 위해 필요했기 때문에 선택했다고 둘러댔지만, 그건 핑계다. 여자는 여자를 속일 수 없다. 해미가 느낀 건 여전히 남아 있는, 조금도 줄지 않은 증오심이었다. 복수였다. 그것은 깊었다. 진구를 살인자로 만들어버릴 만큼. 그리고 지금 진구가 죽도록 태연히 내버려 둘 만큼. 연부에게 기대할 것은 전혀 없다. 해미는 시선을 힘없이 되돌렸다.

진구는 해미의 손을 잡았다.

"걱정하지 마."

하지만 이번에도 진구의 위로는 전혀 해미에게 가닿지 않았다.

"말도 안 됩니다! 저를 왜!"

김태일이 부르짖었지만 어느 누구의 표정도 바뀌지 않았다. 양복의 남자들은 병정처럼 한 발짝 한 발짝 더 가까이 다가왔다. 그들은 거의 김태일 옆에까지 와서 그를 감금하듯 둘러쌌다.

"내가 무슨 잘못을 했습니까! 왜! 대체 왜! 회장님!"

김태일은 장철을 향해 소리를 높였지만 몸은 조금도 움직이지 못했다.

그때 연부가 불쑥 말했다.

"게임은 어때요?"

"응?"

장철이 연부 쪽으로 고개를 돌렸다.

"게임?"

"그렇죠. 재밌는 게임이요."

"재밌는 게임이라…… 어떤 거야?"

해미가 이때 깨달은 것은, 장철의 얼굴이 연부를 향할 때면 지금껏 보여주지 않던 온화한 얼굴이 된다는 것이었다. 그 표정이 신뢰의 깊이를 보여주었다.

"회장님 뜻이 그렇다면, 둘 중 하나만 죽이면 돼요."

"둘 중 하나?"

"그렇죠. 김진구와 김태일 중 하나만. 김진구만 죽으면 김태일 전무도 더 날뛰지 않을 거고, 반대로 김태일이 죽으면 친구를 잃은 김진구도 더 이상 우리한텐 원한이 없지 않을까 싶어요. 김진구의 친구를 끌어들여 죽인 건 어디까지나 김태일이니까. 어느 쪽이든 우리한테는 괜찮아요."

"오호라."

장철의 얼굴에 호기심이 떠올랐다.

"둘 중 하나만 죽으면, 혹은 둘 중 하나만 살아남으면. 그런 게임이죠."

"그거 재밌겠는데. 죽음을 건 매치라."

숫제 들뜬 말투였다. 바로 조금 전까지 귀신 같은 형상으로 사람을 죽이라고 명령했던 노인이 지금은 장난기 가득한 악동처럼 말하고 있었다. 해미는 멍하니 장철을 보았다. 아찔해졌다. 연부의 해괴한 제안은 그렇다 치고, 이 영감은 정상이 아니다……

"좋아. 해보지. 갑자기 재밌어졌어."

장철이 마치 시합을 선언하듯 말했다.

"회장님!"

김태일은 절규했다. 하지만 이미 장철의 눈이 흥미로 반짝이는 걸 보았다. 그는 깨달았다. 결정을 되돌릴 수 없단 걸.

"유 실장, 이런 씨팔, 너 뭐 하는 짓이야!"

그가 이번에는 연부를 향해 소리를 질렀다.

"어머, 또 욕설을."

연부는 빙긋이 웃었다.

"김 전무님. 나한테 고마워해야 하는 거 아닌가요? 죽은 목숨이었는데 지금 막 살 확률이 50퍼센트가 된 거잖아요."

연부는 눈을 찡긋했다. 김태일은 충혈된 눈으로 연부를 노려보았지만 이내 그 시선은 초점을 잃고 허공을 향했다.

"어떤 방식으로 해볼까."

장철이 연부를 돌아보며 기쁜 듯 물었다. 연부도 마주 웃었다.

"이왕 하는 거, 좀 더 재밌게 만들어볼까요? 둘 중 하나가 죽는 단순한 게임 말고."

"좋아, 좋아."

장철은 마냥 즐거운 얼굴로 이어 말했다.

"죽음 정도는 걸어야 게임이 되지."

얼마의 시간이 흘렀을까.

진구와 김태일은 나란히 의자에 앉아 있었다. 두 사람 앞에는 옆으로 길쭉한 탁자가 놓여 있었다. 그 위에는 세 잔의 유리컵이 있었고 그 안에는 물이 거의 차 있었다. 준비하는 동안 있었던 주변의 웅성거림은 멎었고, 진구와 김태일을 사이에 둔 채 거의 신성한 침묵이 창고 안의 공기를 지배하고 있었다. 그 적막을 깨트린 건 김태일이었다.

"이걸 마셔야…… 한다고?"

김태일이 떨리는 목소리로 말했다. 연부는 고개를 가볍게 끄덕였다.

"설명한 대로야."

연부의 메마른 음성은 마치 매뉴얼을 읽는 것 같았다.

"네 앞에 놓인 세 잔의 유리컵 중에 두 잔에 독이 들어 있어. 시안화칼륨, 그러니까 청산가리를 듬뿍 넣었어. 마시면 반드시 죽는단 얘기지. 그것도 꽤 빨리. 이 중에서 한 잔을 택해서 쭉 마시면 돼. 아, 혹시라도 냄새 맡고 가려낼 생각은 마. 청산가리는 원래 무색무취야. 생 아몬드 냄새가 난다는 얘기도 있지만 초보는 구분 못 해. 하긴 또 모르지. 네가 와인 향만 맡고도 까베르네 소비뇽인지 메를로인지 알 만큼 개코라면 알 수도 있을 거야."

연부는 담담하게 설명을 이어갔다. 그녀의 뒤편에 앉아 걱정스런 표정으로 진구에게 눈길을 주고 있던 해미는 지친 얼굴을 하고서 아무 말도 없었다.

"청산가리가 갑자기 어디서 나와?"

눈알을 굴리던 김태일이 돌연 눈동자에 핏발을 세웠다.

"……네가 다 준비한 거지? 이런 개 같은!"

연부는 욕설을 들으면서도 조금도 동요하지 않았다.

"끝까지 입이 걸군. 네가 진구를 납치했단 보고를 듣고 회장님하고 여기 오기 전에 내가 회장님한테 말했어. 김태일이 독단적으로 김진구를 납치한 모양인데, 어차피 김진구를 죽일 거면 폭력보다는 그나마 독이 낫다고. 조직이 사람을 납치해서 죽인다면 대개는 폭력적인 방법을 떠올리기 때문에 독으로 죽었다면 선뜻 조직의 짓이라는 생각은 잘 안 들 테니까. 그러니까 청산가리를 준비한 것도 결국 네가 사고 친 걸 수습하려던 거야.

지금 달라진 건 한 가지밖에 없어. 죽는 명단에 네가 추가된 것뿐. 그나마 이 게임에선 네가 살 가능성도 꽤 있어."

연부는 입술 끝을 올려 조그맣게 웃었는데, 해미는 오싹했다. 저건 웃음이 아니다. 그저 입술이 올라간 모양일 뿐이다. 김태일이 소리쳤다.

"왜 세 잔이야! 독이 두 잔에 들어 있으면 3분의 2잖아!"

"약간의 변형인데, 이쪽이 더 재밌을 거 같아서."

"사람 목숨을 가지고 노는 거냐!"

김태일이 목청을 높였지만, 적어도 그가 할 말이 아니란 생각은 모두에게 든 모양이었다. 김태일 뒤에 선 남자가 피식 웃었다.

"뭐 원래 어차피 둘 다 죽어도 좋다는 게 회장님의 뜻이었으니까. 이런 설정도 나쁘지 않아. 둘 중 좀 더, 델리키트하게 운이 좋은 쪽이 살아남는 거겠지."

"그럼. 이게 게임이지."

장철이 연부의 말을 받아 히죽 웃었는데, 그걸 보자 해미는 오싹했다.

연부가 뒤로 물러났다. 장철은 진구와 김태일이 마주한 탁자 건너편에 멀찍이 앉아 있다가 자리에서 일어났다.

"자, 시작해볼까."

김태일의 눈알이 희번덕거렸다.

"잔은 본인이 선택해. 자신의 운명을 자신이 가르는 거야. 누가 먼저 잔을 고를까."

장철은 장난기 가득한 얼굴로 웃음기마저 띠고 있었다. 진심
으로 이 상황을 즐기고 있는 것 같았다. 어쩌면 조직에 위협이
되는 김진구의 말살이나 김태일에 대한 응징 같은 것이 진짜 목
적이 아닐지 모른다. 그는 그저 사람의 생명을 걸고 벌이는 이
게임에 흠뻑 빠져 있는 건 아닐까.

"난 나중에 고르겠습니다."

김태일이 장철에게 말하고는 이어 옆의 진구를 보며 말했다.

"김진구 네가 먼저 선택해."

"왜 양보해?"

장철이 물었다. 김태일은 머뭇거렸다. 연부가 대신 말했다.

"김 전무님은 항상 먼저 고르면 망한다는 징크스가 있으시잖
아요."

"아, 그랬던가."

장철은 허허 웃고는 진구를 보며 말했다.

"어때? 네가 먼저 골라보겠어?"

먼저 고르는 쪽이 더 부담될 수 있다. 이런 상황이라면 차라
리 다른 사람이 먼저 선택을 하고 난 후 남은 잔을 들이켜며 그
저 운명에 맡기는 쪽이 마음 편할지 모른다. 하지만 진구는 조
금도 서슴지 않고 말했다.

"그러죠. 그럼 내가 양보하죠."

진구는 선뜻 나섰다. 장철은 손바닥을 딱 쳤다.

"이거 재밌어, 재밌겠어. 먼저 고르면 안 된다는 김태일이의
징크스가 맞는지 지켜보기로 할까."

진구는 자리에서 일어서서 탁자 앞으로 갔다. 망설임 없이 자신의 앞쪽에 놓인 잔 앞에 섰다.

"그걸로 할 건가? 좋아, 좋아."

장철은 기분이 좋아 보였다.

"목숨이 걸렸는데 시원시원하군. 맘에 들었어."

그러고는 한마디 덧붙였다.

"그런다고 살려주진 않지만 말이야."

해미가 진구를 간절하게 불렀다.

"오빠……."

이어지는 말은 없었다. 진구는 해미를 쳐다보며 서글프게 웃었다.

"어차피 알 수 없어. 그냥 내 앞에 놓인 잔으로 할 거야."

해미는 안타깝고 안타까웠다. 해미가 아는 진구는 지금껏 늘 논리적이었다. 수학을 좋아했던 중학생 시절의 유산일까. 되는 대로 사는 것 같지만 알고 보면 대충 선택하는 일이 없었다. 필요한 때는 누구보다 빨리 움직였고, 대개는 틀리지 않았다. 그런데 지금의 저 자포자기한 몸짓은……. 그래서 더 서글펐다. 하긴 어쩔 수 없다. 여기서 어떤 계산과 논리가 있을까. 차디찬 3분의 1의 생존 확률. 여기에는 어떤 계산도 끼어들 수 없다. 그저 자기 앞에 놓인 잔을 고르면서 그 직선의 운명에 맡길 수밖에 없다. 진구도 그렇게 생각했겠지.

해미의 마음속 걱정을 들었을까. 진구가 해미에게 말했다.

"걱정하지 마."

하지만 공허하게 들렸다. 진구는 천천히 잔을 향해 손을 뻗었다.

"잠깐."

그 목소리가 연부의 것이라는 걸 안 진구는 손을 멈칫했다. 연부가 장철에게 말했다.

"좀 재미없지 않아요? 3분의 2 확률이란 게."

"응?"

"3분의 2면 거의 죽은 목숨이죠. 오히려 스릴이 약해요."

"그럼?"

"역시 두 사람이 목숨을 걸고 일대일로 붙는 게 재밌을 거 같아요."

"그런가……. 흠. 그럴 거 같기도 해."

장철이 고개를 끄덕끄덕했다.

"세 잔 중에 두 잔이 독 잔이니, 김진구가 선택한 잔 말고 남은 두 잔 중 최소 한 잔 이상에 독이 있어요. 그중 한 잔을 빼시죠. 그럼 남은 두 잔 중 한 잔은 독 잔, 한 잔은 물. 이렇게 되니까 공평하게 50퍼센트의 확률이에요. 남은 잔 중에 독 잔이 어느 건지는 회장님만이 아시는 거니까, 회장님이 선택해서 빼주시면 되겠네요."

"그럴까……."

장철은 어디까지 즐겁고 싶었던 것일까. 세 잔 중에 독을 넣은 두 잔의 위치는 장철 본인만이 알았고, 다른 사람에게는, 심지어 연부까지도 알려주지 않았다. 독이 들지 않은 잔 위치를 안다면 누군가 김진구나 김태일에게 몰래 신호를 보낼 수도 있다는 이유에서였지만, 실은 자신만이 독 잔의 위치를 알고 지켜보는 스릴을 누리고 싶었다.

장철은 가운데 잔에 손을 대더니 자신의 앞쪽으로 쓱 당겨 왔다. 거칠게 움직인 탓에 유리잔에서 흘러내린 물로 탁자가 조금 젖었다.

"이게 독이 든 잔 중 하나였어. 이제 남은 건 정말 반반이야. 한 잔은 독 잔, 한 잔은 그냥 물."

장철이 김태일과 진구를 번갈아 쳐다보았다. 김태일의 얼굴이 깊게 일그러졌다.

"그 잔이 독이 든 잔인지 어떻게 믿습니까? 물 잔을 가져가신 거라면, 남은 잔은 둘 다 독 잔 아닙니까! 그럼 우린 뭘 하든 다 죽는 거고."

"불신이 강한 놈이군."

장철은 할 수 없다는 듯 입맛을 다셨다.

"그렇게 못 믿으면서 잔을 고르면야 재미도 없지. 좋아. 확인시켜주지."

장철은 멀찍이 있던 점퍼 입은 남자들에게 눈짓을 했다. 남자 세 사람이 창고 뒤편으로 가더니 문을 열고 사라졌다. 입구 쪽 외에 다른 문이 있다는 걸 진구는 이때 처음 알았다. 문이 힐긋 열린 틈을 보면 창고 옆에는 컨테이너가 붙어 있고, 문은 그 컨테이너로 연결되어 있었다.

잠시 후 남자들이 문을 다시 열고 들어왔다. 그들 사이에 마치 포위되다시피 한 명의 남자가 걸어왔다. 양복을 입었는데, 곳곳에 흙이 묻어 있었고, 어깨가 축 늘어져 거의 탈진한 상태처럼 보였다. 남자가 고개를 절반쯤 들었을 때, 진구는 흠칫 놀랐다. 얼굴 이곳저곳에 든 멍이 때문만은 아니었다. 그는 '라동우'라며 자신에게 다가왔던 바로 그 남자였다.

"김진구 너도 알지? 라동우. 본명은 차원기지만 너무 늦게 알았네."

장철은 라동우를 향해 말했다.

"거기서 애들이 좀 거칠게 다뤘지?"

라동우는 고개를 푹 숙이고만 있었다.

"송치수를 유인하고 살해하는 것까진 좋아. 내가 직접 지시하지 않았다 하더라도 김태일이가 지시했고, 그걸 따른 것뿐이니까."

역시. 진구의 의심대로 송치수를 직접 살해한 건 이 라동우, 아니 차원기다. 진구는 라동우를 노려보았지만 그는 진구의 눈빛을 의식하지 못했다. 장철의 말이 이어졌다.

"그런데 알다시피 그 뒤가 문제야. 자네는 윤수애를 커버하는 데에 큰 실수를 했어. 너만 윤수애를 잘 컨트롤했더라면 아무리 경찰이 증거를 들이대고 닦달했더라도 그렇게 쉽게 불진 않았을 거야. 이루 말할 수 없이 짜증 나. 그 책임을 좀 져야 한단 거였어."

라동우가 숙인 고개가 조금씩 흔들리고 있었다. 마음의 동요를 숨기지 못한 탓일까. 그는 장철 앞에 심리적으로 완전히 굴복한 듯했다.

"아무튼 고생했어. 여기 물이나 한잔 마시지."

장철은 자기 앞으로 당겨 왔던 물 잔을 집어 들고 라동우에게
건넸다. 그는 허겁지겁 잔을 받아 들었다. 장철의 말을 일단 따
라야 했고, 그렇지 않아도 그 컨테이너에서 된통 당해 목이 마
른 참이었다. 라동우가 잔을 받아 들고 급히 물을 들이켜는 동
안 주변의 아무도 입을 열지 않았다.

"안 돼요. 그건⋯⋯."

해미 홀로 불쑥 말했지만 라동우에게는 가닿지 않았다. 그는
순식간에 물을 다 마시고 잔을 내려놓았다.

"잠시 지켜볼까."

장철은 의자에 가 앉았다. 정적이 흘렀다. 모두가 무심하
게 그를 지켜보는 가운데 해미만 입가와 눈가를 오만상 찌푸
리고서 그를 지켜보았다. 뭔가 끔찍한 일이 곧 벌어질지 모
른다⋯⋯.

라동우는 알 수 없는 장철의 말에 눈치만 보며 서 있었다. 어
리둥절한 얼굴이었다.

2, 3분이 흘렀을까.

라동우가 털퍼덕하며 그 자리에 쓰러졌다. 마치 배터리가 다
된 로봇 인형이 동작을 멈추듯 갑작스러웠다.

"으, 윽⋯⋯."

그는 신음과 함께 양손으로 목을 거머쥐었다. 입가에는 하얀
거품이 올라오고 있었다. 연기일 수는 없었다.

"아, 아……."

해미는 눈을 감고서 얼굴을 돌렸다. 진구는 이루 형용할 수 없이 착잡한 기분에 사로잡혔다. 친구 송치수를 찔러 살해한 라동우지만, 눈앞에서 고통받으며 죽는 모습은 그대로 처참했다. 그리고 라동우의 널브러진 몸 위로 잠시 후의 자신의 모습이 겹쳤다.

장철이 점퍼 차림 남자들에게 말했다.

"치우지. 끝까지 보긴 싫으니까."

남자들은 신음하는 라동우의 머리와 다리를 나누어 들고서 컨테이너가 연결된 문 뒤로 사라졌다. 문이 닫히는 걸 확인한 장철은 김태일 쪽으로 고개를 돌렸다.

"확인했지? 독이 든 잔이었어."

연부가 김태일을 향해 말을 덧붙였다.

"당연한 거예요. 회장님이 물 잔을 뺀 거라면 나머지 두 잔 모두 독이 든 잔이 되잖아요. 그럼 결과가 뻔한데, 그런 재미없는 게임을 회장님이 하겠어요? 김 전무 당신도 참 생각이 없네요."

"뭐야?"

김태일은 연부에게 소리를 높이다가 입을 닫았다. 지금은 상대의 말에 성질을 부릴 때가 아니었다.

"자, 자. 이제 해보자고. 김진구는 이쪽 잔. 김태일은 자연스레 저쪽 잔."

결국 각자 앞에 놓인 잔을 택한 셈이 되었다.

"오빠……."

해미는 바짝 마른 입술로 진구를 불렀다. 하지만 진구는 해미를 돌아보지 않았다. 대신 장철을 향해 고개를 빳빳하게 들고서 말했다.

"잔을 바꾸겠습니다."

김태일이 바로 반발했다.

"잠깐. 네 멋대로 하면 안 되지."

"왜? 당신은 선택하기 싫대서 내가 선택하기로 했잖아."

"그건 그런데……."

김태일의 얼굴이 잔뜩 일그러졌다. 그도 딱히 강한 의지로 선택할 수 있을 리가 만무했다. 그저 '먼저 선택하면 안 된다'는 징크스에 몸을 맡기고 있을 뿐. 진구가 잔을 바꾼다니 뭔가 께름칙하지만, 진구가 지금 잔을 바꾼대도 그것 또한 진구가 먼저 선택한 것이라고 봐야 할지 모른다. 그래서 갈등하는 것이다.

김태일의 뇌리에 어떤 기억이 스렸다. 지난번 장철과 유연부와 셋이서 몰아주기 카드뽑기를 했던 때. 장철의 강요로 자신이 먼저 선택했었다. 유연부가 뒤에 카드를 바꾸자고 했지만 김태일은 거절했고, 결국 졌다. 카드를 바꾸는 게 좋았어. 어차피 진구가 먼저 선택했고, 내가 나중에 선택했다. 이걸로 운의 흐름은 결정 났다. 카드를 바꾸는 건 별개의 운이야. 지난번 카드 게임에서 그랬듯이, 난 바꾸는 편이 이기는 운이다……. 김태일의 운명 이론은 그렇게 흘렀고, 마침내 그는 고개를 끄덕끄덕했다.

장철이 들뜬 목소리로 말했다.

"마지막 순간에 선택을 바꾼다……라. 그것이 어떻게 운명의 차이를 가를지. 이거야 정말 재밌는데."

그는 숫제 파리처럼 양 손바닥을 마주 비비고 있었다.

"두 잔 중 하나는 독이 있고, 하나는 없어. 어느 걸 선택하든 어차피 확률은 반반이야. 어때, 그래도 굳이 바꾸겠나?"

"바꾸겠습니다."

진구가 단호하게 말했다.

"확실히 재밌는 녀석이야. 마지막까지 즐겁게 해준단 말이지."

장철은 흡족한 표정을 하고는 진구와 김태일 앞에 놓인 유리잔을 들어 자리를 바꾸었다.

"실은 김태일이가 거절해도 잔을 바꿔볼 생각이었어. 그게 훨씬 재밌거든."

장철이 음산하게 웃었다. 김태일은 간담이 서늘했다. 어차피 장철은 잔을 바꿀 생각이었다. 단지 재미를 위해. 차라리 자발적으로 잔을 바꾸길 잘했다고, 그렇게 위로하며 가슴을 쓸어내렸다.

"자 이제 그럼 각자 선택한 잔을 마시는 거야. 공정을 위해서 서로 동시에 마시는 걸로 하지."

장철의 말이 끝나자 진구와 김태일은 거의 동시에 자기 앞에 놓인 유리잔을 들었다. 두 사람 다 잔을 들고는 찬찬히 빛에 비추어보고 냄새를 맡아보았다. 색도 없고 냄새도 없었다. 김태일은 어쨌든 자신이 든 잔에서 아무런 냄새가 나지 않고 어떤 이물질의 흔적도 발견되지 않는다는 사실에 조금 고무된 듯 보였다.

"내가 시작, 하면 동시에 마시는 거야. 목구멍으로 넘겨야 해. 괜히 잔재주 피우는 놈 있으면 아예 살 기회는 없어."

장철은 두 사람을 번갈아 보았다. 둘 다 가슴팍 근처에 잔을 들고 있는 모습을 확인하고는 드디어 내뱉었다.

"시작!"

진구와 김태일은 동시에 들이켰다.

"오빠……"

해미가 간절하게 불렀지만 메아리는 없었다.

꿀꺽꿀꺽하며 액체가 두 사람의 목을 넘어가는 소리가 공간을 채웠다. 해미는 안타까움이 극에 달해 그 장면을 지켜보았다. 진구가 다 마시고 잔을 내려놓기까지의 시간이 참으로 길게 느껴졌다.

"오빠…… 괜찮아?"

해미의 입에서 가냘프게 말이 흘러나왔다. 진구는 해미에게 눈길을 보냈다. 그 안에는 어떤 확신도 없었다. 운에 모든 걸 맡긴 채 돌아오지 못할 먼 길을 떠나는 허허로운 남자의 눈빛. 해미가 느끼기엔 그랬다. 꼭 쥔 주먹 안에 땀이 번졌다.

"과연 어느 쪽일까."

장철은 이 상황을 즐기고 있는 유일한 인물이었다. 그는 참지 못하겠다는 듯 의자에서 일어서서 두 사람의 상태를 번갈아 주시하고 있었다.

판가름은 잠시 후에 났다.

라동우의 경우보다 조금은 더 길었다.

그 사람의 체력이 더 좋았던 탓일까.

3분여가 지난 후, 철퍼덕하며 쓰러지는 소리가 들렸다.

"오오……."

장철의 감탄사가 들려왔다.

해미는 눈을 감고 있었다. 쓰러지는 소리에도, 장철의 탄성에도 차마 금방 눈을 뜨지는 못했다. 해미는 이윽고 조심스레 눈을 조금씩 떴다.

시야에 진구가 보이지 않았다.

설마, 설마!

해미는 놀라서 입을 틀어막았다.

이 인간이.

그렇게 살더니 결국 이런 데서 인생이 끝나버렸어.

불쌍한 인간.

멍청한 인간.

세상에.

아아.

막 울음이 터지려는데 옆에서 속삭이는 소리가 들렸다.

"끝났어."

진구였다.

해미는 울음을 터뜨리며 진구를 껴안았다. 해미를 안은 진구의 차가운 시선 안에 바닥에 쓰러져 목을 부여잡은 김태일의 모습이 있었다. 양다리는 제각기 다른 방향을 향해 버둥거리고 있었다.

진구는 이어 연부를 눈으로 찾았다. 외면하고 선 연부의 시선은 어디로도 향하고 있지 않은 것 같았다. 하지만 연부는 진구가 자신을 보고 있음을 안다는 걸 진구는 분명히 알 수 있었다.

해미가 안긴 몸을 떼며 말했다.

"이 인간 살아네. 살아 있어……."

해미는 손을 들어 진구의 얼굴을 만지작거렸다.

"그럼. 살아 있지. 물만 마셨는데."

진구가 심드렁하게 말했다. 그게 절반 이상은 허세란 걸 해미는 알았지만 이번만은 넘어가 주기로 했다.

* * *

뺨을 스치는 저녁 바닷바람이 시원했다. 영종도가 건너다보이는 월미도 선착장의 벤치에 해미는 홀로 앉아 아이스크림을 먹고 있었다. 진구는 앞쪽 난간에 혼자 나가서 새우깡을 갈매기에게 던져주고 있었다.

"이젠 정말 가을인 거 같아."

해미가 아이스크림콘에서 입을 떼며 말했다. 거의 다 먹고 콘과자만 남아 있었다. 진구는 손을 툴툴 털고는 해미 옆에 와 앉았다.

"그러네. 해미하고 이렇게 나와 있으니깐 정말 좋다."

"저쪽으론 벌써 땅거미가 져."

저녁 어스름이 내리고 있었다.

"응. 분위기가 더 좋은데."

"아. 이런 시간 정말 오랜만이야. 아무런 걱정도 없구."

해미가 말했다. 진구가 멋쩍게 대답했다.

"나도 조용히 살고 싶었어."

"어쩌겠냐. 다 오빠가 자초한 일이었는데."

해미가 키득키득 웃었다.

"그래도 인생을 새로 사는 기분이 어때?"

"나쁘진 않아."

"뭐야, 여친이 여기 있는데 겨우 나쁘진 않다니."

해미가 쏘아보았다. 진구가 웃었다.

"그러게. 아무래도 아직 난 멀었나 봐."

"그래그래, 더 공부하라구."

해미는 주먹을 쥐고 흔들었다. 그러다 갑자기 울상을 지었다.

"갑자기 왜 그래?"

"또 그때 생각이 나서……."

"생각 안 하기로 했잖아."

"그게 맘대로 안 돼. 한 번씩 갑자기 떠올라. 특히 오늘같이 좋은 날엔…… 이런 순간이 없을 뻔했구나, 싶어서."

"미안. 해미를 고생시킨 건 정말 미안해."

진구가 해미의 손을 잡아 가슴에 댔다.

"그보단 오빠가 죽는 줄 알고."

진구는 말이 없었다.

"난 정말 그때 오빠가 죽을까 봐 간이 콩알만 해졌었어. 지금

378

내 간 얼마 안 남았을 거야."

"다행이다. 지방간이었잖아. 술 때문에."

"이 인간이 또 분위기 파악 못 하고!"

해미가 손을 빼서는 주먹을 쥐어 보였다.

"그 생각 그만해."

진구가 해미의 뻗은 주먹을 부드럽게 감싸 쥐었다.

"그래도……."

해미가 한숨을 쉬었다.

"반반이었잖아. 죽고 사는 게. 정말 하늘이 도왔어."

"하늘은 조금 도왔지."

"그게 무슨 말이야."

"확률은 반반이 아니었어."

"응?"

해미가 의아한 듯 고개를 들었다.

"내가 거의 이기는 게임이었어."

"뭔 헛소리야. 두 잔 중 하나에 독이 들고 하나는 맹물이었고, 둘이 각각 한 잔씩 골라 마셨으니까 확률은 50퍼센트지."

진구는 물끄러미 마주 볼 뿐이었다. 그 모습을 보던 해미는 아, 하고 무릎을 쳤다.

"오빠는 알고 있었지? 독 같은 것도 잘 아니까, 슬쩍 물에서 냄새가를 맡아보고 독 잔을 피한 거 아냐?"

"아냐. 청산가리는 냄새 없어. 그리고 냄새를 맡아보기도 전에 잔을 선택한걸. 뒤에 잔을 바꿀 때도 그랬고."

"하긴 그랬지……."

기억을 곰곰이 더듬어보던 해미가 손가락을 탁 튀겼다.

"아, 그거다! 물을 다 안 마시고 입안에 머금고 있었지? 수틀리면 뱉으려고 말이야. 그랬는데 다행히 김태일이 쓰러지니까 안심하고 삼킨 거고."

"그것도 아냐. 안 마시고 입안에 머금을 만한 양이 아녔어. 컵이 거의 가득 찰 만큼 많았는데. 더군다나 장철 회장하고 부하들이 우리가 물을 목구멍으로 넘기는지를 뚫어지게 감시했어. 그러니까 나도 김태일도 한 번에 다 마실 수밖에 없었어."

해미는 뾰로통해졌다.

"그럼 대체 무슨 소리야? 오빠가 이기는 게임이었다는 건……."

"뭐냐 하면……."

막 입을 열던 진구는 무슨 생각이 들었는지 다급히 말을 멈추었다.

"아, 아니야. 해미 말이 맞아. 50 대 50이지. 그럴 수밖에 없잖아."

"뭐야? 근데 왜 아깐 그런 소릴?"

"허세지, 뭘. 잘 알잖아."

의아했다. 진구가 허세를 부리는 때가 있지만, 그건 해미가 느끼는 거였다. 진구 스스로 허세라고 인정한 적은 없었다. 뭔가 말하려다 하지 않은 것 같은데. 하지만 해미는 캐묻지 않기로 했다.

이 인간이 이렇게 나올 때면 다시 입을 여는 경우는 없었어. 그때 유연부 일도 그랬지만…….

해미는 마음속으로 이를 갈았지만 의문을 묻었다.

그런 건 중요하지 않잖아.

이렇게 김진구, 이 인간이 살아서 옆에 있는데.

해미는 남은 콘 과자를 우적우적 씹었다.

"이제 돌아갈까."

진구가 말했다.

"응. 벌써 저녁이네."

해미는 의자에서 엉덩이를 뗐다.

두 사람의 표정이 너무 밝고 해맑았던 탓일까. 막 자리를 뜨려는 두 사람의 뒤편에서 누군가가 마치 질투라도 하듯 말을 던졌다.

"이거 아무래도 내가 무대에 너무 늦게 등장한 거 같은데."

익숙한 목소리였다.

해미가 돌아보았다.

황혼녘 길게 진 그림자 너머로 홀쭉한 남자가 빙글빙글 웃고 있었다.

인천의 가을 바닷가에는 몹시 어울리지 않는 차림의 남자가 서 있었다. 낡은 청바지에 국방색 티셔츠, 그 위에 부직포 같은 거친 소재의 갈색 외투. 심지어 페도라까지 썼다. 마치 오지 탐험가를 방불케 하는 차림새 때문에 해미는 그를 바로 알아보지 못했다. 늘 감색 양복 차림이었던 그 남자가 그런 행색으로 등장하리라고는 차마 생각지 못한 탓이었다. 칙칙하게 검던 얼굴은 햇볕에 잘 그을려 건강했고, 외항선원처럼 붉은 기운까지 돌았다. 고진이었다. 활짝 웃고 있었지만 무언가 일그러져 보이는 것만은 여전했다.

"고 변호사님 아저씨!"

해미가 먼저 반갑게 인사했다.

"변호사인지 아저씨인지 둘 중 하나만 하라구, 해미 양."

고진은 크게 웃으며 손을 들어 보였다.

＊＊＊

젊은 남자가 열어준 차 문 뒤로 초로의 남자가 모습을 드러냈다. 꽤 오래 차를 탔던 모양인지 남자는 슈트가 구겨질 만큼 크게 기지개를 켰다. 차 아래쪽에는 덕지덕지 회색 먼지가 묻어 있었다. 그는 금방 닫은 차 문짝을 괜히 한 번 툭 쳤다. 검은색 벤츠 S클래스. 롤스로이스 팬텀은 눈에 너무 띈다. 그래서 오늘을 위해 무난하게 고른 차량이었다.

평온한 시골 마을이었다. 주변은 거칠게 웃자란 풀밭이었고, 군데군데 황토도 보였다. 충북 영동군 학산면 어디라고 했지. 주소를 듣는 순간 이럴 거라고 예상했지만 그 이상으로 심심한 곳이다. 오는 길도 그랬다. 논밭과 버려진 수풀이 평원처럼 한없이 펼쳐져 있었고, 움직이는 거라곤 고삐에 매인 송아지 정도였다. 사람은 코빼기도 보이지 않았다. 땅거미가 지는 마을은 이제 완전한 적막에 들어가 있었다.

시골 마을이어서 다행이다, 라고 장철은 생각했다. 지금부터

할 일을 생각하면 시끌벅적한 도회지보다는 한적한 시골이 백배 나았다. 이제 곧 희생될 인물 스스로가 적합한 무대를 마련해둔 셈이다.

원래 알려준 주소는 영월 어디였다. 김진구는 게임에서 운 좋게 이기고 풀려나면서 장철에게 보답으로 이탁오의 주소를 가르쳐주었다. "아직도 여기 계시지는 않겠지만" 하고 덧붙이면서. 그건 뜻밖의 수확이었다. 하긴 죽다가 살아났으니 그 감격이 오죽하랴. 장철은 원래 자기를 죽이려던 사람이었지만 목숨을 건진 사람은 그런 것을 생각하지 못한다. 당장 살아난 것만이 고마워서 모든 것을 내줄 심정이 되는 거다.

이탁오의 주소를 알려주는 김진구의 눈빛이 왠지 게임을 앞두고 거울 속에서 만나는 자신의 눈빛과 닮아 있다고 느꼈지만 그건 기분 탓이다. 그럴 리가 없으니까. 장철은 김태일과 김진구의 목숨을 건 게임을 하기를 잘했다고 생각했다. 그 덕분에 이탁오의 소재라는 정보를 얻어냈으니까. 어차피 김진구의 목숨은 관심사가 아니다. 메모리. 그리고 그 안에 담긴, 이 나라 어둠의 경제를 지배할 만한 엄청난 부. 그것이 중요했다. 문득 유연부가 생각났다. 그 게임은 연부가 제안한 것이었고, 결과적으로 그 덕분에 김진구한테서 이탁오의 소재도 알아냈다. 그런데 그 뒤로 연부는 사라졌다. 마치 증발한 것 처럼. 그 말 그대로 감쪽같이 사라졌다. 전화도 이메일도 닿지 않았다. 경찰에라도 연락해서 소재를 알고 싶을 정도였다. 장철은 옆자리에서 뒤뚱거리며 뒤이어 내리는 육남진을 보았다. 저절로 눈가가 찌푸려졌다. 저 인간이 유연부를 대신할 수 있을까. 물론 장철은 그 답을 알고 있다. 어림없다. 오늘은 그나마 브레인 역할로, 혹시 닥칠 법적 장애를 대비해 데리고 왔지만 미덥지 않다. 어쩔 수 없었다. 이 일은 다급했고, 연부 없이 진행할 수밖에.

김진구가 알려준 대로 강원도 영월의 산간에 이탁오의 집이 있었다. 하지만 텅 비어 있었다. 얼마 전 이사를 갔다고 했다. 김진구도 최근 정보는 업데이트가 안 된 모양이다. 장철은 남아 있는 회사의 모든 직원과 정보망을 동원해 이탁오의 주민등록 등본을 확보해 새로 옮긴 집의 위치를 알아냈다. 그것이 충북 영동군 학산면의 시골길을 달려 도달한, 지금 눈앞에 있는 이 저택이다.

장철은 지체할 수 없었다. 이탁오가 혹시라도 비번을 빨리 풀어버린다면 거액의 비트코인을 현금화해 가거나 다른 계좌로 분산해 옮겨버릴 수도 있다. 혹은 아예 아무도 알 수 없는 곳으로 몸을 숨겨버릴지도 모른다. 아니, 오히려 막대한 자금으로 사람과 조직을 구축해 장철이 감히 손대지 못할 곳으로 올라가 버릴 수도 있다. 장철은 되는대로 부하들을 모두 모아, 연부도 없이 육남진만 대동한 채 이곳까지 내달렸다. 준비는 부실했지만, 걱정할 만큼은 아니다. 아직은 상대가 한 명에 불과하다. 압도적인 수와 조직력 앞에 겁날 것은 없었다.

장철의 차에 뒤이어 도착한 검은 카니발 두 대가 남자들을 토해내고 있었다. 이제는 얼마 남지 않은 장철의 부하였다. 열 명 정도 되는 그들 모두 양복을 입었고, 눈앞에 둔 시골 마을의 외딴집과는 어느 모로 보아도 어울리지 않았다.

그나저나 어마어마하게 큰 집이야. 여러 명이 사는 걸까.

부지도 넓었고, 건물은 마치 마을 회관이라도 되는 듯이 옆으로 평평하게 컸다. 영월의 이전 집과 마찬가지로 담청색 외벽이 강렬했다. 저택 뒤편으로는 성근 나무숲이 있고, 멀리 높은 능선이 이어졌다. 이탁오의 일관된 취향이 그대로 투영된 것 같다.

커다란 대문이 굳게 닫혀 있었다. 거대한 성채를 앞에 둔 느낌이었다.

"아무래도 애들을 담 넘게 해야겠습니다. 안에서 문을 열도록이요."

육남진이 말했다. 장철은 왠지 그 말을 무시하고 싶어 대문을 손으로 밀어보았다.

마치 자동문처럼, 아무런 소리도 없이 매끄럽게 문은 열렸다.

"열려 있는데."

장철은 육남진에게 나무라듯 말했다. 역시, 해보지도 않고 잔머리부터 굴리는 놈. 이건 마음속 대사였다.

빗장을 걸어 잠근 성문 같던 대문이 스르르 열리는 데 조금 위화감이 들었지만, 장철은 그 느낌을 금세 지웠다. 시골 마을은 원래 도시만큼 문단속이 철저하지 않다. 또, 이탁오는 자신들이 이렇게 불시에 들이닥칠 거라고는 상상도 못 하고 있을 테니까.

잘 손질된 정원은 마치 교외에 마련된 회사의 연수원을 연상케 했다. 장철은 이를 갈았다. 이 저택, 이 정원 전부 어쩌면 내 비트코인으로 마련한 것일지 모른다!

현관 앞에 다다른 장철은 부하로 하여금 문을 당겨보게 했다. 이번에도 현관문이 소리 없이 열렸다. 이상하다. 이쯤 되자 장철은 무언가 일상적이지 않다는 걸 감지했다.

"혹시 여기도 집을 비운 건가."

장철은 낭패감이 들었다. 이탁오가 우리가 올 것을 예감하고 재빨리 집을 비운 건가? 그렇다면 더 추적은 어려울 텐데.

"들어가."

장철이 손짓했고, 10여 명의 남자들이 앞서서 집 안으로 들어갔다. 구둣발인 채였다.

그들의 뒤를 이어 장철과 육남진이 마루에 올라섰다. 장철은 놀랐다. 집 안은 겉에서 보기보다 더 넓었다. 복도는 부하들 모두가 걷기에도 비좁지 않았다. 거실은 집이라기보다는 갤러리나 콘서트홀을 연상시키는 넓은 공간이었다. 어스름이 깃든 저녁나절의 남은 빛이 스며들었지만 이상하리만치 추웠다. 조명은 모두 꺼져 있고, 습기를 머금은 공기가 떠돌았다. 음산하기 그지없었다.

부하들 몇 명은 옷 안에 숨겨 온 흉기를 꺼내 들었다. 잭나이프부터 회칼, 삼단 봉까지. 한 남자는 손가방 안에서 큰 해머를 꺼냈다. 합법적 회사를 자처해왔던 이들의 민낯이 적나라하게 드러났다.

"회장님."

육남진이 장철을 불렀지만 그는 대답이 없었다.

"불도 꺼져 있고…… 사람이 없는 거 아닐까요. 벌써 알고 튄

거 같은데요."

육남진이 다시 말했다. 억지로 끌려온 그로서는 빨리 집을 나가고 싶은 것이다.

"안쪽을 살펴봐야지."

장철은 부하들에게 막 손짓해 집 안쪽으로 들어가 보라고 할 참이었다. 그때 어떤 목소리가 울렸다.

"손님들치곤 과격하군."

굵은 목소리. 장철 일행을 준열히 나무라는 듯한 음성이었다. 이탁오다. 직감한 장철은 뒤를 돌아보았다. 하지만 사람의 그림자는 어디에도 없었다.

"어디야?"

부하들도 웅성였지만 이탁오의 모습을 찾은 이는 아무도 없었다.

"대화로 풀고 싶었는데 아쉬워."

다시 한번 목소리가 들렸다.

"저기!"

부하 한 명이 소리치며 손가락으로 위를 가리켰다. 거실의 천장 어둠 속에 조그만 스피커가 보였다. 이탁오는 집 안 어딘가에서 스피커로 말하고 있는 모양이었다.

"무슨 장난이야! 우리가 겁나나? 모습을 드러내시지."

장철이 천장을 보며 소리쳤다.

"겁나냐고?"

천장에서 웃음소리가 들렸다. 이어 말소리가 다시 울렸다.

"비트코인을 찾으러 오셨나? 걱정 마시게. 아직 그대로 있으니까."

장철은 왠지 안심이었다. 이탁오란 인물이 거짓말하지는 않을 것 같은 기분이었다.

"파일에 비번이 걸려 있는 건 알지? 당신이 그걸 모르는 한 쓸모없어."

"지금은 그런 것 같군."

"지금은? 허세 부리지 말고 돌려줘. 그럼 목숨은 살려주겠어."

"살려주겠다라……. 저렇게 칼들을 들고 서 있는데 말이야? 당신도 거짓말을 엄청나게 하는군."

아마도 이탁오는 CCTV 카메라로 이쪽을 보고 있는 모양이다.

"그러니까 살려주겠단 거야. 메모리만 내놓으면."

스피커를 사이에 두고 이어지던 기묘한 대화는 장철의 이 말을 끝으로 잠시 끊겼다. 이탁오가 고민하는 건가. 장철은 잠시 내버려 두기로 했다.

이윽고 이탁오의 말소리가 다시 들려왔다.

"그럼 옆방으로 모시겠소."

차분한 음성이었다. 돌려주기로 결심한 건가. 그렇겠지. 이런 상황에서 뻗댈 순 없겠지. 여기까지 찾아올 줄은 생각하지도 못했겠지. 우리 조직이 어디까지 할 수 있는지 깨달았을 거야. 겁이 나서 모습도 보이지 못하면서. 어디선가 두려움에 침을 질질 흘리며 허세를 부리고 있었겠지. 장철은 슬그머니 웃었다. 하지

388

만 조직의 두뇌였던 연부가 사라진 지금 조직은 조금의 지성도 없는 단체가 되어 있었는데 본인은 알지 못했다. 이탁오가 이어 말했다.

"거실에서 안으로 뻗은 복도를 더 걷다 보면 오른편에 문이 나올 거요. 두 번째 문으로 들어오시오."

웬일인지 장철의 의지와는 달리 발걸음이 금방 떨어지지 않았다. 남자들도 주춤했다. 장철이 육남진에게 불쑥 말했다.

"유 실장이라면 어떻게 할까?"

"네?"

"워낙 신중했잖아. 유 실장이라면 혹시 이 집에 들어오는 걸 반대하지 않았을까? 아니면 적어도 이 순간에라도 돌아가자고 하지 않았을까?"

육남진의 얼굴이 벌게졌다.

"무슨 말씀이십니까? 정보는 확실합니다. 이탁오란 자는 혼자예요. 우리가 몇 명입니까? 무기도 있고요. 지금 돌아간다면 바……."

바보라고 하려다가 급히 입을 닫았다. 조금 전까지 집을 빨리 떠나고 싶어 했던 육남진은 이제는 완전히 태도를 바꾸어 강행할 것을 주장하고 있었다. 유연부 이야기가 그의 자존심을 건드린 것이다. 질까 보냐! 그깟 어린 여자에게! 육남진의 얼굴 개기름이 창을 통해 드리운 저녁 땅거미에 번들거렸다.

"나도 돌아갈 생각 없어. 해본 말이야. 갑자기 유 실장 생각이 나서."

평소라면 육남진의 태도에 크게 화를 냈을 장철이지만 지금은 어쩐지 유약한 모습이었다. 당장 해야 할 일 때문일까, 아니면 연부가 곁에 없자 자신감도 같이 사라진 것일까, 알 수 없었다.

남자들은 거실 안쪽 복도로 발을 내디뎠다. 어둑어둑했고, 시야가 무언가로 가려진 느낌이었다.

"이거 무슨 버려진 병원 같잖아."

육남진이 시시덕거리며 내뱉었지만 대답하는 이는 없었다. 대범한 척해 보인 거겠지만, 그는 상황의 무거움을 인지하지 못하는 유일한 인물이었다.

거실 안쪽으로 첫 번째 문이 나왔다. 부하 한 명이 괜히 손잡이를 잡아당겨 보았지만 열리지 않았다.

"두 번째 문이야."

또 한 명의 남자가 말했다. 스피커에서는 두 번째 문으로 들어오라고 했었다. 첫 번째에서 꽤 걸어서야 두 번째 문이 나왔다. 두 번째 방은 상당히 큰 모양이다. 남자들은 문을 열고, 안으로 들어갔다. 육남진과 장철을 마지막으로 그들 모두가 방 안으로 몸을 밀어 넣었다.

놀라우리만치 큰 공간이었다. 웬만한 학급의 교실보다 서너 배 이상 컸고, 조그만 강당 정도의 규모였다. 방이라기보다는 마치 강연장 같았다. 원래의 설계에 공간을 덧붙여 지은 듯했다. 크기보다 더 특이한 건 구조였다. 창문이 없었고, 벽을 따라 점점이 붙은 조그만 조명이 어슴푸레하게 안을 밝히고 있을 뿐이었다. 그 조명조차 아래를 향하고 있어 발치 정도만 확연히 보일 뿐 천장 쪽은 검은 어둠 속에 잠겨 제대로 보이지도 않았다. 아무런 집기가 없었고, 그저 텅 비어 있었다. 도무지 용도를 알 수 없는 방이었다. 열 명가량의 남자가 들어갔지만 방 안이 채워진 느낌은 없었다. 이들은 목적지를 잃어버린 철새처럼 우왕좌왕할 수밖에 없었다.

"왜 이렇게 어두워."

장철이 말하며 사방을 둘러보았다. 그의 시야에 한 인물이 들어왔다.

이탁오가 있었다. 공간이 강당이라면, 강당의 단상처럼 한쪽에 조금 높은 곳이 있었고, 강연대 비슷한 것이 있었는데, 이탁오는 그 뒤에 서 있었다.

머리카락이 온통 하얗다고 했었지. 남자의 머리는 어둠 속에서도 확연히 알 수 있는 백발이었다. 모직 바지, 피케 셔츠 위에 갈색 코듀로이 재킷을 걸치고 있었다. 마치 오페라라도 보러 온 듯한 옷차림이다. 그의 표정은 상황과는 도무지 어울리지 않았다. 미간과 입가에 깊게 팬 주름은 지성의 흔적이었고, 매끈하고 붉은 얼굴은 소년의 호기심을 담고 있었다. 백발이 어슴푸레한 조명을 받아 은색으로 빛났다. 그가 입을 열었다.

"차마 환영한다고는 못 하겠군."

툭 던지는 말투.

"이탁오 박사?"

장철이 불렀지만 이탁오는 아랑곳하지 않고 말을 이었다.

"아름답지 못해. 전혀. 구둣발에 칼이라니. 게다가 이 인원은 뭔가."

이탁오는 고개를 천천히 저었다.

"무슨 소릴 하는 거야?"

장철이 소리쳤지만, 또다시 무시되었다.

"귀찮아질까 봐 이쪽으로 옮겼어. 몇 달 전 만일의 경우를 대비해 사두고 손봐두었던 곳이지. 그런데 여기까지 따라붙었군."

장철은 괴이한 기분이 들었다. 이탁오의 말은 묘하게도, 마치 조직에서 자신을 추적할 경우를 예상하고서 이 집을 사서 옮겨왔단 뉘앙스로 들렸다. 설마 이탁오는 몇 달 전부터 메모리를 탈취할 계획을 세웠단 얘긴가……. 언제, 어떻게?

이탁오가 말했다.

"대화로 풀 생각도 있었어. 그런데 마음이 바뀌었어."

장철은 부하들에게 소리쳤다.

"뭐 해! 빨리 잡아 와!"

양복 입은 남자들이 이탁오 쪽으로 달려갔다. 웬일인지 이탁오는 피하려는 기색이 조금도 없었다. 그저 서 있을 뿐이었다.

"억!"

"어!"

이탁오가 있는 쪽을 향해 달리던 남자들은 돌연 제각기 비명을 지르며 멈춰 섰다. 몇 명은 머리를 감싸 쥐고 있었다.

"뭐야!"

장철이 소리쳤지만 혼란에 빠진 남자들한테는 가닿지 않은 모양이다.

"이 앞에 뭔가 있어!"

"유리잖아!"

남자들은 손을 앞으로 뻗어 자신들이 들이받은 벽을 만지고 있었다. 유리로 된 거대한 벽이었다.

"젠장, 이게 뭐야!"

화가 난 남자 한 명이 주먹으로 치고 발로 찼다. 하지만 유리는 꿈쩍도 하지 않았다.

"제길, 해머로 깨!"

한 남자가 말했고, 해머를 든 남자가 있는 힘을 다해 유리를 내리쳤다. 하지만 흠집조차 내지 못했다. 이탁오가 말했다.

"포기해. 8센티 두께 방탄유리를 여섯 겹 세웠어. 대전차포로도 뚫기 힘들걸."

그제야 장철은 깨달았다. 이 홀 안에 들어온 뒤로도 이탁오의 목소리는 스피커를 통해서 나오고 있다는 것을. 아마도 천장 어딘가에 스피커가 있어, 이탁오가 말을 하면 그것을 통해 유리벽 이쪽으로 전달되는 것 같았다.

"이게 다 무슨 장난질이야!"

장철이 말했다.

"장난이라니."

이탁오의 목소리는 엄격하기 그지없었다.

"자네들을 '정화'하는 거야."

"정화?"

왜일까. 어떤 협박보다 오싹한 기분이 들었다. 죽인다는 말보다도 더.

"천장을 봐."

장철과 남자들은 이탁오의 말에 일제히 천장을 보았다. 조명이 닿지 않는 천장 쪽은 시커먼 어둠이었다. 검은 그림자 속에 형체를 알 수 없는 무언가가 울퉁불퉁 튀어나와 보였다. 가늠이 되지 않을 만큼 꽤 높다는 것만은 알 수 있었다.

이탁오가 단상 앞에서 무언가 스위치를 누르는 모습이 보였다. 천장 쪽으로 불빛이 비쳤다. 구석구석에 조그만 조명이 설치되어 있었다. 조명 스위치는 이탁오의 단상 앞 탁자에 있었다.

조금 밝아진 천장을 본 남자들의 시야에 들어온 것은 천장을 가득 채운 사각형이었다. 상자가 뒤죽박죽 엉켜 자란 듯한 그 모습에 모두가 어리둥절했다. 마치 거꾸로 박힌 주상절리처럼 들쭉날쭉 튀어나온 그것들이 정확히 무엇인지 금세 알아보기에는 빛이 충분치 않았다.

"이게 뭐지?"

"뭐야?"

"박스야?"

남자들은 천장을 바라보며 제각기 혼란에 빠져 웅성댔다.

그중 한 명이 소리쳤다.

"스피커야!"

남자들이 아, 하며 일제히 소리를 울렸다. 상자처럼 삐죽삐죽 튀어나와 천장을 가득 채운 것은 초대형 스피커들이었다. 외관만 보아도 하나하나가 귀를 날려버릴 듯한 고출력이었다. 그것들은 마치 발사 준비를 마친 대포마냥 남자들의 머리 바로 위에서 그들을 겨냥하고 있었다.

장철은 혼란에 빠졌다.

도무지 이곳, 천장에 박혀 있으리라고는 상상할 수 없는 물건이다.

이것들이 왜? 천장에?

장철은 유리벽 너머의 이탁오를 보았다. 웃고 있었다. 뭔가 잘못되었다는 걸 직감했다.

"어서 밖으로 나가!"

장철은 소리쳤고, 부하들은 뒤엉켜 문으로 향했다. 그때 장철은 희미하게 지잉, 하는 기계음을 들었다. 이상하다고 생각했지만 그런 걸 신경 쓸 계제가 아니었다.

문으로 달려든 부하들의 모습이 이상했다. 나가지 않고 문 앞에 멈춰 서 있었다.

어, 하는 소리가 들렸고, 철컥거리는 소리도 들렸다.

"문이 잠겼어요."

"대체 언제……."

문이 열리지 않는 모양이다.

"부숴!"

장철이 소리 질렀고, 덩치 좋은 남자 한 명이 몸통으로 문을 들이받았다. 하지만 문은 꿈쩍하지도 않았다. 이번에는 앞다투어 발로 손잡이를 찼다. 발길질 몇 번에 손잡이가 떨어져 나갔다.

"됐다!"

옆에 서 있던 남자가 문을 활짝 열어젖혔다.

어, 엇. 이건 또 뭐야.

연이은 비명이 들렸다.

장철은 부하들을 헤치고 앞으로 나섰다. 이어 자신의 눈을 의심했다. 문 뒤에는 마땅히 있어야 할 복도가 없었다. 그 대신 또 다른 벽이 있었다. 어떻게 된 일이지. 장철은 미로에 갇힌 어린 아이처럼 도무지 정신을 차릴 수가 없었다. 머릿속이 윙윙 돌고 있었다. 들어온 복도는 어디로 사라졌단 말인가. 우리는 대체 어디로 들어온 건가.

하하하하하.

스피커를 통해 웃음소리가 메아리쳤다. 장철은 아득해졌다. 이탁오의 웃음이 마치 길고 긴 나비 떼가 되어 뇌 주변을 빙글빙글 도는 것 같았다. 뒤이어 그의 음성이 울렸다.

"방 바깥의 벽은 내가 특별히 만들었지. 움직이는 벽이야. 이 버튼으로 말이지. 조금 전 당신들이 나가려고 해서 벽을 조금 움직였어."

조금 전 지잉, 하던 기계음이 외벽을 작동시키는 소리였나. 도대체 이 집은 정상이 아니다. 그리고 이런 집을 만든 인간은……. 장철은 더 생각을 이어갈 수 없었다. 이탁오는 단상의 탁자를 손으로 톡톡 두드렸다. 무척 즐거워 보였다.

남자들 중 해머를 든 자가 정신을 차리고 벽을 여러 차례 내리쳤지만 어림도 없었다.

장철은 그제야 깨달았다.

밀실. 완벽한 밀실.

그렇다면 이제…….

엄습해오는 두려움을 타고 이탁오의 음성이 들렸다.

"천장 스피커를 부수려 들지 몰라서 조금 높이 달았어. 뭐 어차피 그럴 틈도 없을 거야. 저것들은 지금 내 말을 전달하고 있는 별도 라인의 스피커하곤 달라. 출력을 다 합하면 몇만 와트, 아니 몇십만 와트가 될지 몰라. 우퍼도 수십 개. 앰프만 서른여섯 개야. 그 모든 출력을 맥스로 세팅해두었어. 지금 내 앞에는 앰프 전체의 전력을 연결하는 버튼이 있어. 지금은 오프 상태지. 이걸 곧 들려주려 하네. 난 늘 궁금했어. 음악이란 건 천상의 물건이지만 말이야, 이렇게 듣는 건 어떤 경험일까? 그저 고막만 찢기는 걸까? 미치는 걸까? 아니면…… 죽음일까?"

"그만둬!"

장철이 사색이 되어 외쳤지만 아마도 이탁오의 귓전에는 도달하지 못한 것 같았다. 안 돼. 이런 건 광장에서나 쓰는 물건이야……. 장철의 메마른 목구멍은 이 말을 밖으로 끄집어내지 못했다. 하나만으로도 지붕을 날려버릴 것 같은 초대형 괴물 스피커 수십 개가 정수리 바로 위에 박쥐 떼처럼 매달려 있다. 거기에 앰프의 최대 출력이라니. 이런 물건은, 이런 방 안에서 사람에게 쏘아서는 안 되는 거란 말이다……. 장철의 마음속 절규에 아랑곳하지 않고 스피커를 통한 이탁오의 음성이 차갑게 귀에 꽂혔다.

"음악은……. 본격적으로는 메탈리카의 〈배터리(Battery)〉가 좋겠군. 아, 아니야. 정화를 위해서라면 우선 드보르자크의 〈신세계로부터〉 4악장은 어떨까?"

이탁오는 헬멧같이 큰 헤드폰을 머리에 썼다. 그의 손이 서서히 움직였다. 탁자에는 턴테이블까지 마련되어 있는 모양이었다. 이탁오가 LP판을 들더니 턴테이블에 거는 모습이 보였다. 무언가 조정을 하는 것 같았다. 시작점을 찾는 모습이다. 그는 전원 버튼을 눌렀다.

그 순간 장철의 머리 위에서 빅뱅이 일어났다. 그것은 10여 명 남자들의 고막을 일제히 터뜨렸다. 소리는 한순간이었고, 뒤이은 새하얀 폭발 속으로 사라졌다. 무형의 거대한 폭풍이 일더니 해일처럼 쉼 없이 몰아쳤다. '신세계로부터'의 폭풍. 장철과 육남진이 가장 먼저 정신을 잃었다. 그렇다고 몸의 떨림이 멈춘 것은 아니었다. 일시에 모든 남자가 바닥에 쓰러졌다. 양복을 뒤집은 채 꼴사납게 뒹굴었고, 귀를 막고, 가슴을 움켜쥐고, 머리를 쥐어뜯으며 몸부림쳤다. 음의 포탄이 끝없이 내리는 비처럼 이어졌다. 남자들의 귀와 코에서 피가 흘러나왔다. 이미 의식을 잃은 자가 밀려드는 음압에 좀비처럼 팔다리를 뒤트는 모습은 기괴했다. 그들의 고막은 기능을 정지했지만, 소리는 찢어진 고막을 지나 그들의 뇌를 잇달아 강타했다. 조금이나마 의식이 남은 몇몇은 유리벽 너머의 이탁오를 향해 간절히, 마치 용서를 구하듯 손을 뻗고 있었다. 제발, 이라는 뜻일까.

이탁오는 눈앞의 지옥도를, 마치 만화경 너머의 세상을 구경

하는 어린아이처럼 언제까지나 내려다보고 있었다.

* * *

이날 진구가 월미도에서 고진을 만난 건 우연이 아니었다. 전날 진구가 고진에게 전화를 했고, 약속을 잡았다. 진구가 살인으로 재판을 받는 동안 고진은 남미 여행 중이었고, 전화는 착신이 정지된 상태였다. 여행에서 돌아온 고진에게 드디어 전날 연락이 닿은 것이었다. 사건을 모르는 고진은 여독에 지쳐 진구의 전화를 받고서 그저 웬일이야, 정도로 반응했다. 진구가 말했다.

"고 변호사님이 관심을 가질 이야기가 조금 있어요."

"나야 진 군의 신상에 늘 관심이 있지."

고진은 버릇처럼 진 군이라고 불렀다.

"그거 말고요."

"그럼."

"이탁오 박사의 일인데요."

잠시 침묵이 흘렀다. 이어 고진의 목소리가 커졌다.

"와아, 당장 듣지 않고는 못 배기겠는걸. 내일 내가 인천공항에 볼일이 있으니까 멀지 않은 곳에서 만나자구."

그러한 경위로 이날 월미도에서 만나게 된 것이었다.

검붉은 얼굴에 오지 여행자 차림으로 등장한 고진은 낯설었다. 진구가 말했다.

"남미 여행이 변호사님한테 큰 충격을 준 것 같은데요."

"성궤는 없었지만, 재밌는 곳이었어. 원래는 한 달 정도 계획이었는데, 몇 달이 지나버렸더군."

고진은 〈인디아나 존스〉처럼 중절모를 툭 치고는 흰 이를 드러내고 웃었다.

고진과 진구, 해미 세 사람은 부둣가의 2층 이태리 레스토랑으로 갔다. 바다가 내려다보이는 통유리를 자랑하는 곳이었다. 고진이 랍스터를 사겠다고 했고 진구도 좋아했지만 해미는 밀가루를 먹고 싶다고 했다. 결국 해미 취향대로 파스타를 먹으러 왔지만, 해미는 비싼 음식값을 의식해 그저 예의를 차린 것뿐인지도 모른다.

"일단 그건 무슨 일이야? 몇 달 전에 경찰이 나한테 번호를 남겼던데?"

해미는 그제야 고진이 진구의 일을 모른다는 걸 알았다.

"네. 빨리도 전달이 됐네요……."

"하긴 6개월은 짧지 않지. 뭐 급한 일이었어? 웬일로 날 찾고."

"구속됐었어요. 살인으로."

"응?"

고진은 잠시 놀란 듯 진구를 쳐다보다가 이윽고 크게 웃었다. 해미는 마땅찮았지만 진구가 아무렇지 않은 모습을 보고 넘어가기로 했다.

"이거야, 진 군은 역시 늘 놀라게 해주는군. 지금 이렇게 만나게 된 걸 보니 나왔단 거고. 어떻게 된 건지 얘기 좀 해줘 봐."

고진이 음식을 먹는 동안 진구가 말했다. 그동안 있었던 일을

400

자세히 이야기해주었고, 고진은 입으로 연신 음식을 넣으면서도 집중했다. 그가 식사를 거의 다 마칠 무렵 이탁오 박사가 메모리를 가로채 간 이야기가 끝났다.

"음……."

고진은 미간에 주름을 지었다.

"이탁오 박사가 천문학적인 돈을 수중에 넣었다 이거지……. 호랑이에게 날개를 단 격이군."

"박사는 큰돈이 필요하다고 했어요. 상상을 초월할 만큼 막대한 돈이."

"무얼 계획하는 걸까……."

마침 해미가 화장실에 간다며 자리를 떴다. 고진이 냅킨으로 입가를 닦으며 말했다.

"아무튼 그 조직은 눈이 돌아갔겠군. 이탁오 박사를 쫓을 거 같은데."

"그럴 겁니다. 그 메모리를 차지하려 그런 연극까지 했을 정도로 집념이 있으니까요."

"글쎄……. 어떤 조직일지 모르지만 쉽지 않을걸. 더구나 이탁오 박사가 천문학적인 돈을 손에 넣었는데."

"제 생각도 그렇습니다. 막대한 돈으로 조직이든 사람이든 얼마든지 살 수 있을 테니까요. 압도하는 건 금방일 겁니다. 더구나 그 조직엔 이제 두뇌를 담당할 인물도 없을 테니까요."

"그 유연부라는 아가씨?"

"네. 필시 지금쯤은 그 장철인가 하는 영감 곁을 떠났을 겁니다. 막대한 비트코인 계좌를 잃은 회사에 연부가 더 있을 이유는 없거든요."

"제갈공명을 잃어버린 측의 멸망인가."

고진은 음험하게 웃었다.

"그래서……."

진구가 말을 줄였다. 뭔가 말할까 말까 하는 망설임이 느껴졌다. 고진이 말했다.

"뭐야. 나한테도 계산하는 거야? 그냥 말해."

"……네."

진구가 할 수 없다는 듯 말했다.

"실은 얼마 전 조직에 이탁오 박사의 주소를 알려줬어요."

"응?"

고진이 놀라 쳐다보았다. 진구가 말했다.

"근데 그 직후에 이탁오 박사한테도 그 사실을 알려주었죠."

잠깐 생각하던 고진은 갑자기 큰 웃음을 터뜨렸다. 몸이 흔들릴 만큼 웃어댔는데, 마치 즐거워 못 견디겠다는 듯한 몸짓이었다. 진구가 계속 말했다.

"이탁오 박사의 예전 집을 찾아가 봤는데, 역시 비어 있더라고요. 제가 구치소에서 박사에게 편지를 보냈을 때, 박사는 일찌감치 메모리를 탈취할 계획을 세웠을 거고, 이런 경우를 대비해 옮길 곳도 준비해두었겠죠. 그래도 조직은 새 주소를 알아내겠지만……."

이윽고 웃음을 멈춘 고진은 목소리를 낮추었다.

"자넨 보고 싶었던 거군."

눈가에는 여전히 장난기를 머금은 채였다. 고진이 다시 말했다.

"조직과 이탁오 박사의 대결을."

그는 진구를 물끄러미 보았다.

"이탁오 박사가 당할 수도 있겠지만…… 아마도 싸움의 끝은 반대로……."

진구가 줄인 말을 고진이 이어받았다.

"몰살."

진구가 차마 하지 못한 말을 해버린 것일까. 진구는 눈을 들어 고진을 보았다. 고진은 순간 몸을 뒤로 물리며 푸하하하 크게 웃음을 터뜨렸다.

"농담이야, 농담. 아무렴 박사 혼자서 그럴 수 있겠어?"

고진은 손을 내저었다.

"그렇죠. 그럴 리 없죠."

진구는 시선을 아래로 하고는 물 잔을 들이켰다.

두 사람 사이에는 차마 입 밖에 내 긍정하지 못하는 진실이 흐르고 있었다. 두 사람 모두가 알고 있으면서도 말할 수 없는 어떤 금기와도 같은 진실.

그때 해미가 자리로 돌아왔다. 고진은 해미를 눈으로 맞으면서 말했다.

"이탁오 박사가 최근에 해외를 자주 나갔다는 정보를 들었어. 이유현 경감한테서."

"해외요?"

"응, 중국에 갔다가 돌연 인도네시아 칼리만탄으로 갔다더군. 해외여행을 거의 안 하는 인물인데, 종잡을 수 없는 행보야."

"최근에 거액을 수중에 넣은 것과 관련이 있지 않을까요?"

"그전의 소식이야. 돈과 무관하게 원래 진행하던 일이 있었던 거지."

"그러고 보니……."

"뭐?"

"한 가지 말이 기억이 나요."

"무슨 말?"

"치수 어머님이 그랬어요. 이탁오 박사는 평생을 식물인간으로 누워 있는 동생이 있어 남의 일 같지 않다고 했답니다."

"식물인간 동생?"

고진이 눈을 크게 떴다. 그러고는 고개를 갸웃했다.

"나도 한때 박사와 꽤 교류가 있었지만 그런 얘기는 들어본 적이 없는데."

"큰 의미가 있을까요? 치수 어머님하고 공감대를 만들기 위해 만들어낸 이야기일지도 모르죠."

"뭐 그럴지도……."

고진은 심드렁한 얼굴로 기지개를 쭉 폈다. 그때 진구의 휴대전화가 울렸다. 진구는 잠깐 통화를 하더니 곤란한 표정을 지었다.

"죄송하게 됐네요. 지금 좀 급한 연락이 와서……."

"어, 난 괜찮아. 먼저 가게."

"해미는?"

진구가 해미에게 물었다.

"먼저 가. 급하다니까."

해미가 샐쭉하게 말했다.

"그래. 내가 해미 양을 집까지 안전하게 모셔다 드리지."

고진은 눈으로 진구를 배웅했다.

"우리도 천천히 일어설까."

진구가 사라진 후 잠깐 창밖을 내다보던 고진이 말했다.

해미는 커피라도 한잔 마시고 가자고 했다. 마침 바로 아래층이 테이크아웃 커피 전문점이었다. 아메리카노와 아이스 바닐라라테를 각각 손에 든 두 사람은 조금 전 진구와 해미가 앉았던 벤치에 다시 가 앉았다.

"여기 경치 좋은데."

고진이 고개를 휘휘 저으며 말했다.

"이렇게 어두운데요?"

해미가 말했다. 주변은 이미 땅거미가 내려앉았다.

"어, 그런가."

고진은 머쓱하게 아메리카노를 입에 갖다 댔다.

"윽. 커피 맛 별로군."

고진은 금세 입에서 뗐다.

"맛있는데요?"

해미가 빨대에 입을 대고 눈을 동그랗게 치켜뜨고 말했다. 고진은 머쓱하게 모자챙을 만지작거렸다.

대화가 잠깐 없어진 동안 바닐라라테를 마시며 생각에 잠겼던 해미는 결국 그 이야기를 한번 물어보기로 했다.

"고 변호사님 아저씨."

생각 끝에 말하다 보니 유달리 낮은 톤이 되었다.

"왜 심각하게 부르지? 겁나는데."

"진구 오빠가 죽다 살아난 얘긴 아직 못 들으셨죠?"

"살인죄로 구속됐다가 무죄로 나온 거? 아까 들었잖아."

"아뇨. 그거 말고요."

"그거 말고 또?"

해미는 바닐라라테를 아예 벤치 뒤쪽에 놓아두고 말했다.

"납치됐었어요. 진구 오빠하고 저하고."

"뭐? 납치?"

고진의 작은 눈이 휘둥그레졌다. 해미는 잠시 생각을 고르고 이야기를 털어놓았다. 얼마 전 인천 차이나타운에 놀러갔다가 조직의 인물들에게 납치됐던 것부터 창고에 끌려가서 죽을 뻔했다가 독이 든 잔을 피해 구사일생으로 살아난 일, 그리고 주역이었던 김태일, 장철, 유연부의 이야기까지.

고진은 듣는 내내 입을 벌리고 있었다. 어지간히 놀랐나 보다, 해미는 생각했다. 하지만 그의 입에서 나온 말은 기대와 달랐다.

"이거야, 정말. 내가 없는 사이에 이런 재밌는 일들을 벌이고 있었어? 억울한데."

재밌는 일? 우리는 죽다 살았는데? 이 사람의 공감 능력도 김진구보다 나을 것 없다! 해미는 한마디 쏘아붙이려다 꾹 참았다.

"죽느냐 사느냐, 50 대 50의 확률이었잖아요. 근데 진구 오빠는 자기가 이기는 게임이었다고 해요."

"응?"

"그러면서도 내가 더 캐물으니까 자세한 얘기를 피해요. 마치 말실수한 사람처럼요. 혹시 진구 오빠가 속임수를 쓴 걸까요?"

"속임수라……."

고진은 주먹을 턱에 괴고 잠깐 생각하다가 퍼뜩 무언가 떠올린 듯 말했다.

"그때 상황을 더 자세히 말해줘."

그는 무언가를 이해한 것일까. 해미는 자신이 기억하는 대로 최대한 상세히 상황을 되살렸다. 그들이 했던 행동과 대사 한마디 한마디까지도.

이야기가 끝나자, 고진은 빙그레 웃음을 지었다. 그러고는 엉뚱한 말을 했다.

"유연부가 진구를 미워한다고 했지?"

"그래요……."

"두 사람 사이에 무슨 일이 있었던 거야?"

해미는 떨떠름했지만, 연부와 진구 사이에 있었던 일을 간략히 말해주었다. 이야기를 듣는 내내 고진의 눈이 깊은 흥미로 빛나고 있었다.

"……그 여자는 이번 일에도 오빠를 꼭두각시로 삼았고, 살인으로 재판까지 받게 했어요. 복수죠. 도대체 얼마나 사람을 미워해야 이런 짓을 할 수 있는 건지……."

해미의 말은 울분에서 점차 탄식으로 변해갔다.

"그런 모양이군. 그런데."

고진은 아메리카노 컵을 기울이다가 비어 있는 걸 확인하고는 벤치에 내려놓았다.

"진구가 거의 이기는 게임이었던 건 맞아."

"네? 왜요?"

해미가 눈을 동그랗게 떴다.

"정말 재밌어. 나도 현장에 있었으면 좋았을걸."

해미는 답답해졌다. 고진이 말했다.

"유연부라는 그 여성. 와, 정말 만나보고 싶은데."

"유연부를요?"

고진의 엉뚱한 말에 해미의 심기가 불편해졌다. 고진은 아는지 모르는지 무언가에 들뜬 사람처럼 말했다.

"궁금해. 정말 궁금하단 말이야. 뭐, 어찌 보면 예전에 비슷한 여성을 만난 적이 있지만."

"비슷한 여자요?"

"용해운 사건*에선데, 아, 해미 양은 전혀 모르는 일이야."

"유연부한테 관심 있으세요?"

해미의 말투가 퉁명스러워졌다.

"그럼, 그럼. 내가 이탁오 박사한테 관심 있는 것과 마찬가지로 말이야. 아니, 내가 진 군한테 관심 있는 거나 같지."

* 〈유다의 별〉

고진이 눈치 없이 즐거워하는 모습은 해미의 기분을 더 상하게 했다.

"고 변호사님 아저씨. 이야기가 옆길로 샜죠?"

"어, 무슨 얘기였더라?"

고진은 문득 눈알을 굴렸다.

"아니 그러니까 왜 오빠가 산 거냐구요."

"아, 그렇지. 그 얘기 중이었지."

"어째서 오빠가 이기는 게임이었죠?"

"진구가 이기는 게임이라고는 안 했어."

"아까 그러셨잖아요. 이기는 게임이라고."

"'거의' 이기는 게임이라고 했지."

고진은 입술을 일그러뜨리며 웃었다.

"그거나 그거나요."

말을 빙빙 돌리며 상대의 속을 터지게 하는 고진 화법의 실체를 해미는 제대로 모른다. 고진과 이야기하면 이상하게 속이 답답해지는 걸 느끼면서도 아직은 그 이유를 정확히 알지 못했다.

"그러니까 조그만 변화가 끼어든 건데……."

"무슨 변화요?"

"말하자면 진 군은 5 대 5의 상황에서 그냥 덥석 아무 잔이나 집어 들기는 싫었던 거야."

"그래서요."

"베이즈의 정리라고, 18세기 이후에 등장한 확률론 들어봤어?"

수학이라니. 갑자기 무슨 속 편한 소리를. 해미는 꾹 참았다.

"그런 건 모르고요, 사건 얘기나 해주세요."

"새로운 정보가 들어왔을 땐 확률 계산을 다시 해야 한다는 정리인데……, 뭐 나도 자세한 수식은 모르니까 이론적인 건 생략하지."

"네. 그러니까 이론은 생략하고 어떻게 된 건지……."

"재밌는 상황이었어. 확률도, 사람의 마음이란 것도. 하하하."

고진은 혼자 너털웃음을 지으며 무릎을 두드렸다. 해미는 이때까지도 울화통을 꾹꾹 누르고 있었다.

"The sacred geometry of chance, 신성한 확률의 기하학이라고나 할까. 아, 난 이 가사가 참 좋아. 스팅의 〈셰이프 오브 마이 하트(Shape of my heart)〉에 나오는 건데……."

"으악!"

결국 더 참는 데 실패했다.

"엉, 이게 뭐야? 갈매기 소린가?"

"아뇨. 답답해서요. 어서 본론을 말하시라구요!"

고진은 그제야 분노에 찬 해미의 표정을 읽었다.

"아, 아. 알았어. 그럼 이야기해보지."

이제야 본론이다. 해미는 귀를 기울였다.

"그러니까 애당초 세 잔 중 두 잔에 독이 들어 있었고 남은 하나는 그냥 물이었던 건 분명해. 뒤에 두 사람이 죽고 진 군이 산 걸 보면 말이지."

그렇지. 결과를 보면 그건 분명해. 그다음은?

"왜 처음부터 두 잔으로 하지 않았을까?"

"네?"

"나중에 결국 두 잔으로 승부를 보았잖아. 처음부터 그러지 않고 왜 그랬을까 하는 거야."

"그야 장철 회장이 자꾸 맘이 변해서죠. 그게 더 재밌겠다잖아요."

"뭐 그럴 수도 있겠지만, 아닐 수도 있지. 유연부가 제안했다며."

"그랬죠. 그게 의미가 있나요?"

"장철이 아니라 유연부가 만든 게임. 그게 중요해. 진구는 거기서 가능성을 본 거야."

유연부가 만든 게임? 거기서 생겨난 가능성?

해미는 이때부터 막연히 불편해졌다.

"무슨 가능성이요?"

"살아날 가능성."

"그게 어떤 건데요."

"그러니까 이 신성한 확률의 기하학이란⋯⋯."

고진은 해미의 눈에 쌍심지가 켜진 것을 보고는 헛기침을 하고서 말을 되돌렸다.

"우선 포인트는 진구가 먼저 잔을 선택했단 거야."

해미는 고개를 갸웃했다.

"의미가 있나요. 어차피 랜덤인데."

"그럼 알기 쉽게 경우의 수를 나누어서 볼까."

고진은 외투 품 안쪽을 뒤적이더니 폴더블 스마트폰을 꺼내 펼쳤다. 손바닥 두 개만 한 대형 화면에 전자 펜으로 그림을 그리기 시작했다.

"처음부터 생각해보지. 세 잔 중에 맹물은 하나, 독 잔은 두 개야. 편의상 여기 ①번 잔을 물, ②, ③번 잔을 독이라고 해보지. 첫 번째, 진구가 ①번 물 잔을 고른 경우. 그담에 장철 회장이 남은 독 잔 두 개 중에 하나를 라동우인가 하는 남자한테 줘서 살해했어. 남은 잔 ③번은 독 잔이고, 이게 김태일 몫이야. 이때 진구가 잔을 바꾸면 죽는 거야. 그렇지?"

1단계	2단계	3단계
① 물 ------ 진구 선택		
② 독 ---------------- 장철이 폐기		
③ 독 ------------------- 김태일		

→ 진구가 김태일과 잔을 바꾸면 사망

"네. 그렇죠."

해미는 고진의 그림을 따라가다가 그때의 기억이 되살아나 몸을 살짝 떨었다. 진구가 처음에 맹물을 골랐다면 진구는 괜히 잔을 바꿔서 죽었을 거 아냐?

"그다음, 진구가 ②번 잔을 고른 경우를 보자구. 이건 독 잔이지. 남은 건 독 잔과 맹물 하나씩이야. 그런데 그다음에 장철이 독 잔인 ③번 잔을 라동우한테 줬으니 남는 건 ①번 맹물 잔이고, 이게 김태일 것이 돼. 이때 진구는 김태일과 잔을 바꾸면 사는 거야."

```
   1단계           2단계              3단계
 ① 물 ------------------- 김태일
 ② 독 ------ 진구 선택
 ③ 독 --------------- 장철이 폐기
 → 진구가 김태일과 잔을 바꾸면 생존
```

"그러네요……."

해미는 고개를 끄덕였다. 고진은 또다시 스마트폰에 슥슥 그림을 그렸다.

"마지막 경우, 진구가 ③번 잔을 고른 경우를 보자구. 이것도 독 잔이지. 남은 건 독 잔과 맹물 하나씩이야. 그런데 그다음에 장철이 독 잔인 ②번 잔을 라동우한테 줬으니 남는 건 ①번 맹물 잔이고, 이게 김태일 것이 돼. 이때 진구가 김태일과 잔을 바꾸면 역시 진구는 사는 거야."

```
   1단계           2단계              3단계
 ① 물 ------------------- 김태일
 ② 독 --------------- 장철이 폐기
 ③ 독 ------ 진구 선택
 → 진구가 김태일과 잔을 바꾸면 생존
```

해미가 뚫어지게 그림을 보는 동안 고진이 말을 이었다.

"①, ②, ③의 각 경우를 봐. 진구가 '잔을 *바꾸면*' ①의 경우

엔 죽지만 ②, ③의 경우엔 살아. 즉, ①, ②, ③ 중에 ②, ③이 사는 경우가 되니깐, 잔을 바꾸면 살 확률은 3분의 2이고, 죽을 확률은 3분의 1인 거야. 살아날 가능성이 두 배나 높아진다는 거지. 김태일은 그 반대고."

"어, 어. 그러네……."

해미는 혼돈에 빠졌다.

"……분명히 장철 회장이 독 잔을 하나 뺀 상황에서 남은 잔은 독과 맹물 5 대 5가 분명했는데, 이렇게 보니 확률이 달라져 버렸어요. 어떻게 된 건지……."

"장철이 독 잔을 하나 뺀 이후에 확률이 달라지는 거야. 상황이 변했거든. 그게 확률에 영향을 미치는 거지."

고진은 즐겁다는 듯 말을 이으며 콧노래를 흥얼거렸다. 밉살스럽게도, 자신이 조금 전 좋다고 했던 스팅의 〈셰이프 오브 마이 하트〉였다.

"진구가 잔을 먼저 선택한 건 이후의 잔 선택에서도 중요한 심리적 세팅이 되었겠지. 장철이 독 잔을 하나 버린 후에 진구가 잔을 바꾼 게 핵심이야. 덕분에 살아날 가능성은 김태일에 비해 두 배나 높아진 거지."

해미는 또 다른, 기분 나쁜 의심이 버럭 들었다.

"그럼 유연부는 진구를 해치려던 게 아니라……."

"먼저 선택하기를 피하는 김태일의 습성을 유연부는 누구보다 잘 알고 있었어. 석 잔으로 시작했다가 진구가 잔을 택한 후에 장철 회장한테 말해서 한 잔을 버리게 한 것도 유연부야. 그다음 유연부의 의도를 눈치챈 진구가 잔을 바꾸었지. 그렇다면 결론은 하나야."

"역시 유연부가 진구를 도운 거?"

"라고 봐야겠지. 진구를 제외하고는 아무도 모르게 말이야. 그날 그 상황에서 자신이 취한 행동의 의미, 확률의 변화를 진구만은 깨닫고 잔을 바꿀 거라고 믿었겠지."

고진은 즐거운 듯 보였지만 해미는 달랐다. 서늘한 바람이 얼굴을 스쳐서였을까. 해미는 오한을 느꼈다.

진구가 자신이 거의 이기는 게임이라고 했으면서도 그 까닭을 밝히지 않았다. 이런 이유였었나……. 연부가 자기를 도운 걸 밝혀야 하니까. 그리고 그건 해미를 또 혼란으로 몰고 갈 거니까.

해미는 지금껏 믿었다. 연부가 진구를 깊이 증오한다고, 그래서 진구를 함정에 빠트렸다고. 두 사람의 마음의 골은 메울 수 없이 깊게 벌어져 있다고……. 그건 안된 일이지만 해미의 마음은 그래서 개운했다.

연부는 어떤 마음이었던 걸까. 진구의 인생을 파탄 내려 했던 연부가 마지막에는 진구를 도왔다고? 살인자로 만들 만큼 진구를 미워했던 그 유연부가. 왜? 마음이 변한 걸까, 아니면 처음부터 미움이라는 한 단어로는 설명할 수 없는 복잡미묘한 감정이었던 걸까.

진구는 연부의 뜻을 알아챘고, 마지막 잔을 바꾸었고, 살아났다. 그건 두 사람만 알았다. 일찍이 수학 천재로 불렸던 진구와 연부이기에 가능했다. 말을 하지 않아도 통하는 두 사람만의 대화. 그 사이에 해미가 설 자리는 있기나 한 걸까.

할 말을 잃었다. 무언가를 인정해야 했지만 인정하고 싶지 않았다.

해미는 수평선 너머 먼 하늘로 시선을 돌렸다. 자줏빛 놀 위로 구름이 피어나고 있었다. 겨우 해소했다고 생각했던 질투 비슷한, 그 개운치 못한 감정이 다시금 뭉게뭉게 일어나는 것을 느꼈다.

록키 6편인 〈록키 발보아〉를 보았다. 록키는 이미 5편에서 은퇴해서 제자를 기르다가 배신당하고 그와 길거리 격투를 벌였다. 그다음엔 무슨 이야기를 할 수 있을까. 궁금했다. 충격적이게도, 환갑의 이 노(老)복서는 다시 현역으로 링에 오른다. '내 안에 아직 야수가 꿈틀대고 있다'고 하면서.

내 안에도 아직 무언가가 남아 있다. 야수는 아니고 유령 같은 것이다. '창작의 유령'이랄까, 그런 것이 남아서 튀어나올 길을 찾고 있다. 유령들이 아우성을 치고 있고, 써야 할 이야기는 쌓여만 간다. 그게 사라지지 않는 한 글을 쓰겠다는 생각이다.

그런데 예기치 못한 복병을 만났다. 눈이 급속도로 안 좋아졌다. 도무지 긴 글을 쓰기 힘들어졌다. 치료를 받고 회복될 때까지 한동안 글을 쉴 수밖에 없는 상황이 되었다. 사실 눈에 이상이 생긴 지는 오래되었다. 10년 전에 쓴 첫 책《붉은 집 살인사건》의 트릭은, '내가 훗날 눈이 멀고 쓸모없어졌을 때 아내가 몰래 날 없애려 한다면 어떤 방법을 쓸 수 있을까'를 생각해보다가 나온 것이다.

당분간 쓰지 못하게 되어 안타깝지만, 어쩌면 내 유전자가 보내는 경고일지 모른다. 10년간 권수로는 열다섯 권을 썼다. 법률가로서의 업무를 병행한 걸 생각하면, 몸에 무리가 갈 때도 되긴 했다.

구차한 개인 사정을 쓰는 이유는, 독자들에게 보고하기 위해서다. 진구와 고진 시리즈는 각 권이 독립적이면서도 큰 이야기가 이어지는데, '아무 말 없이' 오랫동안 책이 안 나온다면 독자들에게 실례일 것 같아서다. 연재하다가 돌연 중단되고 소식 없는 시리즈물을 보면 독자들한테 잘못하는 것 아닌가 하는 생각을 해왔기에 비슷한 행동을 하고 싶진 않았다. 눈이 회복되지 않으면 나 역시 중단해야 하겠지만, 적어도 독자들이 영문을 모른 채 기다리지는 않을 것이다.

고진 변호사와 백수 김진구, 그리고 이탁오 박사에게는 마지막이 있다. 거기까지 가려면 아직 이야기가 남았다. 록키는 헤비급 젊은 챔프와 10회전을 싸우고 나서 말한다. 이제 야수가 사라졌어. 나도 마지막 권을 쓰고 이렇게 말하고 싶다. 이제 유령이 사라졌어.

2020년 3월 도진기

세 개의 잔

초판 1쇄 발행일 2020년 5월 15일
초판 2쇄 발행일 2022년 7월 7일

지은이 도진기

발행인 윤호권
사업총괄 정유한

편집 김혜정 **디자인** 박정원 **마케팅** 명인수
발행처 ㈜시공사 **주소** 서울시 성동구 상원1길 22, 6-8층(우편번호 04779)
대표전화 02-3486-6877 **팩스(주문)** 02-585-1755
홈페이지 www.sigongsa.com / www.sigongjunior.com

글 ⓒ 도진기, 2020

이 책의 출판권은 ㈜시공사에 있습니다. 저작권법에 의해
한국 내에서 보호받는 저작물이므로 무단 전재와 무단 복제를 금합니다.

ISBN 979-11-6579-053-0 04810
ISBN 978-89-527-6531-4 (세트)

*시공사는 시공간을 넘는 무한한 콘텐츠 세상을 만듭니다.
*시공사는 더 나은 내일을 함께 만들 여러분의 소중한 의견을 기다립니다.
*잘못 만들어진 책은 구입하신 곳에서 바꾸어 드립니다.